ro
ro
ro

thriller-Magazin 8

Schwarze Beute

Herausgegeben von
Maj Sjöwall

Rowohlt

rororo thriller
Herausgegeben von Bernd Jost

Originalausgabe

Veröffentlicht im Rowohlt Taschenbuch Verlag GmbH,
Reinbek bei Hamburg, Juni 1993

Umschlagillustration Thomas Lochray / The Image Bank
Umschlagtypographie Barbara Hanke
Quellenhinweis Seite 265
Satz Sabon (Linotronic 500)
Gesamtherstellung Clausen & Bosse, Leck
Printed in Germany
1290-ISBN 3 499 43093 2

Inhalt

MAJ SJÖWALL

Vorwort

Lang, lang ist's her... seit Norbert Klugmann und Peter Mathews die erste Schwarze Beute herausgegeben haben und Peter mich besucht hat, um mich für einen Beitrag für das neue thriller-Magazin zu interviewen. Inzwischen sind beide bekannte Krimi-Autoren geworden, und auch sonst ist eine Menge passiert. Damals habe ich gesagt, ich würde wohl nie mehr einen Kriminalroman schreiben, nun habe ich doch einen zusammen mit Tomas Ross veröffentlicht, und es bestehen schon Pläne für einen weiteren. Im Augenblick bin ich mit der Verfilmung der Martin Beck-Romane beschäftigt, und das ist natürlich alles sehr aufregend. Soweit mein Werkstattbericht.

Allen Unkenrufen zum Trotz ist der Kriminalroman immer noch eine ungeheuer lebendige Gattung. Jedes Jahr erscheinen interessante Bücher von bisher wenig bekannten Autoren. Auf den amerikanischen Bestsellerlisten haben sich Autorinnen mit weiblichen Privatdetektiven einen festen Platz erobert. Sogar von den Kritikern wird die Kriminalliteratur langsam als ernstzunehmende Literaturform akzeptiert, wenn auch auf diesem Gebiet eine Menge Dutzendware produziert wird und erfolgreich ist, genau wie überall im Bereich der Literatur.

Für diese Ausgabe der Schwarzen Beute habe ich eine bunte Mischung zusammengestellt und eine eigene Story geschrieben. Ein besonderes Anliegen war es mir, auf den viel zu wenig bekannten schwedischen Autor Thorsten Jonsson aufmerksam zu machen. Vielleicht erscheint einmal ein Band seiner Geschichten auf Deutsch.

Michael Dibdin gilt im Augenblick als der interessanteste jüngere englische Kriminalromanautor. Sein Spektrum ist sehr breit: er schrieb äußerst amüsante «historische Krimis» wie «Der Tod hält reiche Ernte», eine bitterböse Satire über das England von Maggie Thatcher, «Schmutzige Tricks», einen atemberaubenden Psychothriller, «Der Mann im Schatten», und die vorzügliche Serie um den italienischen Kommissar Aurelio Zen, die in den «Steckbriefen» ausführlicher kommentiert wird. «Ein Todesfall in der Familie» ist seine bisher einzige Story, aber was für eine!

Susan Moody vertritt die englischen Crime Ladies. Ihre Geschichte hat genau die Doppelbödigkeit, die ich bei englischen Autoren so schätze.

Colin Dexter gehört inzwischen dank der Fernsehfilme um seinen Inspector Morse zu den erfolgreichsten Krimi-Autoren überhaupt. Für seinen neusten Roman «Finstere Gründe» ist er zum zweitenmal mit dem «Gold Dagger» für den besten Kriminalroman des Jahres ausgezeichnet worden. In «Eine falsche Identität» enthüllt er eine nicht ganz so glanzvolle Episode aus dem Leben von Sherlock Holmes.

Larry Beinhart liefert eine kleine schmutzige Geschichte, die uns wieder einmal beweist, daß wir dem Lauf der Gerechtigkeit nicht trauen dürfen.

Die deutsche Sektion ist mit Stories von meinem Freund Peter Mathews, von Uta-Maria Heim und Michael Koglin stark vertreten.

Nicht nur die Stories bieten spannende Lektüre. Die Lebensgeschichte des russischen Doppelagenten Evgenij Azef ist faszinierend. Eigentlich müßte jemand daraus einen Roman machen. Schon die Fakten, die Klaus Bittermann in seinem Beitrag zusammengetragen hat, sind abenteuerlich.

Zurück zur Kriminalliteratur. Jane S. Bakerman liefert eine präzise Analyse des Werkes von Nicolas Freeling, der längst nicht die Wertschätzung genießt, die er verdient hat. Sollten Sie seine Romane noch nicht kennen, wird diese kritische Würdigung sicher auf diesen Autor neugierig machen.

Gunter Blank bietet einen informativen Überblick über die amerikanische Ghetto-Literatur, die genauer als alle soziologischen Analysen die Situation der Schwarzen im heutigen Amerika schildert.

Und zum Schluß ein geheimes Dokument aus den Archiven des englischen Geheimdienstes, das Tim Heald zugespielt wurde. Sie halten das für eine erfundene Geschichte? Mag sein. Mir wäre lie-

Maj Sjöwall

ber, wenn die meisten Meldungen über Intrigen und Korruption, wie sie bei Regierungen heutzutage üblich sind, der Phantasie von sensationsgierigen Schreiberlingen entsprungen wären. Leider sind sie das nicht.

P. S. Natürlich gibt es auch in dieser Schwarzen Beute eine weitere Folge der «Steckbriefe», diesmal von Thomas Klingenmaier.

Maj Sjöwall

MAJ SJÖWALL

Lang, lang ist's her…

Obwohl das Schneegestöber ihr Gesicht peitschte und der Schneematsch in ihren linken aufgerissenen Schuh drang, war Blondie in bester Laune. Schon beim Aufwachen hatte sie das bestimmte Gefühl, dieser naßkalte Januartag würde ihr Glück bringen, und dieses Gefühl nahm zu, als sie am späten Vormittag die Papierkörbe am Ringvägen abklapperte und eine so reichliche Ernte an Blechdosen und leeren Flaschen einfuhr, daß ihre beiden großen Plastiktüten bis zum Rand gefüllt waren.

Bei *Metro* in Ringens Einkaufszentrum konnte sie für die Quittung aus dem Dosenautomaten achtzehn Kronen kassieren, und in *Systembolaget* auf Götgatan rasselten zwei blitzende Zehner und vier Kronenstücke in die Münzausgabe des Leergutautomaten.

Blondie glättete die Tüten auf dem Tresen und faltete sie zu kleinen Paketen, die sie in die großen Taschen ihres weiten Herrenmantels stopfte, dabei blickte sie sich in dem hellen Laden aufmerksam um. Gemütlich war es hier, fand sie, besonders wenn viele Leute da waren, so wie jetzt in der hektischen Mittagspause an einem Freitag. Na, und all die glänzenden Reihen der Flaschen in den Glasschränken an einer der Längswände. Sie blieb eine ganze Weile stehen und besah sich die feinen, teuren Weine und die Champagnerflaschen, die auf ihren Drehständern im Vitrinenschrank würdevoll an ihr vorbeizogen.

Zusammen mit den zwölf Kronen, die sie bereits in der Tasche gehabt hatte, besaß sie nun genügend Geld, um sich eine halbe Flasche Dessertwein leisten zu können und trotzdem noch siebzehn Kronen übrigzubehalten, aber nach sechs trockenen Tagen hatte ihr Verlangen nach Alkohol eher abgenommen, als daß es größer geworden wäre, wie sie eigentlich erwartet hatte. Sie stellte sich vor, daß das wohl mit dem Alter zusammenhing. Als man jünger gewesen war, hatte das Saufen mehr Spaß gemacht, jetzt ging es einem beinahe besser, wenn man nüchtern blieb. Manchmal trank man Alkohol, nur weil eben welcher da war, oder um sich bei der Kälte warm zu halten. Außerdem konnte sie es sich ja immer noch anders überlegen, bis *Systembolaget* schloß.

Sie rückte den Riemen ihrer Schultertasche zurecht und trat hinaus in das Schneetreiben. Der Strumpf an ihrem linken Fuß war durchnäßt, und ihre Zehen froren. Blondie entschloß sich, etwas dagegen zu tun, und weil sie sich wohl und selbstbewußt fühlte, würde es sicher auch elegant funktionieren.

Zielstrebig patschte sie mit schnellen Schritten durch den Matsch über die Straße und trat in das Warenhaus *Åhléns*. Die Strumpfabteilung befand sich im Erdgeschoß, und sie ging eine Weile zwischen den Regalen hin und her, bis sie überzeugt war, nicht beobachtet zu werden. Schnell raffte sie ein Paar dicke Socken und ließ sie in ihre Tasche gleiten.

Für jemanden der so abgerissen und arm aussah wie sie, war das Klauen gefährlich. Sie brauchte nur in einen Laden zu treten, schon zuckten die Verkäuferinnen zusammen und schienen selbstverständlich davon auszugehen, sie käme nur, um zu stehlen. So was wußte sie aus Erfahrung. Deshalb klaute sie selten, und nur wenn sie ganz sicher sein konnte, von niemandem beobachtet zu werden.

Auf dem Weg zum Ausgang blieb sie da und dort stehen, faßte die eine oder andere Ware prüfend an, während sie herauszufinden versuchte, ob sie nicht doch observiert worden war. Dann ging sie ruhigen Schrittes durch die Türen ins Freie und überquerte die Straße, ohne daß jemand sie aufzuhalten versuchte.

Die Zehen waren nun fast gefühllos, aber Blondie war in guter Stimmung, denn sie hatte sich überlegt, wie sie es anstellen konnte, ihre Füße schnell wieder warm und trocken zu kriegen.

Die Leute schienen in einem unübersichtlichen Gewimmel in entgegengesetzter Richtung unterwegs zu sein, als sie Götgatan in nördlicher Richtung hinaufging. Mehrmals wurde sie von entgegenkommenden Jugendlichen in die Seite geboxt, und als ein junger Mann, der so aussah, als sei er doppelt so groß wie sie, ihr in die Seite stieß, so daß sie beinahe in den Matsch fiel, schrie sie ihm nach:

«Bin ich vielleicht durchsichtig? Siehst du mich nicht? Verdammter Bengel!»

Auf Åsögatan war kein Gedränge mehr, nur wenige Menschen begegneten ihr, bevor sie am Ziel war.

Blondie stieß die Tür zur Ambulanz auf und ging die Treppe hinauf. Viele Male schon war sie hier auf die Toilette gegangen, und nur einmal war sie hinausgeworfen worden, ehe sie das Klo erreicht hatte, und hatte sich in einem Hauseingang in der Nähe hinhocken müssen, um ihr Geschäft zu machen.

Vor dem Empfang hatte sich eine kleine Schlange gebildet, und die weißgekleidete Frau hinter der Scheibe schien vollauf beschäftigt zu sein. An einem Ende der Theke, die vor dem Schalter entlanglief, standen ein Stuhl und zwei Körbe, einer für neue Schuhüberzüge und einer für die gebrauchten. Blondie setzte sich und zog die blauen Plastiktüten über ihre Schuhe. Dann stopfte sie sich ein weiteres Paar in ihre Tasche, stand auf und ging mit schlurfenden Schritten auf die Toilette. Niemand in der Schlange würdigte sie eines Blickes, und die Frau am Empfang blätterte in ihren Papieren.

Blondie setzte sich auf den Klodeckel und zog sich die Schuhe und die Strümpfe aus. Sie nahm ein dickes Bündel Papierhandtücher aus dem Behälter und knetete ihren Fuß, bis er trocken und warm war. Dann zog sie sich die soeben gestohlenen Strümpfe an, streifte einen Schuhüberzug über jeden Fuß und band sich die Schuhe wieder zu. So wie jetzt mit warmen und trockenen Füßen fühlte sie sich pudelwohl, und daß sich die hellblauen Plastikkanten mit dem Gummizug in bauschigen Falten um ihre Knöchel legten, sah sogar richtig witzig aus, fand sie.

Als sie auf die Straße kam, hatte es aufgehört zu schneien, und sie blieb einen Augenblick unschlüssig stehen, bevor sie sich nach rechts in Richtung Renstiernas gata auf den Weg machte. Vor der Apotheke stand eine Flasche, in der Kirschwein gewesen war, und die rollte sie in eine ihrer Plastiktüten und stopfte sie in die Umhängetasche. Sie ging weiter hinunter Richtung Nytorget, wo die Säufer sich gewöhnlich herumdrückten. Nicht eigentlich, weil sie sich in ihrem nüchternen Zustand nach der grölenden und lallenden Gesellschaft dieser Leute sehnte, und außerdem würden die bei so einem Wetter auch kaum dort herumhängen.

Blondie kam sich plötzlich untätig und auch ein wenig unschlüssig vor nach dem, was sie an diesem Tag schon alles erfolgreich hinter sich gebracht hatte. Vor ein paar Wochen noch hätte sie jetzt anfangen müssen, sich um ein Nachtquartier zu kümmern, aber sie hatte ja die Kajüte auf dem Schlepper am Söder Mälarstrand für einige weitere Wochen zur Verfügung gestellt bekommen, und solchen Luxus hatte sie lange nicht mehr genossen.

Bei den großen Kunststoffbehältern an der Ecke Skånegatan entdeckte sie Öland. Er stand auf Zehenspitzen auf einem umgedrehten Milchkasten und hatte den Arm tief in das Loch gesteckt. So versuchte er, an die oberste Schicht der Flaschen heranzukommen. Wenn die Oberkante der dort hineingeworfenen Flaschen das Loch erreichte, konnte man manchmal eine ganze Reihe von Pfandflaschen aussortieren, aber wie es jetzt aussah, war der runde Behälter kaum mehr als bis zur Hälfte gefüllt. Öland schien beinahe zwischen den Flaschen zu verschwinden, so wie er da auf Zehenspitzen stand und ächzte.

«Tag, Öland, wie geht's denn so?»

Öland zog den Arm heraus und sprang von dem Kasten herunter.

«So la la. Die liegen zu tief drin. Man muß ein paar Tage warten. Wie geht's dir denn so, meine Lilie, meine kleine Rose?»

«Also, bei mir ist alles bestens», antwortete Blondie. «Spitze, wirklich.»

Beinahe wäre ihr die Sache mit dem Schlepper rausgerutscht, aber sie riß sich noch rechtzeitig zusammen. Im letzten Winter hatte Öland sich Zutritt zu einem Haus auf Kocksgatan verschafft und Blondie zwei Monate in sein Schlafgemach in der Waschküche des Hauses mitgenommen, ehe sie beide dort entdeckt wurden. Wenn Öland etwas von der Kajüte erfuhr, würde er vielleicht darauf bestehen, dort mit unterzuschlüpfen, sozusagen als Gegendienst, und das kam gar nicht in Frage. Wenn sie nun schon ein einziges Mal ein eigenes Heim hatte, auch wenn es nur vorübergehend war, wollte sie das unter gar keinen Umständen mit jemandem teilen.

«Na, denn isses ja gut, Schätzchen», sagte Öland. «Fliegende Fahnen und klingendes Spiel, Laune bestens. Haste was zu rauchen?»

«Nee. Und nichts zu trinken und keine Kohle. Da biste bei mir an der falschen Adresse, Örjan Lage Andersson. Bist du eigentlich jemals auf Öland gewesen?»

«Nee, den Namen haben se mir beim Barras verpaßt. Da gab es auch einen, den se Gotland genannt haben. Aber der war von da, glaub ich. Was hastn da für komische Dinger anne Füße?»

«Na ja, die Schuhe sin undicht, da hab ich mir Isolierungsmaterial organisiert.»

«Sieht nicht schlecht aus», lobte Öland und blickte hinunter in den Park. «Heute keiner von den Kameraden draußen.»

«Hast recht, die sitzen wohl zu Hause in ihren Schlössern und trinken Champagner.»

Blondie sehnte sich ebenfalls nach einer Zigarette, und so beschlossen sie, hinunter zu *Systembolaget* in Folkungagatan zu gehen. Da bildete sich freitags immer eine Schlange, und es bestand die Chance, jemanden zu finden, den man um eine Zigarette anhauen konnte. Tatsächlich gelang es beiden auch sofort, von einer Gruppe von Bauarbeitern, die dort vor der Tür darauf warteten, an die Reihe zu kommen, eine Zigarette zu erbetteln.

Danach wanderten Blondie und Öland den Rest des Nachmittags ziellos auf Söder umher. Blondie gab Öland eine ihrer Plastiktüten, und sie teilten geschwisterlich, was sie so in Papierkörben und Containern fanden.

Blondie war eigentlich gern mit Öland zusammen, aber als es nach der kurzen Dämmerung richtig dunkel geworden war, überlegte sie doch, was sie zum Vorwand nehmen konnte, um sich von ihm zu trennen, ohne zugeben zu müssen, daß sie ein Ziel hatte. Sie war hungrig, sehnte sich nach ihrem Zuhause und hatte überhaupt keine Lust, die ganze Nacht mit ihm umherzutrotten.

Das Problem löste sich von selbst, als sie bei Björns Trädgård ankamen. Dort trafen sie nämlich einige von Ölands Kumpanen, die genügend zu trinken bei sich hatten, und daher konnte Blondie ihren Weg ohne irgendeine Erklärung fortsetzen.

Es war kälter geworden, und die Sterne funkelten am Himmel. Der Schneematsch war zu Eis gefroren, und sie schlurfte vorsichtig mit kurzen Schritten auf ihren glatten, abgenutzten Sohlen.

Unten an Maria Trappgränd fand sie einen Einkaufswagen, den jemand dort stehengelassen hatte. So einen kann man immer brauchen, überlegte Blondie, und außerdem kann ich mich auf dem Weg nach Hause daran festhalten.

Sie legte ihre Tasche mit dem zusammengesammelten Inhalt in den Wagen und begann das klappernde Gefährt vor sich her zu schieben.

Nach einem glücklichen Tag würde sie bald zu Hause sein.

Netta wachte davon auf, daß ihr Arm weh tat. Sie lag in Olofs Bett, und im Schlaf hatte er sich halb auf sie draufgewälzt, so daß seine harte Schulter sich in ihren Oberarm bohrte.

«Au!» sagte Netta und knuffte ihn, während sie versuchte, den Arm freizubekommen. «Rück mal 'n Stück, du Brummbär.»

«Was is 'n los, was is 'n los», nuschelte Olof, drehte sich um und schlief wieder ein.

Netta blickte auf die Uhr. Bald halb acht, viele Minuten hatte er also nicht mehr zu schlafen. Obwohl heute Freitag war, und freitags nahm er sich meistens frei, mußte er um neun zu einer wichtigen Besprechung, und bevor sie gegen vier eingeschlafen waren, hatte sie ihm versprochen, ihn so rechtzeitig zu wecken, daß er pünktlich sein konnte.

Sie saß eine Weile auf der Bettkante und spürte, wie es in ihrem Kopf pochte, dann stand sie auf, zog den Morgenmantel an und ging die Treppe hinunter in die Küche.

So schlimm sah es da gar nicht aus. Das Geschirr vom Abendessen stand über dem Geschirrspüler gestapelt, und sie hatte immerhin noch die Tassen, Cognacschwenker und Aschenbecher aus dem Wohnzimmer hinausgetragen und sie auf den Küchentisch zwischen Erdnußschälchen und Trinkgläser gestellt.

Sie spülte eines der Gläser, füllte es mit kaltem Wasser und legte zwei Treo-Tabletten hinein. Während die Flüssigkeit klarer wurde, räumte sie den Küchentisch leer, wischte ihn ab und legte das Geschirr in die Spülmaschine.

Sie leerte das Glas, in dem die Tabletten sich aufgelöst hatten, ließ es wieder voll Wasser laufen, tat Treo hinein, setzte sich hin, stützte den Kopf auf die Hände und wartete auf das Nachlassen des Hämmerns in ihrem Kopf.

Angefangen hatte es damit, daß die Nachbarn, Sivan und Klutte, mit einer ganzen Reihe eigenartiger Flaschen herübergekommen waren, um sie zu einem Drink einzuladen, den zu mixen sie auf Jamaica gelernt hatten. Zu Anfang war der auch verdammt gut gewesen, mit Rum und Fruchtsäften und Eis und Beeren und Gott weiß was noch, aber nach dem dritten Glas schmeckte er nur noch süßlich klebrig, und sie beschlossen, daß Sivan und Klutte zum Essen dableiben sollten. Danach tranken sie Schnaps zu Anschovis-Schnittchen und warteten, bis der Auflauf zum Lammfilet fertig war.

Na, und dann tranken sie diesen neuen Médoc-Wein, von dem Olof einen ganzen Karton mit nach Hause gebracht hatte, jeder mindestens eine Flasche, wenn sie es richtig überlegte. Und danach Kaffee und Cognac, und als Sivan und Klutte nach Hause gewankt waren, hatten Netta und Olof weiter Cognac getrunken, und dann hatten sie angefangen, sich über irgend etwas zu streiten, an das sie sich nicht mehr erinnern konnte, schließlich hatten sie sich wieder ausgesöhnt, aber zum Bumsen waren sie dann doch nicht mehr in der Lage gewesen. Kein Wunder, daß sie sich jetzt so fühlte.

Die Kopfschmerzen schienen ein wenig abzunehmen, und Netta setzte Kaffee auf, preßte vier Apfelsinen in zwei Gläser aus, trank das eine hastig aus, nahm das andere in die rechte und das Treo-Glas in die linke Hand und ging hinauf, um Olof zu wecken.

Das war nicht leicht, aber schließlich richtete er sich auf, trank die beiden Gläser aus und ging ins Bad. Währenddessen setzte Netta sich an den Frisiertisch und begann, die Reste des Make-ups von gestern zu entfernen, die sie bei Tageslicht nicht gerade hübscher aussehen ließen.

«Fünfundfünfzig Jahre, wie gräßlich, und man sieht es», sagte sie zu ihrem Spiegelbild. «Altes Weib!»

Olof kam zurück und begann sich anzuziehen.

«Verflucht noch mal, wie kann man nur so verrückt sein und sich am Abend vor einer so wichtigen Besprechung vollaufen lassen.»

«Müssen dich diese Japaner denn heute wirklich noch mal sprechen?» fragte Netta. «Ihr habt doch die ganze Woche über zusammengesessen. Nehmen die sich in Japan denn niemals frei?»

«Nee, die arbeiten immer.»

«Ist deine eigene Schuld. Na, und ich, ich habe versprochen, zu Mama nach Äppelviken zu fahren und mich dort mit Tante Sara zu treffen, die aus Italien wiedergekommen ist. Das ist mindestens ebenso anstrengend wie ein Haufen Japaner.»

«Diese gesellschaftlichen Verpflichtungen den Nachbarn gegenüber gehen mir auf die Nerven», brummte Olof und suchte einen passenden Schlips aus.

Jetzt fiel Netta ein, worüber sie sich gestritten hatten. Olof wollte das Haus verkaufen und in die Stadt ziehen, jetzt nachdem die Kinder ausgeflogen waren. Aber das wollte Netta nicht. Denk an die Enkelkinder, hatte sie gesagt. Die müssen doch mal raus aufs Land kommen. Welche Enkelkinder? hatte Olof gefragt. Na, wir werden doch irgendwann mal Enkelkinder haben, hatte Netta zu bedenken gegeben, und Olof hatte auf die ihm eigene trockene Art nur geantwortet: Das glaube ich nicht, sowohl Madeleine als auch Christer sind viel zu egoistisch, um sich Kinder anzuschaffen. Und damit war der Streit in vollem Gange.

Aber im Augenblick hatte Netta weder Lust noch die Kraft, sich zu streiten, sie hielt sich also zurück, während sie neue Mascara auf ihre Augenlider pinselte.

«Ich muß mich jetzt beeilen», stellte Olof fest. «Wir essen mittags mit den Japsen, und dann müssen wir raus und den ganzen Nachmittag lang die neuen Lagerhallen in Stuvsta ansehen.»

«Wann kommst du nach Hause?»

«Um sechs bin ich sicher wieder hier. Spätestens. Wir essen dann was Leichtes, nicht? Und dann ziehen wir alle Vorhänge zu und schließen die Tür ab und lassen keine Menschenseele über unsere Schwelle.»

«Richtig, und wir ziehen den Telefonstecker raus», ergänzte Netta. «Hummer. Der ist jetzt billig. Der frische amerikanische, den sie bei *Hammarströms* selbst kochen. Ich kaufe ihn ein.»

«Prima», stimmte Olof zu. «Und Champagner. Nur Champagner. Keine süßlich klebrigen Drinks. Leg ein paar Flaschen in den Kühlschrank, bitte.»

Netta bekam einen Klaps auf die Wange, wodurch der Augenbrauenstift verrutschte, und die Folge war ein Strich bis an den Haaransatz.

«Guck mal, was du gemacht hast», maulte sie, aber da war Olof bereits auf dem Weg die Treppe hinunter.

«Tschühüs!» rief er, und dann fiel die Haustür ins Schloß.

«Tschüs, tschüs, tschüs», zischte Netta durch die Zähne und bearbeitete die Stirn mit einem Wattebausch. «Männer!»

Da sie mit dem Auto fahren und sich hauptsächlich im Hause aufhalten würde, nahm Netta den kurzen Pelz, und obwohl es draußen matschig zu sein schien, zog sie sich die neuen mahagonibraunen Stiefel mit langem Schaft und hohen Absätzen an. Die waren etwas eng, aber sie sahen sehr elegant aus.

Auf dem Weg nach Äppelviken bog sie bei dem Fischgeschäft ein und kaufte zwei große frischgekochte Hummer, die sie sorgfältig einpacken ließ und in den Kofferraum legte, den sie gewissenhaft abschloß.

Der Nachmittag bei ihrer Mutter wurde nicht so langweilig, wic sie befürchtet hattc. Tante Sara, die zweiundsiebzig Jahre alt war, hatte in Bologna einen Herrn kennengelernt und erzählte fröhlich und selbstironisch von ihrer zwei Wochen dauernden Romanze. Und Mama war ausnahmsweise guter Laune und beklagte sich kein einziges Mal über irgend etwas. Sie bot Sherry und kleine Pasteten an und erzählte sogar ganz locker von einigen Liebesgeschichten aus ihrer Jugendzeit.

Als Tante Sara gehen mußte, um rechtzeitig um halb fünf bei einer Freundin auf Kungsholmen zu sein, bot Netta sich an, sie dort hinzubringen.

Bei Fridhemsplan ließ Netta ihre Tante aussteigen und schob sich in die Fahrzeugschlange in Richtung Västerbron. Es schien eine Ewigkeit zu dauern, bis sie die Brücke überquert hatte, aber als sie schließlich auf der anderen Seite angekommen war und auf die Uhr sah, war es gerade mal zwanzig vor fünf. Trotz der Staus würde sie es schaffen, lange vor sechs zu Hause anzukommen. Und heute brauchte sie kein Essen zu kochen, denn sie hatte ja Hummer.

Die Autoschlange löste sich auf, und die Fahrbahn sah trocken aus, daher gab sie Gas, als sie hinunter auf Söder Mälarstrand gekommen war.

Plötzlich, wie aus dem Nichts, tauchte etwas vor ihrem Kühler auf. Etwas, das glitzerte, und Netta trat kräftig auf die Bremse, als sie einen Stoß gegen den Wagen spürte und ein kratzendes Geräusch hörte. Die Ampel hinter ihr hatte auf Rot umgeschaltet, Gott sei Dank hatte sie also die Fahrbahn hinter sich frei. Sie bremste vorsichtig und ließ den Wagen mit den rechten Reifen auf den Radweg rollen, bevor sie heraussprang und mit schnellen Schritten zurücklief.

Als sie näher kam, erkannte sie, was da gegen das Auto geknallt war. Ein Einkaufswagen lag umgekippt auf der Fahrbahn, und eine Gestalt hatte sich darübergebeugt und versuchte, ihn wieder aufzurichten. Zwischen dem Wagen und dem Rinnstein lagen verstreut Flaschen und Blechdosen. Netta stellte fest, daß die Ampel immer noch auf Rot war, und sie rannte, so schnell das mit ihren hohen

Absätzen ging, auf den Einkaufswagen zu, stellte ihn aufrecht hin und erreichte mit ihm den Bürgersteig genau in dem Augenblick, als die Autos anfuhren. Es gelang ihr auch noch, ein paar Flaschen, die mitten auf der Fahrbahn lagen, mit dem Fuß auf die Seite zu schieben.

«Wie ist denn das passiert?» fragte sie die Frau, die immer noch Flaschen und Dosen aufsammelte und sie in den Wagen warf. «Sie sind doch nicht verletzt? Ich habe weder Sie noch Ihren Wagen gesehen. Der war plötzlich einfach da.»

Die Frau legte die letzte Flasche in den Wagen und richtete sich auf. Sie trug einen großen, weiten Herrenmantel, und auf dem Kopf hatte sie eine graue Pudelmütze, die sie tief in die Stirn gezogen hatte. An den Füßen Joggingschuhe, die vor langer Zeit vermutlich einmal weiß gewesen waren, und ein Paar eigenartige blaue Plastiktüten um die Knöchel gewickelt.

«Aber nein, mir fehlt nichts. Hab mir nur ein bißchen das Knie gestoßen, als ich vor Schreck hingefallen bin, aber das macht überhaupt nichts. Und der Wagen ist ja heil geblieben.»

«Ich verstehe einfach nicht, warum ich ihn nicht gesehen habe», wunderte sich Netta.

«Ich stand da und wartete darauf, über die Straße gehen zu können, als er plötzlich einfach so von mir wegglitt und von selbst zu rollen anfing. Einen richtigen Schreck habe ich gekriegt, ich dachte, das Auto würde ins Schleudern kommen. Aber du kannst gut fahren, das sieht man.»

«Na und ob, das hätte böse ausgehen können. Tja, ist wohl kein größerer Schaden, hab richtig Glück gehabt», meinte Netta und blickte zu ihrem Wagen hin. Sie hoffte, keine Kratzer im Lack abbekommen zu haben, denn die Stoßstange hatte den Aufprall wohl aufgefangen.

Da bemerkte sie, wie die Frau, die einen Kopf – oder genauer gesagt, einen Absatz – kleiner als sie selbst war, sie so eigentümlich anblickte. Sie stand mit offenem Mund da, so daß Netta ihre lükkenhaften Zahnreihen sehen konnte. Die Frau zeigte auf sie und rief plötzlich:

«Bist du nicht Netta? Agneta Ljung?»

Netta starrte sie ebenfalls an. Wie konnte diese Person wissen, wer sie war?

«Doch», gab sie zögernd zu, «das bin ich. Aber wie...»

«Tja, lang ist's her», erklärte die Frau. «Mädchenschule. Wir sind in die gleiche Klasse gegangen. Kannst du dich nicht mehr an mich erinnern? Blondie. Rut Blomberg.»

Vor Nettas innerem Auge tauchte ein rundliches, fröhliches Mädchen mit rosiger Haut, lockigem Haar und häßlichen, schlechtsitzenden Kleidern auf.

«Blondie», hauchte sie überrascht. «Stimmt das? Bist du das wirklich?»

Den Zweifel in ihrer Stimme konnte sie nicht verbergen.

«Ja, hab ich doch gesagt», bekräftigte Blondie. «Aber es ist lange her. Wie alt sind wir jetzt? Fünfundfünfzig, nicht? Ist ja beinahe vierzig Jahre her, seit wir aus der Schule sind. Man verändert sich in einer so langen Zeit. Na, du natürlich nicht. Jedenfalls nicht sehr. Du siehst noch immer so aus wie früher. Und schick angezogen, das warst du ja damals schon.»

Sie sah Netta an, lächelte ein wenig, und mit einemmal glich sie entfernt dem Mädchen, das sie damals gewesen war.

«Komm ein Weilchen zu mir nach Hause», lud Blondie ein. «Ich wohne hier. Auf dem Boot da hinten.»

«Nein, ich muß nach Hause», entschuldigte sich Netta.

«Nur mal kurz. Ich muß mir das Knie ansehen. Vielleicht blutet es. Komm einen Moment mit.»

Netta zögerte. Was verband sie mit diesem Bettelweib, außer daß sie vor hundert Jahren zusammen zur Schule gegangen waren? Aber gleichzeitig war sie neugierig auf Blondie. Und sie hatte nie jemanden gekannt, der auf einem Boot wohnte.

«Abgemacht», gab sie nach. «Aber nur fünf Minuten. Mein Mann wird unruhig, wenn ich zu spät nach Hause komme. Aber, wie gesagt: nur einen kurzen Augenblick.»

Netta wußte nicht, was sie erwartet hatte, wunderte sich aber, wie gemütlich die Kajüte des Schleppers wirkte. Und beinahe nett, obwohl die Bettwäsche unerhört zerlumpt aussah. Eine schmutzige Steppdecke mit mehreren Brandlöchern von Zigaretten darin und ein schmieriges Kopfkissen ohne Bezug. Netta dachte an ihren eigenen duftenden Wäscheschrank.

«Ich kann dir nicht viel anbieten», entschuldigte sich Blondie. «Vielleicht eine Tasse Tee.»

«Nein, ich will ganz bestimmt nichts haben. Darf ich mir dein Knie mal ansehen?»

Blondie knöpfte den Mantel auf und rollte das Hosenbein hoch. Sie hatte zwei Jogginghosen an, und mindestens die äußere war blank gescheuert und fleckig. Das Knie war ein wenig geschwollen, und ein großer blaubrauner Fleck breitete sich darunter aus, aber die Haut war nicht aufgerissen. Blondie schob das Hosenbein wieder hinunter und fragte:

«Hast du eine Zigarette?»

«Na klar. Wir rauchen eine Zigarette, aber dann muß ich wirklich gehen.»

Sie gab Blondie eine Zigarette und steckte sie ihr an.

«Wie kommt es, daß du hier so wohnst. Ich meine...»

«Ich weiß, was du meinst. Erinnerst du dich, wie sie mich von der Schule geschmissen haben, weil ich schwanger war?»

Das wußte Netta nicht mehr. Damals hatte sie selbst die Mädchenschule verlassen, um in die Oberstufe einer anderen Schule zu gehen. Aber sie sagte nichts.

«Tja, ich will dich nicht mit einer endlosen Geschichte langweilen. Ich habe das Kind also bekommen. Svenne haute ab, und das Baby wurde zur Adoption freigegeben. Dann hatte ich einige schwierige Jahre, arbeitete mal hier, mal da, wurde wieder schwanger. Der Kerl verdrückte sich natürlich, und das Kind starb bei der Geburt. Na ja, das können wir alles überspringen. Ich heiratete einen Mann, der hieß Sture und soff. Da habe ich auch zu saufen angefangen, damit ich es überhaupt aushalten konnte. Geschlagen hat er mich auch, und es dauerte mehrere Jahre, bis ich ihn los wurde. Dann war eine Zeitlang Ruhe, ich habe im Krankenhaus gearbeitet und hatte eine Wohnung, aber ich hatte mich an Alkohol gewöhnt, wie man so sagt, und da verlor ich meine Arbeitsstelle. Hab mich mit Alkoholikern zusammengetan, miesen Typen natürlich, und da wurde ich schließlich auf die Straße gesetzt. Und so ist das gegangen. Diese Kajüte habe ich nur leihweise. In einem Monat oder so muß ich hier auch raus. Das ist in kurzen Zügen meine Lebensgeschichte. Aber jetzt geht es mir besser. Ich trinke nicht so viel. Klar, daß man sich nach einem geordneten Leben sehnt. Wohnung und so. Arbeit zu bekommen ist in meinem Alter ja wohl hoffnungslos. Arbeitest du denn, oder bist du nur verheiratet?»

Netta fühlte sich in eine andere Welt versetzt, wie sie sich da die deprimierende Lebensgeschichte von Blondie anhörte.

«Doch, ich arbeite. In einem Anzeigenbüro. Schreibe Texte und so. Aber kannst du nicht Hilfe bekommen? Das Sozialamt...» Netta zögerte. Ihr war bewußt, daß ihre Kenntnisse in dieser Hinsicht sehr begrenzt waren.

«Nein, mit Behörden will ich nichts mehr zu tun haben. Davon habe ich inzwischen genug. Von denen kann man nicht viel Hilfe erwarten, und ist man einmal rausgeflogen, dann bekommt man keine Wohnung mehr. Nein, ich muß selbst zurechtkommen.»

Netta wußte nicht, was sie dazu sagen sollte. Das waren Bereiche und Lebensumstände, über die nachzudenken sie sich weigerte. Sie wollte nur noch weg aus diesem Elend. Dies hier ging sie nichts an.

«Nein, nun muß ich aber wirklich gehen, damit Olof nicht unruhig wird», sagte sie und hoffte im stillen, daß Blondie sie nicht nach ihrer Adresse fragte oder um die Telefonnummer bat.

«Ja, ich verstehe», stimmte Blondie zu. «Ich begleite dich hinaus.»

Netta ließ die Zigaretten auf dem Tisch liegen.

«Nimm nur, wenn du vergessen hast, welche zu kaufen», bemerkte sie beiläufig und kam sich dümmlich dabei vor.

Sie traten aus der Kajüte, und ein eisiger Windstoß von Riddarfjärden fuhr ihnen ins Gesicht. Es war sternenklar, der Mond war aber nicht zu sehen, und hier draußen am Kai war es dunkel, denn der Schein der Straßenlaternen reichte nicht bis hierher.

Blondie ging vor, stieg die kurze Leiter zum Achterdeck hinunter, und Netta folgte dicht hinter ihr.

«Geh vorsichtig, hier ist es glatt!» warnte Blondie.

Im gleichen Moment blieb Netta mit dem Absatz hängen und stolperte vorwärts, streckte die Hände aus, um sich an einer Reling oder einem Handlauf festzuhalten, aber sie fuchtelte durch die Luft und fiel gegen Blondie, und Netta hörte ein Platschen, bevor sie vornüber auf das vereiste Stahldeck hinschlug, und es dauerte eine Weile, bis sie begriff, daß Blondie über Bord gefallen war.

Netta richtete sich auf die Knie auf und sah jetzt, daß die Reling, die an der Seite des Bootes entlanglief, dort aufhörte, wo die Rundung des Achterdecks begann. Und da gab es keine Schutzvorrichtung, aber sie hielt sich an einem Poller fest und beugte sich vornüber, sah jedoch nur schwarzes Wasser, das gegen die Außenwand des Schiffes klatschte und schäumte und eisige Kaskaden über ihr Gesicht sprühte.

Schließlich stand sie auf und begab sich hinüber auf den Kai, wo der Einkaufswagen mit seinen Flaschen und Dosen stand, und sie ging weiter zu ihrem Auto und setzte sich hinters Lenkrad.

Sie zitterte am ganzen Körper, sie wußte nicht, ob vor Kälte oder wegen des Schocks oder aus beiden Gründen, aber sie trocknete sich mit dem Taschentuch das Gesicht ab und fuhr sich über die Haare und blieb da sitzen, bis das Zittern aufgehört hatte.

Sie wußte, daß es nichts mehr zu tun gab. Oder zu sagen – nicht mal zu Olof.

Niemand sollte es erfahren.

Vierzig Jahre lang hatte es Blondie nicht gegeben – dann war sie plötzlich für zwanzig Minuten dagewesen – und jetzt war sie wieder weg.

So war das nun einmal.

Und für Netta gab es nur noch eins, zu Olof nach Hause zu fahren, Hummer zu essen und Champagner zu trinken und sich zum Schlafen zwischen die glatten, sauberen Laken zu legen, und was geschehen war, war nicht wirklich und nicht mal ein böser Traum.

MAJ SJÖWALL

Anmerkungen über einen noch zu entdeckenden Autor

Thorsten Jonsson (1910–1950), Journalist, Essayist, Autor, Übersetzer und bis zu seinem Tode Kulturchef bei Schwedens größter Tageszeitung, *Dagens Nyheter*, ist im Ausland leider so gut wie unbekannt. Er war als Korrespondent für *Dagens Nyheter* 1943 bis 1946 in den USA, übersetzte einige der großen amerikanischen Autoren jener Zeit wie Faulkner, Steinbeck, Hemingway, Caldwell und Saroyan ins Schwedische und machte sie dadurch in diesem Land bekannt.

Sein eigenes schriftstellerisches Schaffen umfaßt die Novellensammlungen «Som det brukar vara» (Wie das eben so ist) und «Fly till vatten och morgon» (Flieh zum Wasser und zum Morgen), die Essaysammlungen «Sex amerikaner» (Sechs Amerikaner), «Sidor av Amerika» (Ansichten über Amerika), den Roman «Konvoj», eine Sammlung übersetzter afroamerikanischer Lyrik «Mörk sång» (Dunkles Lied) und den nichtabgeschlossenen Roman «Dimman från havet» (Nebel vom Meer).

Die von mir ausgewählte Erzählung stammt aus der Sammlung «Fly till vatten och morgon» (Flieh zum Wasser und zum Morgen). Alle diese neun Erzählungen basieren auf Motiven und Gedanken, die aus den Krankenblättern von Jonssons gutem Freund, dem damaligen Amtsarzt in Stockholm, Gunnar Inghe stammen. Das trägt zur wirklichkeitsnahen Personenbeschreibung und zu realistischen Milieuschilderungen bei, die oft von Düsterkeit und Traurigkeit geprägt sind.

Obwohl der Autor selten erwähnt wird, wenn von Kriminalromanen die Rede ist, will ich gerade diese Erzählung hier vorstellen, vor allem auch wegen seiner sachlichen und genauen Erzähltechnik und seiner Prosa, die sowohl von lyrischen Tönen als von Schärfe und Deutlichkeit gekennzeichnet ist. Es ist eine meiner Lieblingserzählungen.

THORSTEN JONSSON

Zimmer mit Eisenherd

Der Wecker klingelte. Er lag da und beobachtete sie. Sie rührte sich nicht, sie dachte nicht daran aufzustehen. Sie war wach, aber sie weigerte sich einfach aufzustehen. Sie scherte sich den Teufel darum.

Albert ließ ihn weiter klingeln. Sollte sie ihn ruhig hören! Sie rührte sich nicht. Sie lag mit dem Gesicht zur Wand, hatte ihren dicken Hintern in die Höhe gereckt. Sollte der Wecker ruhig klingeln, das würde ihr guttun. Sie hörte es bestimmt. Sie war wach, auch wenn sie es nicht zeigte. Sie hatte den Kopf vergraben. Der Wecker klingelte immer noch, sie lag da, den Kopf unter die Decke vergraben, und die Haare hingen am Hals herunter wie eine braune Schmiere. Sie tat, als schliefe sie. Ihr war alles scheißegal.

Der Wecker klingelte, und er stellte ihn erst ab, als er von selber leiser wurde. Sie rührte sich nicht. Sie streckte nur den Hintern raus und schmiegte sich an ihn. Das war angenehm, denn es war warm, aber es war auch eng. Sie drängelte nur aus Niedertracht. Nachts kam sie gekrochen und drückte sich gegen ihn, weich und heiß, so daß er nicht schlafen konnte. Ja, zum Teufel, glaub nicht, daß sie sich an ihn schmiegte, weil sie ihn mochte und ihm nahe sein wollte, sondern um gemein zu sein. Sie mußte daliegen, die Knie bis unter das Kinn hochgezogen, und ihn über den Rand der Bettcouch rausdrängen, so daß er mit der Hüfte auf der Kante liegen durfte. Sie war nicht wach zu bekommen, und man konnte das dicke Aas auch nicht wegschieben, wenn sie mit hochgezogenen Knien dalag und sich an der Wand abstützen konnte, und sie wollte nicht aufwachen. Falls sie nicht schon wach war und dalag und aus reiner Gemeinheit schubste. Sie war wuchtig und hielt ihr Gewicht, obwohl sie immer weniger zu essen hatten. Sie, sie war immer gleich fett. Sie saugte einen aus und war eine Belastung. Man sollte das Aas rausschmeißen. Der Mietvertrag lautete auf Herrn J. A. Lind. Bloß raus mit ihr, Schluß, aus, aber man ist ja zu gutmütig.

Er saß auf dem Rand des Sofas mit der Holzkante in der Kniekehle. Raus mit dir, dachte er. Zum Teufel, raus! Du kannst zu ihm raufgehen; und plötzlich wurde er zornig.

Verdammt, verdammt, dachte er, während er die Strümpfe über die langen Unterhosen hochzog, verdammt, verdammt, verdammt! Und in beiden Löcher, die großen Zehen ganz draußen, ist so unangenehm, mit den bloßen Zehen in den Schuhen zu gehen, und das hätte sie doch gestern abend zuziehen können. Das kam zu allem anderen noch hinzu, und er hatte so lange, große Zehen, die weit hervorstachen.

Als er die Hosen angezogen hatte, ging er auf bloßen Strümpfen quer über den Boden zum Schrank neben dem Herd und sah nach, ob es Sahne und Zucker zum Silbertee gab, die man mit heißem Wasser trinken konnte. Keine Sahne, aber ein Schluck Milch unten in der Kanne. Nur Streuzucker, und es war Dreck im Zuckerpaket.

Was war denn das?

Unten im Paket sah man nur etwas Dunkles. Er schüttete etwas Zucker auf die Arbeitsfläche neben der Spüle und starrte darauf, rührte mit dem Zeigefinger in dem Zuckerhäufchen herum. Der kleine und der Ringfinger spreizten sich ab, der Mittelfinger fehlte vom Knöchel ab.

Es war Asche. Es war Zigarettenasche!

Schlamperei.

Und wo hatte sie überhaupt die Zigaretten her? Einfach die Asche in das Zuckerpaket fallen zu lassen, und dann, wo hatte sie Zigaretten her? Vom Metzger?

Die Wut kochte in ihm hoch und legte sich wieder, während er die linke Hand unter die Kante der Arbeitsplatte hielt und mit der gebogenen rechten den Zucker in die linke kehrte und zurück ins Zukkerpaket schüttete. Er stand mit dem Rücken zum Bettsofa, und von dort kam es plötzlich:

«Was machst du? Du verschüttest das bißchen Zucker, das wir haben? Willst du den Zucker versauen?»

Die Stimme war hellwach, war schon eine ganze Weile wach. Sie lag nur da und faulenzte. Er sollte aufstehen und alles machen. Das Luder lag nur da auf der faulen Haut.

Er antwortete nicht. Er war ruhig und beherrscht.

«Kannst du mit dem Zucker nicht vorsichtiger umgehen, wenn du schon kein Geld nach Hause bringst, damit wir neuen kaufen können? Schüttest den Zucker auf die Spüle! Was machst du mit dem Zucker?»

Albert fegte den Rest in die Hand, so daß nur noch in den abgenutzten Stellen des Wachstuches Zuckerkrümel als Füllung liegenblieben.

«Stell dich nicht so an, sondern gib mir Antwort», sagte sie vom Sofa her. «Was machst du mit dem Zucker?»

Er wußte, daß sie den Kopf gedreht hatte und dalag und ihn musterte, und damit sie nicht die Gelegenheit bekam, «spindeldürr im Hemd, Gott, wie dünn in den Hosen, kommst du oben ans Regal?, welche Arme ein Mann hat, kann man am besten von hinten sehen» zu sagen, schnaubte er:

«Das geht dich nichts an. Ich bekomme heute Arbeit.»

«Ach ja, tatsächlich?»

«Ich werde heute hingehen und es festmachen.»

«Zum Teufel, was ist das für eine Arbeit?»

«Natürlich Buchbinderei.»

«Bääh», sagte sie, und er hörte, wie sie sich auf dem Sofa bewegte.

Sie hatte sich zur Wand gedreht, und er stand da und sah sie an, mit dem Zuckerpaket in der rechten Hand, den Daumen auf der einen Seite und die drei Finger auf der anderen.

«Bin ich vielleicht kein Buchbinder, was?» fragte er.

«Du bist zu alt.»

«Zweiundvierzig», sagte er. «Fast.»

«Du bist zu alt, um Arbeit zu bekommen. Du bist überall bekannt. Du bekommst in keiner Buchbinderei was. Wo soll die denn sein?»

«Auf der Mästersamuelsgatan.»

«Dort gibt es keine Buchbinderei.»

«Ach nein. Und Lindkvists? Sind die nicht auf Mästersamuelsgatan? Ich soll heute dorthin.»

«Wann?»

Er sah auf die Uhr. Es war zehn vor elf.

«Zwölf», antwortete er.

Sie lag still und hatte die Augen geschlossen. Er stand und betrachtete sie. Dann erklärte sie:

«Man merkt keinen Unterschied, du riechst trotzdem nach Kleister. Du riechst auf jeden Fall nach saurem Kleister, obwohl du seit fünf Jahren in keiner Buchbinderei mehr warst. Ich begreife nicht, warum du nach saurem Kleister riechst. Wieso riechst du nach saurem Kleister?»

Die Wut kochte in ihm hoch, so daß sich der Brustkorb bis über das Herz vollgestopft fühlte, und er stieß den Atem heftig aus. Er stand ganz still und hörte, wie er ausatmete. Plötzlich hob er das Paket, das er in der Hand hatte, und warf es nach ihr. Es flog quer durch das Zimmer, einen Kometenschwanz von Zucker hinter sich herziehend, und plumpste weich neben ihr ins Bett, während der Zucker über den zerschlissenen Linoleumbelag rieselte.

Sie setzte sich abrupt auf.

«Was, zum Teufel, machst du mit dem Zucker? Du verschüttest den Zucker! Warum verschwendest du den Zucker so?»

Er sah zu, wie sie das Paket auf den Stuhl neben den Wecker stellte. Verdammt noch mal, raus, dachte er. Raus mit dir! Raus! Raus! Verfluchtes Frauenzimmer! Er sah sie im Bett sitzen mit der Decke über den Beinen. Das Nachthemd war blaßrot vom vielen Waschen, mit einem fadenscheinigen Einsatz. Dann wandte er sich zur Holzkiste und hob den Deckel. Es lagen fünf Holzkloben untendrin, und er streckte beide Hände hinein, nahm zwei Kloben in die rechte Hand und eine Faust voll Holzabfall in die linke. Mit dem einen Stück Holz schlug er die Ofenklappe auf und legte zuerst den Abfall hinein.

Sofia saß im Bett und fixierte ihn. So ein Kerl! Jetzt log er wieder. Eigentlich konnte man nur noch heulen. Wenn man nicht so wütend auf ihn wäre, würde man sich leid tun. Wie klein und jämmerlich er da vor dem Ofen hockte.

«Beeile dich und heiz an», sagte sie. «Es ist so verdammt kalt hier. Und kehr augenblicklich den Zucker vom Boden auf!»

Sie saß im Bett und fror in ihrem dünnen Nachthemd. Ihr machte es nichts aus, daß sie fror, aber er konnte die Kälte nicht ertragen, der armselige Kerl. Wie er so vor dem Ofen hockte, konnte man bei ihm alle Wirbel zählen, vom Hals abwärts bis zum Hosenbund. Sie daß da und lächelte über seinen Rücken.

«Zieh die Hosen aus und komm ein wenig her», schäkerte sie.

Er schlug die Ofenklappe zu, richtete sich auf und drehte sich zu ihr herum.

«Was?» fragte er. «Was willst du? Willst du…»

Er kam heran ans Sofa, aber ehe er sich auf die Kante setzen konnte, sagte sie:

«Solltest du nicht zum Buchbinder? Hast du jetzt Zeit für so etwas? Geh und zieh dich fertig an. Und kehr den Zucker vom Boden auf!»

Sie zog die Knie unter das Kinn hoch, und das fühlte sich warm und behaglich an. Sie saß da mit den Armen um die Knie geschlungen, das Kinn auf die Arme aufgestützt, und sah ihn an. Seine Augen wichen aus, und es zuckte an der Seite der Oberlippe, wie üblich. Sie bewegte den Körper, damit die Decke hinunterrutschte. Dann stellte sie die Füße auseinander, damit er sehen konnte, wenn er es wagte.

Eigentlich konnte er einem leid tun.

Sie sagte ermahnend:

«Beeile dich und zieh dich jetzt fertig an, damit du rechtzeitig zum Buchbinder kommst.»

◆

Draußen auf der Vortreppe stand er da und dachte: Aufgefegt habe ich jedenfalls nicht. O nein. Man läßt sich nicht beliebig herumkommandieren. Etwas mußte sie auch tun, nachdem sie aus dem Bett gefunden hat.

Vor der Brücke lag Schneematsch, und auch die ganze enge Straße entlang am zentralen Branntweinlager vorbei. Während er – die Hände tief in den zerschlissenen Taschen des schwarzen Mantels – im Zickzack über die trockeneren Stellen stapfte, überlegte er, was er tun sollte: gehen oder fahren. Er besaß fünfunddreißig Öre, und entweder konnte er den Dreier hin und zurück nehmen, oder aber beide Strecken gehen. Dann konnte er auf dem Heimweg irgendwo auf einen Sprung einkehren und Kaffee trinken und einen Kopenhagener essen. Als er an die kleine holprige Brücke von Reymersholmen kam, überlegte er, daß er wenigstens versuchen wollte, eine Strecke zu gehen. Seine Füße fühlten sich jetzt schon naß an, aber das lag vielleicht daran, daß die Strümpfe dreckig waren. Vor den Neubauten am Bergsundsstrand war es genauso naß, dort waren die richtigen Bürgersteige noch nicht fertig. Dann wurde es auf dem Pflaster und dem Asphalt etwas besser. Er ging den Weg am Wasser entlang, am Pålsund vorbei, vorbei am leeren Kai der Motorboote links, vorbei an der Eisentür rechts mit dem Gitterfenster und dem Gemurmel von innen und dem Kloakengestank bis weit auf den Bürgersteig hinaus, vorbei an der Brauerei und vorbei an schwarzfeuchten, steilen Felskanten. Die ganze lange Strecke am Kai entlang war nur wenig matschig, Riddarfjärden grau und windig.

Nur wegen Sofia mußte er den ganzen langen Weg gehen und versuchen, auf dem Arbeitsamt etwas zu erwischen, womit er sie beruhigen konnte, wenn sie entdeckte, daß der Job in der Buchbinderei ein Bluff war. Nur wegen Sofia mußte er da drinnen stehen und warten. Ohne sie hätte er nicht diesen langen Weg gehen und nasse Füße bekommen müssen, dann hier stehen, dann sitzen und warten, und dann am Schalter wieder stehen. Und außerdem noch die ganze Strecke zurückgehen. Pfui Teufel, pfui! Man müßte alleine sein; und während er stand und wartete, ehe er einen Sitzplatz bekam, fuhr es ihm durch den Kopf: *Jetzt ist der Metzger bei ihr.* Der Gedanke wurde von Müdigkeit und weichen Knien vertrieben, und einer Leere, die entstand, weil man nichts Ordentliches zu essen bekam, sondern vom Kaffeetrinken und Gebäck lebte. Man sah im Spiegel, daß das Gesicht grau war, richtig *grau*, und voller Falten, so fein, als seien sie mit Daumen und Zeigefinger dort hineingekniffen worden. Und eine Gedankenleere, so daß manchmal im Hirn ein schnell drehendes Nichts kreiselt; eine Mühle von Flüchen, aber durchsichtig wie ein Wasserwirbel, *Scheißescheißescheißescheiße,* und dann stopp! und nichts mehr, Leere. *Jetzt ist der Metzger bei ihr.*

Es gab zwei Stellen als Hauswart, aber die konnte er nicht bekommen, weil man ihn kannte. Es waren noch mehrere feste Stellen vorhanden, die er nicht bekommen konnte. Dann existierte noch eine Extraarbeit in einem Lager, aber als er die haben wollte, war sie schon anderweitig versprochen. Es hatte noch andere Aushilfsarbeiten gegeben, aber das war früher am Tag, viel zeitiger, jetzt war es schon nach zwölf Uhr. «Warum kommen Sie nicht früher? Sie wollen natürlich gar keine Arbeit haben.»

«Und warum komme ich dann hierhin?»

Und da blieb er ohne Antwort.

Albert stand eine Weile vor der Tür und dachte darüber nach, daß er nicht einmal eine Antwort bekommen hatte. Jawohl, du armer Teufel, du hast nicht einmal eine Antwort bekommen. Er ging über die Hornsgatan nach Hause, denn es war so langweilig, den gleichen Weg zurückzugehen. Jedenfalls war es gut, fand er, daß er nichts bekam, wo er heute anfangen mußte. Heute war er zu müde. Das heiße Wasser mit Zucker und Milch und der Zwieback von heute morgen waren nun verdaut, und gestern hatte er den ganzen Tag nichts Ordentliches gegessen, nur zweimal Kaffee getrunken und morgens heißes Wasser mit Zucker und Milch. Zuletzt, das war vorgestern gewesen, da waren es Würstchen, aber es waren nur noch vier Kartoffeln übriggeblieben, und es gab keine Margarine mehr, um sie darin zu braten. Man wird irgendwie satter, wenn es gebraten ist.

Irgendwo auf dem halben Weg würde er einkehren und Kaffee trinken und etwas sitzen bleiben. Zu «Norma» am Ringvägen könnte er gehen, das lag ungefähr auf halber Strecke. Es reichte zu einer Tasse Kaffee mit einem Kopenhagener und einem Zwieback, aber nicht zu einem Kännchen mit einem Kopenhagener. Oder zu einer Tasse Kaffee mit zwei Scheiben Hefezopf und einem Zwieback. Er grübelte über die beiden Scheiben Hefezopf: Wenn sie die schmalen Hefezöpfe hatten, bekam man vier kleine Scheiben. Er stellte sich die vier Scheiben vor und dachte: Soviel, so ein großes Stück von einem Hefezopf. Dann dachte er wieder über einen Kopenhagener mit einem Zwieback nach: ein großer Kopenhagener, dick mit Zucker glasiert, aber mit vielen Luftlöchern, oder ein kleiner Luxuskopenhagener, fett und buttergelb und mit einem großen Klecks weicher gelber Vanillecreme in der Mitte. Aber die lagen immer schwer und eigenartig im Magen. Bei den Hefescheiben war der Fehler, daß sie neuerdings statt Mandeln geröstete Erdnüsse obendrauf hatten, und Erdnüsse mochte er nicht. *Jetzt ist der Metzger bei ihr, das könnte ich beschwören.* Also ein Kopenhagener und ein Zwieback, am besten ein großer Kopenhagener, nicht so fett, daß er wie ein Klumpen im Magen lag und nicht sättigte. Und dann Kaffee. Wenn er zum «Hornskroken» ging, bekam er mehr Kaffee, aber schlechteren, nicht so schwarz, und bei «Norma» sah man nettere Leute. Im «Hornskroken» saßen nur die üblichen, der

Brauer und Berglund und Spiken Larsson, falls er kein Geld hatte. Der Brauer und Berglund waren ganz nett, aber Spiken Larsson war niederträchtig.

◆

Als er das «Norma» am Ringvägen betrat, saß Spiken Larsson da. Er sah wie immer flott aus, saß an einem der Tische links im Café und las Zeitung. Albert sah schnell weg, damit Larsson nicht spürte, daß ihn jemand ansah, und aufschaute, und setzte seinen Weg geradeaus in den rechten Teil des Cafés fort. Als er sich setzte, war ihm übel vor Müdigkeit. Er blieb eine Weile sitzen, bis sich der Magen beruhigt hatte, und kümmerte sich nicht darum, die Bedienung zu rufen. Dann kam sie heran.

«Tasse Kaffee mit einem Kopenhagener und einem Zwieback. Einem großen Kopenhagener», sagte er zu dem Mädchen.

Als alles vor ihm auf dem Tisch stand, begann er mit dem Zwieback. Er hatte große Lust, den Zwieback zu stippen, aber dann wäre der Kaffee zu schnell alle gewesen.

Er stopfte das letzte Stück Zwieback in den Mund und ließ es erst vom Speichel durchweichen, ehe er zu kauen begann. Als er es heruntergeschluckt hatte, nippte er am Kaffee. Der war gut. Er sah Spiken Larsson drüben zur Tür gehen und sich nach Bekannten umsehen, ehe er hinausging.

«Servus, servus, servus», rief er laut, als er Lind erblickt hatte. Die Leute an den Tischen hoben die Köpfe, und das Mädchen hinter der Theke sah hoch. Alle starrten ihn an, während er auf Alberts Tisch zuging. Er ging mit dem Zigarillo im Mundwinkel, und Albert sah ihn kommen. Der Mantel sah wie stets neu aus. Er hatte dicke Säume um alle Kanten herum, es wirkte wie abgesteppt. Er war breitschultrig, aber in dem Mantel, der glatt herunterhing und in ganzer Länge die Achselbreite hatte, wirkte der Körper schlaksig. Der dünne Stoff der Hosen flatterte um die Beine, und die Melone saß etwas schräg, so kam er in seinem großen Mantel herangeschlendert.

«Servus, servus», sagte er mit seiner durchdringenden Stimme. «Servus. Wie geht es dir? Natürlich beschissen wie immer.» Wenn er sprach, zuckte der schwarze Zigarillo im rechten Mundwinkel.

«Na ja», brummte Albert und begann mit dem Kopenhagener.

«Pfui Teufel, siehst du schlecht aus», stellte Spiken Larsson fest. «Blaß wie die Wand, grünlich. Stoppelig bist du auch, warum rasierst du dich nicht? Man sollte ordentlich aussehen, das ist wichtig. Du bist auch mager geworden, hast du die Kleine immer noch im Bett? Das zehrt natürlich an den Kräften.»

Spiken Larsson lachte nur mit dem Mund, und der Zigarillo bewegte sich einen Zentimeter die Wange hinauf. Dann rutschte er jäh wieder herunter. Albert blickte auf seinen Kopenhagener herab. Den Kaffee hatte er fast ausgetrunken, während Spiken Larsson zu seinem Tisch herankam. Er spürte den Kaffee im Magen.

«Ja, sie wohnt noch bei mir», sagte er.

«Wozu soll das gut sein, du wolltest sie doch raussetzen. Schläft sie nicht mit dem Metzger aus der Wohnung über dir?»

«Wer hat das gesagt?»

«Scheiß drauf. Setz sie raus, dann kann ich eine Zeitlang bei dir wohnen. Ich bin gestern aus der Wohnung geflogen. Siebenhundertfünfzig schulde ich für die Miete, das behauptet die Alte, der die Bude gehört, und wenn ich nicht bezahle, will sie mir die Bullen auf den Hals hetzen. Ich habe zwei Nächte im ‹Tor› gewohnt, aber da ist es so verdammt verwanzt. Du hast wohl auch Wanzen?»

«Ein paar sind es schon», antwortete Albert. «Ziemlich viele», verbesserte er dann. «Du willst bestimmt nicht bei uns wohnen.»

Der Zigarillo ging wieder in die Höhe, und Spiken Larsson heftete den Blick auf ihn.

«Scheiß drauf», sagte er. «Ich bestimme selbst, was ich will. Ich komme heute abend mit den Sachen rüber.»

«Das wird nicht gehen», entgegnete Lind.

«Verdammt noch mal, natürlich geht das. Ich trage sie selbst hinüber, die Möbel muß ich wohl zurücklassen. Ich hatte noch nicht viel abgezahlt, deshalb macht es nichts.»

«Ja, aber Sofia...», sagte Lind.

«Also hör mal, was ist denn jetzt los? Bist du nun ein Kumpel oder nicht? Irgendwo muß ich doch wohnen.»

«Ich muß mit Sofia sprechen.»

«Du bist verrückt», sagte Spiken Larsson. «Schick sie hinauf zu Eliasson in die Wohnung über dir. Schließlich schläft sie mit ihm.»

«Wer hat das gesagt?»

«Du», sagte Spiken Larsson und zog den Mundwinkel hoch. «Du hast es gesagt. Weißt du nicht mehr, was du herumerzählst?»

Spiken Larsson nahm die Melone ab und klopfte mit der Kante auf den Tisch. Auf der einen Seite bildete der Haaransatz einen hohen Winkel, auf der anderen Seite fiel das Haar in einer weichen Linie bis zur äußersten Spitze der dreieckigen Koteletten hinab.

«Fräulein», rief er. «Fräulein, Fräulein! Willst du ein Bier, Albert? Die Plörre hier kann man doch nicht trinken.» Spiken klopfte hart mit dem großen Siegelring am Mittelfinger auf den Tisch. «Fräulein, Fräuleinchen, zwei Bier, Fräulein.»

Dann zündete er den erloschenen Zigarillo wieder an. Als Albert den Mittelfinger mit dem Ring sah, legte er seine rechte Hand unter dem Tisch aufs Knie.

«Ich habe einen Job als Conférencier im ‹Swingpalast› bekommen», sagte Speaker Larsson. «Neunzig Eier die Woche, das und die Nebeneinkünfte bringen eine schöne Stange Geld. Ich fange in vierzehn Tagen an, dann kann ich dir etwas helfen. Falls ich bis dahin bei dir wohnen darf.»

«Kannst du nicht beim Brauer wohnen?»

«Verdammt noch mal, du stehst ja unter dem Pantoffel. Willst du dein ganzes Leben mit dem Flittchen zusammenleben? Was glaubst du, treibt sie, wenn du weg bist?»

Der Speaker starrte ihn mit seinen vorstehenden Augen an. Lind spürte einen Klumpen im Hals. Er packte seinen rechten Zeigefinger, den er so gut fassen konnte, seit der Mittelfinger weg war, und zog an ihm unterm Tisch, die Ellenbogen nach außen gedreht.

«Was sitzt du da und grabschst?» fragte der Speaker. «Du mit deinem kleinen Stummel. Schmeiß das Flittchen raus! Das geht auf die Dauer nicht gut. Gieß ein», sagt der Speaker und stülpte den Flaschenhals ins Glas. Er starrte Albert mit Froschaugen an.

Albert zog am Zeigefinger, der aus dem verschwitzten Griff der linken Hand rutschte.

«Du bist doch wohl ein Mann», sagte der Speaker. «Du bist zwar klein, aber dazu bist du doch wohl Manns genug.»

Er lachte so, daß der schwarze Zigarillo wieder die Wange hochfuhr. Lind bekam den Geruch von zerkauter Zigarre ins Gesicht. Der Schaum in Speakerns Glas war gesunken, und er füllte es auf und trank aus.

«Trink dein Bier», sagte er und goß den Rest aus der Flasche ein.

Lind saß da, das Pilsner unberührt vor sich.

«Du wirst nicht zu uns nach Hause kommen», erklärte er.

«Verdammt noch mal, natürlich komme ich. Ich muß jetzt gehen, ich muß noch in ein Büro und über ein Engagement im Frühjahr verhandeln, man reißt sich um mich. Ich komme wohl gegen fünf, ich muß erst noch die Hotelrechnung bezahlen und noch so einiges. Du mußt dann zu Hause sein, damit ich den einen Schlüssel bekomme. Du hast doch zwei? Und wenn die Nutte bis dahin nicht aus dem Haus ist, helfe ich dir, wenn ich komme. Hier hast du eine Krone, um dein Bier zu bezahlen, ich bin jetzt weg. Halt die Ohren steif.»

Er stülpte die Melone auf den Kopf und erhob sich. Er stand da und schaute auf Albert herab.

«Ich schließe die Tür ab, damit du nicht hereinkommen kannst», sagte Albert und blickte auf den Tisch hinunter. Er hörte Spikens meckerndes Lachen, aber er sah nicht auf.

«Tu das, tu das nur, ich bin schon mit Schlimmerem fertig geworden. Servus, servus», rief Spiken. «Bis bald!»

Albert antwortete nicht. Er blieb sitzen und sah Larssons geraden Mantelrücken zur Tür gehen. Nichts bewegte sich innerhalb des Mantels, und die Arme hingen gerade an den Seiten hinunter, aber unterhalb des Mantelsaums schlenkerten die Hosenbeine in schnellem Takt.

Albert saß da mit der Hand um den Zeigefinger und blickte dem Speaker hinterher. Erst als er durchs Fenster sah, wie der hinter dem Eckhaus in Richtung Slussen verschwand, schob er die Kaffeetasse beiseite, stellte das Glas zurecht und goß sich Pilsner ein.

◆

Als Albert bei «Norma» herauskam, setzte er seinen Weg fort über die Hornsgatan den Berg hinauf und auf der anderen Seite hinunter. Er ging an der Apotheke und der Post vorbei, und an der Ecke von Långholmsgatan blieb er stehen und las den Aushang. Als er still stand, fühlte er, daß er an den Füßen fror, und er ging über die Straße an der Handelsbank vorbei hinunter zum Bergsundsstrand. Er merkte immer noch ein wenig das Pilsner, aber nicht so, daß seine Schritte unsicher gewesen wären.

Mein Gott, welches Theater mit Sofia, falls Spiken Larsson kommen würde. Er scherzte wohl nur, aber er könnte tatsächlich kommen. O Gott, welches Spektakel.

Nein, verdammt noch mal, schmeiß das Flittchen raus, dachte Albert.

Das kann ich nicht.

Kann ich nicht? Verdammt noch mal, natürlich kann ich das! Klar kann ich das! Aber er hatte keine Lust dazu. Wenn er sich vorstellte, daß Eliasson mit Sofia schlief, hatte er Lust dazu, aber jetzt dachte er nicht daran. Jetzt war er müde und wollte nach Hause und etwas Ruhe haben, jetzt machte er sich keine Gedanken darüber. Er hoffte, daß Sofia etwas Geld zum Abendessen hätte. Dann würde er zu Hause bleiben und es sich gemütlich machen.

Falls Sofia nicht Krach schlug, weil er keine Stelle bekommen hatte.

Falls Spiken nicht kam.

Verfluchter Spiken, der nur herumstänkerte und kaputtmachte.

Verfluchte Sofia, wenn sie anfing, Krawall zu machen, würde er sie rauswerfen.

Er war wohl Manns genug! Verdammt noch mal, und ob ich das kann!

Als er nach links hinter dem großen Tor des zentralen Branntweinlagers abgebogen und einige Schritte gegangen war, sah er von weitem den Metzger Eliasson den Berg herunterkommen. Zur Linken hatte Albert die hohe Mauer des Branntweinlagers und zur Rechten den Zaun um den Schrottplatz. Er konnte nicht ausweichen. Er wagte auch nicht umzukehren, um sich nicht lächerlich zu machen. Langsam ging er weiter und kam dem Metzger immer näher und näher. Er fühlte, wie er herankam. Er sah auf den Boden, und nun hörte er die Schritte des Entgegenkommenden, und sie kamen näher und näher. Er blickte auf, über die hohe Mauer des zentralen Branntweinlagers hinweg. Da waren die großen Zisternen, voller Schnaps. Wenn er jetzt etwas sagt, dann bin ich gezwungen, ihm eine zu scheuern. Scheißescheiße. Verflucht noch mal. Verdammt, was ich ihm eine verpassen werde!

Der Metzger war jetzt fast gegenüber, und er sagte:

«Hallo, Lind.»

Albert sah ihn an.

«Servus, servus, servus!» antwortete er und hörte selber Spiken Larssons Tonfall.

Der Metzger ging weiter und grinste ihn an.

Er ist bei ihr gewesen, das wußte Albert sicher.

◆

Im Hausflur blieb er vor der Tür stehen, die mit ihrer abblätternden weißen Ölfarbe von rotbrauner Täfelung eingefaßt war.

Er hörte von drinnen keine Bewegung, und als er die Tür öffnete, sah er, daß das Bettsofa nicht gemacht war. Drinnen im Zimmer knirschte der Zucker unter den Schuhsohlen, und er sah, daß sie noch im Bett lag. Er stand da in seinem schwarzen Mantel und starrte sie an. Er war sich nicht sicher, ob das Bett jetzt anders war als vorher, als er wegging, aber er wußte, daß Eliasson dagewesen war.

Sie lag da und schaute zu ihm auf. Sie schämte sich nicht einmal.

«Du liegst da und faulenzt», stellte Albert fest.

«Na und?»

«Warum stehst du nicht auf?»

«Ich liege hier gut. Mir geht es bestens. Besser, als wenn du hier bist», antwortete sie.

«Was meinst du damit? Hast du jemand hier gehabt?»

«Das mache ich genausogut alleine», sagte sie. «Hast du Arbeit bekommen?»

Er legte die linke Hand über die Finger der rechten.

«Ja», sagte er. «Ich war in der Buchbinderei. Ich habe dort Arbeit bekommen.»

«Quatsch doch nicht, du hast keine Arbeit in irgendeiner Buchbinderei bekommen! Das lügst du nur. Warum lügst du mich an, wenn ich doch alles weiß? *Verdammt, laß die Hände in Ruhe, wenn du da stehst und lügst!*»

Er holte tief Luft, versuchte, eine Antwort zu finden, und fragte: «Was mache ich denn mit den Händen?»

«Laß das sein. Ich kann das nicht ertragen, du siehst aus wie ein Pastor. Laß die Finger los, wenn du da stehst und lügst. Laß die Finger los, sage ich!»

Widerwillig tasteten sich die Hände in die zerschlissenen Taschen des Mantels. Er trat auf der Stelle auf dem Linoleumteppich. Der Zucker knirschte unter den Füßen.

«Ich traf Eliasson auf dem Heimweg», versuchte er.

«Willst du nicht den Mantel ausziehen?» fragte sie.

«Ich sah Eliasson», sagte er.

«Ach so, er war wohl zu Hause und hat gegessen.»

«Hast du ihn gehört?» fragte er und sah sie blitzschnell an.

«Nee.»

«Du hast ihn nicht gehört?»

«Nee, wieso?»

«Wieso hast du ihn nicht gehört, wenn man jeden einzelnen Schritt, den er macht, durch die Decke hört?» sagte er triumphierend.

«Na und?»

«Du hast ihn also gehört?»

«Ach, halt die Klappe», sagte sie. «Er war hier unten und hat mit mir geschlafen, wie gewöhnlich, ist doch klar. Deshalb bin ich nicht aufgestanden. Ist doch klar. Hast du wirklich keine Arbeit bekommen?»

«Doch», sagte er. «Ich habe Arbeit in der Buchbinderei bekommen.»

«Verdammter Jammerlappen. Kehr den Boden auf. Zieh den Mantel aus und kehr auf.»

«Zieh den Mantel aus», sagte Albert. «Zieh den Mantel aus. Das hast du wohl zu Eliasson auch gesagt?»

«Aber natürlich. Zieh den Mantel aus, habe ich gesagt. Komm her, *Liebling*. Und so habe ich mich zurechtgelegt. Sieh her.»

Sie spreizte die Beine unter der Decke.

Albert war die Kehle wie zugeschnürt. Er riß am Zeigefinger. Er starrte auf die Decke. Während er regungslos dastand, fuhr das Gefühl durch ihn hindurch wie ein schwerer Mörserstoß, der in der Herzgegend aufprallte. Es prallte auf, im Takt mit dem Schlag des Herzens, und jedesmal tat es weh.

«Verdammter Lump», sagte sie. «Du bist ein Lump. Du bringst kein Geld nach Hause, du Lump. Du hast keine Arbeit. Du kannst mir kein Essen bieten. Im Bett taugst du auch nichts.»

«Halt den Mund», sagte er. «Halt jetzt den Mund, sonst...», drohte er.

«Dem Alten zittert die Stimme», höhnte sie. «Jetzt läßt du den Finger los, ich kann das nicht mehr sehen. Verflixter Pastor. Verfluchter Jammerlappen, mit dem man zwei Jahre zusammen war. Pfui Teufel, wie es mir hier ergangen ist. Du», sagte sie, und ihre Stimme wurde zärtlich, «meinst du, Eliasson will mich haben? Glaubst du, er will mit mir schlafen? Denkst du nicht auch, daß ich gut bin, auch wenn ich keine Lust habe, es mit dir zu machen? Glaubst du, er findet mich gut? Weißt du, er ist so großartig. Er ist wirklich gut. Er kann es, weißt du.»

Es tat einen harten Schlag in ihm, bis ins Herz. Je härter es kam, um so weiter wirbelten seine eigenen Worte ihm davon.

«Fang jetzt damit an, den Fußboden zu kehren, dann sehen wir weiter», sagte sie. «Wenn du ordentlich kehrst, darfst du vielleicht auch für Eliasson und mich aufkehren. Pfui Teufel, wie ich dich satt habe.»

«Ichichich...», sagte Albert. Er ballte die Fäuste und brauchte etwas zum Festhalten.

«Geh endlich und kehr auf, damit man auf den Boden treten kann», sagte sie. «Du Schlappschwanz. Was ist los mit dir? Du siehst aus, als hätte dich der Schlag getroffen.»

«Ichichichich... Was zum Teufel soll ich tun?»

«Was ist mit dir los? Kannst du nicht mehr richtig sprechen? *Du sollst aufkehren!*»

Albert ging über den knirschenden Linoleumteppich zum Schrank unter der Spüle. Er öffnete die Tür, bückte sich und sah hinein. Neben dem Handfeger lehnte der große Hammer mit dem gesprungenen Stiel an der Wand.

Was soll ich tun was soll ich tun was soll ich tun?, während er über den knirschenden Boden zum Sofa ging und den Hammer hinter dem Rücken hielt und dachte: In dem Moment, wo sie ihn sieht, setzt sie sich auf.

Als es erledigt war, lag sie still.

Es war nur auf der einen Seite, und er drehte ihren Kopf, damit es nicht zu sehen war.

Dann ging er über den knirschenden Linoleumboden und spülte den Hammer unter der Wasserleitung ab. Es ging alles ab, und er spülte lange weiter, nachdem es abgegangen war. Er trocknete den

Hammer am Handtuch ab, und das wurde nur feucht. Er ging über den knirschenden Boden und stellte den Hammer auf seinen Platz im Schrank.

Dann zog er den Mantel aus und hängte ihn in der Diele auf, den Hut hängte er darüber.

Er stand in der kleinen Diele und wußte nicht, was er tun sollte.

Kaffee kochen.

Er ging wieder in die Küche und begann zu suchen, und nach langem Kramen fand er endlich ganz oben in der Ecke auf dem obersten Brett im Schrank neben dem Herd eine kleine weiße Tüte mit etwas Kaffee darin.

Das hatte... begann er, aber dann verbesserte er sich: Das war versteckt worden.

Während er den Kaffee aufsetzte, kribbelte es ein wenig in den Fingern und Beinen, als seien sie eingeschlafen. In der Westentasche fand er das 25-Öre-Stück, das übriggeblieben war, als er bei «Norma» bezahlt hatte. Er wollte hinausgehen und Gebäck zum Kaffee kaufen, aber dann kümmerte er sich nicht mehr darum.

Während er darauf wartete, daß der Kaffee aufkochte, saß er auf der Holzkiste und rechnete aus, wieviel er für die 25 Öre bekommen hätte: fünfundzwanzig Zwieback oder fünfzig Pfefferkuchen oder acht Hefestücke oder drei billige Kopenhagener oder zwei bessere.

Er saß auf der Holzkiste und trank Kaffee. Die stand der Bettcouch genau gegenüber, aber das nahm er nicht wahr.

Als er zwei Tassen getrunken hatte, ging er hinaus auf den Abtritt. Er hatte mehrere Tage lang Verstopfung gehabt, aber jetzt klappte es. Er saß lange da draußen, denn er wollte nicht wieder zurück. Als er richtig zu frieren begann, ging er hinein.

Drinnen sah er, daß – obwohl nun alles fertig war – noch etwas getan werden mußte. Alles war erledigt, aber es mußte aufgeräumt werden, damit alles richtig in Ordnung war. Der Zucker auf dem Boden knirschte unter den Sohlen, und etwas war noch zu tun, obwohl alles erledigt war. Alles war ruhig und fast beendet, aber etwas mußte noch getan werden, ehe es richtig fertig war.

Sie lag auf dem Rücken im Bett, das Gesicht zur Wand gedreht.

Er versuchte, das ausgezogene Küchensofa zusammenzuschieben, damit er den Deckel auflegen konnte.

Das ging nicht. Sie war schwer. Sie lag schwer auf der Steppdecke, und die mußte zusammengefaltet werden, damit das Sofa zuging.

Er stand da und betrachtete das Sofa. Er stand bewegungslos, damit der Zucker nicht unter den Füßen knirschte.

Die Steppdecke mußte hochgenommen werden. Sie lag schwer darauf, und er packte sie mit beiden Händen an der Außenkante, eine Stoffrolle in jeder Hand, zog und zerrte. Als er ein Stück der Steppdecke über die Kante des Kastens gezogen hatte, glitt Sofia hinunter über die schräge Steppdecke zur Wand, aber die Decke blieb die ganze Zeit auf ihr liegen.

Die Steppdecke rutschte nun heraus und die Kissen auch, und sie legte sich lautlos in den Bettkasten, aber als der Kopf herunterfiel, war es zu hören. Er wuchtete die Steppdecke heraus auf den Fußboden, zog den Körper mit der Decke darüber näher zu sich heran, damit er auf den Boden des Kastens ausgestreckt zu liegen kam und nicht sperrte, wenn er den Bettkasten zuschob. Er legte die Kissen darüber. Dann klappte es. Als er das Schlafsofa zusammengeschoben hatte und die Steppdecke über sie gelegt hatte, entdeckte er, daß der Deckel nicht schließen würde. Er legte die Steppdecke wieder auf den Boden, holte den Deckel heran, der an die Wand gelehnt war, und legte ihn auf das Sofa. Es war ein gelbes Holzsofa mit imitierter Birkenmaserung, und jetzt war es gemacht. Jetzt war alles beinahe fertig.

Er stand da und besah sich das Sofa.

Die Steppdecke sollte in den Schrank, aber als er die Tür öffnete, sah er, daß sie nicht hineinpaßte. Der Schrank war voll mit Kleidung und Kartons und einem alten Koffer und schmutziger Wäsche. Der Kram wurde nun nicht mehr gebraucht, aber er wußte nicht, was er damit machen sollte, obwohl er es nicht aufzuheben brauchte.

Er wurde nervös, weil er nicht wußte, was er mit der Steppdecke anfangen sollte, aber das war das einzige, was ihn beunruhigte. Er glaubte, wenn er die Steppdecke loswürde, wäre alles beendet. Es begann in ihm zu kribbeln, aus Ungeduld darüber, daß noch nicht alles ganz fertig war.

Er mußte mit der Steppdecke auf den Dachboden gehen. Er fand den Schlüssel zum Speicher an einem Nagel im Schrank unter der Spüle. Dort fand er auch Kordel, und er rollte die Steppdecke zu einer großen, weichen Tonne zusammen und kniete sich darauf, bis er den Knoten zugezogen hatte. Er trug sie hinaus, und sie war so dick, daß sie die kleine Diele fast ausfüllte. Er stand lange an der Tür und lauschte. Er hörte nichts und öffnete. Als er die Bettrolle über die Schwelle bekommen hatte, ging eine Tür in der oberen Etage, und er hörte Schritte zur Treppe gehen. Er riß die Steppdecke wieder in die Diele hinein und schloß die Tür. Dann wurde es still, und er hatte nur noch das Zuschlagen seiner eigenen Tür im Ohr. Er stand da und lauschte, und zum Schluß hörte er nur noch sein eigenes Herz schlagen. Er kippte die Bettrolle um und setzte sich darauf. Nach einer Weile saß er da und hörte nur auf das Ticken des Wekkers, und er überlegte, daß es sich nicht lohnte, mit der Steppdecke auf den Dachboden zu gehen. Er stellte sich in die Tür und schaute sich um, aber es gab nichts, wo er die Steppdecke hinlegen konnte.

Das beste wäre, den Koffer aus dem Schrank zu holen und neben die Kommode zu stellen und dann die Steppdecke in den Schrank zu packen.

Als das getan war, setzte er sich auf den Koffer, die Unterarme auf die Platte der Kommode aufgestützt. Jetzt sollte es fertig sein, aber er spürte, daß es noch nicht beendet war. Er blickte sich im Zimmer um und wußte nicht, was fehlte. Das, was fehlte, beunruhigte ihn sehr, obwohl er nicht darauf kam, was es war.

Er wußte nicht, was er nun machen sollte. Hier drinnen hatte er nichts mehr zu tun.

Er ging über den knirschenden Fußboden hinaus in die Diele, zog den schwarzen Mantel an und setzte den Hut auf und trat ins Treppenhaus.

Speaker Larsson wußte, in welchem Haus Albert wohnte, aber er war noch nie bei ihm gewesen. Er kam gegen fünf, wie er angekündigt hatte, und ging durch die Haustür. Auf einer Tür geradeaus in der Eingangshalle war eine Karte befestigt, auf der mit Tinte geschrieben *J. A. Lind* stand. Er klopfte an die Tür.

Niemand antwortete.

Er begriff, daß sie ihn jetzt nicht hineinlassen wollten, und er dachte sich, daß es Krach geben würde. Aber er wußte nicht, wo er sonst vierzehn Tage wohnen konnte, und deshalb wollte er hinein. Er klopfte wieder.

«Larsson ist hier», rief er durch die Tür.

Niemand antwortete, obwohl sie ihn gehört haben mußten.

Er packte die Klinke, und es zuckte in seinem Mundwinkel, als er entdeckte, daß nicht abgeschlossen war.

«Servus, servus, servus», rief er und trat ein.

Niemand antwortete.

Er sah, daß das Zimmer leer war, und er zog den Mantel aus und hing ihn auf. Die Melone legte er auf die Hutablage. Es war muffig drinnen in der Stube.

Etwas knirschte unter seinen Füßen, als er auf den Linoleumboden trat, und er ging im Raum hin und her und ließ es knirschen.

Gegenüber der Tür war ein Fenster mit Aussicht auf einen überwucherten Abhang und ein Stück metallgrauen Wassers. Er öffnete das Fenster, um etwas zu lüften. Vom Boden draußen stieg ein Geruch von kaltem Vorfrühlingsabend auf, an der Grenze zu Frost, aber beunruhigend und scharf.

Larsson ging umher und sah sich im Zimmer um. Links vom Fenster stand ein roter, abgestoßener Eßtisch mit zwei Stühlen, rechts eine gelbe Kiefernbank. In der Ecke schräg gegenüber der Bank stand der Herd mit rostbraunen Kaffeeflecken und einem Kaffeekessel mit Kaffeesatzrändern. Zwischen dem Herd und der Tür stand die Holzkiste. Am Herd gab es auch einen eingebauten Schrank, und außerdem standen eine braune Kommode, ein alter abgeschabter Koffer und ein großer, brauner Kleiderschrank an den Wänden. Die Tapeten waren breitgestreift und graublau mit kleinen Blümchen. Um die Kommode und den Herd herum waren sie voller Fettflecke, und hier und da war ein kometenförmiges Mal. Der eigentliche Körper kam von der zerdrückten Wanze, und der Schwanz entstand, wenn man dann den Finger an der Tapete abwischte. Die meisten Male waren um die Kieferbank herum.

Aber es würde genügen, fand Larsson. Er fragte sich, wie es mit Sofia gelaufen war, ob sie rausgeflogen war. Das geht schon in Ordnung, dachte er und verzog den Mund. Er holte einen Zigarillo hervor und zündete ihn an. Er versuchte zu erraten, wohin Lind gegangen war, aber das war gleichgültig. Speaker Larsson ging zum Fenster und stand dort und sah hinaus. Das Gebüsch am Abhang war struppig und schwarz, und das Wasser unterhalb sah kalt aus.

Er schloß das Fenster und ging über den knirschenden Fußboden zur Holzkiste, um im Herd nachzulegen. Dort gab es nicht ein einziges Holzstück, und er bereute, das Fenster geöffnet zu haben, so daß der Raum ausgekühlt war.

Er trat an den roten Eßtisch und setzte sich auf einen Stuhl. Er hatte nichts zu tun und saß da, die Ellenbogen auf dem Tisch aufgestützt, und dachte an nichts, während es draußen dämmerte.

KLAUS BITTERMANN

Die Geschichte eines Verrats
Der Spitzel als Doppelagent

Das Problem eines jeden Geheimdienstes besteht darin, der Konkurrenz möglichst viele Informationen zu entlocken, ohne dabei selbst Geheimnisse preiszugeben. Das erfordert eine zweigleisige Strategie, nämlich zum einen, den eigenen Geheimdienst vor möglichen Informationslecks abzudichten, zum anderen, sogenannte U-Boote in die feindliche Organisation einzuschleusen. Der Agent, der das feindliche Objekt ausspähen soll, ganz gleich, ob es sich dabei um den Geheimdienst eines anderen Landes oder um eine oppositionelle Bewegung des eigenen handelt, um politische, militärische oder Wirtschaftsspionage, dieser Agent ist auf Maulwürfe und Zuträger angewiesen. Funktion und Wesen jeder geheimdienstlichen Organisation besteht also im Verrat. Ohne Verrat könnte keine geheime Organisation den Erfolg verzeichnen, den sie bisweilen aufzuweisen hat.

Die Geschichte des Verrats ist lang und reicht wahrscheinlich bis in die Anfänge der Zivilisation. Im Namen der Freiheit oder der Staatsräson, aus idealistischen oder materiellen Gründen, immer fanden Menschen ein glaubwürdiges Motiv, um den Verrat zu rechtfertigen, und man ist deshalb geneigt, in ihm eine anthropologische Konstante zu sehen. Immer schon mußte die Macht mit Verrat rechnen, und trotz größter Bemühungen der Regierenden stellte er einen niemals vollständig auszuschließenden Unsicherheitsfaktor dar. An den Höfen der Herrscher im 19. Jahrhundert spielte der Verrat eine gefürchtete Rolle, und in der Intrige als seiner verfeinerten Form wurde der Verrat zur gesellschaftlich anerkannten Umgangsform.

Mit dem Aufkommen kapitalistischer Produktionsverhältnisse jedoch, als die bürgerliche Klasse im Kampf gegen den Adel nach den ihr vorenthaltenen politischen Rechten strebte, fand das höfische Spiel um Gunst, Eifersucht und Einfluß sein Ende. In den Hauptstädten des 19. Jahrhunderts formierten sich die untersten Schichten der Gesellschaft zu einem neuen Machtfaktor, der durch Aufstände und Revolten auf sich aufmerksam machte und die politische Landschaft veränderte. Noch bevor sich diese Klasse ihrer selbst bewußt wurde, war den Herrschenden klar, daß sich der Verrat als Methode im Kampf um die Machterhaltung auf einen neuen Frontverlauf einstellen mußte. Um zu wissen, ob sich in den Londoner Arbeitervierteln oder Pariser Katakomben etwas zusammenbraute, benötigte man zuverlässige und aktuelle Informationen aus dem Milieu. Die vor allem in der ersten Hälfte des vorigen Jahrhunderts sich häufenden und in Frankreich mit einer gewissen Regelmäßigkeit eintretenden Unruhen, die nicht selten Könige ins Exil oder zum Abdanken zwangen, ließ bei den Regierenden die Einsicht wachsen, daß man sich um das Volk zumindest in einer Hinsicht kümmern mußte, nämlich um die präventive Erkundung seiner Stimmung. Mehr oder weniger zufällig zusammengetragene Informationen reichten nicht aus, um die Lage richtig einschätzen und entsprechend darauf reagieren zu können.

Der Gelegenheitsspitzel wurde abgelöst, und auf der Bildfläche erschien der Agent, der den Verrat als Beruf ausübte. Das war in erster Linie François Eugène Vidocq zu verdanken, der seine intimen Kenntnisse aus dem Verbrechermilieu der Polizeiarbeit zur Verfügung stellte. Er paßte die Methoden der Verbrechensbekämpfung den Anforderungen der neuen Zeit an und setzte als erster systematisch verdeckte Spitzel ein. Spitzel war nun zwar zum Beruf geworden, aber dessen Tätigkeit blieb im wesentlichen eindimensional, d.h., als Angestellter des Staats lieferte er die dem Milieu abgelauschten Informationen bei seiner Dienststelle ab. Das sollte sich auch das ganze 19. Jahrhundert über nicht ändern, obwohl eine organisierte, auf Staatsumsturz bedachte revolutionäre Bewegung in allen europäischen Ländern die Polizei vor eine schwierige Aufgabe stellte.

Ausgerechnet in Rußland, dem rückständigsten Staat auf der europäischen Landkarte, hat die Figur des Spitzels eine entscheidende Neuerung erfahren, die noch heute aktuell ist und in der Spionage inzwischen zum Alltag gehört: *den Doppelagenten*. Niemals zuvor jedenfalls hat es ein Spitzel auf dem Gebiet des Verrats so weit

Azef im Kreise seiner Studenten-Kollegen der Techn. Hochschule, Darmstadt 1898

gebracht wie Evgenij Azef. Er war nicht nur über fünfzehn Jahre lang Agent der russischen Geheimpolizei, der Ochrana, sondern gleichzeitig auch Mitglied der Sozialrevolutionären Partei Rußlands, an deren Spitze er fünf Jahre lang stand und die zu Beginn des zwanzigsten Jahrhunderts als eine der größten und bedeutendsten der Welt galt. Als Führer des organisatorisch selbständigen terroristischen Flügels der Partei hat er von 1893 bis 1909 nicht nur Hunderte von Revolutionären der Polizei ausgeliefert, sondern auch politische Attentate organisiert, die damals die Welt erschütterten. Zu seinen herausragenden Taten gehört die Ermordung seines Vorgesetzten, des Innenministers Plehwe, und das Attentat auf den Großfürsten Sergej Aleksandrovič. Außerdem bereitete er ein Attentat auf Zar Nikolaus II. vor, dessen Scheitern nicht in Azefs Absicht oder seiner Liebe zur Regierung lag.

Erst Evgenij Azef hat auf dem Gebiet des politischen Machtkampfes dem Verrat eine neue Dimension eröffnet. Der Verrat von Spitzeln alter Schule nimmt sich dagegen bescheiden aus. Wenn der Spitzel nämlich im Auftrag seines Arbeitgebers handelt, dann hat das wenig mit Verrat zu tun, sondern vielmehr mit Informationsbeschaffung. Nichts unterscheidet ihn von einem Staatsbeamten, der am Schreibtisch irgendwelche Aktenvorgänge bearbeitet, außer vielleicht den Ärmelschonern. Wie dieser macht der Spitzel lediglich seine Arbeit, und wie dieser beruft er sich auf diesen harmlos scheinenden Umstand, wenn sich die Machtverhältnisse zu seinen Ungunsten verändern. Genaugenommen setzt Verrat voraus, daß der Verräter seinen Idealen untreu wird und die Fronten wechselt. Der moderne Verräter jedoch kennt keine Ideale, und im Frontenwechsel besteht sein Wesen, ein riskantes Spiel auf eigene Verantwortung, in dem er sich nur so lange sicher fühlen kann, wie sein Geheimnis dauert.

Azef hat beiden Seiten erfolgreich vortäuschen können, für deren Sache zu kämpfen, und indem er sowohl für die Revolutionäre als auch für die Reaktionäre arbeitete, hat er den Verrat zu einer Kunst gemacht, der gegenüber selbst die höfische Intrige verblaßt. Dafür waren weder Drohung noch Folter notwendig, sondern paradoxerweise die zaristische Despotie als eine der rückständigsten gesellschaftlichen Formen verantwortlich, weil sie sich weigerte, auf den Druck der sozialen Auseinandersetzungen auch nur mit den geringsten Zugeständnissen zu reagieren. Aber auch die Sozialrevolutionäre Partei selbst ermöglichte Azef das Doppelspiel. Je erbitterter sich Geheimpolizei und die Terrororganisation bekämpften, desto mehr begannen sie sich strukturell zu ähneln. In der Klandestinität weitgehend unabhängig von den jeweiligen Kontrollinstanzen der Regierung beziehungsweise der Sozialrevolutionären Partei und nurmehr dem vorzuweisenden Erfolg verpflichtet, war die organisatorische Verselbständigung der Kontrahenten die logische Folge. Weil das Ziel in der Ausschaltung des Gegners bestand, bedienten sich beide derselben Methoden und brachten eine Figur wie Azef erst hervor.

Alles begann in einer Zeit relativer Ruhe. Während die Klassenkämpfe in den westlichen Ländern an Militanz zunahmen und die Statistik allein im Jahre 1892 in Amerika fünfhundert und in Westeuropa über tausend Sprengstoffattentate erfaßte, konnte sich das zaristische Rußland gegen Ende des 19. Jahrhunderts vor dem Unmut seines Volkes einigermaßen sicher fühlen. Nur der «Volkswille» hielt sich nicht an den Burgfrieden im Lande und wollte den

Kopf Alexanders II. Nach einer ganzen Reihe spektakulärer Attentate Ende der siebziger Jahre näherten sich die Revolutionäre schließlich dem Ziel ihres Strebens. Am 1. März 1881 wurde nach langwierigen Vorbereitungen Zar Alexander II. von einer Bombe in die Luft gejagt. Aber dem Fanal folgte keine revolutionäre Erhebung, statt dessen erhielt die drei Jahre zuvor gegründete Geheimpolizei weitreichende Kompetenzen, die mit willkürlichen Maßnahmen jegliche bürgerlichen Rechte außer Kraft setzten. Nach zwei Jahren existierte der «Volkswille» nicht mehr, und die zaristische Regierung schien fester im Sattel zu sitzen als jemals zuvor.

Aber die Ruhe und der Glanz der *belle époque* am Ende des 19. Jahrhunderts war trügerisch. Im Lande gärte es. Streiks und Unruhen waren an der Tagesordnung. Als Erbe des zerschlagenen «Volkswillens» wurde die Sozialrevolutionäre Partei ins Leben gerufen, der wichtigste Rivale der Sozialdemokratischen Arbeiterpartei, der späteren KPdSU. Von einigen wenigen Intellektuellen im Ausland gegründet, setzten die Sozialrevolutionäre ihre Hoffnungen auf die nach wie vor stärkste Bevölkerungsgruppe, die Bauern. Die Lösung der Agrarfrage als zentrales Problem des Landes war verbunden mit einer ländlichen, kleinbürgerlichen und romantischen Vorstellung vom Sozialismus. Einer der Gründer war Grigorij Geršuni, ein vehementer Verfechter terroristischer Methoden, weil seiner Ansicht nach die bloße Aufklärungsarbeit nicht ausreichte. Er setzte sich für die Gründung einer von der Partei unabhängigen Kampforganisation ein, die die Ziele der Sozialrevolutionäre durch die Propaganda der Tat unterstützen sollte. Die operative Führung der Gruppe übernahm Geršuni selbst. Nach Geršunis Verhaftung wurde sein engster Vertrauter, Evgenij Azef, zu seinem Nachfolger gewählt.

Azef wurde 1869 in Lijskovo im Gouvernement Grodno als der zweitälteste Sohn einer kinderreichen und verarmten Schneiderfamilie geboren. Noch auf der Schule schloß er sich den wie Pilze aus dem Boden schießenden Zirkeln jugendlicher Revolutionäre an. In seinem Beruf als Kaufmann kam er in der Gegend herum und knüpfte Kontakte mit Oppositionellen in anderen Städten. 1892 begann sich die Polizei für ihn zu interessieren. Kurz darauf setzte er sich ins Ausland ab, schrieb sich im elektrotechnischen Institut an der Universität in Karlsruhe ein und verkehrte in der kleinen russischen Studentenkolonie.

Grigorij Geršuni

Was Azef dazu trieb, seine spärlichen und keineswegs sensationellen Kenntnisse über die kleinen Verschwörerzirkel dem russischen Polizei-Departement zu offerieren, war schlicht seine prekäre finanzielle Situation. Wenn es denn einen inneren Konflikt gab, der ethische oder moralische Gesichtspunkte reflektierte, so weiß man lediglich, daß der Hunger dem Zweifel ein schnelles Ende setzte. Am 4. April 1893 schrieb er seinen ersten Brief an den Polizeidirektor Durnovo: «Ich habe hiermit die Ehre, Eurer Exzellenz mitzuteilen, daß sich hier vor zwei Monaten ein Zirkel revolutionär gesinnter Personen gebildet hat...» Azef wollte vorerst incognito bleiben und nannte seinen Namen nicht, aber da er mit den Methoden der Konspiration noch unvertraut war, fiel es der Polizei leicht, die Identität des anonymen Informanten festzustellen.

In einem ersten Bericht der örtlichen Behörden in Azefs Heimatstadt heißt es: «Evgenij Azef ist keineswegs dumm, sehr verschlagen und unterhält ausgedehnte Beziehungen zu der im Ausland lebenden jüdischen Jugend, er dürfte daher als Agent wesentlichen Nutzen bringen, und es ist anzunehmen, daß er, in Anbetracht seiner gegenwärtigen Notlage und seiner Geldgier, seinen Verpflichtungen gewissenhaft nachkommen wird.» Im Juni 1893 erhielt Azef sein erstes monatliches Gehalt von 50 Rubel. Hatte er bisher recht gemäßigte Ansichten vertreten, so sprach er sich jetzt zunehmend für extreme Methoden im revolutionären Kampf aus. Ein Jahr später genoß er bereits einen gewissen Ruf als konsequenter Verfechter des Terrors.

1899 hatte Azef sein Studium abgeschlossen. Im Herbst des gleichen Jahres fuhr er mit einigen Empfehlungsschreiben seiner Genossen nach Moskau zurück. Hier traf er seinen Chef, den Leiter der politischen Geheimpolizei, Subatov, der selbst einmal Agent gewesen war und durch einige technische Neuerungen die Geheimpolizei auf das Niveau der westlichen Konkurrenz gehoben hatte. Seine Methode wird durch den Ausruf kolportiert: «Wir werden euch schon zu Terrorakten provozieren und dann vernichten.» Von Subatov, der seinen Agenten viel Aufmerksamkeit widmete und sie nie dem unnötigen Risiko der Entlarvung aussetzte, stammt auch eine interessante Charakteristik Azefs: Er «ist der Typ eines skrupellosen Geschäftsmannes... der alles vom Standpunkt des Profits beurteilt, der sich mit der Revolution beschäftigt, weil es ihm Vorteile bringt, und der Regierung nicht aus Überzeugung, sondern aus Eigennutz dient».

Jenseits der antisemitischen Klischees, die das erste Psychogramm Azefs enthält, trifft Subatov tatsächlich den Kern, denn Azefs zukünftige Rolle als Doppelagent schrieb zwingend vor, daß ihm jeder Idealismus fremd sein mußte. Die auf den eigenen Vorteil bedachte Haltung war Voraussetzung für den Typus des neuen Spitzels. Die meisten Agenten beschränkten sich auf den Tausch von Informationen gegen Bares. Erst Azef kam im Laufe der Zeit auf die Idee, daß sich der Wert der Ware Information steigern ließ, wenn man das Verhältnis von Angebot und Nachfrage manipulierte, z. B. durch taktische Zurückhaltung von Informationen, Überbewertung nebensächlicher Details. Hingegen würde ihn eine rückhaltlose Preisgabe aller Geheimnisse nicht nur arbeitslos machen, sondern ihn auch der Gefahr der vorzeitigen Entlarvung aussetzen. Azef mußte also sowohl in der Kampfgruppe der Sozialrevolutionäre Erfolge verbuchen können, die seine internen Kenntnisse im Wert steigen ließen, als auch seine Geldgeber von seiner Unentbehrlichkeit überzeugen, indem er wirkliche oder vermeintliche Komplotte offenlegte und damit verhinderte. Auf dieser Gratwanderung erwies sich Azef als Meister, denn er war nicht nur der bestbezahlte Spitzel im Lande, sondern auch der geschickteste Organisator von Attentaten.

Als 1902 die Sozialrevolutionäre Partei gegründet wurde, hatte sich Azef lange genug in ihrem Milieu herumgetrieben, um alle wichtigen Leute zu kennen. Vor allem Geršuni, den Leiter der Kampfgruppe, beeindruckte Azef durch seinen Pragmatismus und sein organisatorisches Talent. Immer mehr wurde Azef in Geršunis Vertrauen einbezogen, so daß er Subatov melden konnte: «In Berlin und Paris bin ich in der Zentrale drin.» Als Geršuni im Januar 1902 nach Rußland reiste, leitete Azef das Datum der Abreise und der Ankunft weiter, inklusive Reiseroute, mit der Bitte, Geršuni auf keinen Fall zu verhaften, weil dadurch der Verdacht auf ihn fallen könnte.

Unvorhergesehenerweise konnte Geršuni jedoch der Observation entgehen und traf die letzten Vorbereitungen für ein Attentat auf den Minister des Inneren Sipjagin. Der junge Student Stepan Balmašev verkleidete sich als Adjutant des Großfürsten Sergej Aleksandrovič und wurde zu einer Audienz vorgelassen. Er überreichte Sipjagin im versiegelten Umschlag das Urteil der Kampforganisation und gab fast im gleichen Augenblick zwei tödliche Schüsse auf ihn ab. Dies war die erste gelungene Aktion des terroristischen Flügels der Sozialrevolutionären Partei. Der ungeheure Eindruck, den sie im Land hervorrief, war für Geršuni die Bestätigung, daß er mit seinem Konzept des bewaffneten Kampfes richtig lag.

Obwohl Azef vom geplanten Attentat wußte, hatte er Subatov nicht davon in Kenntnis gesetzt, und obwohl der Verdacht sich unmittelbar nach dem Anschlag auf Geršuni richtete, versuchte Azef, seinen Vorgesetzten von der naheliegenden Vermutung abzubringen: «Halte es nicht für überflüssig, wenn Sie ihn [Geršuni] im Auge behalten – natürlich nicht, weil er irgendeinen terroristischen Anschlag plant... sondern weil er offensichtlich die Sozialrevolutionäre Partei glänzend zu organisieren versteht... Selbstverständlich

Minister W. Plehwe (1) auf der Jubiläumsfeier des Ministeriums des Innern im Kreise seiner nächsten Mitarbeiter (General von Waal, P. Durnowo, A. Lopuchin u. a.)

wird die Organisation, sobald sie stärker ist, zu terroristischen Kampfmethoden übergehen. Es liegt durchaus im Bereich des Möglichen, daß dieser letzte Fall vielleicht auch von irgendeiner [anderen] Organisation ausgeht oder daß der Verbrecher irgendeinen Helfershelfer gehabt hat.» Erst später wird klar, warum Azef Geršuni in Schutz nimmt und dem Polizei-Departement ausdrücklich empfiehlt, sich auf eine Observation zu beschränken. Obwohl er viele Mitglieder der Partei kannte, war Geršuni immer noch sein Protektor, seine Eintrittskarte in die Zentrale. Wäre Geršuni verhaftet worden, hätte Azef nicht nur seinen besten Informanten verloren, sondern auch seinen Kontakt zur Spitze der Partei. Außerdem wußte Azef, daß die Festnahme Geršunis mehr wert war als die 500 Rubel, die er inzwischen als monatliches Salär erhielt.

Die erfolglosen Ermittlungen im Mordanschlag auf Sipjagin hatten eine Umbesetzung in der Polizeispitze zur Folge. Subatov rückte an die Spitze der gesamten politischen Geheimpolizei, während Lopuchin zu seinem Nachfolger ernannt wurde. Plehwe trat den freigewordenen Posten des Innenministers an und zeichnete sich sofort durch die rücksichtslose Unterdrückung nicht nur der revolutionären, sondern auch der gemäßigt-oppositionellen Bewegung aus. Außerdem ging auf Plehwes Konto der Pogrom gegen die jüdische Bevölkerung in Kišinev, wo zwei Tage lang geplündert, vergewaltigt und gemordet wurde, ein Gemetzel, das im ganzen Land Empörung hervorrief. Plehwe betrachtete es als seine «geschichtliche Aufgabe», der «revolutionären Hydra» in drei Monaten den Kopf abzuschlagen. Innerhalb kürzester Zeit machte sich Plehwe dadurch zum Anwärter auf den nächsten Anschlag der Sozialrevolutionäre. Die Ermordung Plehwes war bereits beschlossene Sache, als Geršuni im Mai 1903 durch Zufall der Polizei ins Netz ging und Azef um 50000 Rubel gebracht wurde, die er mit Subatov für seinen Kopf ausgehandelt hatte.

Inzwischen war Azef voll und ganz in Geršunis Arbeit eingeweiht, die er außerhalb Rußlands nun allein weiterführte. Dort war er dem Chef der Auslandssektion der russischen Geheimpolizei, Rataev, unterstellt, der sich in seiner Beamtenkarriere nicht genügend berücksichtigt fühlte und seinem Posten nur mäßige Aufmerksamkeit widmete, so daß Azef keine Schwierigkeiten hatte, ihn für seine Interessen auszunutzen. Unter Rataevs Augen konnte Azef in Ruhe die Vorbereitungen für das Attentat auf Plehwe treffen. Als Gegenleistung für Rataevs ungewollt großzügiges Entgegenkommen revanchierte sich Azef mit aufgebauschten Nachrichten über die terroristischen Pläne Levits, der in den innerparteilichen Auseinandersetzungen ein Gegner Azefs war, und über die Pläne einer Konkurrenzgruppe, die es ebenfalls auf Plehwe abgesehen hatte.

Die von Azef zusammengestellte Einsatzgruppe bestand aus Sazonov, Švejcer, Dora Brilliant, Kaljaev und Savinkov, allesamt junge Studenten, die wegen ihrer Teilnahme an den Unruhen in den Jahren 1899 bis 1902 von der Universität relegiert worden waren. Im Gegensatz zum kühlen Pragmatiker Azef waren sie idealistische Schwarmgeister, die weniger von irgendwelchen ideologischen Überzeugungen geprägt waren als vielmehr von einem fanatischen Glauben an eine bessere Zukunft; religiöse Eiferer mit der unerschütterlichen Zuversicht der Chiliasten und von absoluter moralischer Integrität. Für sie kam es nicht in Frage, bei den geplanten

Das Attentat auf Plehwe (Überreste seines Wagens)

Attentaten das Leben auch nur eines Unbeteiligten aufs Spiel zu setzen.

«Wenn Dubasov von seiner Frau begleitet wird, werfe ich die Bombe nicht», erklärte einer von ihnen im völligen Einverständnis mit den anderen. Beeindruckt von den jungen Terroristen schreibt Camus in *Der Mensch in der Revolte*: «Eine derartige Selbstverleugnung, verbunden mit einer so tiefen Sorge um das Leben der anderen, gestattet die Annahme, daß diese zartfühlenden Mörder das Schicksal der Revolte in seiner äußersten Widersprüchlichkeit durchlebt haben. Man kann vermuten, daß auch sie, bei aller Anerkennung der Unvermeidlichkeit der Gewalt, zugaben, daß sie ungerechtfertigt ist. Notwendig und unentschuldbar, so erschien ihnen der Mord.»

Boris Savinkov, einer der wenigen Überlebenden der Kampfgruppe, hat den Anschlag später in seinen *Erinnerungen eines Ter-*

Boris Savinkov

roristen beschrieben: «Kaljaev war die ganze Zeit unter Wahrung einer Distanz von vierzig Schritt hinter Sazonov hergegangen. Als Sazonov auf die über den Obvodnyj-Kanal führende Brücke gekommen war, sah Kaljaev, wie er plötzlich seinen Schritt beschleunigte. Kaljaev begriff, daß er den Wagen erblickt hatte. Als Plehwe Sazonov einholte, war Kaljaev schon auf der Brücke und konnte von oben die Explosion sehen; und er sah, wie der Wagen auseinanderplatzte. Er blieb unentschlossen stehen. Es war unklar, ob Plehwe tot war oder nicht, ob eine zweite Bombe geworfen werden mußte, oder ob sie bereits überflüssig war. Als er so auf der Brücke stand, sausten die blutbespritzten Pferde an ihm vorbei; sie schleiften Räderreste hinter sich her. Als er sah, daß vom Wagen nur die Räder übriggeblieben waren, begriff er, daß Plehwe tot war.»

Sazonov, der die Bombe geworfen hat, wird dabei selbst verletzt und verhaftet. Aus dem Gefängnis schreibt er: «Mein Drama ist beendet... für das Vertrauen mir gegenüber bringe ich Euch meine größte Dankbarkeit dar. Ihr habt mir die Möglichkeit gegeben, eine moralische Befriedigung kennenzulernen, mit der nichts in der Welt verglichen werden kann.»

Die Resonanz, die die Ermordung Plehwes in der russischen Öffentlichkeit hervorrief, war beträchtlich. Selbst diejenigen, die den bewaffneten Kampf ablehnten, gingen davon aus, daß dem zaristischen System ein entscheidender Schlag versetzt worden war. In der Sozialrevolutionären Partei wurde das Verdienst Azef zugesprochen. Er war der unbestrittene Held dieser Tage, und in Genf wurde ihm von den Exilgenossen ein feierlicher Empfang bereitet. Azefs innerparteiliche Kritiker verstummten und mußten seine Leistung anerkennen. Damit war Azefs Position gefestigt. Von nun an war er der unbestrittene Chef des Generalstabs der Kampforganisation, und in seinen Händen befand sich nicht nur die Leitung der gesamten technischen und organisatorischen Arbeit, sondern auch die Entscheidungsbefugnis über die Aufnahme neuer Mitglieder.

In dieser Zeit schien Azef der zaristischen Ochrana nicht sonderlich von Nutzen gewesen zu sein. Im Gegenteil war die Geheimpolizei ihm bei der Verwirklichung seiner Pläne behilflich. Ausführlich berichtete er über gegnerische Organisationen, bauschte die Bedeutung von Personen auf, die in der Bewegung keine Rolle mehr spielten, und lenkte damit die Ermittlungen in eine falsche Richtung. Entgegen kam ihm dabei das Kompetenzgerangel und das Intrigenspiel innerhalb des Polizeiapparates, in dem es nichts Ungewöhnliches war, daß Informationen auf dem Dienstweg versickerten oder zurückgehalten wurden, um sie selbst auszuwerten und im Erfolgsfall den Ruhm und eine Beförderung zu ernten.

Inzwischen steuerte das Land auf den wirtschaftlichen Ruin zu, und der gegen Japan sich schon Jahre hinziehende Krieg schien eine bedrohliche Wendung zu nehmen. Port Arthur fiel, der wichtigste Stützpunkt der russischen Herrschaft im Fernen Osten. In dieser angespannten Atmosphäre genügte der berühmte Funken, um das Pulverfaß in die Luft zu jagen. Nach der Entlassung von fünf Arbeitern aus einer Petersburger Fabrik, ein eher alltäglicher und geringfügiger Anlaß, war es schließlich soweit. Die Kollegen solidarisierten sich und riefen zum Streik auf, der sich wie ein Lauffeuer in der ganzen Stadt ausbreitete. Am 22. Januar 1905 näherte sich eine große Menschenmenge in keineswegs feindlicher Absicht dem Winterpalais. Dem Zaren immer noch ergeben, bekundete sie ihm ihre Loyalität durch mitgeführte Porträts. Überzeugt davon, daß der Zar nur schlechte Berater hatte, wollte sie ihm eine Petition überreichen, ihn persönlich auf ihre elende Lage aufmerksam machen.

Empfangen wurde sie jedoch nicht vom Zaren, sondern von Gewehrsalven. An diesem Blutsonntag verloren auch die gutgläubigen Untertanen ihre Illusionen über das «Väterchen Zar».

Azef und seine Kampftruppe waren währenddessen nicht untätig geblieben. Nach langer Beobachtungszeit entschloß sich Azefs Einsatzgruppe, am 17. Februar 1905 den Großfürsten Sergej Aleksandrovič durch eine Bombe, die Kaljaev gegen ihn schleudern sollte, hinzurichten. Aus dem Gefängnis heraus schreibt Kaljaev seinen Genossen: «Ich warf die Bombe auf vier Schritt Distanz, nicht mehr, im Anlauf, direkt, ich wurde vom Wirbel der Explosion erfaßt, sah, wie der Wagen explodierte. Nachdem die Wolke sich zerstreut hatte, blieb ich bei den Resten der Hinterräder stehen... Dann sah ich ungefähr fünf Schritt von mir... Fetzen der Kleidung des Großfürsten und seinen entblößten Körper.»

Parallel zu dieser Aktion bereitete Švejcer, der schon an der Ermordung Plehwes beteiligt war, ein Attentat auf den Großfürsten Aleksandrovič, für den Fall, daß Kaljaevs Anschlag nicht geklappt hätte, den Petersburger Generalgouverneur Trepov, den Minister des Innern Bulygin und den Vizeminister des Innern Durnovo vor. Bei der Präparierung explodierte die Bombe jedoch und riß Švejcer in Stücke. Alle an diesem Einsatz beteiligten Mitglieder der Gruppe wurden am 29./30. März verhaftet.

Trotz dieses Rückschlags scheint sich Azef zu diesem Zeitpunkt ernsthaft überlegt zu haben, mit seiner Agententätigkeit Schluß zu machen. Sollte der das Land überziehende Aufstand Erfolg haben, wollte er nicht auf der Seite der Verlierer stehen. Also hielt er sich gegenüber dem Polizei-Departement und Rataev sehr bedeckt. Er plante sogar einen Anschlag auf die Zentrale der Geheimpolizei, in der Hoffnung, sein Agentendossier vernichten zu können. Ein mit Dynamit gefüllter Gefangenentransporter sollte in den Innenhof des Präsidiums gebracht werden. Azef hatte im Gegensatz zu den «zartfühlenden Mördern» seiner Gruppe weit weniger Probleme mit den unschuldigen Opfern, die bei einer solchen Aktion ihr Leben verloren hätten. Aber seine guten Vorsätze, sich ganz auf die Seite der Revolutionäre zu schlagen, blieben fromme Wünsche, die sich bald in Luft auflösten.

Der Polizeichef Lopuchin mußte wegen des Anschlages auf den Großfürsten seinen Hut nehmen, und sein Nachfolger Račkovskij berief Rataev, den Chef der Geheimpolizei im Ausland und Vertrauten Azefs, von seinem Posten ab. Von nun an war Azef Račkovskij unterstellt, der von einem anderen Agenten in der Sozialrevolutionären Partei andeutungsweise von der Rolle hörte, die Azef tatsächlich spielte. Deshalb war Račkovskij von Anfang an mißtrauisch und wollte gleich in seiner ersten Unterredung mit Azef Namen und Fakten hören. Am 21. August 1905 verriet Azef seinen engsten Mitarbeiter Savinkov, den er bisher wie alle Mitglieder der eigenen Kampftruppe zu schützen versucht hatte. Der Verhaftung durch die Polizei entging Savinkov nur durch Zufall. Bereits im September des gleichen Jahres wies ein anonymer Brief, der offensichtlich von einem hohen Beamten im Polizeiapparat stammte, die Sozialrevolutionäre Partei darauf hin, daß sich an ihrer Spitze zwei Agenten der Ochrana befinden würden. Zwar konnte einer der namentlich nicht genannten Agenten entlarvt werden, aber der Verdacht gegen Azef wurde einstimmig als unbegründet zurückgewiesen. Da jedoch auch sonst niemand in der Führung des Verrats überführt werden konnte, blieb der Verdacht im Raum stehen und trug nicht gerade zu einem harmonischen Klima bei.

Trotz der Gerüchte erhielt Azef von der Partei den Auftrag, Vorbereitungen zu einem bewaffneten Volksaufstand zu treffen, was im wesentlichen hieß, über die finnische Grenze Waffen ins Land zu schmuggeln und Depots anzulegen. Azef hielt nicht sehr viel von solchen Aktivitäten, weil er nach der ersten Euphorie nicht mehr an einen Sieg der Revolution glaubte. Als die Dezemberaufstände in Moskau, Charkov, im Donez-Becken, Kaukasus, Baltikum und Sibirien in einem Fiasko endeten, mußte die Partei, die sich seit Januar halblegal in der Öffentlichkeit bewegen konnte, wieder in den Untergrund abtauchen. Auf dem Parteikongreß Anfang Januar 1906 in Finnland wurde die Wiederaufnahme der Terroraktionen beschlossen. Die zwei wichtigsten Anschläge waren auf den Vizeminister des Innern Durnovo und den Generalgouverneur Dubasov geplant. Während das Attentat auf Durnovo abgebrochen werden mußte, gelang dem Mitglied der Kampfgruppe Vnorovskij der Wurf einer Bombe auf den Wagen des Gouverneurs, der den Anschlag zwar überlebte, aber nach einem längeren Krankenhausaufenthalt auch nicht mehr seinen Dienst antreten konnte.

In einer eilends herbeigeführten Unterredung machte Račkovskij

Azef für das Attentat verantwortlich. Aber darauf war Azef vorbereitet. «Wenn Sie das meinen, so verhaften Sie mich doch!» lautete die von einem Historiker kolportierte Antwort Azefs. Tatsächlich konnte Azef zum Zeitpunkt der Eröffnung der Reichsduma, der ersten parlamentarischen Institution, davon ausgehen, daß die Polizei den damit verbundenen Skandal in der Öffentlichkeit scheuen würde. Wäre nämlich herausgekommen, daß der bestbezahlte Agent mit Hilfe der Geheimpolizei erfolgreiche Anschläge auf die Repräsentanten des Staates durchführte, hätte das Račkovskij leicht den Kopf kosten können.

Aber auch ohne diesen Skandal mußte Račkovskij den Hut nehmen. Nach der Einberufung der Reichsduma wurde Petr Stolypin an die Spitze des Innenministeriums berufen und ihm die gesamte politische Geheimpolizei unterstellt. Als Nachfolger Račkovskijs holte er sich eine Person seines Vertrauens, den bisherigen Chef der Petersburger Geheimpolizei Gerasimov. Im Unterschied zu seinen Vorgängern hielt Gerasimov nichts von brachialer Gewalt als Methode im Kampf gegen die Terroristen, er setzte auf psychologische Kriegsführung. Auch wenn er über Zusammensetzung und Aufenthalt einer Gruppe Kenntnis hatte, nahm er keine Verhaftungen vor, wenn er in dieser Organisation einen Informanten hatte. Er ließ sich dabei von folgendem Gedanken leiten: In diesem von einer Krise in die andere schlitternden Land würde jede Zerschlagung einer illegalen Gruppe neue konspirative Zirkel ins Leben rufen. Es schien also ratsamer, die von Spitzeln unterwanderten Gruppen zu beobachten, sie an ihren Aktionen zu hindern und dadurch zu demoralisieren. Diese Überlegungen hatten zweifellos etwas für sich, und da Gerasimov einen intensiven Kontakt zu Azef pflegte, schien einer erfolgreichen Zusammenarbeit nichts im Weg zu stehen.

Zunächst ließ sich Gerasimov ausführlich über die Stimmung der verschiedenen Parteien in der Reichsduma berichten, die damals das politische Leben beherrschte. Nachdem deutlich wurde, daß eine Verständigung zwischen dem Parlament und der Regierung nicht möglich war und die Hoffnung auf eine funktionierende Volksvertretung schwand, beschlossen die Sozialrevolutionäre, die zeitweise lahmgelegten Terroraktivitäten wiederaufzunehmen. Zunächst ließ die Sebastopoler Organisation Admiral Čuchnin, der sich bei der blutigen Unterdrückung des Matrosenaufstandes im

November 1905 einen Namen gemacht hatte, über die Klinge springen. Nach diesem neuerlichen Eröffnungszug der Terroristen war Gerasimov an der Reihe. Er hatte die Aktivitäten der Untergrundkämpfer genau unter die Lupe genommen, bevor er von Azef erfuhr, daß ein Anschlag auf den Minister des Innern Stolypin geplant war. Ohne die Kampfgruppenmitglieder zu verhaften, wurden sogenannte «Brander» auf sie losgelassen, im Argot der Geheimpolizei besonders «ungeschickte» Spitzel, die die Aufmerksamkeit der Terroristen auf sich lenkten. Fühlte sich eine Kampfgruppe beobachtet, wurde die Aktion abgebrochen, um die Mitglieder in Sicherheit zu bringen. Daß in solchen heiklen Situationen niemand verhaftet wurde, hielt man der besonderen Umsicht Azefs zugute.

In dieser Krisenzeit des bewaffneten Flügels der Sozialrevolutionäre, in der es nicht einmal gelang, das Ziel des Anschlags, Stolypin, auch nur zu Gesicht zu bekommen, geschweige denn seine täglichen Fahrtrouten auszukundschaften, gelang einer Abspaltung der Partei, den Maximalisten, genau das, was Azef und seine Truppe «vergeblich» versuchten: Drei mit Bomben bewaffnete Terroristen drangen in das Haus Stolypins ein und jagten es in einer Kamikazeaktion in die Luft. Stolypin blieb unverletzt. Azef erfuhr davon in Finnland aus der Zeitung.

«Er [Azef] war sehr erregt, ich hatte ihn noch nie so gesehen. Er war nicht nur aufgeregt, er war gleichzeitig auch verwirrt und bedrückt. Er saß schweigend da und blätterte nervös im Kursbuch. Erst wollte er bei uns übernachten, aber dann überlegte er es sich und ging zur Bahn», berichtete eine Parteigenossin in ihren Erinnerungen. Azef machte sich natürlich Sorgen, daß Gerasimov ihm die Schuld an diesem Anschlag, von dem er offenbar nichts wußte, in die Schuhe schieben könnte. Also eilte er noch am selben Abend nach Petersburg, um seinen Vorgesetzten vom Gegenteil zu überzeugen.

In der Partei setzte er eine Erklärung durch, die den Anschlag der Maximalisten «moralisch und politisch» verurteilte, was damals nicht nur deshalb ziemlich ungewöhnlich war, weil Azef als Kampfgruppenleiter ähnliches hätte genauso planen können, sondern auch aufgrund der unausgesprochenen Solidarität der Gruppen, deren Hauptfeind die zaristische Despotie war. Azefs Mitstreiter Savinkov erinnert sich, wie unpassend und ärgerlich er diese Erklärung fand, die wahrscheinlich das einzige offizielle Parteidokument ist, das aus Azefs Feder stammt. Bemüht, sich bei Gerasimov wieder zu rehabilitieren, sammelte er eifrig Informationen über die Maximalisten mit dem Ziel, sein Monopol auf dem Gebiet des Untergrundkampfes wiederherzustellen, das in einer garantierten Erfolglosigkeit bestand. Als sich die Wogen wieder etwas geglättet hatten, zog sich Azef aus der vordersten Linie zurück und machte mit Frau und Kindern Urlaub an der italienischen Riviera.

Anfang 1907 traf Geršuni wieder in Europa ein. Es war ihm gelungen, in einer Sauerkrauttonne versteckt aus dem Zuchthaus im sibirischen Akatui zu fliehen und über Japan und die Vereinigten Staaten wieder in die Arme seiner Genossen zu gelangen. Mit Azef zusammen wollte er neu an die Tradition und den Erfolg der alten Zeit anknüpfen. Auf der Tagesordnung stand wieder einmal die Ermordung des Zaren, das war damals Nikolaus II. Geršuni überredete den damals schon etwas kampfmüden Azef, die Leitung des Tyrannenmords zu übernehmen. Mit Boris Nikitenko fand sich für dieses Unternehmen eine ideale Person, nicht nur weil er legal und völlig unverdächtig in Petersburg lebte, sondern auch weil er als ehemaliger Leutnant der Schwarzmeerflotte in Kreisen verkehren konnte, die anderen Kampfgruppenmitgliedern verschlossen waren.

Azef informierte seinen Vorgesetzten Gerasimov über den in der Zentrale der Sozialrevolutionäre euphemistisch als «Zarenangelegenheit» umschriebenen Anschlag. Aber auch ohne den Verrat Azefs wäre Nikitenko kein Erfolg beschieden gewesen. Er hatte nämlich Kontakt zu einer Zarenwache geknüpft, die selbst wiederum als Spitzel tätig war und später als Zeuge vor Gericht auftrat, nachdem die Gruppe verhaftet worden war. Vom «Verschwörungsprozeß gegen den Zaren» erhoffte Gerasimov sich nicht nur einen politischen Rechtsruck und die Auflösung der zweiten Reichsduma, die in ihrer Zusammensetzung noch radikaler war als die erste, sondern auch eine große Resonanz in der russischen Öffentlichkeit. Aber der Entrüstungssturm im Lande blieb aus; die Nachricht, daß ein Anschlag auf das Leben des Zaren geplant worden war, traf bestenfalls auf Gleichgültigkeit. Nikitenko und einer seiner Genossen wurden zum Tode verurteilt und am 3. September 1907 hingerichtet. Die anderen Angeklagten wurden zu Zuchthausstrafen verurteilt und in die Verbannung geschickt.

Aber die Sozialrevolutionäre in der Parteizentrale ließen sich durch den Fehlschlag nicht aus dem Konzept bringen. Wieder wurde Azef beauftragt, den Zaren aus dem Weg zu räumen. Aus der Parteikasse wurden ihm 100000 Rubel zur Verfügung gestellt, die aus einem bewaffneten Raubüberfall stammten. In der Auswahl der Untergrundkämpfer hatte er freie Hand. Aber die Vorbereitungen machten keine sonderlichen Fortschritte. Azef ließ sich Zeit und zog die Sache in die Länge. Und dann traf er, der treue Ehemann und Familienvater von zwei Kindern, am 26. Dezember 1907 im Nachtclub *Aquarium* seine große Liebe, die «Tingeltangel-Sängerin» Hedwig Müller, eine Deutsche von etwas zweifelhaftem Ruf, die es während des Russisch-Japanischen Krieges nach Petersburg verschlagen hatte. Seit dieser Begegnung bereitete Azef weniger ein Attentat auf den Zaren vor als vielmehr seine Abreise aus Rußland.

Im Juni 1908 verließ Azef das Land, um nie wieder zurückzukehren. In diesen Monaten hatte er seine Partei ziemlich vernachlässigt; jetzt unternahm er einen letzten Anlauf, um seinen Auftrag auszuführen. Im Juli reiste er nach Glasgow, wo der neue Kreuzer *Rjurik* gebaut wurde. Nach der Fertigstellung des Kriegsschiffes war in Kronstadt eine Inspektion durch den Zaren vorgesehen. Azef erkundete, ob die mit der revolutionären Sache sympathisierenden Matrosen bereit wären, den Zaren während der Besichtigung zu erschießen. Tatsächlich fand er zwei Freiwillige, die sich für das Himmelfahrtskommando zur Verfügung stellten. Er übergab ihnen Revolver, und sie schrieben ihre Abschiedsbriefe, die zusammen mit ihren Fotografien nach dem geglückten Attentat veröffentlicht werden sollten. Wie über die meisten seiner von ihm selbst geplanten Aktionen ließ Azef auch in diesem Fall seinen Vorgesetzten im dunkeln. Aber als der Zar am 7. Oktober 1908 den Kreuzer betrat, knallten keine Pistolenschüsse, sondern nur Sektkorken. Ein großer Teil der Mannschaft bereitete nämlich gerade einen bewaffneten Aufstand vor und sah ihre langfristig geplante Aktion durch den Zarenmord gefährdet. Die zwei von Azef rekrutierten Freiwilligen mußten sich der Revolutionsdisziplin beugen. Ganz unauffällig hatte damit das Ende der Terrorära begonnen, der Abschied vom Mord an austauschbaren Repräsentanten des Staates. Das Prinzip des allgemeinen Aufstands hatte sich

Azefs Freundin Hedwig Müller im Petersburger Kabarett «Aquarium» (1907)

gegen den individuellen Terror durchgesetzt, und der romantische Einzelkämpfer wurde von straff organisierten kommunistischen Kadern verdrängt.

Gleichsam symbolisch kündigte sich mit dem Fehlschlag auf der *Rjurik* auch das Ende Azefs an. In Gestalt des Historikers Burcev, eines Spezialisten auf dem Gebiet der jüngsten Geschichte des bewaffneten Kampfes, nahm das Verhängnis seinen Lauf. Von einem Überläufer der Polizei hatte Burcev nicht nur erfahren, daß im Zentralkomitee der Sozialrevolutionäre unter dem Decknamen «Raskin» ein Spitzel saß, sondern auch nähere Angaben über seine erbrachten Leistungen erhalten. Für Burcev, der mit der revolutionären Sache zwar sympathisierte, aber keiner Partei angehörte, erhärtete sich der Verdacht, daß es sich bei der fraglichen Person nur um Azef handeln konnte. Da ihm allerdings der entscheidende Beweis fehlte, führte er ein Gespräch mit dem ehemaligen Leiter des Polizei-Departements Lopuchin, der, an seine Schweigepflicht als Geheimnisträger gebunden, erst nach längeren Überredungskünsten durchblicken ließ, daß sich hinter «Raskin» Azef verbarg. Burcev setzte daraufhin das Zentralkomitee der Sozialrevolutionären Partei davon in Kenntnis, dem nichts anderes übrigblieb, als eine Art Schiedsgericht einzuberufen, das sich aus hochkarätigen Persönlichkeiten zusammensetzte: Vera Figner, eine der Teilnehmerinnen an der Ermordung Alexanders II. im Jahre 1881, die nach zwanzigjähriger Haft aus der Schlüsselburger Festung entlassen worden war, eine Ikone der revolutionären Sache; Hermann Lopatin, Mitglied der Ersten Internationale und enger Freund von Karl Marx, und Petr Kropotkin, heute noch ein gern publizierter Theoretiker des Anarchismus.

Das Gericht tagte in Paris in der kleinen Wohnung Savinkovs. Vera Figner wies Burcev auf die schwerwiegenden Vorwürfe hin: «Wissen Sie, was Sie tun müssen, wenn sich Ihre Anklage als unrichtig erweist? Es wird Ihnen nichts anderes übrigbleiben, als sich eine Kugel durch den Kopf zu jagen...» Aber Burcev konnte in Abwesenheit Azefs das ehrwürdige Gericht von der Notwendigkeit überzeugen, mit Azef eine Unterredung herbeizuführen, um ihn zu gewissen Ungereimtheiten in seiner Biographie zu befragen.

Azef, der nun auch privat ein Doppelspiel trieb, hielt sich mit seiner Frau und den Kindern in der Nähe von Biarritz auf. Von dort wurde er nach Paris beordert. Am 5. Januar 1909 suchten ihn Savinkov und zwei Genossen in seiner Wohnung am Boulevard Raspail 245 auf. Im Gespräch mit seinen Kampfgenossen verstrickte sich

Azef mit seiner Freundin Fräulein M. in Ostende (1909)

Azef in unangenehme Widersprüche. Man räumte ihm zwölf Stunden Bedenkzeit ein, bevor «wir uns als von allen Verpflichtungen befreit betrachten», wie Savinkov drohend zu verstehen gab. Deutlicher konnte der Wink kaum ausfallen.

Um 3 Uhr 30 verließ Azef die Wohnung, nahm eine Droschke zum Bahnhof und fuhr direkt zu seiner Geliebten nach Deutschland. Obwohl sein Verschwinden als endgültiges Schuldeingeständnis gewertet wurde, überprüfte man seine Angaben, die er im Laufe des nächtlichen Verhörs gemacht hatte. Die Angaben waren falsch. Im Auftrag des Zentralkomitees nahm ein Parteiemissär Kontakt zu Lopuchin auf, um die Aussage Burcevs bestätigen zu lassen. Lopuchin, immer noch gekränkt von der unehrenhaften Entlassung aus dem Polizeidienst, entschloß sich, seine Rolle als Geheimnisträger aufzugeben und dem Gesandten der Sozialrevolutionäre alles mitzuteilen, was er über Azefs Tätigkeit für die Ochrana wußte. Damit war Azefs Karriere als Doppelagent beendet und Gerasimovs wertvollster Agent kaltgestellt.

Die Rache Stolypins für Lopuchins Verrat folgte auf dem Fuß: Lopuchin wurde vor Gericht gestellt und zu einer mehrjährigen Zuchthausstrafe verurteilt. Nach der Revolution 1917 wurde Lopuchins Fall nochmals aufgerollt. Vor einem Außerordentlichen Untersuchungsausschuß gibt Lopuchin über den Sinn und Zweck des Gerichtsurteils folgendes zu Protokoll: «Ich bin überzeugt, daß der fast ausschließliche Zweck meiner Verhaftung und des Gerichtsprozesses war, mich der Möglichkeit zu berauben, Stolypin den Gönner Azefs zu nennen. Um dies zu erreichen, nahm Stolypin den Skandal, den er durch meine Verhaftung gegen mich verursachte, in Kauf.» Und tatsächlich ging es Stolypin darum, schnell einen Schuldigen zu finden, bevor er selbst über die Affäre Azef stolpern würde, die in der in- und ausländischen Presse für ziemlichen Wirbel sorgte. Auch der aufs politische Abstellgleis geschobene Račkovskij geriet plötzlich wieder in die Schlagzeilen, und Gerasimov, der sich Hoffnungen auf die Nachfolge Stolypins machte, entging nur mit knapper Not dem Kriegsgericht. Die Rache Azefs war perfekt: Er hatte nicht nur seinen obersten Dienstherrn Plehwe ermorden lassen, er ließ auch seine direkten Vorgesetzten in der Öffentlichkeit als Mitwisser erscheinen. Wieder einmal mußte eine Umbesetzung in der Polizeiführung vorgenommen werden.

Aber auch die «Ehre des Terrors» hatte einen empfindlichen Schlag erlitten, von dem sie sich trotz aller Bemühungen Savinkovs nicht wieder erholen sollte. «Mit Azef hat der Terror nicht begonnen – aber mit Azef fand er sein Ende. Die Entlarvung Azefs hat den Terror getötet...» lautete das pathetische Urteil aus der Sicht eines Historikers.

Derweil verbrachte Azef seine Flitterwochen mit Hedwig Müller in Italien, Griechenland und Ägypten. Geld spielte keine Rolle, Azef hatte oft genug die Parteikasse für seine Unternehmungen geplündert, ohne Rechenschaft darüber ablegen zu müssen. Außerdem hatte er noch die 100 000 Rubel für die Ermordung des Zaren in seinem Besitz, und als Agent der Ochrana hatte er auch nicht schlecht verdient, zum Schluß 1000 Rubel monatlich. Im Herbst 1909 mietete er unter dem Namen Alexander Neumeyer in der Nähe des Kurfürstendamms eine herrschaftliche Sechszimmerwohnung. Seine Rücklagen erlaubten es ihm, an der Börse zu spekulieren. Im Juli 1912 jedoch holte ihn die Vergangenheit ein. Während einer Kur in Neuenahr wurde er von einem Exil-Russen erkannt und sein Aufenthaltsort an Burcev weitergegeben, der als Historiker schon lange nach einer Gelegenheit suchte, mit Azef zu reden. Unter leichtem Druck willigte Azef in ein Zusammentreffen mit Burcev ein, das Mitte August in Frankfurt stattfand.

Azef stellte seinen Brief vom 4. April 1893 an Durnovo, mit dem alles anfing, als Jugendsünde dar, die er leider nicht rückgängig machen konnte, später jedoch zugunsten der revolutionären Bewegung auszunutzen verstand. Und hatte er damit nicht große Erfolge verbuchen können, ging die Hinrichtung Plehwes und die Ermordung des Großfürsten Aleksandrovič etwa nicht auf sein Konto, hatte er nicht viel mehr der Revolution genutzt als der Polizei? Burcev mußte schnell einsehen, daß dem Pragmatiker Azef Fragen der Ethik und Moral völlig fremd waren. Während Burcevs Bericht in der Weltpresse ein großes Echo auslöste, verschwand Azef wieder in den Süden, und erst im Herbst 1913, als Gras über die Sache gewachsen war, verlegte er seinen festen Wohnsitz wieder nach Berlin. Doch die schönen Jahre waren vorüber. Mit dem Beginn des Ersten Weltkriegs verlor er sein gesamtes Vermögen, das er in russischen Wertpapieren angelegt hatte. Er war genötigt, den Schmuck seiner Freundin zu versetzen, um mit dem Erlös ein Korsettgeschäft zu eröffnen. «Der dämonische Abenteurer hatte sich mühelos in einen mittelmäßigen Kleinbürger verwandelt. Die Banalität des Bösen war keine Erfindung der Nazis. In jedem Schreckensmann steckt eine platte Witzfigur» (Enzensberger).

Das endgültige Aus ließ nicht lange auf sich warten. Am 12. Juni 1915 wurde Azef auf der Straße erkannt. Diesmal erlaubten ihm

E. Azef nach seiner Entlassung aus dem Gefängnis (Berlin 1918)

seine finanziellen Verhältnisse keine ausgedehnte Reise in den Süden. Am nächsten Tag wurde er vor seiner Wohnung am Hohenzollerndamm von einem Kriminalbeamten verhaftet und dann einer strengen Einzelhaft unterzogen. Am 22. November richtete er ein Gesuch an den Berliner Polizeipräsidenten mit der Bitte, «seine Angelegenheit zu prüfen und ihn auf freien Fuß zu setzen». Ironie der

Geschichte: Aus der Antwort erfuhr Azef zum ersten Mal, daß man ihn nicht als Agenten der russischen Regierung festgenommen hatte, sondern als einen die Sicherheit und Ordnung gefährdenden Anarchisten. In schriftlichen Eingaben wies Azef verzweifelt darauf hin, daß er immer ein treuer Untertan seiner Regierung gewesen sei, der seinen Pflichten im Dienst des russischen Innenministeriums in allen Belangen nachgekommen war. Seine späten Treuegelöbnisse verpufften jedoch genauso ungehört wie seine Anträge auf Haftverschonung aus gesundheitlichen Gründen. Ende 1917 wurde er entlassen. Sein Nierenleiden, das er sich im Moabiter Gefängnis zugezogen hatte, verschlimmerte sich. Am 24. April 1918 starb er mit 49 Jahren. Azefs Biograph Nikolaevskij schreibt: «Dem Leichenwagen folgte allein Fräulein Müller. Keine einzige Zeitung brachte die Mitteilung von seinem Tode.»

Verwendete Literatur

Boris Nikolajewsky, *Asew*, Berlin 1932.

Boris Sawinkow, *Erinnerungen eines Terroristen.* Mit einer Einleitung von A. Maslow und einer Vorrede von Felix Kon, Berlin 1929.

Dasselbe. Mit einem Vor- und Nachbericht von Hans Magnus Enzensberger, Nördlingen 1985.

Wladimir Woytinsky, *Der erste Sturm – Erinnerungen aus der russischen Revolution 1905*, Berlin 1931.

Albert Camus, *Der Mensch in der Revolte*, Reinbek 1969.

Hans Magnus Enzensberger, *Politik und Verbrechen*, Frankfurt 1964.

Alexander Gerassimoff, *Der Kampf gegen die erste russische Revolution*, Leipzig 1924.

Vera Figner, *Nacht über Rußland*, Berlin 1926.

Klaus Bittermann, geboren 1952, lebt als Verleger und Publizist in Berlin. Buchveröffentlichung: «Das Sterben der Phantome – Verbrechen und Öffentlichkeit». Hat unter Pseudonym zwei Krimis geschrieben.

MICHAEL DIBDIN

Ein Todesfall in der Familie

Vielen Dank, daß Sie mich so kurzfristig empfangen, Doktor. Eigentlich habe ich Sie in jedem Fall konsultieren wollen, schon bevor ich diesen Rückfall hatte. Sie sind mir wärmstens empfohlen worden von Leuten, mit denen ich vor meiner Abfahrt zu Hause gesprochen habe. Wußten Sie, daß Argentinien pro Kopf der Bevölkerung mehr Psychiater hat als irgendein anderes Land? Das ist der einzige Weltrekord, den wir noch halten, unsere einzige traurige Spitzenposition. Trotzdem stand es für mich außer Frage, daß ich mich hier um eine Behandlung bemühen würde, Sie werden es gleich verstehen. Aber sobald ich in London angekommen war, hatte ich unglücklicherweise einen meiner bösen Anfälle. Ja, ich habe die Medikamente jetzt abgesetzt. Ich möchte sie nicht länger nehmen, als ich muß. Sie heilen mich nicht, sie verwandeln mich nur in jemand anderen, jemanden, der nicht geheilt zu werden braucht. Vielleicht ist das alles, was getan werden *kann*, ich weiß es nicht. Das ist es, was Sie mir sagen sollen. Aber zuerst muß ich das Problem erklären. Es wird nicht lange dauern.

Ich bin eine *porteña*, gebürtig in Buenos Aires. Ich habe eine privilegierte Erziehung genossen. Mein Vater war Marineoffizier, meine Mutter eine direkte Nachfahrin von Julio Roca, dem General, der die Führung bei der Ausrottung der eingeborenen Stämme innehatte. Gerade als sie die Hoffnung aufgegeben hatten, daß sie jemals noch eine Familie gründen könnten – meine Mutter war zu dieser Zeit schon Anfang vierzig –, erschien ich. Aber dieses Wunder blieb ein einmaliges Ereignis. Wie um das wettzumachen, blieb mir nichts versagt. Ich besuchte eine exklusive Privatschule, hatte ein Pferd und mehrere Hunde, erhielt Tennisunterricht bei einem ehemaligen Wimbledon-Teilnehmer und so weiter. Jeden Winter fuhren wir zum Skilaufen nach Bariloche oder San Martin, die Sommer verbrachten wir in unserer Villa in der Nähe von Punta del Este in Uruguay.

Wie viele Einzelkinder war ich phantasievoll und in intellektueller Hinsicht sehr weit für mein Alter. Ich las soviel, wie ich konnte, mit der Einschränkung, daß meine Eltern sehr konservative Ansichten darüber hatten, was passend war und was nicht. Ich kann mich noch an Vaters Zorn erinnern, als er eine Erzählung von Sartre entdeckte, die ich in der Leihbücherei bei Harrod's an der Calle Florida gefunden hatte. Sartre sei ein Kommunist und ein Atheist, wurde mir gesagt, und seine Bücher seien subversive Propaganda. Wenn du moderne Literatur lesen willst, sagte er, lies unseren eigenen Jorge Luis Borges, der überall in der Welt berühmt ist und dessen politische Ansichten vollkommen korrekt sind.

Es war, wie in einen Strudel zu fallen. Meine Anschauungen über Geschichte und Persönlichkeit und Charakter, die sich gerade zu formen begannen, zerfielen augenblicklich unter der Macht von Borges' Ideenreichtum, wurden zurückgeworfen in einen traumähnlichen Zustand von Möglichkeiten, in dem alles jedem zu jeder Zeit passieren konnte. Es war unvermeidlich, daß ich den Pilgergang zu der Buchhandlung antrat, wo der alte Mann an den meisten Nachmittagen zu finden war. Schließlich bezwang ich meine Angst und bat ihn, mein Exemplar der *Ficciones* zu signieren.

Das große, sanfte, gütige Gesicht wandte sich langsam, die Augen scheinbar auf jemanden fixiert, der leicht versetzt neben mir stand. Ich wußte sehr gut, daß Borges blind war, natürlich, aber der Eindruck war so stark, daß ich mich einfach umsehen mußte. Überflüssig zu sagen, daß da niemand war.

Er fragte mich, welche seiner Geschichten mir am besten gefiele. Ich erwähnte eine, die ich gerade gelesen hatte, den einzigen Titel, der mir spontan einfiel. Ein eigenartiges Lächeln erschien auf seinen Lippen, als ob er einer Ironie nachspürte, über die nur er selbst sich im klaren war. Dann schrieb er ein paar Zeilen in das Buch und signierte es. Ich war zu aufgeregt, um die Widmung anzusehen, bevor ich das Geschäft verlassen hatte und auf dem Nachhauseweg war. Es war die letzte Zeile aus *Emma Zunz*, der Geschichte, die ich erwähnt hatte. «Nur die Umstände waren falsch, die Zeit und ein oder zwei Namen.» Ich nahm an, daß der Einfluß dieser Worte zu dem unglücklichen Fehler in der Zueignung geführt hatten. Mein

Vorname, Eva, war richtig, aber statt Martinez hatte Borges «Marqués» geschrieben.

Ich war bitter enttäuscht, aber ich wagte nicht, zurückzugehen und ihn auf den Fehler hinzuweisen. An diesem Abend wollte mein Vater das Buch sehen. Als er sah, was Borges geschrieben hatte, zuckte er zusammen, als habe ihn eine unsichtbare Hand geschlagen. Dann riß er die Seite heraus und warf sie ins Feuer. «Der alte Mann hat Gehirnerweichung», sagte er. Die Angelegenheit wurde nie wieder erwähnt, und als ich ein paar Tage später in das Buch schaute, gab es kein Anzeichen mehr für ein herausgerissenes Vorsatzblatt. Jemand mußte ein neues Exemplar gekauft und es gegen das zerrissene ausgetauscht haben. Es war, als ob der ganze Vorgang aus meinem Leben gestrichen worden, als ob es niemals geschehen sei.

Dieses verwirrende und unerklärliche Ereignis erschien nur als ein weiterer Beweis für die größer werdende Kluft zwischen mir und meinen Eltern. Immer stärker fühlte ich, daß das Leben bei uns zu Hause nur Heuchelei, eine hohle Fassade war. Ich kam nie auf den Gedanken, daß dies irgend etwas anderes sein könnte als die übliche Abnabelung einer Heranwachsenden, die auch alle meine Freunde durchmachten. Ich nahm an, daß es eben zum Erwachsenwerden dazugehörte, zum Ausbrechen aus dem elterlichen Nest. Ich war stolz auf mein dunkles Haar und meine dunkle Haut, weil sie ein Zeichen dafür zu sein schienen, daß ich für eine exotischere und abwechslungsreichere Zukunft ausersehen war als das farblos korrekte Paar, mit dem ich lebte. Ich liebte es, mir vorzustellen, daß ich jüdisch aussah, weil das die Summe all dessen zu sein schien, was meine Eltern nicht waren, all dessen, was sie ablehnten und abtaten. Aber in Wirklichkeit stellte ich nie ihre Erklärung in Frage, daß mein Aussehen einen genetischen Atavismus auf eine Anlage zu *moreno*-Schönheit bedeutete, der sich zuletzt in meiner Urgroßmutter gezeigt hatte. Auf deren Porträt in Öl, das über dem Kamin hing, wurde jedesmal verwiesen, wenn das Thema zur Sprache kam.

Die nächste Episode ereignete sich, als mein Vater und ich an einem Wochenende im Frühsommer nach Punta del Este fuhren. Meine Mutter blieb zu Hause. Sie litt seit einiger Zeit an Herzbeschwerden und hatte außerdem eine Abneigung gegen die Villa, seitdem bei einem versuchten Überfall auf einen benachbarten Besitz einer unserer Freunde angeschossen und schwer verletzt worden war. Weil sie nicht mitkam, hatte mein Vater einen seiner Kollegen von der Marinetechnikschule eingeladen, uns zu begleiten. Unser Flug ging früh am Morgen. Wie gewöhnlich nahmen wir ein Taxi zum Aeroparque. Ich saß auf dem Rücksitz, zwischen den beiden Männern. Ich befand mich in einem Zustand zwischen Schlafen und Wachsein, wenn die Wirklichkeit noch nicht ihre beruhigende Tyrannei geltend gemacht hat. Die Straßen waren fast leer. Das Taxi fuhr schnell, ohne auf rote Ampeln und Stoppschilder zu achten. Die Dunkelheit drängte durch die offenen Fenster hinein.

Plötzlich wurde ich von der Erkenntnis überwältigt, daß all dies schon einmal geschehen war, wenn auch nicht mir. Obwohl sie nur kurz anhielt, war diese Erfahrung ungeheuer bedrohlich und rief ein fast körperliches Gefühl der Übelkeit hervor. Ich sackte nach vorn, verloren in den flutenden Strömen und wirbelnden Erinnerungen eines fremden Selbst. Die Wahrnehmung ging schließlich vorüber, aber das Gefühl von Angst und Panik, von völliger Hilflosigkeit und lähmendem Entsetzen wurde ich das ganze Wochenende über nicht los und tatsächlich auch lange Zeit danach nicht.

In diesem Sommer bestand ich meine Prüfungen mit Auszeichnung. Als Belohnung schickten mich meine Eltern nach Europa, wo ich in Oxford einen Monat lang Englisch lernen sollte. Eines Nachmittags war ich im Stadtzentrum, als es zu regnen begann. Ich stellte mich im Eingang einer Buchhandlung unter, und als offensichtlich wurde, daß der Regen noch einige Zeit anhalten würde, ging ich hinein, um herumzustöbern. Normalerweise liebe ich Bücher, aber ich fühlte mich einsam und hatte Heimweh, und die endlosen Reihen von Büchern schienen mich mit dem rohen Gewicht der angelsächsischen Kultur zermalmen zu wollen. Als mir plötzlich ein Titel in meiner eigenen Sprache ins Auge sprang, begrüßte ich ihn wie einen Freund, den man mitten in einer Menge von Fremden entdeckt.

Das Buch hieß *Nunca mas* – «Nie wieder» –, was mich an das Poe-Gedicht über den Raben erinnerte. Unglücklicherweise war nur der Titel auf Spanisch, und der Text war für mich zu schwierig zu lesen. Beim Durchblättern fand ich jedoch zu meiner Überraschung und Freude einen detaillierten Plan und eine Beschreibung der Marinetechnikschule, wo mein Vater arbeitete. Es gab auch einen Abschnitt mit Fotos, auf denen langweilig aussehende Gebäude in der

Bundeshauptstadt und in verschiedenen Provinzstädten wie Tucuman und Formosa zu sehen waren. Ich konnte mir nicht vorstellen, warum irgend jemand Orte wie diese fotografieren sollte, wo es doch so viele wirklich schöne Punkte in Argentinien gab, aber ich kaufte das Buch trotzdem, als eine nostalgische Geste, einen Gruß der Heimat.

In den nächsten paar Tagen verbrachte ich zwischendurch immer wieder meine Zeit damit, mich mit Hilfe eines Wörterbuches durch das Buch zu kämpfen. Ich kam allmählich dahinter, daß es sich um einen offiziellen Bericht einer Kommission handelte. Sie war eingesetzt worden, um das Schicksal jener Menschen aufzuklären, die während des sogenannten schmutzigen Krieges verschwunden waren. Dies war eine Zeit gewesen, in der mein Land als Resultat einer Terrorkampagne von im Ausland ausgebildeten subversiven Kommunisten an den Rand der Anarchie gebracht worden war. Erst nach einem langen und mühsamen Kampf war es den Streitkräften schließlich gelungen, den Fortbestand der zivilisierten westlichen und christlichen Werte zu sichern.

In diesem Glauben war ich wenigstens erzogen worden. Das Buch stellte die Geschichte ganz anders dar. In erschreckender Genauigkeit beschrieb es eine Alptraumwelt, in der Männer, Frauen und Kinder jeden Alters, die meisten von ihnen ohne irgendeine Verbindung zu der Guerillabewegung, von bewaffneten Gangstern aus ihren Häusern verschleppt und in geheime Straflager gebracht wurden, wo sie wochen- oder sogar monatelang gefoltert wurden, bevor sie erschossen und ihre Leichen verbrannt, in nicht gekennzeichneten Massengräbern verscharrt oder im Meer versenkt wurden. Bekamen Frauen während der Haft ein Kind, wurden ihnen die Babies weggenommen und Familien von Militärangehörigen gegeben, die sie als ihre eigenen aufzogen, während ihre Mütter erschossen wurden. Eines der Hauptzentren dieser Aktivitäten war die Marinetechnikschule gewesen, das elegante schwarzweiße Gebäude an der Avenida del Libertador, wo ich meinen Vater bei zahlreichen Gelegenheiten besucht hatte.

Während meiner letzten Woche in England wurde ich ernsthaft krank. Meine Temperatur stieg bis zu einem kritischen Punkt an, und ich wurde schnellstens zu einer Reihe von Tests ins Krankenhaus gebracht. Ohne mein Wissen nahm die Schule Kontakt zu meinem Vater in Buenos Aires auf. Eines Abends wachte ich aus meinem mit Fieberphantasien angefüllten Schlaf auf und fand ihn an meinem Bett stehend vor. «Meine arme Eva», sagte er und strich mir über die Stirn. «Ich fürchte, ich habe schlechte Nachrichten für dich. Deine Mutter...» Er brach ab und seufzte tief. Es kostete eine enorme Anstrengung, ihm in die Augen zu sehen. «Meine Mutter ist tot», sagte ich.

Ein Ausdruck von Verblüffung und Furcht flog über sein Gesicht, und dann nickte er langsam. Von diesem Moment an hatte ich keinen Zweifel mehr. Ich wußte alles, was geschehen war, als ob ich dabeigewesen wäre. Tatsächlich *war* ich dabeigewesen. Ich war dagewesen, als meine Mutter an einem frühen Morgen verhaftet und in einem schnellen Auto fortgebracht worden war, die Straßen fast leer, während die Dunkelheit durch die geöffneten Fenster hineindrängte. Ich war durchdrungen worden von ihrer Furcht, ihrer Panik, ihrer Todesangst. Fruchtwasser ist ein ausgezeichneter Leiter für Elektrizität, wissen Sie. Eingeschlossen in ihrer Gebärmutter war mir nichts erspart geblieben, außer ihrem Tod. Herausgerissen aus ihrem in den Wehen liegenden Leib, der am Kreißbett festgekettet war, wurde ich an einen der Offiziere weitergegeben, der ihre Folter überwacht hatte, einen Mann, dessen Frau unglücklicherweise keine Kinder haben konnte.

Und nun war auch sie tot. Mir wurde gesagt, daß ein schwerer Herzanfall sie gefällt hatte wie der Schuß aus der Pistole des Henkers. Ein paar Tage später flogen wir nach Hause, um an der Beerdigung teilzunehmen. Meine Freunde fanden mich verändert, aber sie schrieben es dem Schock über den Tod meiner Mutter zu. Ich hörte auf, Fleisch zu essen, was in Argentinien praktisch einem nationalen Verbrechen gleichkommt. Ich brach auch die Verbindung zu all den jungen Männern ab, die sich einen Wettstreit um meine Aufmerksamkeit geliefert hatten. Nachdem ich von einer besonders widerlichen Folter an weiblichen Häftlingen erfahren hatte, stellte ich mir bei jedem Mann vor, er trage eine lebende Ratte zwischen den Beinen, wild und gefräßig, begierig, ihren Weg in das Gewebe in meinem Innern hineinzugraben.

Nachdem einige Monate vergangen waren, verlor mein Aufseher, wie ich ihn nun für mich nannte, schließlich die Geduld mit dem, was er für meinen übertriebenen Schmerz hielt, und versuchte seine alte Autorität wiederherzustellen. Nachdem er vergeblich versucht hatte, mich zu überreden, mir zu schmeicheln oder zu drohen, legte er Hand an mich und das in einer Weise, die ich nicht als nur väterlich ansehen konnte. Ich war inzwischen eine gutentwickelte junge Frau, seine Frau war tot, und das Inzesttabu war außer Kraft, weil er wußte, daß ich nur dem Namen nach seine Tochter war. Er erwartete natürlich, daß ich mich fügen würde. Er erwartete ein Opfer, geknebelt durch pflichtschuldigen Gehorsam, verhüllt durch kindliche Zuneigung.

Statt dessen brach die ganze Bürde, die sich in mir aufgetürmt hatte, mit einer Gehässigkeit hervor, die selbst mich erstaunte. Ich verlor all meine Selbstkontrolle. Ich schrie ihm Beschimpfungen entgegen, nannte ihn einen schweinischen alten Mann, einen Vergewaltiger, einen Mörder, einen Teufel. Geschockt von dieser Verwandlung seiner in den Vater vernarrten Tochter in einen rasenden Racheengel, zog er sich zurück, indem er zusammenhanglose Entschuldigungen und Verneinungen murmelte. Ich hätte den Druck fortsetzen können, indem ich alles enthüllte, was ich mir zusammengereimt hatte, und verlangte, den Rest zu erfahren; aber ich war klug genug, um mir klarzumachen, daß mein unerwarteter Sieg der Überraschung zu verdanken war, ein Vorteil, den ich nie wieder haben würde. Von nun würde ich eiskalt sein und jeden einzelnen Schritt planen müssen.

Er hatte die Gewohnheit, mit einem Taxi von der Arbeit zurückzukommen, aber nicht den ganzen Weg bis nach Hause. Wir lebten in San Isidro, einem abgelegenen Vorort mit ruhigen, baumbestandenen Straßen und Blick auf den Rio de la Plata. Mein Aufpasser ließ das Taxi gewöhnlich an der Ecke der Hauptstraße halten und erklärte, daß während des zehnminütigen Weges zum Haus alle Pflichten seines Arbeitstages von ihm abfielen und er frei werde, um sein Familienleben ganz und gar auskosten zu können. Jetzt, wo ich wußte, wie er seinen Arbeitstag verbracht hatte und welcher Art diese «Pflichten» gewesen waren, zitterte ich, wenn ich daran zurückdachte, wie ich ihm entgegengerannt war, um hochgehoben und geküßt zu werden, wenn er nach Hause kam, und wie er mich gekitzelt hatte, bis ich vor Lachen weinen mußte.

Ich mietete ein Auto in Avellaneda, einem finsteren südlichen Stadtteil, wo Tiere geschlachtet und für den menschlichen Verzehr abgepackt werden. Ich fuhr mit dem *colectivo* bis zur Endhaltestelle und lief dann weiter, bis ich die Bar fand, nach der ich suchte. Ich erkannte sie sofort, als ich sie sah, eine enge kleine Gaststätte an der Ecke zweier unbedeutender Straßen, verloren in dem gewaltigen anonymen Gitternetz der Vororte von Buenos Aires. Ich hatte sie nie zuvor gesehen und würde niemals in der Lage sein, sie wiederzufinden. Es war ein Ort ohne Geschichte und ohne Zukunft. Er existierte nur in diesem Augenblick, eine zum Schein errichtete Hausfront für die Szene, die ich gleich in Gang setzen würde.

Drinnen spielten fünf Männer Karten. Ich ging an die Theke, bestellte einen Kaffee und sagte dem Besitzer, daß ich für ein paar Stunden ein Auto brauchte und gut dafür bezahlen würde. Ich erwartete, daß er sich an seinen Freund, vielleicht einen der Kartenspieler, wenden und arrangieren würde, daß ein Wagen gestohlen wurde. Ich erwartete, daß mir all mein Geld gestohlen und ich obendrein vielleicht vergewaltigt würde. Ich erwartete sogar, daß ich an einem anderen Tag wiederkommen müßte, zu einer anderen Bar, um das Ganze noch einmal durchzumachen. Ich war auf all das vorbereitet und auf noch mehr. Aber der Besitzer zuckte nur die Achseln und händigte mir einen Schlüsselbund aus. «Sie können meinen haben», sagte er. Das Auto war ein 60er Ford Falcon, eines dieser mit Flossen und Flügeln ausgestatteten Monster. Zufällig war es der Wagen, der sehr häufig von den Häscherkommandos benutzt worden war, die während des schmutzigen Krieges Menschen verschwinden ließen.

Mein Aufseher überquerte eine Seitenstraße, ungefähr auf halbem Weg zwischen der Hauptstraße und unserem Haus, als der Unfall passierte. Ich hatte nahe der Stelle geparkt, wo das Taxi ihn absetzte, und fuhr ihm dann von der anderen Seite entgegen. Als er auftauchte, verringerte ich die Geschwindigkeit und machte ihm Zeichen, daß er die Straße überqueren könne. Ich trug ein Kopftuch und eine dunkle Brille. Er hob die Hand zum Dank und trat auf die Straße. Ich zielte auf seine Beine, aber am Ende nahm ich entschieden mehr von ihm mit. Als ich im Krankenhaus ankam, nachdem ich das Auto zurückgebracht hatte, waren sie mit den Röntgenaufnahmen fertig. Beide Beine waren gebrochen, eines an drei Stellen, ebenso die linke Hüfte, das Schlüsselbein und drei Rippen. Das taten die Ärzte jedoch als nur oberflächlich ab. Was ihnen wirklich

Sorgen machte, war der haarfeine Riß in der Wirbelsäule, der zu dauernder Lähmung führen konnte. Die Zeit würde das erweisen. Als die Wirkung der Beruhigungsmittel nachließ, wurde es offensichtlich, daß der Patient «beträchtliche Beschwerden» hatte, wie die Schwester es ausdrückte. Die Polizei war über den Vorfall informiert worden, aber unglücklicherweise war mein Aufseher nicht in der Lage, irgendwelche Angaben über den Fahrer des Wagens zu machen.

Sechs Wochen später beendete er schließlich seinen Heimweg in einem Rollstuhl. Die Ärzte machten uns Hoffnungen, daß er möglicherweise wenigstens ein gewisses Maß an unabhängiger Bewegungsfreiheit zurückgewinnen könnte, aber für die absehbare Zukunft würde er eine Rund-um-die-Uhr-Betreuung benötigen. Ich nahm es auf mich, all seine Bedürfnisse zu befriedigen. Ich fütterte ihn, badete ihn, zog ihn an und aus, las ihm vor, brachte ihn zur Toilette. Dieses selbstlose Verhalten wurde von all unseren Freunden und Verwandten gelobt und den weniger vollständig ergebenen Söhnen und Töchtern als Beispiel vorgehalten. Der Priester unserer örtlichen Kirche machte mich zum Thema einer Erweckungspredigt, während ein Vertreter der Peronisten mein Verhalten als «bewegenden Beweis» dafür bezeichnete, «daß die Ideale, die diese Republik groß gemacht haben, die auf den traditionellen Grundsätzen des Respekts für die Kirche, den Staat und die Familie basieren, durch die Exzesse der libertären Demokratie nicht ausgemerzt worden sind».

Monate vergingen, bis sich der Zustand meines Aufsehers so weit verbessert hatte, daß ich vorschlagen konnte, wir sollten unser Landhaus in Uruguay besuchen. Ein einsames Grundstück, auf einer Hügelkette gelegen, zwischen einem verlassenen Sandstrand und einer sumpfigen Lagune, in der es von Flamingos wimmelte. Er hatte es als Zuflucht von den Zwängen des Alltagslebens gekauft, und für ihn war es immer mit glücklichen Erinnerungen und einer entspannenden, informellen Lebensweise verbunden. In Buenos Aires hatten wir viel Personal, das das Haus in Ordnung hielt, und wir verbrachten viel Zeit mit Vergnügungen und gesellschaftlichen Verpflichtungen, aber in Punta del Este kümmerten wir uns nur um uns selbst und sahen niemanden außer ein paar engen Freunden. Der psychologische Effekt, so argumentierte ich, würde zweifellos wohltuend sein. Was die praktischen Probleme anging: War nicht meine Fähigkeit, liebend für meinen Vater zu sorgen, bereits eine nationale Legende?

Spezialisten und Berater gaben ihre einmütige Zustimmung. Wie gewöhnlich flogen wir direkt zu dem Grundstück in einem kleinen Flugzeug, das einem Freund der Familie gehörte. Rinder und Schafe weiden auf der offenen Pampas in der Nähe des Landhauses. Wir flogen über die *estancia*, die nächstgelegene menschliche Ansiedlung, hinweg und weiter 15 km entlang der unbefestigten Straße, vollführten einen vorbereitenden Bogen, um die Tiere von der grasbewachsenen Landebahn zu verscheuchen, flogen dann abermals eine Kehre, um zu landen. Zehn Minuten später startete das Flugzeug wieder und ließ uns allein zurück.

Ich wußte genau, was passieren würde. Ich hatte kaum über etwas anderes nachgedacht in den langen trüben Tagen und Nächten, die ich den Bedürfnissen meines Patienten gewidmet hatte, indem ich ein Loch stopfte, das andere abputzte, das volle Gewicht des leblosen Körpers im Haus herumschleifte. Ich war sehr vertraut mit ihm geworden und hatte eine Menge Zeit gehabt, sein Schicksal in allen Einzelheiten zu überdenken. Diese Nacht im Landhaus war ein wirkliches Gethsemane für mich. Aber immer, wenn ich mich selbst dabei überraschte, wie ich wünschte, dieser Kelch möge an mir vorübergehen, rief ich mir das Schicksal meines wirklichen Vaters in Erinnerung, und mein Entschluß wurde bestärkt. Der Whisky, den ich trank, half ebenfalls. Die Menschen sprechen von Persönlichkeit, so als ob es eine feststehende Eigenschaft sei wie die Augenfarbe oder der Fingerabdruck. Wir wirken alle daran mit, diese Fiktion aufrechtzuerhalten, eben deshalb, weil wir wissen, daß es eine ist, und weil dieses Wissen unerträglich ist.

Als die Morgendämmerung schließlich über den einsamen Salzflächen und Sanddünen um die Villa herum anbrach, war ich eine andere Person geworden, auch für mich selbst nicht wiederzuerkennen, zu allem fähig. Ich betrat den Raum, in dem mein Aufseher schlief, und bedeckte seinen Kopf mit einer Ledertasche, die er mir zu meinem elften Geburtstag geschenkt hatte. Als er versuchte, die Tasche wegzuschieben, rollte ich ihn über die Bettkante. Seine Brüche waren noch nicht vollständig verheilt und, nach dem Schreien zu urteilen, waren die «Beschwerden» beim Sturz auf den Boden in der Tat ganz beträchtlich. Natürlich leistete er wenig Widerstand, als ich einen längeren Stoffstreifen um seine Handgelenke wickelte und sie fest zusammenband. Dann zog ich ihm den Pyjama aus, genehmigte mir noch ein Gläschen Whisky, und machte mich an die Arbeit.

Meine Techniken hatten diejenigen zum Vorbild, die er selbst vermutlich gegenüber meinen Eltern angewandt hatte. Ich holte den Staubsauger aus dem Lagerraum, wickelte die Stromleitung ab und trennte sie dann mit einer Kneifzange von dem Apparat. Ich streifte die Isolierung ein paar Zentimeter zurück und legte so das Metallkabel frei, dann steckte ich das andere Ende in die Wand. Um die Leitfähigkeit zu verbessern, goß ich Wasser über den am Boden liegenden Körper. Es ging alles viel leichter, als ich angenommen hatte. Ich wußte die Vorteile dessen, daß das Opfer eingehüllt war, sofort zu schätzen. Das erhöht nicht nur sein Gefühl von Desorientierung und Hilflosigkeit, sondern macht es auch viel leichter, mit der Arbeit voranzukommen. Es ist nicht länger ein Mensch, mit dem man umgeht, sondern nur ein Körper, und in diesem Fall ein spaßig gesichtsloser, eine komische Figur.

Außer den unter Strom stehenden Drähten benutzte ich zwei Geräte, die ich mir in Buenos Aires vor meiner Abfahrt besorgt hatte. Eine rotierende Schleifmaschine mit einer Reihe von Schmirgelscheiben, und eine butanbetriebene Lötlampe, die dazu gedacht war, Farbe abzuflämmen. Ich versuchte, systematisch vorzugehen, aber als die Zeit verstrich, wurde ich zunehmend verwirrt. Einer der Effekte der elektrischen Folter ist, daß der Würgereiz und die Darmentleerung stimuliert werden, und dann war da natürlich das Schreien. Es ist schwer, unter solchen Bedingungen ruhig und klar zu bleiben, besonders mit dem ganzen Whisky, den man braucht, um den Magen zu beruhigen und die Nerven zu behalten. Aber, wie diejenigen wußten, die mit meinem Aufseher an der Marinetechnikschule gearbeitet haben, ist es nicht nötig, feinfühlig und raffiniert vorzugehen, wenn das Opfer verurteilt ist.

Wie sie wollte ich Namen. Nicht die Namen von zufälligen Freunden und Bekannten, die dann festgenommen und gefoltert würden, um das imaginäre Netz von Subversiven zu vervollständigen, das das Militär angeblich ausrottete, wie eine dämonische Version des Spitzbuben, der die Pyramiden verkauft. Die Namen, die ich wissen wollte, waren mein eigener und die meiner ermordeten Eltern. Es dauerte länger, als ich angenommen hatte, länger, als ich für möglich gehalten hatte. Stundenlang brachte er damit zu, alles abzustreiten. Dann, kurz nachdem ich die Lötlampe zum zweiten Mal in Tätigkeit gesetzt hatte, brach er zusammen, gab nicht nur zu, daß ich nicht sein leibliches Kind sei, sondern erklärte es mit einem so leidenschaftlichen Ton in der Stimme, als ob er *stolz* darauf sei. Ich legte ihm dar, daß ich in dem Häftlingslager geboren worden und von ihm und seiner Frau adoptiert worden war, als Ersatz für das Kind, das sie nicht haben konnten, daß mein wirklicher Name tatsächlich Marqués war, wie es der blinde Seher Borges in das Buch geschrieben hatte.

Unglücklicherweise bewirkte die Vernichtung des *macho*-Gehabes meines Aufsehers – und durch nichts weiter als ein Mädchen – einen schnellen Zusammenbruch bis zur Hysterie. Abwechselnd lachend und weinend, stimmte er allem zu, was ich sagte. Das linderte seine Leiden nicht, ebensowenig wie es die Versicherungen oder Verleugnungen seiner eigenen Opfer getan hatten. Im Gegenteil, das Wissen, daß er nicht länger von Nutzen für mich war, vergrößerte meine Verachtung für seine unartikulierten Schreie und abstoßenden Zuckungen. Ich trank eine Menge von dem Whisky, drehte das Radio so laut, wie es ging, und fuhr mit immer extremeren Maßnahmen fort, um dieses erniedrigende Schauspiel so rasch wie möglich zu einem Ende zu bringen.

Als es vorbei war, duschte ich den Schmutz von meinem Körper und zog mir saubere Kleider an. Ich packte meine besudelten Kleidungsstücke in einen Plastiksack und alle Gold- und Silbersachen in einen anderen. Dann holte ich den Jeep aus der Garage und lud die beiden Säcke hinein. Ich fuhr über die Umgehungsstraße in die Stadt, die beschwerten Säcke versenkte ich unterwegs in einem unterirdischen Drainagegraben. Ich ging in einen Supermarkt und kaufte Verpflegung für eine Woche, dann aß ich in einem Restaurant zu Mittag. Auf dem Weg zurück zur Villa hielt ich bei einer benachbarten Farm. Ich erklärte den Bewohnern, daß ich eine Zeitlang die Gegend nicht hatte aufsuchen können, zuerst wegen der Ängste meiner Mutter über die Einbrecherbande und dann, nach ihrem Tod, wegen des Unfalls meines Vaters. Wir unterhielten uns ungefähr eine Stunde, dann sagte ich, daß ich mich jetzt auf den Rückweg machen müsse.

In der Villa hatte sich nichts verändert. Das Haus lag mehr als nur ruhig da; es ruhte endlich in Frieden. Die Polizei sagte mir, sie werde so schnell wie möglich da sein. Ich verbrachte die Zeit damit, über das Schicksal meiner wirklichen Eltern nachzudenken. Das brutale Eindringen von bewaffneten Männern in ihr Heim, die Plünderung aller Gegenstände von Wert, die ununterbrochene Folge von Fragen, auf die sie keine Antwort wußten, die langsame, systematische Zerstörung von Körper und Geist, die folgte. Als die Polizei eintraf, berichtete ich ihnen, was geschehen war: Einbrecher waren während meiner Abwesenheit in das Haus eingedrungen. Sie hatten alles gestohlen, was sie finden konnten, aber zweifellos gedacht, daß es noch weitere versteckte Wertgegenstände geben müsse. Sie hatten versucht, meinen Vater dazu zu bringen, ihnen zu sagen, wo sie waren. Aufgebracht durch seine wiederholten Beteuerungen, daß er nichts wisse, hatten sie ihn dann ermordet. Und wie Borges' Emma Zunz wurde mir geglaubt, weil meine Geschichte einen wahren Kern hatte. Nur die Umstände waren falsch, die Zeit und ein oder zwei Namen.

Beerdigungen bringen wie Weihnachten Verwandte zusammen, die sich sonst nie treffen. Ich kann mich bestimmt nicht erinnern, meine Tante Esmeralda jemals woanders gesehen zu haben, als auf dem Recoleta-Friedhof, außer einmal im Jahr am Weihnachtsabend in ihrem eigenen Haus im Palermo-Distrikt, das wie ein schauerliches Ungeheuer wirkte. Ohne Zweifel war es diese Verbindung, zusammen mit den schweren Möbeln und den dauernd heruntergelassenen Jalousien, die mich an diesen Ort als an eine Aussegnungshalle denken ließen. Dorthin wurde ich bestellt, einen Monat nach der Beerdigung meines Vaters, um die Anteilnahme meiner Tante für mein Verwaistsein entgegenzunehmen. «Du armes Kind», sagte sie, als ich durch die vollgestopfte Düsternis des Salons auf sie zuging, «du armes, armes Kind!» Es lag mir auf der Zunge zu sagen, daß Armsein zu den Dingen gehörte, die ich ganz sicher nicht war. Im Gegenteil, ich hatte ein Vermögen geerbt, dessen Ausmaß mich überrascht hatte. Auch nach großzügigen Spenden an wohltätige Organisationen, die errichtet worden waren, um den Angehörigen «der Verschwundenen» zu helfen – denn ein großer Teil des Reichtums meines Aufsehers, so vermutete ich, war die zusammengeraffte Beute aus dem schmutzigen Krieg –, war ich immer noch sehr gut versorgt. Aber Tante Esmeralda wollte mitleiden.

«Du armes Kind, ganz allein auf der Welt! Wenn ich an meine arme Schwester denke, wie glücklich sie war, als ihr gesagt wurde, sie sei schwanger. Sie hatte bis dahin schon fast die Hoffnung aufgegeben, weißt du. Sieh mich nicht so an, Liebes. Du bist jetzt eine Frau, wir können über diese Dinge sprechen. Und die Geburt war schrecklich. Du warst in einer schlechten Geburtsposition, weißt du. Tiefer Querstand, nannten sie es. Am Ende mußten sie eine Zange benutzen, um dich zu holen. Ich war die ganze Zeit dabei, und ich weiß nicht, wer von uns am meisten gelitten hat. Ach, aber nachher die Freude im Gesicht deines Vaters zu sehen! Das machte alles wieder wett. Wie sie dich abküßten! Oh, es tut mir leid, meine Liebe! Wie taktlos von mir, von solchen Dingen zu sprechen, wenn dein Schmerz noch so frisch ist.»

Einige Wochen lang versuchte ich zu glauben, daß Tante Esmeralda ein Teil der gigantischen Verschwörung war, die mein Vater inszeniert hatte, um die Wahrheit über seine Verbrechen noch über seinen Tod hinaus zu unterdrücken. Aber eine Zeit kam, zu der ich diese Fiktion nicht länger aufrechterhalten konnte. Neben dem Zeugnis meiner Tante gab es Unterlagen, die ich fand, als ich die Familienarchive durchstöberte: Dokumente, Briefe und Fotografien, die vom Tag meiner Geburt im Zentralkrankenhaus der Stadt datierten und die über jeden vernünftigen Zweifel hinaus bewiesen, daß der Mann und die Frau, die mich aufgezogen hatten, tatsächlich mein Vater und meine Mutter gewesen waren.

Was Borges' Widmung anging, so erfuhr ich von einer eifersüchtigen Verwandten – sie war über die Bestimmung, die in meines Vaters Testament für sie gemacht worden war, enttäuscht –, daß eine seiner Schwestern, nach der ich genannt worden war, einen Skandal verursacht hatte, als sie ihren Mann verließ, um mit einem berühmten Tangosänger namens Marqués zusammenzuleben. Die Affäre war zu ihrer Zeit Stadtgespräch in Buenos Aires gewesen, sagte meine Informantin, indem sie ihre Lippen schürzte – mißbilligend oder um ihre Belustigung zu unterdrücken. Der Fehler des alternden Borges und die empörte Reaktion meines Vaters waren ein letztes Echo dieser anrüchigen Geschichte gewesen.

Was die Aktivitäten meines Vaters an der Marinetechnikschule betraf, war es mir unmöglich, etwas Konkretes herauszufinden. Niemand will heutzutage in Argentinien über diese Ereignisse reden. Es ist eine unglückliche Epoche, über die wir lieber nicht nachdenken, eine Fehlentwicklung, die am besten vergessen wird. Und das ist auch alles, was *ich* will, glauben Sie mir. Das Problem ist, daß ich den richtigen Dreh offenbar nicht heraushabe. Ich schaffe es manchmal wochenlang, aber früher oder später habe ich einen dieser Rückfälle.

Ich möchte nicht damit fortfahren, mich dauernd unter Medikamente zu setzen, Doktor, aber was ist die Alternative? Kann ich lernen, mich mit der Realität abzufinden? Was meinen Sie?

SUSAN MOODY

Oh, wer hat die Tat vollbracht?

Ich wußte nicht recht, wo ich sie unterbringen sollte.

Sie tauchte aus den Schatten neben dem alten Fort auf und überquerte den palmenüberschatteten Platz. An der Landungsbrücke blieb sie stehen und blickte aufs Wasser hinunter. Sie hatte auffallend lange Beine, runde Hüften, ein Gesicht, das, obwohl es jetzt hinter einer Sonnenbrille verborgen war, die Linien dauernder Schönheit besaß. Dennoch, als sie den Platz überquerte, in die Schattenstreifen hinein- und aus ihnen heraustrat, war sie weder auffallend noch schön. Ihr Haar war ungepflegt, ihre Schultern hingen irgendwie niedergeschlagen herab.

Sie hatte sich mir zugewandt. Sie hatte mich angelächelt, ihr Gesicht lebendig und voller Liebe. Aber wann war das gewesen? Es war nur ein kleines Rätsel und eines, bei dem ich mich nicht aufhielt. Nur so lange, wie es brauchte, sich kläglich zu fragen, ob ich schließlich das Alter erreicht hatte, in dem jede junge Frau mich an eine verlorene Liebe erinnerte.

Vor mir kräuselte der Wind die ölige Wasseroberfläche des kleinen Hafens, die schaukelnden Fischerboote stießen aneinander und sandten kleine Wellen in Richtung Mole. Es waren Arbeitsboote; der Liegeplatz war zu klein für Feriensegler, weil es hier keine Möglichkeiten gab, Wasser und Kraftstoff zu tanken, kein Geschäft, um sich mit Whisky und Dosen einzudecken. Es gab nur ein Hotel oben auf der Klippe. Ein übereifriger Franzose, der kurz darauf bankrott ging, hatte es in den dreißiger Jahren errichtet. Dahinter lagen meilenweit ödes Land und die römischen Ruinen, die in der Wüste zu Staub zerfielen – zwischen düsteren Dünen aus rötlichem Sand, der bei Sonnenuntergang wie eine rostfarbene Wolke erschien. Und es gab, natürlich, einen Strand, unberührt, unverschmutzt, der sich eine halbe Meile die Küste entlangerstreckte. Zur Zeit war die Gegend noch nahezu unentdeckt, obwohl ich wußte, daß unvermeidlich früher oder später irgendein Reiseschriftsteller oder eine Touristenagentur hier auftauchen würde und daß dann ein weiteres Paradies verloren wäre.

Ich hätte wissen müssen, daß sie im Hotel wohnte – schließlich gab es nichts anderes. Am nächsten Morgen saß ich auf der Terrasse, die über das Meer hinausgebaut worden war, als sie zögernd herauskam und sich nach einem Sitzplatz umschaute. Das war nicht schwer; zu dieser Jahreszeit waren nur ein halbes Dutzend Gäste hier, aber die Mühe, darüber zu entscheiden, welchen Tisch sie nehmen sollte, schien zuviel für sie. Sie biß sich auf die Lippe, runzelte die Stirn, bewegte sich auf einen Tisch zu und überlegte es sich dann anders; näherte sich unentschlossen einem anderen. Wieder erschien sie mir quälend bekannt; die Neugier ließ mich halb von meinem Stuhl aufstehen. Ich bedeutete ihr, daß sie sich gerne zu mir setzen könne, wenn sie es wünschte, aber sobald sie meinen Blick bemerkte, zog sie den Kopf ein und hastete zu dem Tisch, der am weitesten von meinem entfernt stand.

Ich zuckte die Achseln. Offensichtlich betrachtete sie mich als eine Bedrohung, obgleich sie einen Ehering trug; ich konnte ihn an ihrem Finger blitzen sehen, als sie ein Glas Ananassaft, das vor ihr stand, in die Hand nahm, nur um es schnell wieder abzusetzen. Sie lehnte die Arme auf die Steinbrüstung und starrte auf den Strand hinunter. Als der Kellner kam, um ihre Frühstücksbestellung aufzunehmen, schüttelte sie den Kopf, und er ging weg.

Da war etwas an ihr, das ich wiedererkannte... war es die Form ihres Kopfes, die Linie ihres Kinns, ein nostalgisches Gefühl, das ich nicht ganz greifen konnte? Am Ende siegte die Neugier. Ich stand auf und ging zu ihr hinüber.

«Excusez-moi, madame...» Französisch schien die naheliegendste Sprache, weil der Hafen früher ein Teil der französischen Kolonialbesitzungen gewesen war, und weil ich, soweit ich wußte, der einzige Engländer im Ort war. «Excusez-moi, mais j'ai l'impression que...»

Sie drehte sich rasch um, ihre Augen waren weit und beunruhigt, als ob sie mein Näherkommen nicht gehört hätte und durch meine Stimme aufgeschreckt worden sei. «Leider spreche ich kein Französisch», sagte sie. Sie hatte eine klare, tragende Stimme und sprach jedes Wort peinlich genau aus.

Ich lächelte. «Ich bin selbst Engländer», sagte ich. «Ich habe Sie gestern gesehen, unten auf dem Platz.»

«So?» Sie wartete, so als ob meine Bemerkung bestimmt noch zu etwas Bedeutsamerem hinführen müsse.

«Sind Sie allein hier?» Das war eine überaus plumpe Frage, und sobald ich sie gestellt hatte, war mir klar, daß sie mich für eine Art Müßiggänger halten mußte, einen Gelegenheitsgigolo, der von einsamen Frauen lebte, indem er ihnen Sex als Gegengabe für eine Uhr, ein Seidenhemd, einen Scheck offerierte.

«Mein Mann ist dort unten», sagte sie und zeigte auf den Strand.

«Ah.» Ich spähte hinunter. Der braune Strand war fast leer so früh am Tag, obwohl immerhin ein halbes Dutzend Menschen sich von den langen, langsamen Wellen emportragen oder sich faul im flachen Wasser treiben ließ.

«Das ist er», sagte sie und zeigte auf einen schwarzen Kopf weit draußen in den Wellen, der sich zielstrebig dem Land näherte. «Er ist Schauspieler. Er schwimmt jeden Morgen und jeden Abend eine halbe Meile.» Sie drehte sich zu mir um und ließ ein sanftes kleines Lachen hören. Mir fiel auf, daß ihr eigenes Haar feucht war. «Ich weiß nicht genau, wie er die Entfernung einschätzt, aber er scheint immer richtig zu liegen.»

Es war das Lachen, das den Knoten löste. «Desdemona», sagte ich.

Ihr Blick blieb ausdruckslos. Einen Moment lang fragte ich mich, ob ich mich geirrt haben könnte. Aber nein... «Sie waren Desdemona. In dem Richter-Film. Die wunderbarste Desdemona. Mit Bernard Peters als Ihr Othello, und Charles Everett spielte den Jago.»

Sie sah hinunter auf ihre ineinander verflochtenen Hände. «Das ist schon lange her.»

«Aber unvergeßlich. Sie waren so...» Ich suchte nach Worten. «...leidenschaftlich, so unschuldig, so dem Untergang geweiht.» Ich war nicht der einzige, der ihre Darstellung bewundert hatte. Die Kritiker schwärmten, der Film war ein riesiger Kassenerfolg gewesen, und der kleinen englischen Schauspielerin, herausgepflückt aus irgendeiner obskuren Repertoire-Truppe, war eine glänzende Zukunft garantiert worden. Es hatte einen zweiten, weniger renommierten Film gegeben, einen dritten. In allen hatte die ihr eigene zerbrechliche Spannkraft hindurchgeschimmert.

Und dann war nichts mehr gekommen. Sie war verschwunden; es war eines dieser Was-ist-eigentlich-aus-der-geworden-Theater-Geheimnisse, die immer wieder vorkommen und nur gelegentlich aufgelöst werden, wenn irgend jemand einen tragischen Artikel schreibt oder ein unerwarteter Nachruf erscheint.

Ihr Name war Helena Garden. Ich erinnerte mich, daß sie verheiratet gewesen war, als Othello gedreht wurde, und Mutter eines Kindes. Es gab keinen Grund, daß ich mich daran erinnerte – außer daß sie unvergeßlich gewesen war.

Wir unterhielten uns eine Weile. Der Kellner kam herüber und ging wieder weg. Sie begann die Tür zu beobachten, die auf die Terrasse führte.

Ich wußte es sofort, als er kam. Ich konnte es an der Art erkennen, wie ihre Augen sich weiteten und dann niedergeschlagen wurden. Ich drehte mich um. Er stand da an der Tür zur Terrasse, in Jeans und einem weißen Hemd, dessen Kragen hochgeschlagen war, um sein gutaussehendes Schauspielergesicht zu umrahmen. Er konnte es nicht lassen, einen Auftritt daraus zu machen.

Sein Blick fiel auf uns, und er runzelte die Stirn. Er kam herüber, nahm eine Sonnenbrille aus der Tasche und setzte sie auf, während er zwischen den Tischen hindurchging.

Ich stand auf. «Ich hoffe, Sie halten mich nicht für aufdringlich», sagte ich mit falscher Herzlichkeit in der Stimme. «Ich weiß, es ist schon einige Jahre her, aber ich habe Ihre Frau erkannt und fühlte, daß ich ihr einfach sagen müßte, wie wunderbar ich ihre Desdemona fand.» Ich streckte eine Hand aus, aber er übersah sie. «Ich bin Martin Howard.»

«Jeremy Talbot», sagte er kurz. Er packte seine Frau bei der Schulter. Ich lächelte. Ich zog mich zurück, ließ mein Frühstück stehen, ging hinauf in mein Zimmer. Er schien sich nicht zu erinnern, daß wir uns früher schon einmal begegnet waren. Aber ich erinnerte mich.

Ich war den Tag über die Küste entlanggesegelt bis nach Moukabi, einem aufsehenerregenden Haufen von Ruinen, der seit langer Zeit ganz dem Sand und dem Wind überlassen war. Die Zeit hatte die alten Mauern abgerundet und zu einer Reihe von außergewöhnlichen Formen abgeschliffen; sie ragten aus der roten Erde heraus, als seien sie auf natürliche Weise durch Erdverschiebungen entstanden. Ich war früher schon hier gewesen und hatte die Einsamkeit dieses Ortes immer als heilsam empfunden, als eine Erinnerung an die Vergänglichkeit des Menschen. Auch das Geräusch des Windes, der durch die zerfallenen Straßen strich, hatte etwas besonders Besänftigendes, Düsteres, Ergebenes, das das Herz unmittelbar berührte.

Dennoch gelang es mir dieses eine Mal nicht, mich auf die Stimmung des Ortes einzulassen. Bevor ich zurücksegelte, saß ich auf dem Deck mit einem Drink in der Hand, beobachtete, wie die Sonne allmählich hinter den glatten, flachen Hügeln entlang der Küste unterging und ließ meine Gedanken in die Vergangenheit schweifen...

Es lag Jahre zurück. Ich hatte einen kleinen Hafen an der Nordküste der Bretagne angelaufen – Locquirec oder Perros Guirec, ich kann mich nicht mehr erinnern – und machte für die Nacht fest. Es war spät. Die meisten Leute waren schon zum Abendessen an Land gegangen; die übrigen waren unter Deck – ich konnte den Geruch von gegrillten Steaks und Zwiebeln wahrnehmen, das Klirren von Gläsern hören. Die Sonne war fast untergegangen; die lange Reihe der Boote warf Schatten auf das schmutzig-grüne Wasser, das an die Mole platschte. Ich stand auf dem Vorderdeck, genoß das Gefühl, wie die müden Muskeln sich entspannten und wie der Whisky meine Kehle hinunterrann, als ich ein hölzernes Dinghi bemerkte. Es glitt zwischen zwei anderen Booten, die weiter oben festgemacht waren, hindurch und steuerte im Zickzackkurs auf mich zu. Ein Mann führte ungeschickt das Steuerruder; ihm gegenüber saß ein Junge von acht oder neun Jahren. Er trug einen Anorak und eine Schiffermütze, die seinem Vater gehören mußte. Der Junge hatte eines dieser zarten, offenen Gesichter, die mit dem Erwachsenwerden verschwinden; sein glattes, helles Haar hing ihm bis über die Augen, und gelegentlich schob er den Mützenschirm zurück, der viel zu groß war. Er hatte etwas Rührendes an sich; ich lehnte mich über die Reling, um besser sehen zu können, und lächelte vor mich hin. So war ich auch einmal gewesen: eifrig, glücklich, schon voller Liebe für das Meer und die Boote und alles, was dazugehörte.

Der Mann erreichte die Stelle, der gegenüber schlüpfrige Stufen vom Wasser hinauf auf die Mole führten, und manövrierte das Dinghi darauf zu, zwischen zwei der dort festgemachten Boote. Er sagte etwas zu dem Jungen, der stand auf und legte seine beiden Hände auf den Rand des nächsten Bootes, offensichtlich in der Absicht, das Dinghi an die Mole heranzubugsieren. Wie jeder, der schon einmal gesegelt ist, weiß, ist das ein unsinniges Manöver, und tatsächlich, während ich noch zusah, schwang das Dinghi von dem größeren Boot weg, und der Junge fiel, fast ohne ein Platschen, in den breiter werdenden Zwischenraum. Einen Moment lang lag er da auf dem Wasser, von seinem Anorak an der Oberfläche gehalten; die Schiffermütze schwamm langsam davon, und sein Haar breitete sich um seinen Kopf aus wie ein Heiligenschein.

Niemand rührte sich. Der Junge stieß keinen Schrei aus, der Vater, wie ich versteinert, sah einfach zu, und ich, über ihnen, außer Sicht, sagte nichts, weil ich annahm, daß der Mann hinter seinem Sohn ins Wasser springen würde. Was er, als ich wieder zu funktionieren begann und herunterrief, ob er Hilfe brauche, auch sofort tat. Einmal im Wasser, strampelte und platschte er herum – ich beobachtete ihn für einige Sekunden, keineswegs beunruhigt, denn bis zur Hafenmauer waren es nicht mehr als 15 Yards, bis mir dämmerte, daß er sich in Schwierigkeiten befand.

All dies dauerte nur ein paar Sekunden, aber der Junge versank bereits, das Gesicht unter Wasser, die Augen geschlossen. Ich sprang hinein, wobei ich fast auf dem Kopf des Mannes landete, der mir ein weißes Gesicht zuwandte und hoffnungslos sagte: «Ich kann nicht schwimmen.»

Ich packte die Vorderseite seiner Jacke und zog ihn durchs Wasser zu dem Boot, das ein paar Yards entfernt schaukelte. «Halten Sie sich fest», sagte ich. «Ich hole den Jungen.» Ich sagte nicht, was ich dachte: Daß nur ein verbrecherisch unverantwortlicher Vater ein Kind ohne Schwimmweste in einem Boot hinausnehmen und das Kind dazu auffordern würde, ein reichlich gefährliches Manöver auszuführen, wenn der Vater selbst nicht schwimmen konnte.

Ich bekam den Jungen zu fassen, hielt sein Gesicht über Wasser, schwamm rasch zurück zu der Mauer. Er wog nichts; ich zog ihn die Stufen hinauf, legte ihn auf die flachen Steine der Mole und begann ihn zu bearbeiten. Er hatte ungefähr einen Liter von dem dreckigen Wasser geschluckt; ich bekam es aus ihm heraus, schlug auf seinen Brustkorb, sah, wie seine zarten Augenlider flackerten und sich öffneten, um die großen grauen Augen freizugeben. Als ich sicher war, daß er bei Bewußtsein war und atmete, ließ ich von ihm ab und ging zu seinem Vater, der jetzt im Wasser zitterte, die Finger an den Rand des Dinghis geklammert, und zog auch ihn sicher an Land.

Nachdem ich herausgefunden hatte, wo sie wohnten, brachte ich sie zu ihrem Hotel zurück. Und da der Vater es nicht tun wollte oder konnte, bat ich die Empfangsdame, einen Arzt zu rufen, der den Jungen untersuchen sollte.

Ohne triftigen Grund stellten wir uns vor. Alles was er herausbrachte, als ich mich umdrehte, um zu gehen, war: «Wo ist die Mütze des Jungen?»

Ich sagte mir, daß er unter Schock stehen müsse oder daß er von dem Gedanken erschreckt sei, was die Mutter des Jungen sagen würde; vielleicht war es ihm auch peinlich, daß er sich selbst in eine Situation gebracht hatte, aus der er nur mit fremder Hilfe hatte befreit werden können. Trotzdem, seine Reaktion ließ mich frösteln und verwirrte mich.

Ebenso wie sein Benehmen am nächsten Tag. Ich traf sie beide, als sie am Hafenrand entlanggingen: Der Junge rannte auf mich zu und hängte sich an meine Hand, der Vater folgte in einer gemesseneren Gangart und murmelte, ohne mich anzusehen, etwas wie, es tue ihm leid, daß er mir am Abend zuvor Unannehmlichkeiten bereitet habe.

Ich erwartete und wollte keine überschwenglichen Erklärungen des Dankes. Jeder hätte sich so wie ich verhalten. Aber... Unannehmlichkeiten? Es erschien mir eine verdammt kaltblütige Ausdrucksweise für das, was geschehen war.

An diesem Abend machte ich mich auf den Weg zu ihrem Hotel. Weil ich am nächsten Morgen früh los wollte, holte ich mir an der Bar einen Drink und zog letzte Erkundigungen über den Jungen ein. Das Mädchen am Empfang war nicht die, die am Abend zuvor dort gewesen war; als ich erklärte, nach wem ich fragte und warum, sagte sie mir, daß sie bereits abgereist seien. Sie murmelte etwas darüber, daß der Junge die Unfälle geradezu anziehe, was für ein

Glück es gewesen sei, daß ich gerade zur Stelle war, daß er schon mehrfach nur knapp mit dem Leben davongekommen sei. Als ich näheres wissen wollte, zuckte sie die Achseln. Er war offenbar auf der Straße gestolpert und fast von einem Lastwagen überfahren worden. Er hatte aus einer Flasche Bleichmittel statt Limonade getrunken. War wegen einer Gehirnerschütterung behandelt worden, nachdem er eine Steintreppe hinuntergefallen war. Sie sagte nicht direkt, daß Jungs eben Jungs sind, aber etwas in der Art hing unausgesprochen zwischen uns. Als ich nach der Mutter des Jungen fragte, erzählte sie, daß diese schon zwei Tage früher nach Hause gefahren sei; Vater und Sohn seien jetzt auf dem Heimweg zu ihr.

Als ich wegging, dachte ich: Irgend etwas ist hier faul. Aber was konnte ich tun? Sie waren schon fort; ich selbst würde mit der frühen Flut auslaufen. Abgesehen davon hatte der Junge keinen verängstigten Eindruck gemacht. Er war offen und herzlich. Und mit wem hätte ich mich in Verbindung setzen sollen, wenn ich wirklich angenommen hätte, daß sein Wohlergehen ernstlich bedroht war?

Um mich herum färbten sich die Hügel scharlachrot und orange. Eine karmesinrote See erstreckte sich flach bis an den Horizont. Ich fröstelte plötzlich. Die Jahre über hatte ich mich gelegentlich an den Jungen und seinen Vater erinnert, darüber nachgedacht, wie es ihnen wohl ginge. Jetzt kam mir ein Gedanke in den Sinn, der wie ein schwerer Stein auf mir lastete: Wenn ich nicht von oben gerufen hätte wie ein kontrollierender Gott, hätte er einfach zugesehen, wie sein Sohn ertrank? Gab es einen Zusammenhang zwischen den «Unfällen» des Jungen und dem plötzlichen Bruch in Helena Gardens Karriere?

Sie zögerte an der Tür, die zur Terrasse führte, genau wie am Morgen zuvor. Sie bewegte sich auf einen Tisch zu, dann zu einem anderen, wie sie es gestern getan hatte. Ich beobachtete sie, diesmal machte ich keine Anstalten aufzustehen. Ich hätte mir inzwischen eine genaue Theorie darüber zurechtgelegt, was mit ihr geschehen war, und die kranke Wut, die die ganze Angelegenheit in mir aufsteigen ließ, machte es mir unmöglich, mich auf meinen Kaffee zu konzentrieren – oder auf irgend etwas anderes. Es gab zwei Fragen, auf die ich eine Antwort brauchte. Wenn sie bestätigten, was ich argwöhnte, würde ich zu einer weiteren Entscheidung kommen müssen: reden oder nicht reden. Ich würde keinen richtigen Beweis haben, nur eine Kette von zufälligen Einzelheiten. Dennoch, wenn ich recht hatte, mochte ein einziges Detail sich als stark genug erweisen, um einen Mann des Mordes zu überführen.

Angelegentlich schob ich meinen Stuhl zurück und ging zu ihr hinüber.

Sie drehte sich um, einmal mehr aufgeschreckt. «Mein Mann ist dort unten.» Sie zeigte auf den Strand. «Er ist Schauspieler. Er schwimmt jeden Morgen und jeden Abend eine halbe Meile. Ich weiß nicht, wie er –»

«Ja. Das haben Sie mir gestern schon gesagt», warf ich sanft ein. Zorn erfüllte mich darüber, was dieser wundervollen zarten Person angetan worden war.

«– Ich weiß nicht, woher er weiß, wann es Zeit ist umzukehren.» Sie schob die Finger durch ihr feuchtes Haar und lachte leise.

«Wie lange macht er das schon?» Es war eine der Fragen, auf die ich eine Antwort brauchte.

Sie runzelte die Stirn. «Jahrelang», sagte sie. «Jahre und Jahre.»

«Acht Jahre? Zehn Jahre?» Ich mußte es wissen.

«Sein ganzes Leben lang.»

Mir war nicht bewußt geworden, daß ich den Atem angehalten hatte. Wir beobachteten beide den dunklen Kopf, der schnurgerade auf den Strand dort unten zuschwamm. Der Kerl hat eine schwarze Seele, dachte ich. Ich brauchte nur ein weiteres Stückchen Information.

«Ihr Sohn», sagte ich. «Wie geht es Ihrem Jungen?»

Ein Schatten flog über ihre großen grauen Augen, die denen des Kindes, das ich einst gerettet hatte, so ähnlich sahen. «Charlie?» Sie schob ihren Ehering über dem Fingerknöchel hin und her. «Er ist tot.»

Mir wurde kalt. «Wie? Was ist passiert?»

«Er ging schwimmen. Er ist zu weit hinausgeschwommen. Er hat es nicht geschafft, zum Strand zurückzukommen.»

Ich versuchte, nicht an Charlie zu denken, wie er irgendwo von der kalten, grauen See verschlungen wurde. «War er allein, als der … als dieser Unfall –»

«Es war kein Unfall», sagte sie.

Also wußte sie es. Ich wollte sagen: Warum bleiben Sie bei ihm? Ich wollte sagen: Ich verstehe die Schuld und die Furcht, die Sie an ihn bindet, ich verstehe, daß Sie sich selbst die Schuld an Charlies Tod geben, weil Sie tief in Ihrem Innern gewußt haben müssen, was er immer wieder versuchte, und trotzdem haben Sie nichts getan, um es zu verhindern. Aber um Ihrer selbst willen, Sie müssen von ihm loskommen.

In ihren Augen schimmerten jetzt Tränen; eine rollte ihre Wange hinunter, und dieser Anblick war quälend vertraut. Genauso war sie auf der Leinwand dem eifersüchtigen Othello gegenübergetreten; genauso hatte sie ausgesehen, als die schwarzen Hände sich um die weiße Haut ihrer Kehle geschlossen hatten. Sie mußte während ihrer Ehe mit einer ähnlichen Eifersucht konfrontiert worden sein, und das Opfer war jemand gewesen, der noch unschuldiger war als Desdemona.

Denn jetzt sah ich alles ganz klar. Jeremy Talbot, ein unbedeutender Schauspieler, unfähig, mit dem Erfolg seiner Frau fertig zu werden, hatte ihrer Karriere in der subtilsten und grausamsten Weise Einhalt geboten. Er mußte vorhergesehen haben, wie sie – wie jede Mutter – auf den Schock durch den Verlust ihres Kindes reagieren würde.

Irgendwas mußte unternommen werden. Aber was? Ich sah auf den Schwimmer unter uns, seine braunen Arme blitzten im Wasser auf, als er sich dem Strand näherte.

Kurze Zeit später erschien er auf der Terrasse. Sein gutaussehendes Gesicht legte sich in Falten, als er auf uns zustürzte. Seine Hand packte die Schulter seiner Frau; sein Gesichtsausdruck war feindselig.

«Hat das Schwimmen Spaß gemacht?» fragte ich. Ich konnte den höhnischen Unterton in meiner Stimme nicht unterdrücken.

Er blickte mich kalt an. Er sagte: «Ich habe Ihnen schon das letzte Mal, als wir uns trafen, gesagt, daß ich nicht schwimmen kann.»

Er erinnerte sich also.

Irgend etwas mußte unternommen werden. Den ganzen Tag über nagte das Gefühl in mir, daß ich irgendwie in der Lage sein müßte, ihr glänzendes Talent aus der Zwangsjacke zu befreien, in die sie ihr kaltblütiger, egozentrischer Mann eingeschlossen hatte. Mir fiel nichts ein.

Ungefähr zwölf Monate später sah ich eine Notiz in der Zeitung. Nichts Großes, ein kleiner Artikel auf Seite 3: Frühere Schauspielerin gestorben.

Dem Bericht zufolge hatte sie Selbstmord begangen. Sie war mit ihrem Mann in einem Boot hinausgefahren, irgendwo in einem Badeort an der Südküste Englands, und hatte sich über Bord geworfen. Er hatte dem Coroner gesagt, daß er nicht schwimmen könne: Weinend hatte er gesagt, daß er nichts hätte tun können, um sie zu retten. Der Tod war als Unfall deklariert worden; der Coroner hatte ihm sein Mitgefühl für diese zweite Tragödie ausgesprochen, die ihn so kurz nach dem Verlust seines Sohnes traf. So war das also. Leben und Tod der Helena Garden, Ehefrau, Rivalin, fein verschnürt und abgelegt.

Das dachte er jedenfalls.

Das Haus war alt und hatte Charme, es lag irgendwo in der Nähe von Brighton. Er öffnete selbst die Tür.

«Kommen Sie rein», sagte er ruhig. «Ich habe Sie schon halb erwartet.»

In seinem Gesicht hatte die Müdigkeit tiefe Falten hinterlassen, und ich bemerkte, daß seine eine Hand leicht zitterte.

«Nemesis?» sagte ich barsch.

«Ich nehme an, daß Sie denken, Sie wüßten, was passiert ist.»

«Ich habe es rekonstruiert», sagte ich, «und wenn ich es jemals beweisen kann ...»

«Sie denken, ich habe sie beide umgebracht.» Es war eine Feststellung, keine Frage.

«Ja.»

«Sie hat Ihnen erzählt, ich könnte schwimmen», sagte er. «Sie sagte Ihnen, ich würde jeden Morgen und jeden Abend eine halbe Meile schwimmen.»

«Ja.»

«Ich verabscheue das Wasser», sagte er. «Ich wäre als Kind fast ertrunken – ich habe einen Horror davor. Sie war es, die jeden Tag schwimmen ging.»

«Aber an diesem Abend in der Bretagne...» Ich konnte selbst den Anflug von Unsicherheit in meiner Stimme wahrnehmen.

«Charlie fieberte geradezu darauf, mit dem Boot hinauszufahren. Und ich hatte nicht gewagt, ihn mit seiner Mutter gehen zu lassen. Erst als sie nach Hause gefahren war, habe ich...» Seine Stimme verlor sich. Einen Augenblick später sprach er weiter. «Was Sie gesehen haben, war ein bloßer Unfall. Und hinterher, als Sie uns beide aus dem Wasser gezogen hatten – glauben Sie nicht, daß ich erschüttert darüber war, daß ich nicht schwimmen konnte, daß ich gezwungen war, mich auf die Hilfe eines Fremden zu verlassen, um meinen eigenen Sohn zu retten?»

«Aber –»

«Helena – meine Frau – war krank.» Er sagte genau das, was ich erwartet hatte. «Als Charlie geboren wurde, betete sie ihn an. Wir beide taten das. Wir waren ein ganz gewöhnliches junges Paar am Beginn unserer Karrieren, darum bemüht, einen Weg nach oben zu finden in diesem – wie Sie wahrscheinlich wissen – sehr unsicheren Beruf. Und dann drehten sie Othello. Helena wurde über Nacht zum Star. Es gab den zweiten Film und den dritten. Und dann nichts mehr. So geht es immer bei Schauspielern. Es hätte noch etwas anderes gegeben, natürlich. Aber sie dachte, es wäre alles zu Ende, fast schon, bevor es überhaupt begonnen hatte. Sie suchte nach jemandem, dem sie die Schuld dafür geben konnte, und wählte Charlie. Plötzlich war er ihr im Weg. Ihm begannen Dinge zuzustoßen. Es dauerte eine Weile, bis mir klar wurde, daß es sich nicht um Unfälle handelte.»

Ich erinnerte mich an Desdemonas Stimme, die genau das über Charlies Tod gesagt hatte. «Wie ist er ertunken?»

«Es war am Tag, nachdem ich gehört hatte, daß ich die Hauptrolle in ‹Mine is the Glory› übernehmen sollte. Mein größter Durchbruch.»

Ich erinnerte mich. Ein durchschlagender Erfolg im West End, mit Übernahme an den Broadway ein oder zwei Jahre später.

«Ich kann mich gar nicht erinnern, daß Sie mitgespielt haben», sagte ich.

«Ich mußte auf die Rolle verzichten. Denn gerade am nächsten Tag nahm Helena Charlie im Boot mit hinaus. Sie sagte, sie seien geschwommen, und er habe einen Krampf bekommen, als sie eine halbe Meile weit draußen waren. Sie sagte, er sei in Panik geraten und habe so wild um sich geschlagen, daß sie ihn nicht hätte packen können.» Er sah weg und schluckte. Seine Augen waren voll Tränen. «Der Coroner nannte es einen schrecklichen Unfall.»

«Aber es war keiner?»

«Sie wissen so gut wie ich, daß Charlie nicht schwimmen konnte. Nach diesem Vorfall in der Bretagne hatte er vor Wasser genausoviel Angst wie ich. Ich werde nie verstehen, wie sie ihn überredet hat, mit ihr ins Boot zu steigen.»

Es war still. Nach einer Weile sagte ich: «Warum haben Sie weiter mit ihr gelebt?»

Seine kräftige Schauspielerstimme war voller Trauer. «Weil ich sie geheiratet habe, in guten und in bösen Tagen. Weil ich sie liebte. Nicht vernünftig, sondern zu sehr.»

«Aber der arme kleine Charlie war der, der dran glauben mußte.»

«Sie dachte, daß sie ohne Charlie frei wäre, daß sie wieder ein Star sein würde. Aber das wurde sie natürlich nicht. Als sie Charlie verlor, verlor sie alles.»

Er brachte mich zur Tür und fügte, ohne mich anzusehen, hinzu: «Das habe ich auch.»

Glaubte ich ihm? Ich wußte es nicht. Sicher war er überzeugend, aber dafür war er als Schauspieler auch ausgebildet. Es muß einige Monate später gewesen sein, als ich über die neue Produktion der Royal Shakespeare Company in Stratford las. «Ein Triumph», nannte es die Zeitung. «Englisches Theater auf seinem überragenden Höhepunkt!» – «Glänzend!» – «Eindrucksvoll bewegend.»

Es war Othello, natürlich. Mit Jeremy Talbot in der Titelrolle. «Eine kraftvolle, ergreifende Vorstellung», hieß es in der Zeitung. «Vielleicht einer der größten Schauspieler unserer Generation.»

Es war eine Rolle, die er gezwungenermaßen erst ein paar Wochen vorher abgelehnt hatte, weil bei seiner Frau, der verstorbenen Helena Garden, Krebs im letzten Stadium diagnostiziert worden war und sie rund um die Uhr betreut werden mußte. Es wurde darüber spekuliert, daß sie sich umgebracht haben könnte, weil sie ihm nicht im Weg stehen wollte.

Ich dachte darüber nach, wie einfach es wäre, jemanden von einem kleinen Boot aus über Bord zu stoßen. Wie einfach es wäre, eine sterbende Frau abzuwehren. Wie hilfreich ein Steuerruder wäre, um sie unten zu halten, bis sie ertrunken wäre.

Ich glaube nicht, daß ich die Wahrheit jemals erfahren werde. Ich kann nur sagen, daß, als ich schließlich Karten ergattert hatte, seine Darstellung mich zu Tränen rührte.

Susan Moody schrieb fünf Romane über die aufregende schwarze Amateurdetektivin Penny Wanawake.

COLIN DEXTER

Eine falsche Identität

In den langen Jahren meiner Bekanntschaft mit Sherlock Holmes war nur selten von seiner Kindheit und Jugend die Rede gewesen. Die einzigen Informationen, die ich über seinen familiären Hintergrund in Erfahrung bringen konnte, verdanke ich den raren Besuchen seines berühmten Bruders Mycroft. Mir pflegte er bei solchen Gelegenheiten mit stets gleichbleibender Höflichkeit zu begegnen, aber – um ehrlich zu sein – auch mit einer leisen Herablassung. Er war etwa sieben Jahre älter als mein prominenter Freund – soviel wußte ich immerhin – und einer der Begründer des Diogenes Club, jener verschrobenen Institution, die ihren Mitgliedern jedes Gespräch miteinander untersagt. Vom Körperbau her war Mycroft stämmiger als sein Bruder – um es betont freundlich auszudrücken –, und das einzig hervorstechende Merkmal an ihm war die durchdringende Intelligenz seiner Augen, gräulich-blauer Augen, die über das Spektrum normaler Sterblicher hinauszublicken schienen. Holmes selbst hatte zu diesem Punkt angemerkt: «Mein lieber Watson, ich darf sagen – und fühle mich durchaus geschmeichelt –, daß Sie sich einiges von meinen Fähigkeiten der Beobachtung und der logischen Schlußfolgerung angeeignet haben. Allerdings müssen Sie wissen, daß Mycrofts Beobachtungsgabe einen Stand erreicht hat, der dem meinen etwa ebenbürtig ist. Und was die Logik seiner Schlußfolgerungen betrifft, ist sein Gehirn unschlagbar – tatsächlich unschlagbar – in der ganzen nördlichen Hemisphäre. Insofern wird es Sie vermutlich erleichtern zu hören, daß er ein wenig faul ist und zweifellos etwas verschlafen – und daß seine Vortragskunst auf der Violine nicht im entferntesten an meine heranreicht.»

(Gab es vielleicht einen Hauch von Futterneid zwischen diesen beiden außergewöhnlich begabten Männern? Die Frage drängte sich auf bei solchen Gelegenheiten.)

Es war ein nebliger Novembernachmittag im Jahre 188... Ich hatte im St. James Hospital ein paar Versuche zur eitrigen Tonsilitis durchgeführt (mit den Einzelheiten meiner Forschungen hatte ich Holmes bereits vertraut gemacht) und war soeben in der Baker Street 221 B angekommen. Mycroft war für ein paar Tage zu Besuch, und als ich Holmes' wohlbekannten Wohn- und Arbeitsraum betrat, bekam ich soeben noch das Ende eines Gesprächs der beiden Brüder mit.

«Möglich, Sherlock, durchaus möglich – aber es geht doch ums *Detail*, nicht wahr? Gib mir sämtliche Beweise, und es ist ebensogut möglich, daß ich von meinem Armsessel aus zu denselben Schlüssen komme wie du. Aber gezwungen zu sein, von da nach dort zu hetzen, Zeugen ausfindig zu machen und zu befragen oder auf irgendwelchen Teppichen herumzukriechen, die Lupe fest ans zunehmend sehschwache Auge gedrückt... nein, danke, das ist nicht mein *Metier*!»

Unterdessen hatte Holmes vor dem Fenster gestanden und den Blick auf das trübe Grau der Straße gerichtet. Als ich ihm über die Schulter sah, bemerkte ich auf dem gegenüberliegenden Bürgersteig eine gutaussehende junge Frau, eingehüllt in einen üppigen Pelz. Offensichtlich war sie gerade erst eingetroffen und schaute nun alle paar Sekunden zu Holmes' Fenster hoch, wobei sie unentschlossen an den Knöpfen ihrer Handschuhe herumspielte. Dann überquerte sie plötzlich die Straße, und kurz darauf meldete uns Mrs. Hudson eine neue Klientin.

Nachdem ihr Holmes aus dem Mantel geholfen hatte, nahm die junge Dame auf der Lehne des nächststehenden Sessels Platz und stellte sich als Miss Charlotte van Allen vor. Mycroft bedachte die Besucherin mit einem kurzen Kopfnicken, bevor er sich wieder in eine Monographie über polyphone Choralmusik vertiefte, während Holmes die junge Dame einer genauen Prüfung unterzog, in der ihm eigenen geistesabwesenden und doch gründlichen Art.

«Finden Sie es nicht ein wenig beschwerlich», eröffnete er das Gespräch, «bei Ihrer Kurzsichtigkeit so viel an der Schreibmaschine zu arbeiten?»

Ihr Gesichtsausdruck wechselte in rascher Folge von Überraschung zu plötzlichem Erkennen und staunender Bewunderung, gefolgt von einem gewinnenden Lächeln der Anerkennung für Holmes' außergewöhnlichen Scharfsinn.

«Vielleicht dürfte ich auch erfahren», fuhr er fort, «aus welchem Grund Sie Ihr Haus so überstürzt verlassen haben, um hierherzukommen?»

Für einen Moment saß Miss van Allen einfach da und schüttelte ungläubig den Kopf; schließlich, nachdem Holmes stumm an die Decke starrte, begann sie mit ihrem höchst bemerkenswerten Bericht.

«Es ist wahr, ich bin tatsächlich Knall und Fall aus dem Haus, weil ich äußerst verärgert war über die Art und Weise, wie mein Vater, Mister Wyndham, die ganze Sache aufgenommen hat – schon den Gedanken, zur Polizei zu gehen, hat er weit von sich gewiesen, nicht davon zu reden, jemanden wie Sie um Hilfe zu bitten, Mr. Holmes! Er hat einfach darauf beharrt – und ich kann seinen Standpunkt durchaus verstehen –, daß doch niemand wirklich zu Schaden gekommen ist... aber er hat keine Vorstellung von den Nöten, die ich habe durchstehen müssen.»

«Ihr Vater?» erkundigte sich Holmes bedächtig. «Kann es sein, daß Sie von Ihrem Stiefvater reden, in Anbetracht der unterschiedlichen Namen?»

«Ja», räumte sie ein, «er ist mein Stiefvater. Ich weiß auch nicht, warum ich ihn immer ‹Vater› nenne – zumal er nur fünf Jahre älter ist als ich.»

«Und Ihre Mutter... lebt sie noch?»

«O ja! Allerdings will ich nicht behaupten, besonders begeistert gewesen zu sein, daß sie sich so schnell nach dem Tod meines Vaters wiederverheiratet hat – und dann auch noch mit einem Mann, der fast siebzehn Jahre jünger ist als sie. Vater – ich meine meinen richtigen Vater – hatte ein Installationsgeschäft auf der Tottenham Court Road, und Mutter hat die Firma nach seinem Tod weitergeführt, bis zu ihrer Heirat mit Mister Wyndham. Ich nehme an, er betrachtete diese Arbeit als nicht ganz standesgemäß für seine Frau, zumal er selbst eine recht gehobene Position als Handelsvertreter für französische Weine hat. Wie dem auch sei – jedenfalls hat er Mutter veranlaßt, das Geschäft zu verkaufen.»

«Haben Sie aus dem Verkauf des väterlichen Unternehmens einen Anteil bezogen?»

«Nein, aber ich verfüge bereits über ein eigenes jährliches Einkommen von hundert Pfund, dazu kommen die Einnahmen aus meinen Schreibarbeiten. Ich darf wohl sagen, Mister Holmes, Sie würden überrascht sein, wie viele ortsansässige Unternehmen – einschließlich der Firma *Cook & Marchant* – mich für einige Stunden in der Woche buchen wollen. Wissen Sie» – sie schaute mit einem Ausdruck schüchterner, sehr einnehmender Bescheidenheit zu uns hoch – «ich bin ziemlich gut in diesen praktischen Sachen, wenn schon nicht in anderen Dingen des Lebens.»

«Demnach besitzen Sie also einige Staatsanleihen...?» begann Holmes.

Wieder lächelte sie. «Neuseeland-Papiere, zu viereinhalb Prozent.»

«Verzeihen Sie mir meine Direktheit, Miss van Allen – aber könnte eine alleinstehende junge Dame heutzutage nicht recht gut auskommen mit, sagen wir, fünfzig Pfund Jahreseinkommen?»

«Doch, natürlich, und was mich betrifft, so lebe ich ganz bequem mit etwa zehn Shilling pro Woche, der Hälfte dessen also, was mir zur Verfügung stünde. Tatsächlich habe ich noch nie einen Pfennig von meinem Erbe angerührt, aber da ich zu Hause lebe, ist mir der Gedanke zuwider, meinen Eltern zur Last zu fallen. Aus diesem Grunde haben wir vereinbart, daß Mr. Wyndham für die Dauer meines Verbleibens im elterlichen Haushalt vierteljährlich meine Zinsen einzieht.»

Holmes nickte. «Warum haben Sie mich aufgesucht?» erkundigte er sich unvermittelt.

Eine leichte Röte huschte über Miss van Allens Gesicht, und sie zupfte nervös an ihrem Taschentuch, während sie mit schlichtem Ernst den Grund ihres Kommens darlegte. «Ich würde alles, was ich besitze, dafür hergeben, in Erfahrung zu bringen, was aus Mister Horatio Darvill geworden ist. Da, nun wissen Sie, worum es geht.»

«Wäre es Ihnen vielleicht möglich, mit dem Anfang zu beginnen?» fragte Holmes freundlich ermunternd.

«Als mein Vater noch lebte, Sir, schickte man uns immer Karten für den Ball der Installateure. Nach seinem Tod bekam Mutter die Karten weiter, aber weder sie noch ich haben jemals daran gedacht, tatsächlich hinzugehen, weil uns Mister Wyndham deutlich zu verstehen gab, daß er das nicht billigen würde. Er war der Meinung, derartige Vergnügungen seien nur für das niedere Volk; außerdem behauptete er, wir hätten beide keine passende Garderobe, jedenfalls nicht ohne erhebliche Mehraufwendungen. Dabei hing in meinem Schrank ein richtiges Prachtstück von Kleid, das ich noch nie angehabt hatte, glauben Sie mir, Mister Holmes.»

Nach einer angemessenen Pause bemerkte Holmes ruhig: «Sie sind also doch zu dem Ball gegangen?»

«Ja, letztendlich gingen wir beide – Mutter und ich –, als mein Stiefvater plötzlich nach Frankreich abberufen wurde.»

«Und auf dem Ball begegneten Sie dann Mister Horatio Darvill?»

«Ja! Und wissen Sie was? Am nächsten Morgen rief er schon bei mir an. Wir sind dann mehrere Male miteinander ausgegangen, während mein Stiefvater in Frankreich war.»

«Mister Wyndham war vermutlich einigermaßen verärgert, als er von den Ereignissen erfuhr?»

Miss van Allen ließ den hübschen Kopf hängen. «Ich fürchte, er war sogar sehr verärgert, und es war augenblicklich klar, daß er Mister Darvill nicht akzeptierte.»

«Warum nicht? Was glauben Sie?»

«Ich bin ziemlich sicher, daß er annahm, Mister Darvill sei ausschließlich an meiner Erbschaft interessiert.»

«Hat Mister Darvill trotz dieser Widrigkeiten versucht, Sie weiterhin zu treffen?»

«O ja, aber ich hielt es für vernünftiger, sich eine Zeitlang nicht zu sehen. Statt dessen hat er mir geschrieben, jeden Tag, und ich habe die Briefe am Morgen selbst in Empfang genommen, damit niemand etwas davon erfuhr.»

«Waren Sie verlobt mit diesem Gentleman?»

«Ja! Er hatte einen festen Posten als Kassierer bei einer Firma in Leadenhall Street und konnte ohne weiteres für mich sorgen...»

«Aha! Welche Firma ist das?» mischte ich mich ein. Das genannte Viertel war mir recht vertraut, und ich hegte die Hoffnung, selbst einen Beitrag zu den Ermittlungen leisten zu können. Als ich jedoch den Ausdruck leichter Verstimmtheit auf Holmes' Gesicht wahrnahm, ließ ich mich tiefer in meinen Sessel sinken und folgte wortlos dem Fortgang der Befragung.

«Ich habe nie so genau erfahren, wie die Firma hieß», bekannte Miss van Allen.

«Und wo hat er gewohnt?» bohrte Holmes.

«Wie er mir sagte, hat er üblicherweise in einer Wohnung auf dem Firmengelände übernachtet.»

«Sie haben diesem Mann, mit dem Sie sich verlobt hatten, doch bestimmt auch einige Briefe geschrieben, nicht wahr?»

Sie nickte. «Ja, an das Postamt Leadenhall Street, postlagernd. Horatio – Mister Darvill – meinte, wenn ich meine Briefe an die Firmenadresse schicke, würden Sie durch alle möglichen Hände wandern, und sämtliche Bürogehilfen würden sich über ihn lustig machen.»

In diesem Augenblick kam mir plötzlich zu Bewußtsein, daß aus Mycrofts Ecke gewisse Laute drangen, die verdächtig nach einem Schnarchen klangen – eine geradezu unverzeihliche Entgleisung in schlechte Manieren, wie ich fand.

«Was können Sie mir sonst noch von Mister Darvill berichten?» fragte Holmes rasch.

«Er war ein sehr scheuer Mensch, der lieber am Abend als bei Tage mit mir spazierenging. ‹Verhalten› – das ist wohl das treffendste Wort, um ihn zu beschreiben, sogar seine Stimme. Als junger Mann hatte er eine schwere Mandelentzündung gehabt, die immer noch behandelt wurde. Zurückgeblieben war eine Schwächung des Kehlkopfs und eine Sprechweise, die eher eine Art Flüstern war. Außerdem hatte er eine gewisse Sehschwäche – wie ich auch – und trug stets eine getönte Brille, um seine Augen vor zu hellem Licht zu schützen.»

Holmes nickte verständnisvoll, und ich bemerkte einen Hauch von unterdrückter Erregung in seiner Stimme, als er fragte:

«Was war dann?»

«Nachdem Mister Wyndham erneut nach Frankreich gereist war, kam er abends zu mir nach Hause und schlug vor, wir sollten heiraten, bevor mein Stiefvater wieder zurück war. Er war der festen Überzeugung, dies sei unsere einzige Chance, und es war ihm so erschreckend ernst damit, daß er mich mit der Hand auf der Bibel ewige Treue schwören ließ, was immer auch geschehen solle.»

«Hat Ihre Mutter von den Vorgängen gewußt?»

«O ja, und sie war ganz damit einverstanden. Sonderbarerweise schien sie meinen Verlobten noch mehr zu mögen als ich und war auch der Meinung, daß es unsere einzige Chance sei, eine heimliche Heirat zu arrangieren.»

«Sollte eine kirchliche Trauung stattfinden?»

«Ja, am vergangenen Freitag, in *St. Saviour's* am King's Cross; anschließend war ein Hochzeitsfrühstück im Hotel *St. Pancras* vorgesehen. Horatio hatte ein Hansomcab bestellt, in dem er Mutter und mich unterbrachte, und stieg dann selbst in eine Vierradkutsche, die zufällig vorbeikam. Mutter und ich waren zuerst an der Kirche – sie lag nur ein paar Minuten von uns entfernt –, und als die große Kutsche auftauchte, erwarteten wir, daß Horatio gleich aussteigen würde. Aber das geschah nicht, Mister Holmes! Und als der Kutscher von seinem Bock stieg und in das Innere der Droschke sah, stellte er fest, daß sie leer war!»

«Seither haben Sie Mister Darvill weder gesehen noch etwas von ihm gehört?»

«Nichts», flüsterte sie.

«Ich nehme an, Sie hatten eine Hochzeitsreise geplant?»

«In der Tat.» Miss van Allen biß sich auf die Lippen und hatte offensichtlich Schwierigkeiten zu antworten. «Wir wollten zwei Wochen im *Royal Gleneagles* in Inverness verbringen und hatten vor, den Mittagsexpreß vom King's Cross zu nehmen.»

«Mir will scheinen, verehrte Dame», meinte Holmes mit einigem Mitgefühl, «daß man Sie höchst schändlich hintergangen hat.»

Miss van Allen schien jedoch nichts Schlechtes über ihren Geliebten hören zu wollen und protestierte heftig: «O nein, Sir! Er war viel zu gut und freundlich, als daß er mich so behandelt hätte!»

«Ihrer Meinung nach», sagte Holmes, «hat sich also ein plötzlicher Unfall oder eine sonstige Katastrophe zugetragen?»

Sie nickte zustimmend. «Ich glaube auch, daß er eine Art Vorahnung von einer möglichen Gefahr gehabt hat an jenem Morgen, denn er bat mich noch einmal inständig, ihm treu zu bleiben, was auch passieren mochte.»

«Sie haben keine Vorstellung, worin diese Gefahr bestanden haben könnte?»

«Nicht die geringste.»

«Wie hat Ihre Mutter dieses plötzliche Verschwinden aufgenommen?»

«Zuerst war sie natürlich schrecklich besorgt, aber dann wurde sie zunehmend ärgerlich und nahm mir das Versprechen ab, nie wieder über dieses Thema zu sprechen.»

«Und Ihr Stiefvater?»

«Das war merkwürdig, wirklich seltsam – aber er schien weit teilnahmsvoller zu sein als meine Mutter. Zumindest war er bereit, über die Sache zu sprechen.»

«Und was war seine Meinung dazu?»

«Er meinte auch, es müsse sich um einen Unfall handeln. Wie er sagte, konnte er sich nicht vorstellen, welches Interesse Mister Darvill daran gehabt haben könnte, mich bis vor die Tore von *St. Saviour's* zu bringen – um mich dann dort im Stich zu lassen. Wenn er Schulden gehabt oder bereits Zugriff auf mein Geld gehabt hätte, wäre das zumindest ein Grund gewesen für seine Grausamkeit – aber er war finanziell völlig unabhängig und hatte nie auch nur einen Penny von meinem Geld im Auge, wenn er mich besuchte. Oh, Mister Holmes! Ich werde noch verrückt bei dem Gedanken, daß...» Der Rest des Satzes verlor sich, während die junge Dame still in ihr Taschentuch schluchzte.

Als sie sich wieder gefaßt hatte, erhob sich Holmes aus seinem Sessel und versicherte ihr, sich mit den rätselhaften Umständen dieses Falles beschäftigen zu wollen. Indem er der jungen Dame ihren Mantel reichte, fügte er hinzu: «Für den Augenblick kann ich Ihnen nur einen Rat geben – lassen Sie Mister Darvill so endgültig aus Ihrem Gedächtnis verschwinden, wie er aus seiner Hochzeitskutsche verschwunden ist.»

«Sie glauben also, daß ich ihn nie wiedersehen werde?»

«Ich fürchte, nein. Aber überlassen Sie mir alles Weitere. Und nun möchte ich, daß Sie mir eine möglichst genaue Beschreibung von Mister Darvill schicken sowie alle Briefe, auf die Sie meinen verzichten zu können.»

«Zumindest in diesen beiden Punkten können wir das Verfahren beschleunigen», antwortete sie in eher geschäftsmäßigem Ton, «da ich in der letzten Montagsausgabe des *Chronicle* eine Suchanzeige nach ihm aufgegeben habe.» Mit einem raschen Griff in ihre Handtasche förderte sie einen Zeitungsausschnitt zutage, den sie Holmes zusammen mit einigen anderen Blättern überreichte. «Und hier sind vier von seinen Briefen, die ich zufällig bei mir habe. Wird Ihnen das genügen?»

Holmes warf einen kurzen Blick auf die Briefe und nickte. «Sie sagten, Sie hatten nie Mister Darvills Anschrift?»

«Nie.»

«Und für wen, bitte, arbeitet Ihr Stiefvater?»

«Er ist Handelsreisender für *Cook & Marchant*, den größten Importeur für Burgunderweine in der Fenchurch Street.»

«Vielen Dank.»

Nachdem sie gegangen war, saß Holmes eine Zeitlang brütend in seinem Sessel, die Fingerspitzen immer noch gedankenvoll zusammengepreßt. «Ein interessanter Fall», meinte er schließlich. «Finden Sie nicht auch, Watson?»

«Sie scheinen da Dinge herausgelesen zu haben, die für mich völlig unsichtbar geblieben sind», bekannte ich.

«Nicht unsichtbar, Watson. Sagen wir besser – unbemerkt. Und das trotz meiner unablässigen Versuche, Ihre Aufmerksamkeit auf die Wichtigkeit von Ärmelaufschlägen, Daumennägeln, Stiefelschnüren und die ganzen übrigen Dinge zu richten. Nun, also erzählen Sie mir, welche Schlüsse Sie direkt aus dem Erscheinungsbild der jungen Frau gezogen haben. Beschreiben Sie es.»

Im Bewußtsein von Mycrofts Anwesenheit versuchte ich, mir in Erinnerung zu rufen, welche Eindrücke unser jüngster Besuch bei mir hinterlassen hatte.

«Nun, unter ihrem Pelzmantel trug sie ein Kleid in einem satten Braunton – etwas dunkler als die Farbe von Kaffee – mit einem kleinen schwarzen Plüschbesatz um den Hals und an den Ärmeln – Sie erwähnten doch die Ärmel, Holmes, nicht wahr? Ihre Handschuhe waren taubenblau und am rechten Zeigefinger durchgescheuert. Die schwarzen Stiefel konnte ich von meinem Platz aus nicht in allen Einzelheiten erkennen, aber ich tippe auf Schuhgröße viereinhalb bis fünf. Sie trug kleine Ohrgehänge, höchstwahrscheinlich aus Goldimitat, und das Taschentuch, in das die bedauernswerte Lady so reizend hineinweinte, war neben dem Monogramm säuberlich gestopft. Alles in allem machte sie den Eindruck einer einigermaßen wohlhabenden jungen Frau, die ihre leicht gewöhnliche Herkunft von einem Vater, der Klempner war – machen wir uns nichts vor, Holmes! – noch nicht ganz abgestreift hat.»

Aus der Ecke neben dem Sessel, in den Holmes so beiläufig Miss van Allens Pelzmantel geworfen hatte, ertönte ein kurzes Schnauben, um uns daran zu erinnern, daß der dort ruhende Mycroft unterdessen erwacht war und meine Beschreibung in mancher Hinsicht wohl sein Mißfallen erregt hatte. Aber weiter äußerte er sich allerdings nicht, und bald schon hatte er wieder seine vorherige Ruhestellung eingenommen.

«Auf mein Wort, Watson», sagte Holmes, «Sie haben wirklich phantastische Fortschritte gemacht – nicht wahr, Mycroft? Auch wenn Ihre Beschreibung selbstverständlich alles vermissen läßt, was wirklich von Bedeutung ist – aber die Methode! Sie haben die richtige Methode getroffen, Watson. Nehmen wir zum Beispiel den von Ihnen erwähnten Plüschbesatz an den Ärmeln... Nun, dieses Material ist auf geradezu wundersame Weise hilfreich für die Spurensuche, und die doppelte Linie oberhalb des Handgelenks, wo man beim Maschineschreiben seinen Arm gegen den Tisch drückt, war hier aufs Schönste ausgebildet. Was die Kurzsichtigkeit betrifft – das war nun wirklich ein Kinderspiel. Die Abdrücke des *Pincenez* auf beiden Nasenflügeln der jungen Dame – haben Sie das nicht bemerkt? Das gehört doch zum Elementarsten, mein lieber Watson! Und dann die Stiefel. Wirklich, Sie müssen sich unbedingt in der Kunst üben, jederzeit in der richtigen Position zu sein, um sämtliche Indizien klar im Blick zu haben. Wenn Sie hingegen gar nichts sehen wollen – so wie mein Bruder Mycroft –, dann werden Sie sich selbstverständlich in den hintersten Winkel eines Zimmers zurückziehen, wo Ihnen selbst die geringste Sicht auf den Klienten verstellt ist von Möbelstücken, von einem Pelzmantel oder was auch immer. Aber um auf die Stiefel der Dame zurückzukommen... Ich habe bemerkt, daß sie in Farbe und Schnitt zwar nahezu identisch, aber trotzdem unterschiedlich waren. Die Kappe des rechten Stiefels hatte leichte Verzierungen, während der linke ein vergleichsweise schlichtes Muster hatte. Außerdem waren am rechten Fuß von fünf Stiefelknöpfen nur die drei untersten geschlossen, am linken jeweils der erste, dritte und fünfte. Woraus sich logischerweise der Schluß ziehen läßt, daß die junge Dame das Haus in unangemessener Eile verlassen hat. Würden Sie mir zustimmen?»

«Erstaunlich, Holmes!»

«Was den Handschuh betrifft, der am Zeigefinger durchgewetzt war...»

«Du wärst besser beraten», meldete sich plötzlich Mycrofts tiefe Stimme, «dich auf den Vermißten zu konzentrieren!»

Hatte sich eben in Holmes' Augen ein Hauch von Verstimmung gezeigt? Wenn ja, so war er jedenfalls gleich wieder verschwunden. «Du hast völlig recht, Mycroft. Also, kommen Sie, Watson, lesen Sie uns die Anzeige aus dem *Chronicle* vor.»

Ich hielt den Zeitungsausschnitt ins Licht und begann: *«Vermißt – seit dem 14. November 188... – Mister Horatio Darvill; zirka 1,80 m groß; relativ kompakt gebaut; blasser Teint; schwarzes Haar, in der Kopfmitte ein wenig gelichtet; buschige schwarze Koteletten und Schnurrbart; getönte Brillengläser; leichte Stimmschwäche beim Sprechen. Zuletzt bekleidet mit...»*

«Ich denke doch», unterbrach Holmes, «daß er inzwischen seine Hochzeitstracht abgelegt haben wird, nicht wahr, Watson?»

«O ja, selbstverständlich, Holmes.»

Da die Personenbeschreibung in der Zeitung ansonsten keine wertvollen Angaben zu enthalten schien, wandte sich Holmes nunmehr den Briefen zu, um sie nach minutenlangem, konzentriertem Studium an mich weiterzureichen.

«Nun?» fragte er.

Abgesehen von der Tatsache, daß die Briefe mit der Maschine geschrieben waren, konnte ich nichts besonderes an ihnen entdecken und deponierte sie auf dem Beistelltisch vor dem schlummernden Mycroft.

«Also?» beharrte Holmes.

«Ich vermute, Sie spielen auf den Umstand an, daß die Briefe maschinegeschrieben sind.»

«Sie lassen bereits wieder Ihr neuerworbenes Wissen über die *Methode* außer acht, Watson. Außer der von Ihnen erwähnten Tatsache gibt es noch drei weitere unmittelbar interessante und wichtige Punkte. Erstens sind die Briefe bemerkenswert kurz; zweitens findet sich an keiner Stelle ein präziser Hinweis auf die Adresse – außer in der vagen Überschrift ‹Leadenhall Street›; drittens ist nicht nur der Text mit der Maschine geschrieben, sondern auch die Unterschrift. Schauen Sie hier, Watson – und hier auch –, auf jedem unserer fünf Beweisstücke steht unten ein kleines, säuberliches ‹Horatio Darvill›. Sicher wird Ihnen die zwingende Beweiskraft dieses Punktes nicht entgangen sein, oder?»

«Zwingend, Holmes? Inwiefern?»

«Mein armer Freund – ist es denn möglich, daß Sie nicht erkennen, wie belastend sich das bei unserem gegenwärtigen Fall ausnimmt?»

«*Homo circumbendibus* – das bist du, Sherlock!» (Mycroft hatte sich wieder vernehmen lassen.) «Kommt es dir gar nicht in den Sinn, daß deine Mandantin lieber ein paar positive Aktionen sehen würde statt weiterer Beweise deiner geistigen Überlegenheit?»

Erfreulicherweise läßt sich berichten, daß dieser Versuch Mycrofts, den hervorragendsten Kriminalisten des Jahrhunderts zu provozieren, weitgehend wirkungslos blieb. Holmes gestattete sich lediglich ein nachsichtiges Lächeln, als sich sein Bruder bedächtig aus seiner Liegeposition aufraffte.

«Du hast recht, Mycroft», erwiderte er leichthin, «und deshalb werde ich sofort zwei Briefe schreiben: einen an die Herren *Cook & Marchant*; den anderen an Mr. Wyndham, in welchem ich den Gentleman bitten werde, uns morgen abend um sechs hier aufzusuchen.»

«Eigentlich, Sherlock», meinte Mycroft, der inzwischen wieder ganz erwacht zu sein schien, «könntest du ebensogut drei Briefe schreiben.»

Ich muß zugeben, meinen Freund selten derart verblüfft gesehen zu haben. «Ein dritter Brief?»

«In der Tat. Allerdings ohne einen klaren Bestimmungsort, da es dir offensichtlich entfallen ist, die junge Dame nach ihrer derzeitigen Adresse zu fragen. Und die Briefe, die sie dir anvertraut hat, sind, wie ich feststelle, ohne Umschlag.»

Für einen Augenblick wirkte Holmes alles weniger als erfreut über diese arglose Einmischung. «Du scheinst heute aufmerksamer zu sein, als ich dachte, Mycroft. Was ich von dir gehört und gesehen habe, hat mich zu der Annahme verführt, daß du während meiner Unterhaltung mit Miss van Allen tief und fest geschlafen hast. Aber was ihre Adresse betrifft, so hast du recht.» Ich bemerkte ein schwaches Aufblitzen von Bosheit in seinen Augen, als er weitersprach: «Allerdings wird es wohl nicht allzu schwierig sein, die Adresse der jungen Dame durch logisches Schlußfolgern herauszufinden, nicht wahr, Mycroft? An nebligen Tagen wie diesen ist es für eine Dame gefährlich und nicht besonders ratsam, durch die Straßen zu spazieren, wenn ihr eine äußerst akzeptable und bequeme Alternative wie die U-Bahn zur Verfügung steht. Und da sich Miss van Allen exakt um 15 Uhr und 14 Minuten unter meinem Fenster zeigte, möchte ich die Vermutung wagen, daß sie mit der Metropolitan-Linie Richtung Hammersmith gekommen ist, die um 15 Uhr 12 dic Baker Street passiert. Außerdem dürfen wir wohl zwei weitere Schlüsse ziehen: Die Stiefel der Dame – so schlecht sie auch zueinander paßten – zeigten keinerlei Spuren von dem auf Londons Straßen üblichen Schmutz und Schlamm. Woraus wir wohl schließen dürfen, daß ihre Wohnung vermutlich ebenso nahe an einer U-Bahnstation liegt wie diese hier. Weitaus bedeutsamer ist jedoch die Tatsache, daß Miss van Allens Kleid – wie wir alle gesehen haben – aus Leinen gefertigt war. Einem Material, das zwar langlebig und angenehm zu tragen ist, allerdings den Nachteil hat, sehr leicht zu knittern. Offensichtlich war der Rock des Kleides erst vor kurzem gebügelt worden, und die schwachen Knitterfalten waren demnach auf dem Weg hierher entstanden. Und ich behaupte, Mycroft, daß dieser Weg nicht weiter gewesen sein kann als drei bis vier U-Bahnstationen. Wenn wir uns ferner daran erinnern, daß ihre Hochzeitskutsche nur ‹wenige Minuten› gebraucht hat von ihrer Wohnung zu *St. Saviour*, dann denke ich, es könnte vielleicht... vielleicht...» Holmes zog eine Straßenkarte zu Rate und inspizierte die erwählte Region mit seinem Vergrößerungsglas. «Ich entscheide mich», erklärte er kategorisch, «für die Cowcross Street, eine ehemals vornehme, inzwischen leicht heruntergekommene kleine Durchgangsstraße, die die Farrington Road mit der St. John Street verbindet.»

«Sehr eindrucksvoll!» erklärte Mycroft, meinem Lob vorgreifend. «Und wo würdest du sie genau lokalisieren, Sherlock, auf der Nord- oder auf der Südseite dieser Straße?»

Bevor sich Holmes noch zu diesem kleinen Scherz äußern konnte, betrat Mrs. Hudson den Raum und überreichte Holmes einen Zettel. «Die junge Dame sagte, sie hätte vergessen, Ihnen ihre Adresse zu geben. Sie hat sie hier für sie aufgeschrieben.»

Holmes warf einen schnellen Blick auf die Anschrift und sagte mit einem leichten Schimmer von Stolz in den Augen: «Um deine Frage zu beantworten, Mycroft – es ist die Südseite, denn die Hausnummer ist eine gerade Zahl, und ich erinnere mich genau, daß die Numerierung in diesem Teil immer am Ostende der Straßen beginnt, mit ungeraden Hausnummern auf der rechten Seite, fortlaufend in Richtung Westen.»

«Und diese Nummer liegt in der Mitte oder vielleicht eher in den vorgerückten Dreißigern?» schlug Mycroft vor. «Wie wär's mit der Nummer 36? Oder vielleicht doch eher die 38?»

Holmes reichte uns den Zettel, und wir lasen:

Miss Charlotte van Allen
38, Cowcross Street

Durch meinen täglichen Umgang mit Sherlock Holmes war ich an die deduktive Logik gewöhnt, mit der er seine verblüffenden Ergebnisse erzielte, aber an diesem Punkt kam mir allmählich der Verdacht, daß sich in seinem Bruder Mycroft recht ungewöhnliche, eher paranormale mentale Prozesse abspielten. Und kaum eine halbe Stunde später, als Holmes nach draußen gegangen war, um sich Tabak zu holen, flüsterte mir Mycroft, der sich an meinem nicht enden wollenden Erstaunen weidete, verschwörerisch ins Ohr:

«Wenn Sie schweigen können, Doktor Watson, werde ich Ihnen ein kleines, wenn auch sehr simples Geheimnis anvertrauen... Wie Sie sicher bemerkt haben, lag der Mantel der guten Dame ein wenig achtlos über der Stuhllehne, mit der Innenseite nach außen, und auf dem Futter war ein Etikett mit ihrem Namen und ihrer Adresse festgenäht. Nur sind meine Augen leider nicht mehr das, was sie einst waren, und wie Sie wissen, kann man eine Sechs sehr leicht mit einer Acht verwechseln.»

Ich stehe sicher kaum im Verdacht unziemlicher Leichtfertigkeit – aber in diesem Moment mußte ich doch herzlich lachen über Mycrofts Coup, und ich versicherte ihm, seinen Bruder nie über den wahren Sachverhalt aufzuklären.

«Sherlock aufklären?» wunderte sich Mycroft und hob seine mächtigen Augenbrauen. «Nicht nötig, er hat meinen kleinen Scherz sofort durchschaut.»

Es war bereits nach sechs, als ich mich am folgenden Abend wieder in der Baker Street einfand, nach einem höchst interessanten – und wahrlich in diesem Zusammenhang nicht unwichtigen – Tag im St. Thomas Hospital.

«Nun, haben Sie das Rätsel unterdessen schon gelöst?» erkundigte ich mich beim Eintritt ins Wohnzimmer.

Holmes hatte es sich mit seiner verrußten Tonpfeife in seinem Lehnsessel bequem gemacht und plauderte mit Mycroft über mittelalterliche Madrigale.

«Ja, ich glaube schon, lieber Watson...»

Kaum hatte er diese Worte ausgesprochen, hörten wir schwere Schritte auf dem Flur und gleich darauf ein heftiges Klopfen an der Tür.

«Das wird wohl der Stiefvater des Mädchens sein», meinte Holmes. «Er schrieb, daß er um Viertel nach sechs hier sein würde... Treten Sie ein!»

Unser Besucher war ein kräftiger, mittelgroßer Mann um die Dreißig, mit blassen, frischrasierten Wangen und bohrendem, durchdringenden Blick. Er deponierte seinen speckigen Zylinder auf der Anrichte, vollführte eine angedeutete Verbeugung und ließ sich in den nächstgelegenen Sessel gleiten.

«Ich nehme an», sagte Holmes, «Sie sind Mr. James Wyndham und dies» – er hielt ein maschinebeschriebenes Blatt Papier hoch – «dies ist der Brief, den Sie mir geschrieben haben?»

«In der Tat, Sir, ich bin es in Person, und dieser Brief stammt von mir. Wie Sie vielleicht wissen, hat sich Miss van Allen entgegen meinem ausdrücklichen Wunsch in dieser Angelegenheit an Sie gewandt. Aber sie hat ein leicht erregbares Temperament, und meine Frau und ich werden ihr diese impulsive Tat nur zu gerne verzeihen. Allerdings muß ich Sie bitten, sich mit diesem unglücklichen und leider nur allzu alltäglichen Vorfall nicht weiter zu beschäftigen. Was sich hier abgespielt hat, liegt auf der Hand, und ich halte es für äußerst unwahrscheinlich, daß selbst ein Mann wie Sie auch nur die geringste Spur von diesem Mister Darvill finden wird.»

«Weit gefehlt», erklärte Holmes, «ich habe ganz im Gegenteil berechtigten Grund zu der Annahme, den Aufenthaltsort des Gentleman bereits festgestellt zu haben.»

Mister Wyndham fuhr heftig zusammen und ließ seine Handschuhe fallen. «Das freut mich zu hören», sagte er mit angestrengter Stimme.

«Es ist ein höchst bemerkenswerter Umstand», fuhr Holmes fort, «daß Maschinenschrift ebenso typische und individuelle Merkmale hat wie eine Handschrift. Selbst fabrikneue Maschinen sind nicht völlig identisch, und mit zunehmendem Alter nutzen sich die einzelnen Typen unterschiedlich ab. In diesem Brief beispielsweise, den Sie mir geschrieben haben, Mr. Wyndham, werden Sie feststellen, daß der Kopf des ‹e› jedesmal leicht verschmiert ist, und noch leichter läßt sich das Fehlen des unteren Bogens im ‹t› erkennen…»

«Unsere gesamte Geschäftskorrespondenz wird auf dieser Maschine geschrieben», unterbrach ihn unser Besucher, «ich begreife nur zu gut, daß sie ein wenig abgenutzt ist.»

«Hier habe ich nun vier weitere Briefe», setzte Holmes wieder an, in einem gemessenen und leicht drohenden Ton, «die angeblich von Mister Horatio Darvill stammen sollen, und auch in diesen Briefen taucht das verwischte ‹e› auf und das ‹t› ohne Schlußbogen.»

Mit einem Satz war Mister Wyndham aus seinem Sessel und packte seinen Hut. «Ich kann mir nicht erlauben, meine Zeit weiter mit diesen Belanglosigkeiten zu vergeuden, Mister Holmes. Wenn Sie also diesen Mann, der Miss van Allen so schändlich hintergangen hat, fassen können – dann tun Sie es! Ich wünsche Ihnen gutes Gelingen und möchte Sie bitten, mich über den Ausgang der Angelegenheit zu unterrichten. Für Ihre Phantasievorstellungen fehlt mir leider jedes Interesse.»

Holmes war jedoch bereits zur Tür gegangen und hatte den Schlüssel umgedreht. «Ich bin gerne bereit, Ihnen zu berichten, wie ich Mister Darvill gefaßt habe… wenn Sie sich nur wieder in Ihren Sessel setzen würden.»

«Was?» schrie Wyndham. Sein Gesicht war kreidebleich, die kleinen Augen blickten gehetzt und erinnerten an eine Ratte in der Falle, aber schließlich ließ er sich doch wieder in seinem Sessel nieder und warf wilde, angriffslustige Blicke um sich, als Holmes seine Analyse fortsetzte.

«Dies ist wohl der gemeinste und herzloseste Betrug, den ich je erlebt habe: Ein Mann heiratet eine sehr viel ältere Frau, hauptsächlich ihres Geldes wegen, zusätzlich kann er sich der Zinsen aus dem nicht unbeträchtlichen Vermögen seiner Stieftochter erfreuen, solange diese noch im Hause lebt. Der Verlust dieser Extraeinkünfte hätte sich beträchtlich ausgewirkt auf den Lebensstil der Jungvermählten, und da die Tochter ein liebenswürdiges, warmherziges Mädchen war, das über ansehnliche körperliche Vorzüge und dazu über ein eigenes Einkommen verfügte, lag es auf der Hand, daß sie unter normalen Umständen nicht sehr lange allein bleiben würde. Also beschloß er – der Ehemann, von dem ich hier spreche –, der Stieftochter den Umgang und die Freundschaft mit ihren Altersgenossen zu verbieten und sie möglichst im Hause zu halten. Das Mädchen jedoch – und wer könnte ihr daraus einen Vorwurf machen? – setzte sich zunehmend gegen dieses unnatürliche Reglement zur Wehr und erklärte schließlich mit aller Entschiedenheit, auf einen bestimmten Ball gehen zu wollen. Was tat darauf ihr Stiefvater? Er entwarf ein hinterlistiges Komplott, im Einverständnis mit seiner Frau, indem er sich selbst geschickt verkleidete. Er bedeckte diese scharfen, stechenden Augen mit matt getönten Brillengläsern, tarnte dieses sauber rasierte Gesicht mit buschigen Koteletten und einem Schnurrbart und dämpfte diese laute Stimme zu dem rauhen, angestrengten Flüstern eines chronisch Halswehkranken. In dieser Aufmachung fühlte er sich angesichts der Kurzsichtigkeit der jungen Dame sicher genug, selbst auf dem Ball zu erscheinen, der reizenden Miss van Allen den Hof zu machen – und in der Folgezeit stets darauf zu achten, daß die gemeinsamen Treffen bei Kerzenlicht stattfanden.» (Ich vernahm ein tiefes Ächzen und hielt zunächst unseren Besucher für den Urheber, nach einiger Überlegung schien es mir jedoch eher aus Mycrofts Ecke herzurühren.)

«Miss van Allen verliebte sich in ihren Anbeter, ohne in ihrer Arglosigkeit den geringsten Verdacht zu schöpfen. Sie fühlte sich geschmeichelt von seinen Aufmerksamkeiten und in ihren Hoffnungen bestärkt durch die offensichtliche Bewunderung, die ihre Mutter diesem Mann entgegenbrachte. Eine ‹Verlobung› wurde beschlossen, und das tückische Versteckspiel nahm weiter seinen Lauf. Aber die vorgetäuschten Reisen des Stiefvaters waren zunehmend schwerer zu bewerkstelligen, so daß die Dinge schnell zu einem Ende gebracht werden mußten und zwar auf möglichst dramatische Weise, um einen nachhaltigenden Eindruck auf das junge Mädchen zu erzielen. Daher die Schwüre auf die Bibel, daher die dunklen Andeutungen von einer heraufziehenden Gefahr noch am Morgen der geplanten Hochzeit. Wie wir sehen, verfolgte James Wyndham die Absicht, seine Stieftochter moralisch so fest an ihren fiktiven Bräutigam zu binden, daß sie mindestens noch zehn Jahre in der Cowcross Street sitzen, dahinwelken und weiterhin regelmäßig die Zinsen aus dem Ererbten ihrem Beschützer überlassen würde – dem nämlichen Lumpen von Beschützer, der sie bis vor die Tore von *St. Saviour* gebracht und sich dann aus dem Staub gemacht hatte, mit dem uralten Trick, auf der einen Seite der Kutsche einzusteigen – und sie auf der anderen Seite wieder zu verlassen.»

Wyndham sprang auf, seine Empörung nur mühsam im Zaume haltend. «Sie sollen wissen, Sir, daß nicht ich es bin, der gegen die Gesetze in diesem Land verstößt, sondern Sie! Solange diese Tür da verschlossen ist und Sie mich gegen meinen Willen hier festhalten, setzen Sie sich selbst ins Unrecht...»

«Das Gesetz», unterbrach Holmes, indem er plötzlich das Schloß öffnete und die Tür weit aufstieß, «mag für den Augenblick noch machtlos sein gegen Sie. Dennoch hat es ganz gewiß wohl nie einen Mann gegeben, der eine Bestrafung mehr verdient hätte. Wenn ich es recht bedenke... und da ich gerade meine Jagdpeitsche zur Hand habe...» Er machte zwei rasche Schritte auf die andere Seite des Raums, aber es war bereits zu spät. Wir hörten nur noch ein lautes Poltern auf den Treppen, als Wyndham nach unten stürzte, und sahen ihn dann, mit einiger Genugtuung, Hals über Kopf die Baker Street hinunterlaufen.

«Ich sage euch, er wird am Galgen enden, dieser kaltblütige Halunke!» knurrte Holmes.

«Leider kann ich Ihren Überlegungen immer noch nicht so ganz folgen, Holmes», bemerkte ich.

«Wie die Dinge liegen», erwiderte er, «gibt es nur eine Person, die von diesem trickreichen Verschwinden profitiert – den Stiefvater. Aufschlußreich ist auch die Tatsache, daß die beiden Männer, Wyndham und Darvill, nie miteinander gesehen wurden. Dazu die getönte Brille, die heisere Stimme, der volle Backenbart – das alles, mein lieber Watson, deutet stark auf eine Maskerade hin. Für die maschinengeschriebene Unterschrift wiederum gab es nur eine Erklärung – die Handschrift war Miss van Allen so vertraut, daß sie sie bereits anhand einer kleinen Probe erkannt hätte. Isolierte Einzelteile, meinen Sie? Zugegeben! Aber in der Summe laufen sie immer auf dieselbe unvermeidbare Schlußfolgerung hinaus – wie sicher auch mein schläfriger Bruder zugeben wird, nicht wahr?»

Aus Mycrofts Ecke kam keine Reaktion.

«Haben Sie die Richtigkeit Ihrer Überlegungen nachprüfen können?» erkundigte ich mich.

Holmes nickte kurz. «Wir kennen die Firma, für die Wyndham arbeitet, und wir haben eine genaue Personenbeschreibung von Darvill. Aus dieser Beschreibung habe ich alle Merkmale eliminiert, die das Ergebnis einer bewußt arrangierten Verkleidung sein könnten...»

«Mit anderen Worten, du hast überhaupt nichts überprüft.» Mycrofts Einwurf kam unerwartet, und wir drehten uns beide zu ihm um.

«Es wird immer einen Bedarf und einen gewissen Raum geben», entgegnete Holmes, «für eine sachlich begründete Theorie...»

«Oder für reine Intuition», gab ich zu bedenken.

«Blödsinn!» schnaubte Mycroft. «Das sind alles nur wilde Spekulationen, Sherlock. Und meiner Meinung nach liegst du in diesem Fall mit deinen Vermutungen geradezu lächerlich daneben.»

Ich kann nur berichten, daß ich Holmes noch nie so verblüfft gesehen habe wie in diesem Moment. Dann setzte er sich still auf seinen Platz, während Mycroft seine massige Gestalt aus dem Sessel hievte und sich neben den Kamin stellte.

«Deine logischen Fähigkeiten bedürfen keines besonderen Beifalls, lieber Sherlock, und ich bin, ebenso wie Watson, voller Bewunderung für die Verwegenheit deiner Theorie. Aber falls es nicht irgendeinen handfesten Beweis gibt, den du uns bislang vorenthalten hast...»

Holmes hüllte sich weiter in Schweigen.

«Nun, dann werde ich mich eben selbst zu ein paar kleinen Spekulationen hinreißen lassen», erklärte Mycroft, «und dir zum Beispiel mitteilen, daß der Gentleman, der uns eben fluchtartig verlassen hat, ebenso unschuldig ist wie der gute Watson.»

«Allerdings hat er sich ganz gewiß nicht wie ein Unschuldiger aufgeführt», protestierte ich, Holmes vergebens einen hilfesuchenden Blick zuwerfend, während Mycroft bereits fortfuhr:

«Die Gründe, die du für deinen Verdacht anführst, sind in vieler Hinsicht völlig schlüssig, und dennoch – das muß ich in aller Aufrichtigkeit sagen, Sherlock! – hat es mich einigermaßen enttäuscht, wie du diesen Fall interpretiert oder besser: fehlinterpretiert hast. Ich denke, du hast völlig recht mit deiner Grundthese, daß eine Person namens Horatio Darvill nicht existiert...» (Ich erinnere mich noch an das Prickeln in meinen Venen, als Mycroft diese Worte aussprach.) «...aber wenn dieser unglückselige Wyndham, der eben in die eine Richtung der Baker Street davongestürzt ist, gleich auf umgekehrtem Weg wieder zurückkommen wird mit einer Anzeige wegen Verleumdung in der Hand – womit ich, offen gesagt, jeden Moment rechne –, wirst du wohl etwas vorsichtiger und zurückhaltender an deine Überlegungen und Analysen herangehen müssen.»

Holmes lehnte sich ein wenig vor, die empfindsamen Nasenflügel seines klassischen Profils leicht gebläht, gab aber immer noch keinen Kommentar von sich.

«Bei den Informationen, die uns die reizende Miss van Allen zu geben geruhte, sind mir zum Beispiel zwei Details aufgefallen, die du in deiner Analyse, lieber Sherlock, erheblich unterschätzt beziehungsweise ganz ignoriert hast.» (Ich bemerkte, wie sich Holmes' Augenbraue fragend in die Höhe schob.) «Erstens die Tatsache, daß Mister Wyndham nur etwa fünf Jahre älter ist als Miss van Allen. Zweitens den Umstand, daß Miss van Allen als Schreibkraft schnell und tüchtig genug zu sein scheint, um als freie Mitarbeiterin bei verschiedenen Firmen in ihrer Nachbarschaft gefragt zu sein – inklusive der Herren *Cook & Marchant*. Ferner stellst du die erstaunliche Behauptung auf, daß sich Miss van Allen gänzlich hat täuschen lassen von der Verkleidung dieses Mister Darvill. Alles, was recht ist, aber du scheinst sie nicht nur für blind, sondern obendrein noch für halb senil zu halten! Nun ist es zwar richtig, daß die Sehkraft der jungen Dame weit davon entfernt ist, vollkommen zu sein – ich tippe übrigens auf *Glaucopia Athenica*, was meinen Sie, Doktor Watson? –, trotzdem ist es einigermaßen grotesk, daraus zu schließen, sie sei außerstande, eine Person zu erkennen, mit der sie immerhin zusammenlebt. Und der Gipfel der Unredlichkeit ist deine Behauptung, die Treffen der beiden hätten stets bei Kerzenlicht stattgefunden. Es gab mindestens zwei Anlässe, bei denen Miss van Allen reichlich Gelegenheit hatte, Darvills Gesichtszüge im vollen Licht des Tages zu studieren: am Morgen nach dem Kennenlernen – wohlgemerkt am *Morgen*, Sherlock! – und am Morgen der geplanten Hochzeit.»

«Mir will scheinen, du brauchst unverhältnismäßig viel Zeit, um endlich zu deiner eigenen Theorie vorzustoßen», bemerkte Holmes leicht gereizt.

«Das ist wahr», gab Mycroft zu, «also laß mich nicht länger um den heißen Brei herumreden! Du hast nie so etwas wie Liebe empfunden zu einer Frau, Sherlock – nicht einmal zu dieser Adler –, insofern genießt du im Vergleich zu mir und vielen anderen nicht den Vorzug, dich in das Denken des Mannes *und* der Frau versetzen zu können. Der Stiefvater ist also fünf Jahre älter – *nur* fünf Jahre, wohlgemerkt. Wenn man nun die traurige Tatsache bedenkt, daß Frauen gewöhnlich schneller altern als Männer und früher ihre Reize verlieren; wenn man sich dann die nüchterne Wahrheit über die Menschheit vor Augen hält, daß, wenn man zwei Menschen von ungefähr gleichem Alter, aber unterschiedlichem Geschlecht zusammenbringt, und wenn eine der beiden Personen die hübsche Miss van Allen ist – dann öffnet man den Problemen Tür und Tor. Genau das hat sich bei den Wyndhams abgespielt. Die Dame des Hauses ist siebzehn Jahre älter als ihr zweiter Mann, und es ist anzunehmen, daß sich dieser beträchtliche Altersunterschied mit der Zeit an dem einen oder anderen äußeren Zeichen bemerkbar gemacht hat. Parallel dazu darf wohl vermutet werden, daß sich Wyndham zunehmend zu dem reizenden und lebhaften jungen Mädchen hingezogen fühlte, das seine Stieftochter geworden war. Sicher war es Wyndham selbst, der Miss van Allen als freie Mitarbeiterin bei *Cook & Marchant* einführte. Auf diese Weise kamen sie sich außerhalb der häuslichen und ehelichen Zwänge näher – mit einem Ergebnis, das nicht besonders schwer zu erraten sein dürfte. Meiner Meinung nach hat sich Wyndhams Zuneigung für die Mutter zweifellos auf deren Tochter übertragen, und diese hat nach reiflicher Überlegung den ehrenvollen Entschluß gefaßt – ungeachtet ihrer wie immer gearteten Gefühle für den Stiefvater –, ihn und die Mutter zu verlassen. Daher der Eifer, zu Bällen und Parties zu gehen, zu Aktivitäten also, gegen die sich Wyndham sperrte, aus dem einleuchtenden Grund, daß er Miss van Allen so nahe und so lange wie möglich bei sich behalten wollte. Nun behauptest du, Sherlock, daß dieser Widerstand von den finanziellen Vorteilen herrührt, die ihm aus den Zinsen der Neuseeland-Anleihen erwachsen – aber das ist nichts weiter als eine *Vermutung*, stimmt's? Kann es nicht ebensogut möglich sein, daß Wyndham eigenes Vermögen hat – du brauchst es nur zu überprüfen, Bruder! –, und daß sich seine Interessen nicht auf ein kleines Zubrot zu seinem ohnehin vorhandenen Wohlstand richten, sondern auf die Zuneigung einer jungen Frau, in die er sich hoffnungslos verliebt hat? Verstehst du, er ist auf *sie* reingefallen und nicht umgekehrt – genauso wie du, Sherlock, denn du hast widerspruchslos alles geschluckt, was dir dieses berechnende Frauenzimmer aufgetischt hat.»

«Also wirklich, das geht zu weit!» protestierte ich, aber Holmes hob abwehrend die Hand und bedeutete mir, seinen Bruder bis zum Ende anzuhören.

«Klar ist jedenfalls, daß zu einem gewissen Zeitpunkt, als Wyndham in Frankreich war – warum hast du übrigens diese Daten, wo er auf Reisen war, nicht überprüft? Ich bin sicher, daß *Cook & Marchant* sie ebenso fix bei der Hand gehabt hätten wie die Beschreibung des vermeintlichen Heiratsschwindlers –, also, wie ich schon sagte, nachdem Wyndham in Frankreich war, fanden sich Mutter und Tochter eines Abends zu einem kleinen *Tête-à-tête* zusammen, in dessen Verlauf ein ganzer Berg schmutziger Wäsche gewaschen wurde. Die Tochter, bitter enttäuscht vom Benehmen ihres Stiefvaters, die Mutter, verletzt und aufgebracht über die Treulosigkeit des Gatten, schmieden gemeinsam einen Plan... Nun sind wir uns beide zumindest in einem Punkt einig, Sherlock – daß es, abgesehen von den Äußerungen Miss van Allens, keinen wie immer gearteten Hinweis für die Existenz dieses Horatio Darvill gibt. Völlig zu Recht hast du auf den Umstand verwiesen, daß die beiden Männer niemals zusammen gesehen wurden, das heißt, du hast sehr wohl die *Wichtigkeit* dieses Umstands erkannt, aber seine *Bedeutung*, leider, völlig mißverstanden. Du hast entschieden, daß es Horatio Darvill nicht gibt, weil er in Wirklichkeit Wyndham heißt. Ich muß dir nun sagen, daß es Darvill deshalb nicht gibt, *weil er ein reines Phantasieprodukt von Mutter und Tochter ist.*»

Holmes schien leicht konsterniert und studierte angelegentlich das Teppichmuster, während Mycroft seine einigermaßen extravagante und haltlose Theorie komplettierte.

«Es wurden Briefe geschrieben – übrigens wäre ich an deiner Stelle um einiges vorsichtiger gewesen mit diesen ‹e›s und ‹t›s, denn zufälligerweise hat meine Schreibmaschine genau dieselben Schwachstellen! Aber, wie gesagt, es wurden Briefe geschrieben –, *allerdings von Miss van Allen selbst* –, ein Hochzeitstermin festgesetzt und eine Geschichte erfunden von einer nicht existenten Kutsche, in der ein ebenfalls nicht existenter Bräutigam verschwunden sein soll, um der Scharade ein Ende zu setzen. Nun hast du, lieber Sherlock, mit Recht die Frage aufgeworfen: *cui bono*?, und du hast gefolgert, der eigentliche Nutznießer sei Wyndham gewesen. Dabei ist genau das Gegenteil der Fall! Es waren Mutter und Tochter, die ihren Vorteil im Auge hatten, da sie darauf hofften, sich auf diese Weise des lästig gewordenen Mister Wyndham entledigen zu können – jedoch nicht, ohne ihn vorher durch sozialen und moralischen Druck dazu zu bringen, beiden eine hübsche Stange Geld zu überschreiben. Vor allem wohl dem jungen Mädchen, das – wie Doktor Watson bereits zutreffend feststellt – ein paar anständige Ohrringe und ein neues Taschentuch gut gebrauchen könnte. Der soziale Druck, von dem ich sprach, sollte – und das war ausgesprochen klug und geschickt geplant – von dir ausgeübt werden, mein lieber Sherlock. Ein junges Ding kommt zu dir und tischt dir mit unschuldigem Blick ein Ammenmärchen auf, eine Geschichte, die so vollgespickt ist mit deutlichen Hinweisen, daß sogar Lestrade – sagen wir, nach ein oder zwei Wochen – vermutlich zu einer ähnlichen Diagnose gekommen wäre wie du. Und nun frage ich dich: Warum ist sie wohl zu dir gegangen und nicht zu Lestrade? Ganz einfach deshalb, weil Mister Sherlock Holmes ‹der größte Detektiv ist, den die Welt je gesehen hat›, und weil sein Urteil der Unfehlbarkeit Gottes gleichkommt. Mit anderen Worten: Wenn du, Sherlock, Wyndham für schuldig hältst, dann *ist* er es auch. In den Augen der ganzen Welt – mit Ausnahme eines einzigen.»

«Mit Ausnahme von zweien, immerhin», merkte ich still an.

Zum ersten Mal wandte mir Mycroft seine volle Aufmerksamkeit zu, als hätte ich bislang bei diesem Vortrag gar nicht existiert, aber ich gab ihm keine Gelegenheit, nach der Bedeutung meiner Worte zu forschen, sondern erkundigte mich frei heraus:

«Sir, als Holmes uns seine Theorie darlegte, habe ich ihm eine Frage gestellt, auf die ich nun auch von Ihnen gerne eine Antwort hätte: ‹Haben Sie die Richtigkeit Ihrer These überprüft? Und wenn ja, wie?›»

«Die Antwort auf Ihre erste Frage, Doktor Watson, lautet Ja – zumindest im wesentlichen. Mister Wyndham hat in der Tat genügend Geld, um nicht im mindesten auf Miss van Allens vergleichsweise geringe Beiträge angewiesen zu sein. Was nun Ihre zweite Frage betrifft...» Mycroft zögerte einen Moment. «Ich weiß nicht, inwieweit mein Bruder Sie unterrichtet hat über die verschiedenen Ämter, die ich im Dienst der Krone bekleide...»

An dieser Stelle griff Holmes in das Gespräch ein, mit deutlichen Zeichen der Ungeduld. «Ja, ja, schon gut, Mycroft! Machen wir's kurz, und geben wir gleich zu, daß die, sagen wir ‹inoffiziellen›, Quellen, die dir zugänglich sind, meine Einschätzung des Falles völlig wertlos gemacht haben! Sei's drum! Allerdings möchte ich doch – mit deiner Erlaubnis – die eine oder andere Anmerkung machen zu deiner recht treuherzigen Auslegung der Ereignisse. Selbstverständlich weist du mich zu Recht darauf hin, daß mein Wissen in den sogenannten ‹Herzensangelegenheiten› nicht gerade aus erster Hand kommt. Ferner hast du zutreffend darauf hingewiesen, daß Mister Wyndham einige Schwierigkeiten gehabt haben dürfte, seine Stieftochter über seine Identität zu täuschen. Trotzdem glaube ich, daß du die Möglichkeiten der Verkleidung unterschätzt – und andererseits die Intelligenz von Lestrade bei weitem überbewertest. Ich möchte annehmen, daß selbst Doktor Watson über erheblich mehr Verstand...»

Ich hätte mich keine Sekunde länger mehr beherrschen können. «Gentlemen!» rief ich. «Sie haben beide – ja, *beide!* – unrecht, und zwar auf höchst tragische Weise.»

Die Brüder starrten mich an, als sei ich völlig von Sinnen.

«Vielleicht sollten Sie sich ein wenig genauer ausdrücken Watson», meinte Holmes spitz.

«Ein Mann hat die Absicht», begann ich, «mit seiner ihm frisch angetrauten Frau eine zweiwöchige Hochzeitsreise nach Schottland zu unternehmen. Aus diesem Grund hebt er am Vorabend der Trauung in der Filiale Oxford Street hundert Pfund in bar – keinen Penny weniger! – von seinem Konto bei der Royal National Bank ab. Dann jedoch, als er am Hochzeitsmorgen eine Kutsche besteigt, wird der Mann entführt, brutal zusammengeschlagen und beraubt. Man nimmt ihm sein ganzes Geld ab und seine persönlichen Wertgegenstände und wirft ihn in einer einsamen Straße von Stepney, praktisch tot, aus der Kutsche. Durch einen glücklichen Zufall wird er gegen Abend gefunden und ins Hospital Whitechapel gebracht, wo er allerdings erst nach mehreren Tagen langsam wieder zu Bewußtsein kommt, Stück für Stück seine Erinnerung wiederfindet und – seine *Stimme*! Sie müssen nämlich wissen, meine Herren, daß der Mann offensichtlich sehr heftig an einer eitrigen Tonsilitis zu leiden schien – einer Angina, wie man im allgemeinen sagt –, und daß man ihn deshalb ins St. Thomas Hospital überführte, wo ich – wie Ihnen ja bekannt ist, lieber Holmes – derzeit an einem Forschungsprojekt über ebendieses Leiden arbeite. Allerdings hat man erst heute morgen meine fachliche Ansicht zu diesem Fall eingeholt, und nachdem ich das Krankenblatt des Mannes studiert hatte, fiel mir auf, daß der einzige Hinweis auf seine Identität in einem Monogramm auf seiner Unterwäsche bestand. Einem Monogramm mit den Buchstaben ‹H. D.›. Sie können sich bestimmt meine Aufregung vorstellen…»

«Vielleicht heißt er Humphrey Davy», spottete Mycroft.

«Keineswegs!» antwortete ich mit einem Lächeln. «Ich habe sehr geduldig auf den armen Mann eingeredet, bis er schließlich in der Lage war, mir den Namen seiner Bank angeben zu können. Der Rest war – das darf ich wohl sagen, Holmes – nur noch ein Kinderspiel, zum Beweis für *meine* Theorie. Ich besuchte die Bank, erfuhr dort von der Abhebung für die Flitterwochen und nahm den Filialleiter mit ins Krankenhaus, wo er den Patienten in Augenschein nahm und seine Identität unwiderleglich bestätigte. Ich muß Ihnen also mitteilen, meine Herren, daß Horatio Darvill nicht nur existiert, sondern in diesem Moment im St. Thomas Hospital anzutreffen ist, in einem Zimmer der Privatstation im zweiten Stock!»

Eine Weile herrschte Schweigen. Schließlich gab Holmes, der in den letzten Minuten vor dem Fenster gestanden hatte, eine leise Regung von sich. «O nein!» stöhnte er, und als ich über seine Schulter blickte, sah ich draußen unter der nebelverhangenen Laterne Mister Wyndham stehen, auf einen Mann an seiner Seite lebhaft einredend, der verdächtig nach einem Gesetzeshüter aussah.

Holmes griff nach seinem Cape und eilte zur Tür. «Watson, seien Sie bitte so freundlich, Mister Wyndham zu sagen, daß ich ihm bereits einen Brief geschrieben habe, in dem ich ihn von allen meinen Verdächtigungen freispreche und ihm mein aufrichtiges Bedauern ausdrücke. Und jetzt empfehle ich mich besser – durch die Hintertür.»

Damit war er verschwunden. Als Mrs. Hudson kurz darauf zwei erboste Gentlemen ankündigte, die Mister Holmes zu sehen wünschten, schien Mycroft in seinem Ecksessel bereits wieder entschlummert zu sein, eine Monographie über mittelalterliche Chormusik geöffnet auf seinen Knien – und ein breites, leicht belustigtes Lächeln auf seinem großen klugen Gesicht.

«Führen Sie die Herren doch bitte herein, Mrs. Hudson», sagte ich – in einem so gebieterischen Ton, daß die gute Frau mich für einen Moment entgeistert anstarrte, als habe sie die Stimme des großen Meisters selbst vernommen.

LARRY BEINHART

Tod in einer kleinen Stadt

Der Mann neben mir pißt. Er will, daß ich ihn ansehe. Ich habe ihn schon gesehen. Nicht, daß ich will. Entweder hat er einen großen Schwanz, oder er fummelt so lange an sich rum, bis er groß ist, wenn er sein Ding rausnimmt.

Das alles hier hasse ich voller Leidenschaft und Angst. Mir dreht sich der Magen um.

Ich habe Bauchschmerzen. Leide an Verstopfung. Hier werde ich auf keinen Fall scheißen. Auf dem Präsentierteller. Für jeden deutlich sichtbar. Auf einem Klosett ohne Brille. Ich wünschte, ich könnte im Dunkeln gehen, aber hier ist es nie dunkel. Die Fäkalien in mir müssen inzwischen kompakt und hart sein. Ich habe Angst, daß es weh tun wird, wenn es schließlich rauskommt. Ich frage mich, ob der Körper sich selbst vergiften kann, wenn er seine Abfallprodukte nicht ausscheidet. Kommt einem die Scheiße oben wieder raus? Eitert es irgendwann? Was passiert?

Ich bin College-Student. Sportler. Sehe gut aus. Bin clever. Zum Yuppie fehlt mir nur noch ein akademischer Grad. Klarer Fall, ich bin auf dem Weg nach oben. Was, zum Teufel, mache ich hier? Ich studiere Wirtschaftswissenschaften. Auf der State University. Habe ein Stipendium. Treibe Sport. Ich laufe, um genau zu sein. Diese Wirtschaftstypen lieben Sportler. Ich wünschte, ich hätte mit Tennis angefangen. Aber das gab's nicht in meinem Viertel. Ein sauberer, berührungsloser, streßarmer, vornehmer, Country-Club-mäßiger, Fitneß-Center-mäßiger Sport. Laufen ist dem Wesen nach antisozial. Ich wünschte, ich könnte hier laufen. Ich verrotte hier noch aus Mangel an Bewegung. Nein, genaugenommen stimmt das gar nicht. Mein Körper ist gut in Form und kümmert sich besser um mich, als ich mich um ihn. Meistens. Es ist mein Kopf, der hier drin seltsam wird.

Wenn man eins im Knast nicht tut, dann ist es laufen.

Hoffentlich ist bald wieder Morgen. Ich will meinen Anwalt sehen.

Hoffentlich schlafe ich bald ein.

Hoffentlich geht die Zeit schnell vorbei, bis ich hier wieder raus bin.

Schließlich drifte ich ab. Fast kriege ich sogar mit, wie ich entschlummere, weil ich auf einmal die Knastgerüche nicht mehr rieche. In meinem Traum ist es Herbst, Anfang Herbst, und die Farbe der Bäume verändert sich. Jede Menge Gelb. Der Duft von Kiefern ist durchdringend. Es ist ein gutes, sauberes Gefängnis. Scheuern und Schrubben, mit *Pinesol* oder so, der Reinigungsmittelversion der freien Natur. Ich laufe im Manlo State Park durch den Wald. Es gibt dort eine 5,4 Meilen lange Strecke auf einem alten Weg rauf zum See und wieder zurück zum Parkplatz.

Es klingt narzißtisch, aber ich liebe meine Beine. Ich genieße das Gefühl, wie sich die Muskeln beim Laufen zusammenziehen und entspannen. Wie zwei Sprungfedern vom Knie abwärts, in den Waden, am Knöchel, am Spann, an den Zehen. Kolben in den Schenkeln. Schwungscheiben in meinem Hintern. Wenn ich mir Bilder zu dem vorstelle, was ich empfinde, dann ist es, als würde ich eine Dampflok beobachten, wie früher in alten Filmen die Bewegung der Antriebsräder aufgenommen wurde. Ein großes Rad drückt eine Querstange, die wiederum ein kleineres Rad antreibt, und der Zug rollt weiter. Ich spüre die reine Landluft, pumpe sie in meine Lungen und stoße sie wieder aus. Mein Motor läuft warm. Ein gutes Gefühl. Und dann kommt der Schweiß, und das fühlt sich noch besser an.

Auf dem Boden liegt Laub. Manchmal, wenn es feucht ist, kann man auf den Blättern leicht ausrutschen und schlittern, aber heute ist es trocken. Ab und zu blicke ich nach unten und sehe meine Laufschuhe, schmutzigweiß mit rotem Besatz, wie sie auf die gelben Blätter einhämmern. Aber meistens sind meine Augen geradeaus nach vorn gerichtet. Das gewölbte Dach der Bäume über dem Weg – Hellgelb, Leuchtendgelb, das erste Orange, hier und da schon Braun, jede Menge Grün, sowohl Blattgrün als auch immergrüne Nadelbäume. Und manchmal, wenn die Bäume weiter auseinander stehen, sehe ich den Himmel, klar und blau in der Nähe, grau und regenschwanger weiter weg.

Es ist früher Morgen, vor meinem ersten Seminar: Bank- und Finanzwesen.

Plötzlich wird es warm, wie es manchmal morgens, häufiger aber nachmittags passiert. Vielleicht ist es das, was diese Wolken bedeuten: eine Warmluftfront. Der Schweiß fließt jetzt in Strömen. Es ist nicht mehr länger dieses leichte, schnell verdunstende Glitzern. Jetzt ist es naß und stark. Ein gutes Gefühl. Als würden meine Gelenke geschmiert. Weiter vorn sehe ich den See.

Die Sonne tanzt auf dem Wasser. Genug Funkeln und Glitzern für einen Club in der Innenstadt oder eine Nacht auf dem Broadway. Es ist schon Wochen her, seit es zum Schwimmen warm genug war. Plötzlich denke ich, wahnsinnig gern würde ich jetzt da reinspringen. Wie kalt kann's schon sein? Der See wird von einer Quelle gespeist. Es kann *verdammt* kalt sein. Das ist schon okay. Ich fließe, mein Motor läuft auf vollen Touren. Wahnsinnig gern würde ich's tun. Ich laufe und überlege, mich einfach auszuziehen und reinzuspringen.

Vielleicht, beschließe ich, falls niemand in der Nähe ist. Zieh die Klamotten aus und springe nackt rein.

Dann denke ich, nein, das bringt nur meinen Trainingsplan durcheinander. Nein, ich werde zu spät zu meinem Seminar kommen. Dann denke ich, wie viele perfekte Tage gibt es schon in einem Jahr – mach's einfach!

Es gibt da eine Stelle, wo der Weg ein Stück oberhalb des Wassers auf einem Felsvorsprung verläuft – ich würde es fast eine Klippe nennen, aber es ist nicht groß genug. Neben der Rennstrecke gibt es einen Felsen, von dem aus man reinspringen kann. Das ist ungefähr zwei Meter über dem Wasser. Aber genau an der Stelle ist der See tief, und unter der Oberfläche lauern weder Felsbrocken noch andere unangenehme Überraschungen. Es ist eine tolle Stelle für einen Kopfsprung. Jetzt bin ich oben. Ja. Ich bleibe stehen. Ich sehe mich um. Weit und breit keine Menschenseele. Absolut niemand, der was gegen meinen nackten Hintern oder meinen baumelnden Schwanz haben könnte.

Ich bleibe stehen. Ich ziehe mich aus. Ich sehe mich um. Ich spüre die Sonne. Ich spüre die sanfte Brise auf meinem verschwitzten Körper. Der Schweiß verdunstet und läßt mich frösteln, noch während die Sonne mich wärmt. Ich springe. Muß wohl so was wie eine Sinnestäuschung sein, jedenfalls ist es ein langer, sehr bewußter Sprung, nicht dieses angstbesetzte Gefühl des schnellen Fallens, wie es normalerweise ist. Ich sehe das Wasser auf mich zukommen – es ist da unten, ich bin in der Luft, ich werde es jeden Augenblick zerteilen – plötzlich sind meine Hände drin – das sehe ich –, dann die Arme, der Kopf, und dann bin ich unter Wasser.

Es ist eiskalt. Mein Blut beginnt zu rasen, mein Herz schlägt wie verrückt, mein Schwanz und meine Eier machen einen Rückzug. Ich komme wieder hoch, schnappe nach Luft, fange an zu schwimmen. Schwimme so schnell ich kann. Glaube, wenn ich mit aller Kraft schwimme, wird mir schon warm werden, und alles ist bestens. Aber mir wird nicht warm. Oder ich kühle schneller ab, als mir warm werden kann. Also ändere ich blitzschnell die Richtung und halte aufs Ufer zu. Ich springe raus, klettere den Felsen hoch. Die Brise auf meiner nassen Haut ist alles andere als eine Erleichterung.

Ich komme oben an. Ich beeile mich, zu meinen Kleidern zu kommen. Und da ist *sie*, wie ein MTV-Traum, eine Blondine mit einem silbernen Toyota Celica. Mein erste Reaktion ist, ihr zu sagen, daß hier oben keine Autos erlaubt sind, aber ich schätze, daß sie das auch selbst weiß. Sie raucht, und ihr Lippenstift ist scharlachrot. Sie ist eine ältere Frau, so sieht's für mich wenigstens aus. Mindestens dreißig.

Dann registriere ich, daß ich nackt bin. Also greife ich nach meinen Klamotten.

Sie atmet aus. So wie sie es macht, wird mir klar, daß sie den Rauch eingehalten hat. Es ist auch keine Zigarette, es ist ein Joint. «Du bist süß», sagt sie. Fast wie Madonna.

«He, tut mir leid. Ich hab keinen gesehen, als ich reingesprungen bin.» Ich versuche, meinen Kram aufzuraffen und mich zu bedecken und rauszukriegen, wie ich mich am besten anziehen kann und wer von uns beiden in größeren Schwierigkeiten steckt: ich, weil ich mich ihr gezeigt habe, oder sie, weil sie gefahren ist, wo Autos streng verboten sind.

«Wow! Dein Schwanz ist ja klitzeklein», meint sie und nimmt wieder einen Zug an ihrem Joint, wobei sich ihr Brustkorb interessant hebt.

Ich bin beleidigt. «Ihr Schwanz wäre auch klitzeklein, wenn Sie gerade schwimmen gewesen wären. Es ist ein Eiswürfel.»

Sie lacht. Sie verschluckt sich am Rauch und hustet. «Ja, wahrscheinlich hast du recht», sagt sie. Sie hat jede Menge Make-up aufgelegt, und ich habe den Eindruck, daß sie die ganze Nacht kein Auge zugetan hat. Vielleicht sind's ja auch mehrere Schichten Make-up. Schließlich hört sie auf zu lachen und zu husten. Inzwischen habe ich ihr den Rücken zugekehrt und steige in meine Hose. «Immer noch kalt?» fragt sie.

«Hm-hm», brumme ich. Oder so was in der Richtung.

«Möchtest du, daß ich ihn dir aufwärme?»

Und ob ich das will! Ich kann einfach nicht glauben, daß das hier wirklich passiert. Ich drehe mich um und sehe sie an. Ich bringe nur so was wie «Ja, klar» raus, und ich glaube, dabei versagt mir die Stimme wie einem kleinen Jungen.

«Dann komm», sagt sie. Sie klingt ein bißchen sauer. Nicht auf mich. Vielleicht auf jemand anderen. Vielleicht macht sie das alles ja nur – dieser Gedanke kommt mir plötzlich –, um einen anderen auf die Palme zu bringen. Ihren Vater zum Beispiel, wenn sie jünger wäre, oder auch ihren Mann. Ich sehe mich um. Weit und breit kein Ehemann zu sehen. Ich habe ein Bein in der Hose. Stolpernd schleudere ich sie wieder weg.

Ich gehe auf sie zu. Sie kommt auf mich zu. Sie trägt ein Kleid. Ein verdammt enges Kleid. Und eine Strumpfhose, denke ich, aber sicher bin ich im Moment noch nicht. So eine Daunenweste. Schuhe mit hohen Absätzen. Sie ist kein College-Typ. Eine aus der Stadt. Mir ist egal, wer oder was sie ist. Sie ist sexy, und sie will mich. Ich bin nackt, und kalt ist mir auch nicht mehr.

Ich erreiche sie. Greife nach ihr. Sie legt eine Hand auf meine Brust. Aber nicht, weil sie mich aufhalten will. Ich weiß das, weil sie ihre Hüften vorschiebt, bis sie mich berührt. Das ist Körpersprache. Sie hebt den Joint an meine Lippen. Normalerweise stehe ich nicht auf Dope. Ist einfach nicht mein Ding. Aber wenn sie in diesem Augenblick gesagt hätte: «Laß uns ein paar Splitter unter deine Fingernägel jagen, bevor wir's tun», hätte ich geantwortet: «Mit welchem Finger willst du anfangen?» Also, nein, das ist apokryph. Ich nehme einen tiefen Zug. Sie lächelt.

Ich spüre ihre Hände auf meinem nackten Rücken, spüre, wie sie ihn abtastet, sie auf meinen Hintern gleiten läßt. Ich fühle mich leicht benebelt, während der Rauch in meine Lungen zieht. Zwischen meinen Beinen wird's jetzt auch wieder wärmer. Sie sieht mir direkt in die Augen, reibt sich an mir. Ich weiß, daß ich den Rauch so lange wie möglich drin halten soll, aber prustend stoße ich ihn wieder aus. Ich packe sie. Sie kichert. Ich küsse sie. Ihre Lippen öffnen sich. Ich schiebe meine Zunge rein. Sie lutscht dran. Ich kriege einen Steifen. Sie macht Geräusche, *Ich-mag's*-Geräusche. Wir reiben uns aneinander, werden heftiger und rhythmischer.

«Oh, mein Süßer! Du fühlst dich einsam», flüstert eine Männerstimme. Ich wache in meiner Zelle auf und hasse meine Erektion, weil sie diesen Tieren verrät, daß ich ein Mensch mit Sexualität bin. Ich spüre, wie mich in der Dunkelheit, die nie wirklich dunkel ist, Augen anstarren. Ich frage mich, ob ich mich wohl bewegt, auf meiner klumpigen, grauen Matratze geritten habe? Durch reine Willensanstrengung zwinge ich das Blut aus meinen Lenden und die Erektion zu verschwinden.

«Komm schon, Schätzchen, wir brauchen alle eine Wichsvorlage. Also, wenn du dir einen runterholen willst, Schätzchen, dann mach's mit mir», sagt die Stimme.

Ich schließe meine Augen. Angespannt und hellwach liege ich da. Hoffentlich wird es bald Morgen.

Wir stellen uns hinter der weißen Linie auf. Was das Gefängnis betrifft, kann ich mich nicht beschweren. Es kommt auch nicht annähernd an die schlimmsten Alpträume ran. Es ist nicht so wie im Kino oder in den Zeitungen. Maxie Jake, ein Typ, nur ein paar Jahre älter als ich und einer der wenigen, mit denen ich mich unterhalte, sagt, das Staatsgefängnis wäre tatsächlich so schlimm, wie's angeblich sein soll. Er ist schon da gewesen. Jetzt ist er auf dem Weg dorthin zurück. Er macht einen auf ganz lässig, knallhart, cool und wissend. Aber irgendwer in unserem Block heult nachts, und ich glaube, es könnte vielleicht Maxie Jake sein.

Einer nach dem anderen treten wir vor. Wir strecken die Hände aus. Der Deputy läßt Handschellen um unsere Handgelenke schnappen. Dann kniet er sich vor uns. Die Haltung weckt eindeutige Gedanken an alle möglichen anderen Sachen. An das genaue Gegenteil von dem, was wirklich hier passiert. Er legt Fesseln um unsere Füße. Die Beine von manchen Typen sind zu dick für die

Fesseln. Die kriegen Ketten mit einem kleinen Schloß. Der Deputy steht auf, und der Gefangene, dem er Fesseln angelegt hat, schlurft auf die andere Seite rüber, hinter eine weitere Linie. Es ist so was wie ein Training. Man lernt, einfache Linien als Gitter und Mauern zu sehen.

In einer Reihe schlurfen wir zu dem wartenden Transporter hinaus.

Draußen ist es kalt. Einige von uns haben Jacken. Andere nicht. Wir sind hier im Untersuchungsgefängnis, nicht in einem richtigen Knast, deshalb tragen die meisten von uns normale Straßenkleidung. Die Klamotten, in denen wir verhaftet worden sind. Manche sind zwei Tage, andere zwei Wochen und wieder andere schon mehrere Monate alt. Das Zeug wird mit der Zeit ein bißchen miefig. Wieder andere tragen Gefängniskleidung, wenn sie keine eigenen Klamotten besitzen oder ihren Kram gerade in der Wäscherei haben.

Es ist Gerichtstag. Und ich habe einen Plan.

Neben mir sitzt ein alter Knabe. Ein Säufer. Er ist wegen Trunkenheit am Steuer verhaftet worden. Er rechnet mit einem Jahr im County-Gefängnis. Neben ihm sitzt ein Ausbrecher aus dem Staatsgefängnis. Er wartet nur darauf, wieder zurückgebracht zu werden. Die ursprüngliche Anklage lautete auf bewaffneten Raubüberfall. Aber er ist so was wie ein Berufsverbrecher, früher hätte man ihn *schwerer Junge* genannt, und auch ohne die Flucht hat er noch eine Menge Zeit im Knast vor sich. Mir gegenüber, genau wie ich an Händen und Füßen gefesselt, sitzt dieser Junge. Vielleicht ist er ein bißchen jünger als ich. Ich frage ihn, warum er sitzt. Er wird beschuldigt, einen Beamten bei der Ausübung seiner Pflicht oder so behindert zu haben. Tatsächlich hat er aber nur seinen Hund nicht an der Leine geführt. Die Kaution wurde auf fünfzig Dollar festgesetzt. Die er nicht hatte. Was jeder, die Cops und der Richter und die Gefängniswärter, ganz genau wußten. Aber ihnen war danach, ihn ein bißchen in der Kiste schmoren zu lassen. «Was für einer war's denn? Ein Pitbull?»

«Nein. Ein Welpe», sagt er. «Ein Mischling.»

«Selbst wenn er dauernd Schwierigkeiten mit dem Gesetz hätte, konnten die ihn ja wohl kaum einlochen, nur weil er seinen Hund nicht an der Leine hatte. Wie würde das aussehen?» meint der besoffene Autofahrer neben mir. «Also haben sie's so gedreht, daß sie ihm eine Kaution verpassen, die er unmöglich aufbringen kann. Wie hoch ist *deine* Kaution?»

Als ich diesen Jungen so ansehe, muß ich an einen Song denken, den mir mal ein Freund meiner Tante vorgespielt hat. *Alice's Restaurant*. Das Lied handelt von einem Jungen – und dieser Hunde-Junge hier erinnert mich irgendwie an einen Hippie –, der eingebuchtet wird, nur weil er seinen Müll in die Gegend geschmissen hat. Und am Ende landet er mit Mördern und Vater- und Mutterschändern und anderen Schwerverbrechern auf einer Anklagebank.

«Wie hoch ist *deine* Kaution?» fragt der Säufer wieder.

«Meinen Sie mich?»

«Hm-hm.»

«Hunderttausend Dollar», brumme ich.

«Oh», sagt der Säufer, «jetzt weiß ich, wer du bist.»

«Wer ist er denn?» will der Junge wissen, der keine fünfzig Dollar aufbringen konnte.

Ich bin der Bursche, antworte ich stumm, der den Deputy bitten wird, mich im Gericht mal auf die Toilette gehen zu lassen. Auf eine mit Brille und richtigen Kabinen. Genau das ist mein Plan.

Wir erreichen das County-Gericht. Es ist ein ziemlich unscheinbares Ziegelgebäude. Der gleiche Baustil wie eine Sozialsiedlung – allerdings ohne die eingeschlagenen Fensterscheiben. Der Transporter hält am Seiteneingang. Die Deputies steigen aus und öffnen die Hecktür. Aus dem Wagen zu kommen ist nicht leicht für uns. Also, eigentlich ist es gar nicht so schwer, nur ein einziger großer Schritt – wenn man nicht an Händen und Füßen gefesselt wäre. Dann muß man den Kopf einziehen, während man mit beiden Füßen abspringt, um sicher auf dem Boden zu landen. Muß man nur einen Schritt machen, um das Gleichgewicht zu halten, ist das nicht drin: man stellt sich praktisch mit der eigenen Kette ein Bein. Dann muß einen entweder einer der Deputies auffangen, oder aber er läßt dich einfach fallen.

Da warten Fotografen und ein Radiofritze und sogar jemand vom Kabelfernsehen mit einer Ausrüstung, die man besser einer Junior High School stiften sollte. Die sind alle nur wegen mir hier. Ich weiß nicht, ob ich den Kopf senken und ihnen mein Gesicht vorenthalten oder ihnen stolz und erhobenen Hauptes gegenübertreten soll. Ich weiß nicht. Ich weiß es wirklich nicht.

Es geht vorbei wie in einem Traum, und dann sind wir durch den Nebeneingang auch schon im Gebäude. Sie bringen uns in die Zelle. Ungefähr so groß wie ein begehbarer Schrank. Genau wie im Transporter gibt es auch hier zwei gegenüberliegende Sitzreihen, aber die Wände sind höher und gerade. Ich habe keine Gelegenheit, etwas zu sagen, bis sie uns schnell dort hineingeführt haben.

In der Tür befindet sich ein kleines Fenster. Das Glas ist mit Draht verstärkt. Ich gehe hin, hebe meine gefesselten Hände und klopfe gegen die Scheibe.

Der ältere der beiden Deputies kommt zur Tür. «Was willst du?» fragt er, ohne aufzumachen. Genaugenommen kann ich ihn gar nicht hören, aber es ist offensichtlich, welche Worte seine Lippen formen.

«Ich muß mal auf die Toilette», sage ich. «Bitte.»

«Jetzt nicht», erwidert er.

«Bitte!» sage ich, bettle ein wenig.

Er macht ein finsteres Gesicht, schüttelt den Kopf.

«Ich will hier keine Schweinerei veranstalten, Mann. Bitte!» Hinter mir höre ich Gekicher.

Der Deputy wirft einen Blick auf seine Uhr. Ist mir schon klar, daß es ihm ziemlich egal ist. Er will einfach nur knallhart wirken, damit ich weiß, daß nichts auf dieser Welt leicht zu haben ist. Seine Hand liegt auf der Kanone, als er mich rausschlurfen läßt.

«Geh mit ihm», befiehlt er dem jüngeren Deputy. «Und paß auf, daß er keine krumme Nummer abzieht.»

Aus den Augenwinkeln werfe ich einen Blick auf ihre Kanonen. Mattschwarze vollautomatische Pistolen. *Glocks*, hat mir mal irgendwer gesagt. Neun Millimeter. Im Gefängnis tragen sie die nicht. Nur, wenn sie Häftlinge überstellen, abholen, im Gericht bewachen. Wäre der Westen immer noch wild, und gäbe es einen Ort, an den man fliehen, irgendeine Grenze, über die man verschwinden könnte, dann, tja, dann würde ich's vielleicht auf den Versuch ankommen lassen, das Ding zu greifen und mir wie Jesse James den Weg freischießen. Aber das ist nur ein flüchtiger Gedanke. Ich schlurfe den Korridor hinunter. Diese Ketten können einen schon wahnsinnig machen. Mehr als alles andere würde man sich am liebsten strecken und große, lange Schritte machen. Aber sobald man nur einen Tick mehr als den winzigsten Babyschritt macht, scheuern und schneiden sich die Mistdinger einem sofort ins Fleisch. Also paßt man seinen Gang an und versucht, seinen Rhythmus zu ändern. Aber der innere Rhythmus ändert sich nicht wirklich. Alles in einem schreit auf vor Wut oder Frustration, oder man weint.

Wenigstens läßt er mich die Tür der Kabine schließen und ungestört dort sitzen.

Es dauert eine Weile, aber schließlich versteht mein Körper, wo wir sind und was zu tun ist. Es tut sogar noch mehr weh, als ich dachte, und nachher sehe ich Blut in der Klosettschüssel. Sich mit Handschellen den Hintern abzuwischen, scheint unmöglich zu sein. Doch ich kriege raus, wie es gemacht werden muß. Von vorne, wie's Mädchen wahrscheinlich tun, statt seitlich rum und von hinten. Es ist eine ziemliche Verrenkung und wieder eine weitere Demütigung.

Es ist ein Alptraum.

Ich schlurfe zurück in die Zelle.

Ungefähr zwanzig Minuten später lassen sie mich raus, damit ich mit meinem Anwalt sprechen kann. Es ist ein kleiner fetter Mann, der übel nach Zigaretten stinkt.

«Sie müssen mich hier rausholen», platze ich sofort los.

«Wir tun, was wir können», sagt er. «Ich werde für dich kämpfen, mein Junge.»

«Suchen die den Burschen, der's gewesen ist? Ich hab denen gesagt, wer's war.»

«Was redest du da?»

«Ich bin hier, während er frei da draußen rumläuft. Was unternehmen sie? Was passiert?»

«Ruhig Blut, mein Junge, ruhig Blut», sagt er.

«Wollen Sie meine Geschichte überhaupt hören?»

«Hör zu, wir haben fünf Minuten...»

«Was, zum Teufel, soll das heißen, wir haben fünf Minuten? Ich bin wegen Mord, Vergewaltigung und Sodomie angeklagt. Sind Sie verrückt? *Fünf Minuten!*»

«Es ist doch nur eine Vorverhandlung. Und du bist auch noch nicht angeklagt. Du befindest dich lediglich in Untersuchungshaft. Bevor du offiziell angeklagt wirst, muß der Fall erst noch vor der Grand Jury verhandelt werden.»

«Vorverhandlung, sagen Sie? Was, zum Teufel, ist das wieder?»

«Genau das, wonach es sich anhört. Wir werden zum Richter gehen und beantragen, daß gewisses Beweismaterial nicht zugelassen wird. Wie zum Beispiel dein Geständnis. Falls man dich dazu genötigt hat, gelingt es uns vielleicht, daß es nicht zugelassen wird. Allerdings ist es bei diesem Reagan-Bush-Gericht verdammt zweifelhaft, ob überhaupt noch was als unzulässig abgewiesen wird. Und nicht vergessen, wir haben es mit einem Richter zu tun, der nicht glaubt, daß jemand ein Verbrechen zugibt, das er nicht auch begangen hat. Deshalb ist er nicht gerade ein großer Freund von Unzulässigkeitsentscheidungen. Aber wir haben trotzdem eine echte Chance. Falls das Geständnis wirklich durch Nötigung zustande gekommen ist.»

«Was reden Sie da überhaupt?» frage ich.

«Nötigung bedeutet die Verwendung von Zwang...»

«Ich weiß, was Nötigung bedeutet. Ich bin nicht blöd. Welches Geständnis?»

«Dein Geständnis, daß du sie umgebracht hast.»

«Ich habe nie irgendwas gestanden.»

«Komm schon, komm schon, ich hab's doch hier schwarz auf weiß.»

«Sie müssen nicht ganz bei Trost sein.»

Er balanciert auf einem Bein, erinnert dabei an einen auf dem Kopf stehenden Kegel und versucht, seine Aktentasche zu öffnen, die er auf dem anderen Bein balanciert. Das macht er nicht zum ersten Mal: Sein Gleichgewicht ist besser, als es aussieht, und es gelingt ihm, meine Akte herauszuziehen. Er legt die Aktentasche fort, stellt sich wieder auf zwei Beine, nimmt ein dreiseitiges Dokument, dessen Blätter zusammengeheftet sind, aus dem Ordner und reicht es mir. Geste und Mimik sagen unmißverständlich: *Hier ist es doch, wieso lügst du mich an, benimm dich nicht so gottverdammt erbärmlich, du hast es gestanden.*

«Ich werde versuchen, es als unzulässiges Beweismittel abweisen zu lassen, mein Junge. Ich werde es wirklich versuchen.»

Ich starre den Wisch an. Versuche zu lesen. Zunächst mal steht da, ich wäre in ihre Wohnung eingebrochen. Als hätte ich sie gar nicht gekannt. Mit keinem Wort wird dieser Tag am See erwähnt. Nichts davon, wie sie zu mir gesagt hat, sie würde ihn aufwärmen.

Und das *hat* sie getan. Zuerst mit ihren Hüften, dann mit den Händen. Gestreichelt hat sie mich, gespielt hat sie mit mir. Inzwischen wußte ich, daß sie keine Strumpfhosen trug, auch keinen Slip, und sie ist auf mich gestiegen. Wie heiß und feucht sie gewesen ist – so feucht, daß ich einen flüchtigen Augenblick den Verdacht hatte, daß erst vor ganz kurzer Zeit jemand anderer dort unten gewesen war, doch das war mir wirklich absolut egal. Nicht, daß ich solche Details den Cops erzählt hätte, selbst *wenn* ich geredet hatte. Zuerst machten wir es im Stehen. Aber wir wollten es beide härter. Mit mehr Pfeffer. Also habe ich sie auf die Kühlerhaube von ihrem Wagen gelegt. Und da lag sie dann: die Beine in die Luft gestreckt, die Knie hoch und weit auseinander, die Arme um meinen Hals, die Fingernägel in meinem Rücken vergraben, während sie mir genauso derb schmutzige Worte entgegenschleuderte, wie ich sie stieß.

Keine Silbe davon, wie wir's anschließend gleich noch mal gemacht haben. Zuerst mit dem Mund. Dann, immer noch im Freien, sie weit vornüber gebeugt und mit dem Gesicht abgewandt.

Sobald ich dieses Mal gekommen war, richtete sie sich auf und drehte sich um. «Nicht schlecht, Herr Specht. Aber ich muß jetzt los.»

«He, warte», sagte ich.

«Nein», sagte sie und ging auf die Fahrerseite des Wagens. Dann stieg sie ein, griff in ihre Handtasche, nahm eine Zigarette raus und steckte sie an. Sie inhalierte einmal tief und drehte den Zündschlüssel. Sie fuhr fort, ließ mich sprachlos und mit offenem Mund im Grünen stehen. Aber ich war glücklich. Sie müssen wissen, daß ich wirklich glücklich war. Das war absoluter Traum-Sex. Eine astreine, scharfe Sache ohne jeden überflüssigen Krempel: kein ewiges Gerede, keine nervigen Verabredungen und all den ganzen Quatsch – ohne Scheiß eben. Ich kam mir vor wie der Hengst der Woche.

Genau da zogen die Wolken auf, und es fing an zu regnen.

Ich zog mich schnell an und machte mich auf den Rückweg aus dem Park.

Nichts davon stand da.

Statt dessen aber diese wirre Geschichte, daß ich in ihr Haus eingebrochen sein sollte. Echt konfuses Zeug. Zuerst hieß es in diesem Wisch, ich hätte gesagt, ich wäre bei ihr eingebrochen, um sie auszurauben. Dann soll ich ausgesagt haben, ich hätte sie durchs Fenster beobachtet, was mich echt antörnte, und ich «wollte mir ein Stück von diesem süßen Kuchen holen».

«Nein, nein, nein», sage ich zu dem Anwalt. «Das ist doch alles Unsinn.»

«Ist das da vielleicht nicht deine Unterschrift?« fragt er und blättert auf die letzte Seite um.

Ich sehe hin. Sie ist es. Mein Blick wandert höher. In der Kopfzeile steht da «Seite 3 von 3.» Dann lese ich. Das übliche Zeug, welche Rechte ich habe und so weiter. Ganz unten, wo ich unterschrieben habe, steht noch der Hinweis, daß ich mit meiner Unterschrift erkläre, über meine Rechte aufgeklärt worden zu sein.

«Das *ist* meine Unterschrift», sage ich.

«Ja», sagt er müde. «Hast du das unterschrieben oder nicht?»

«Aber nicht mit dem anderen Zeug davor. Nur die Aufklärung über meine Rechte.»

«Komm schon», sagt er. «Sind das hier deine Initialen oder nicht?» Dabei zeigt er neben jede ausdrückliche Belehrung.

«Ja, ja», sage ich, denn es sind meine. Wir werfen einen Blick auf die ersten beiden Seiten. Auch da stehen meine Initialen. «Aber...» Ich kann's einfach nicht fassen. «Aber die da nicht. Die sind gefälscht.»

Er sieht mich mitleidig an.

«Kann ich das hier behalten? Sie müssen mich hier rausholen, damit ich diesen Unsinn widerlegen kann. Das ist doch verrückt, das ist doch einfach nur total verrückt. Ich kannte sie schon vorher. Hören Sie, sie hatte diese Freundin, diese Joyce. Mit der hat sie über mich geredet, also, sie hat meinen Namen nicht erwähnt oder so, aber sie hat mit ihr telefoniert, während ich dabei war. Damit ist dieser Wisch doch hinfällig. Sie *müssen* mir helfen.»

«Hör zu, wenn ich da reingehe und behaupte, das hier wäre eine Fälschung, dann bezichtige ich doch automatisch die Cops, die Aussage gefälscht zu haben. Und eine solche Unterstellung wird der Richter gar nicht gut finden. Du verstehst doch, was ich meine, oder?»

«Scheiß drauf, was der gut findet oder nicht...»

«Hör mir jetzt genau zu. Ich werde eine Vertagung beantragen. Wir werden das nachprüfen. Ich meine, falls du wirklich willst, daß ich da gleich reingehe und behaupte, es wäre eine Fälschung, dann mache ich das. Aber im Moment schneidest du dir damit nur ins eigene Fleisch, besonders, wenn er den Antrag ablehnt, was er mit Sicherheit tun wird.»

In diesem Augenblick kommt ein Deputy aus dem Gerichtssaal. Er will meinen Anwalt sprechen, der in dieser Gegend als Pflichtverteidiger arbeitet.

«Setzen Sie sich noch mal mit mir zusammen, und gehen wir dann meinen Fall durch?» frage ich schon ganz verzweifelt.

«Sie sollen zum Richter kommen», sagt der Deputy zum Pflichtverteidiger. Mit einem Tonfall, der unmißverständlich ausdrückt: Mach schon, du weißt doch genau, daß er es nicht mag, wenn man ihn warten läßt.

«Wir werden eine Vertagung beantragen», sagt er, «und dann komme ich zu dir ins Gefängnis, und wir reden über alles.»

«Eine Vertagung», brumme ich seinem verschwindenden Rükken hinterher.

Wenn ich einen anderen Anwalt haben will, muß ich einen engagieren. Mit meinem Stipendium und zwei Teilzeitjobs – denen ich zur Zeit aber nicht nachkommen kann, weil ich ja im Knast sitze – komme ich so gerade eben über die Runden. Woher soll ich das Geld für einen eigenen Anwalt nehmen? Außerdem kenne ich mich ja überhaupt nicht aus. Wer ist in der Gegend hier gut? Ich höre mich um. Ich bekomme ein paar Namen. Ein alter schwarzer Knabe sitzt in Reihe sechs. Er ist so was wie ein Gefängnisanwalt. Nachdem ich ihm meine Geschichte erzählt habe, erklärt er mir, welche Anträge mein Anwalt stellen und daß ich einen Privatdetektiv engagieren soll. Der Zeugen auftreibt. Das bedeutet noch mehr Geld. Die Rechtshilfe, sagt er, kommt auch für die Kosten eines Detektivs auf. Die können sogar Fachleute zu Rate ziehen.

«Was für Fachleute?»

«Was diese Fachleute tun, also diese Fachleute, die sagen einem, was was bedeutet. Zum Beispiel machen die ein Fo-to von der Leiche und sagen dir dann alles über Winkel und so weiter. Von den Einschußlöchern. Und wenn die Kugel hier rein und da raus ist, dann sagen die dir, daß der Tä-ter genau so und so gestanden haben muß, und er muß einsdreiundachtzig groß gewesen sein und kurze Arme gehabt haben. Was übrigens haargenau auf dich paßt.

Das sind die Ansichten der Anklage.

Dann läßt du deinen eigenen Experten kommen, und der sagt dann, daß der Eintrittswinkel der Kugel beweist, daß du zum fraglichen Zeitpunkt des Mordes in Cin-cin-na-ti gewesen bist, was der erste Experte aufgrund der Wachstumsrate von Maden oder was weiß ich ab-so-lut falsch interpretiert hat.»

«Verstehe ich nicht.»

«Alles nur eine reine Geldfrage. Ich hab schon Typen gesehen, die haben den Alcotest bestanden, ich hab Typen gesehen, die haben den Bluttest geschafft, und zwar mit Hilfe einer Kombination aus Fachleuten und Privatdetektiven. Du mußt dir ein Alibi besorgen. Dein Detektiv sorgt dann dafür, daß es absolut wasserdicht ist. Dann kommen sie mit ihren Gerichtsmedizinern. Deine Fachleute stellen jedes ihrer Worte auf den Kopf. Zum Beispiel, hattest du nach dem Abfeuern der Kanone Paraffinspuren an den Fingerspitzen?»

«Das hat kein Mensch untersucht», sage ich.

«Miese Polizeiarbeit», sagt er.

«Hören Sie, kann ich mir keinen anderen Pflichtverteidiger nehmen?»

«Vielleicht.»

«Wie?»

«Nun, du mußt mit dem Anwalt reden, den du jetzt hast, und der muß dann beantragen, daß vom Gericht ein anderer ernannt wird.»

«Das heißt also, ich muß trotzdem immer noch warten, bis dieser Typ endlich hier antanzt. Gottverdammt, ich versuche doch nur, alles ein bißchen zu beschleunigen.»

«Ich an deiner Stelle würde nichts überstürzen.»

«Warum nicht? Wollen Sie denn nicht hier raus?»

«Da, wo ich hingehe... klar will ich hier raus. Aber ich hab den Eindruck, daß du ins Staatsgefängnis wanderst. Ich würde dir raten, bleib lieber hier. Das hier ist ein Kinderspiel. Im Staatsgefängnis ist es verdammt hart. Und keine Angst, die Zeit im County-Knast wird auf deine Gesamtstrafe angerechnet.»

Schließlich taucht mein Pflichtverteidiger auf. Inzwischen weiß ich, daß Pflichtverteidiger diesen Job nur nebenbei übernehmen. Es spielt keine Rolle, wieviel Zeit sie mit ihren vom Gericht zugewiesenen Mandanten verbringen, bezahlt bekommen sie immer das gleiche. Allerdings spielt es sehr wohl eine Rolle, wie wenig Zeit sie aufbringen. Je weniger Zeit sie benötigen, desto mehr Zeit haben sie für zahlende Mandanten.

Ich werde in einen kleinen Raum geführt. Dort stehen zwei Stühle. Einer davon ist ein Klappstuhl. Der andere erinnert mich an einen Klassenzimmerstuhl. An der rechten Seite hat er ein Ablagebrett aus Plastik, auf das man einen Notizblock oder ähnliches legen kann. Jack setzt sich auf diesen Stuhl.

«Haben Sie jetzt mehr Zeit für mich?» ist das erste, was ich sage.

«Beruhige dich, ich bin auf deiner Seite. Ich bin hier, um dir zu helfen.»

«Ja, klar. Wieviel Zeit haben Sie denn heute für mich, Mr. Pflichtverteidiger?»

«Hör zu, du mußt das ganz realistisch sehen. Wenn ich den weiten Weg raus zum Gefängnis mache, muß ich mit allen meinen Mandanten sprechen – das sind insgesamt sechs. Und jetzt werde ich dir sagen, was ich allen meinen Pflicht-Mandanten sage. Ich werde jede einzelne gottverdammte Minute in euren Fall investieren, die nötig ist. Ich werde abends wieder nach Hause fahren und gut schlafen können, weil ich weiß, daß ich für euch getan habe, was ich für euch tun konnte. Ich werde nicht wach im Bett liegen, weil mein Gewissen mich plagt, daß ich jemanden übers Ohr gehauen habe, nur weil ich ihm als Pflichtverteidiger zugewiesen wurde und er kein zahlender Mandant ist. Ich verrate dir jetzt den einen Unterschied, den ich zwischen einem Pflichtmandanten und einem privaten Mandanten mache. Ich werde dich nicht verhätscheln. Ein privater Mandant will in meine Kanzlei kommen und mir seine Probleme erzählen, wie er sich fühlt, was mit dem Wetter los ist, wie es mit den Gallensteinen seiner Mutter aussieht, eine Stunde, zwei Stunden, ich lasse ihn reden. Er bezahlt dafür. Irgendwas zwischen hundert und zweihundert pro Stunde. Aber ich lasse ihn. Dir werde ich das allerdings nicht zugestehen. Weil du nämlich nicht dafür bezahlen kannst. Du und ich, wir beide müssen direkt und ohne Umschweife zur Sache kommen. Ist das klar?»

«Wenn Sie soviel Zeit investieren, wie dieser Fall braucht, dann ist das klar. Aber so ganz bin ich noch nicht davon überzeugt.»

«Glaube mir, das werde ich.»

«Okay, dann lassen Sie mich jetzt mal erzählen, was hier meiner Meinung nach abgeht», sage ich. «Sie müssen sich das anhören. Und wir brauchen auch einen Detektiv. Außerdem einen Experten für Handschriften und Fälschungen. Um zu beweisen, daß die Cops dieses Geständnis gefälscht haben.»

«Du willst wirklich bei dieser Fälschungsgeschichte bleiben?»

«Ob ich dabei bleiben will?» brülle ich. «Ich bin gottverdammt unschuldig. Ab-so-lut und gott-ver-dammt unschuldig!»

«Beruhige dich, beruhige dich, beruhige dich», sagt er. «Vielleicht habe ich gute Neuigkeiten für dich.»

«Okay, okay, ich beruhige mich ja. Tut mir leid.»

«Ich werde dir jetzt sagen, was sie gegen dich in der Hand haben. Heute morgen habe ich mich mit dem Staatsanwalt getroffen. Da haben wir zunächst mal das Geständnis, das...» – er hob abwehrend eine Hand – «... wie du sagst, gefälscht ist. Vielleicht gelingt es uns, daß es als Beweismittel abgelehnt wird. Dann haben sie überall am Tatort deine Fingerabdrücke gefunden. Außerdem haben sie einen Zeugen, der gesehen hat, wie jemand, dessen Personenbeschreibung genau auf dich paßt, unmittelbar nachdem die Schüsse abgefeuert wurden, den Tatort verlassen hat. Ferner entspricht das Sperma, das in ihrer Vagina und ihrem Magen gefunden wurde, genau deiner Blutgruppe. Möglicherweise können sie sogar noch eine bessere Übereinstimmung nachweisen, falls sie diese neumodische DNA-Untersuchung durchführen. Aber das kostet Geld, und ich glaube eigentlich nicht, daß sie so weit gehen, es sei denn, es kommt zum Prozeß...»

«Moment mal, wollen Sie nicht hören, was ich dazu zu sagen habe? Ich war da. Das streite ich ja gar nicht ab. Sie hat mich eingeladen...»

«Es gab Hinweise auf ein gewaltsames Eindringen in das Haus, mein Junge. Ein gottverdammtes eingeschlagenes Fenster. Und zwar von außen nach innen.»

«... und sie und ich haben's gemacht, ja. Klar, daß es mein Sperma ist. Aber ich habe sie weder vergewaltigt noch umgebracht. Das alles können wir beweisen.»

«Falls es zu einem Prozeß kommt, wird der D.A. Anklage wegen Mordes erheben.»

«... Was ist mit ihrem Freund? Ihrem festen Freund. Macht sich irgendwer die Mühe, den zu finden?»

Ich hatte alles so lebhaft vor meinem geistigen Auge. Ich war in der Stadt, weil irgendwer gebrauchte Teile von einem VW-Käfer verkaufte. So einen Wagen fahre ich nämlich. Billig in der Anschaffung. Billig im Unterhalt. Billig zu reparieren. Ich kaufte einen Auspuff für 25 Dollar, was meiner Meinung nach ein ziemlich guter Preis war. Als ich danach durch die Innenstadt fuhr, bemerkte ich einen Laden mit dem Schild *Geschäftsaufgabe* im Schaufenster. Blicken wir den Tatsachen ins Auge: Ich brauche neue Klamotten, und ich brauche sie so billig wie möglich. Also hielt ich an. Es war gegen neun, Viertel nach neun. Der Laden war geschlossen, aber ich dachte, wirf mal einen Blick ins Schaufenster, und wenn die Angebote wirklich gut sind, kann ich ja noch mal zurückkommen. Also stieg ich aus meinem Wagen und sah mir die Sachen an. Dann hörte ich jemanden hupen. Im Schaufenster sah ich das Spiegelbild des silbernen Celica. Der Anblick ging mir direkt zwischen die Beine. Ich drehte mich um. Sie lächelte mich an. Sie sah sogar noch besser aus als beim ersten Mal. Also ging ich zu ihrem Wagen rüber, stieg auf der Beifahrerseite ein, machte die Tür zu, und schon brausten wir los.

Alles war so unglaublich cool. Wir wechselten kein Wort. Es war wie eine Szene aus einem Video. Sehen, verstehen, handeln.

Wir fuhren zu ihrem Haus. Grinsten uns an wie zwei Kinder, die den Schlüssel zum Hintereingang der Eisdiele haben. Als würden wir uns gleich die schärfsten Eisbecher machen, mit Bergen von Schlagsahne und Kugeln von jeder Sorte, auf die wir Lust hatten.

«Ich möchte, daß du jetzt sehr genau aufpaßt», sagt Jack, der Pflichtverteidiger. «Es geht hier um deine Zukunft.»

«Hören Sie zu», sage ich. «Passen Sie auf. Sie hatte einen Freund. Einen verheirateten Burschen. Sie war sauer auf ihn. Ich weiß es, weil sie's mir erzählt hat. Sie hat ihn gehaßt, aber er hatte sie in der Hand. Das hat sie wenigstens behauptet. Er war ein guter Freund ihrer Eltern oder vielleicht auch so was wie ein Onkel ersten Grades. Wollen Sie wissen, woher ich das weiß?»

«Das ist möglicherweise nicht mal relevant», sagt er. «Laß mich kurz skizzieren, in welcher Situation du dich befindest und welche Möglichkeiten dir offenstehen.»

«Werden Sie mir endlich mal zuhören?»

«Wenn ich fertig bin», sagt er. «Also, die Situation ist folgende. Wir haben einen Einbruch und eine Leiche. Die Polizei kann dich eindeutig mit dem Tatort in Verbindung bringen. Um Himmels willen, die haben dein Sperma in der Leiche gefunden, und sie können dir nachweisen, daß du zur Tatzeit das Haus verlassen hast. Du leugnest ja nicht mal, daß du dort gewesen bist. Das Geständnis will ich gar nicht erst erwähnen.

Wenn es zum Prozeß kommt, werden sie dich unter Mordanklage stellen. Auf Mord steht in diesem Staat die Todesstrafe. Oder lebenslänglich. Mordprozesse sind lang und teuer. Der Haushalt des County steckt, wie jeder andere kommunale Haushalt im Land, in großen Schwierigkeiten. Was ein Glück für dich ist. Der D.A. macht uns in deinem Fall noch vor der offiziellen Anklageerhebung ein Angebot. Das soll heißen, noch bevor der Fall vor die Grand Jury kommt. Wir sagen einfach, es wären Drogen im Spiel gewesen, ihr hättet euch gestritten, du wußtest nicht mehr, was du tust. Du plädierst auf verminderte Zurechnungsfähigkeit. Du kriegst drei bis fünf Jahre, nach zweieinhalb kommst du auf Bewährung wieder raus.»

«Ich bin unschuldig, unschuldig, unschuldig. Sie hat noch gelebt, als ich gegangen bin.»

«Hör mir zu, mein Junge. Denk mal in aller Ruhe über die verminderte Zurechnungsfähigkeit nach. Es ist ein guter Deal. Der beste Deal, den man dir in deinem jämmerlichen Leben jemals anbieten wird. Heute gibt's Sonderangebote.»

«Ich bin unschuldig», sage ich.

Er steht auf. Er steckt den Kopf aus der Tür. «Deputy», ruft er.

Ich weiß, daß sie mich jetzt zurückbringen werden.

«Suchen die Cops überhaupt nach einem anderen? Werden Sie einen Detektiv engagieren? Verdammt, können Sie sich nicht wenigstens mal anhören, was ich zu sagen habe, bevor sie mir nicht glauben?»

«Der D.A. bietet dir ein Geschäft an», sagt er. «Ich kenne deine Akte, mein Junge. Du bist schon so gut wie tot. Ich biete dir das Leben an. Du hast noch das ganze Leben vor dir. Du mußt nur dreiunddreißig Monate in die Kiste. Du kannst da sogar Collegekurse belegen. Denk mal drüber nach.»

«Ich will einen neuen Anwalt», sage ich.

«Auf geht's», sagt der Deputy zu mir.

«Geben Sie mir noch eine Minute, nur eine einzige gottverdammte Minute», sage ich.

«Du bewegst deinen Arsch, wenn ich sage, daß du deinen Arsch bewegen sollst», sagt der Deputy. «Ich kann dir das Leben zur Hölle machen.» Er sagt das ganz ruhig. Aber irgendwie dringt es durch meine Panik, und ich weiß genau, daß es absolut die Wahrheit ist.

«Kann ich mit einem anderen Anwalt sprechen?» frage ich Jack, den Pflichtverteidiger.

«Sicher», erwidert er. «Sprich mit einem anderen Anwalt. Die Vorverhandlung ist für Freitag angesetzt. Im Gericht wird ein neuer Mann auf dich warten.»

Damit bleiben mir noch zwei Tage. Wieder und wieder gehe ich die Sache durch. Ich denke über die Geschichte nach, die ich erzählen muß. Wie ich dort hingegangen bin. Daß wir schon aufeinanderhingen, als ich kaum durch die Tür war. Wie wir uns geküßt, ausgezogen und berührt haben. Und so schnell, wie man das sagen kann, haben wir dann auch schon gebumst.

Ich vögele sie, daß das Bett unter uns wackelt, ich höre es quietschen. «Willst du's hart, Baby», habe ich gesagt. «Willst du's hart?» Denn so sah's für mich aus. Aber dann hat sie mich überrascht. «Nein», hat sie gesagt. «Eigentlich mag ich's lieber sanft und zärtlich. Also, mach's mir langsam.»

«Aber ich dachte... Ich hab's hart gemacht, weil ich dachte, du stehst drauf. Kam mir so vor, als wolltest du's so haben.»

«Mach's mir zärtlich und langsam», hat sie gesagt. Also hab ich's so gemacht. Sie hat sich an mich geklammert. Dann hat sie angefangen zu weinen. Leise, wobei sich die ganze Zeit ihr Becken bewegt hat. Es war unglaublich sexy. Ihre Tränen waren naß, groß und salzig. Und es war irgendwie verwirrend. Sie ist nicht gekommen. Ich schon, während sie mich gestreichelt und geküßt und dabei geweint hat. Dann hat sie uns einen Joint gedreht. Wir haben ihn zusammen geraucht. Oder besser, ich habe so getan als ob, habe aus reiner Höflichkeit nur winzige Züge genommen.

Sie hatte ihren Orgasmus später, als ich's ihr mit dem Mund gemacht habe. Erst wollte sie, daß ich aufhöre. Und dann wollte sie, daß ich weitermache. Ihr hat's so gefallen, daß es richtig Spaß gemacht hat. Sie hat ein paar Poppers eingeworfen, auf die ich überhaupt nicht stehe. Sie ist danach unheimlich aus sich rausgegangen. Dann hat das Telefon geklingelt. Ich habe gehört, wie sie «Hi, Joyce» gesagt hat und dann erzählt, daß sie gerade einen Typen bei sich hätte, und daß ich wirklich toll aussehe und gut und sauber rieche. Wie wir's machten. Wie ich sie lecken würde. «Mach's mir zärtlich und langsam», hat sie zu mir gesagt, «während ich telefoniere.» Sie hat gekichert. Es hat mich schon irgendwie überrascht, daß zwei Mädchen so offen miteinander reden.

Wenn ich Joyce finden könnte, würde sie mit Sicherheit eine Geschichte zu erzählen haben, daß ich kein Vergewaltiger bin. Das ist mal absolut sicher.

Später hat sie ein paar Drinks gemixt. Sie mochte *Bailey's Irish Cream* mit Cognac. Nach dem Gras und dem Alkohol hat sie angefangen zu reden. Sie wollte den Namen von dem Typen nicht verraten. Nur soviel, daß er ziemlich prominent war. Daß er's schon mit ihr getrieben hatte, seit sie zwölf war. Eine dieser typischen Onkel-Ernie-Geschichten. Ich bekam allerdings mit, daß er nicht wirklich ihr Onkel war, also nicht der Bruder ihres Vaters oder ihrer Mutter, sondern jemand, den die Kinder der Familie «Onkel» nannten.

Und jetzt hielt er sie aus. Gab ihr genug Geld für die Wohnungsmiete und die Raten für den Wagen. Sie hatte einen Job. Das war für Lebensmittel, Benzin, Gras und Taschengeld. Sie tat's nicht gern mit ihm, hat sie gesagt. Mochte seinen Geruch nicht. Oder wenigstens früher nicht. Nachdem sie angefangen hatte zu rauchen, roch sie ihn nicht mehr so deutlich. Es gefiel ihr, wie ich roch, hat sie gesagt. Ich würde nach Jugend riechen, wenn ich nicht gerade nach Sex roch, was aber genausogut war, hat sie gesagt, oder noch besser. Sie wohnte im Erdgeschoß. Irgendwann sah oder fühlte oder bildete ich mir ein, daß uns jemand durchs Fenster beobachtete. «Warum nicht», hat sie gesagt, «Wir sehen gut dabei aus, wie wir's machen. So gut, daß wir vielleicht sogar ein Video machen sollten.» Sie wurde richtig high. Noch ein Joint. Sie hat gelacht und gleichzeitig geweint, ganz leise, was beides ein wenig in Verbindung zu stehen schien. Nicht, daß es mich gestört hätte. Sie wollte es wieder tun. Das war alles, was mich interessierte. Also haben wir's getan.

Schließlich, vielleicht eine Stunde später, haben wir uns darauf geeinigt, daß ich ging. Ich bin nicht sicher, warum genau. Ich hatte Unterricht. Sie mußte zur Arbeit. Er spionierte ihr vielleicht nach. Obwohl ihr das ziemlich egal wäre, hat sie gesagt. Wir haben uns geküßt, und ihr Mund schmeckte nach allem, was wir getan hatten, einschließlich Gras und Alkohol und Zigaretten und Sex.

Ich ging zu meinem Wagen zurück. Fühlte mich großartig. Meine Beine funktionierten. Der Rest von mir mochte ausgepowert und übermüdet sein, aber meine Beine sind wie Maschinen, Sex-Maschinen, Lauf-Maschinen, und sie machen einfach weiter und immer weiter. Bis zum Wagen bin ich nicht mehr gekommen. Ich hörte Sirenen. Streifenwagen schienen aus allen möglichen Richtungen zu kommen. Staatspolizei, städtische Polizei, die County Sheriffs.

Ein Wagen hielt am Bordstein, und ich wurde verhaftet.

Im Verlauf des folgenden Verhörs erfuhr ich, daß jemand auf sie geschossen hatte. Dreimal. Aus nächster Nähe. Einmal ins Herz, zweimal in die Lungen. Ein Fenster war eingeschlagen worden. Aber das konnte auch vorgetäuscht sein. Was den Zeugen betrifft, der mich nach den Schüssen weggehen sah – vielleicht brachte der einfach nur was durcheinander. Oder vielleicht war's ja auch der Mörder.

Die Freundin, diese Joyce. Genau die brauchte ich jetzt. Und ich mußte herausfinden, wer ihr «Onkel» war.

Ich trete an die Linie vor. Ich warte, bis ich dran bin. Sie legen mir Fesseln um Handgelenke und Knöchel. Ich schlurfe los. Ich steige in den Transporter. Ich fahre zum Gericht. Ich warte auf meinen neuen Anwalt.

Er heißt Steve. Er nimmt mich zur Seite. Irgendwer will ihn sprechen. Er sagt: «Dauert nur eine Sekunde, mein Junge, bin sofort wieder bei dir.» Während er sich mit dem anderen unterhält, schaue ich mich um. An der Wand über seiner Schulter hängen Fotos.

Sämtliche Richter, die sie je gehabt haben. Oder doch wenigstens die letzten zehn. Fast zurück bis in die Zeit des Bürgerkrieges.

Ich drehe mich um, und an der Wand hinter mir hängen die Fotos der Bezirksstaatsanwälte. Der letzte in der Reihe ist derjenige, der dieses Amt heute bekleidet. Er blickt direkt in die Kamera. Selbstgerecht und mit strenger Miene. Unter dem Foto steht sein Name: Thomas B. Joyce.

«Hi, Joyce», hat sie gesagt. «Ich habe einen jungen Lover gefunden, und er riecht so gut und sauber... Oh, wir treiben's wie die Karnickel... Mach's mir zärtlich und langsam», hat sie zu mir gesagt, damit Joyce es hören konnte, «während ich telefoniere.» Und sie hat gekichert. Später dann jemand am Fenster. Sie – und ich – haben ihm das eine oder andere gezeigt. Joyce hat gewartet. Er hat gesehen, wie ich gegangen bin. Dann ist er rein. Vielleicht mit seinem eigenen Schlüssel. Als er fertig war, lange wird's nicht gedauert haben, wie lange braucht man schon für drei Schüsse, hat er die Polizei angerufen und meine Personenbeschreibung durchgegeben, dann ist er verschwunden.

Klar, genau so könnte's gewesen sein.

Ketten an meinen Handgelenken und Knöcheln. Ich schlurfe. Ich weiß, daß für mich eine Linie auf dem Boden eine so klare Grenze ist wie eine hohe Mauer mit Stacheldraht. Ich weiß, daß dies eine kleine Stadt ist. Der D.A. und der Richter und die Polizei, die kennen sich alle gut. Ich weiß Dinge, die ich nicht wissen will.

GUNTER BLANK

Criminal Minded

Schwarze Kriminalliteratur zwischen Rebellion und Anpassung

Jetzt also Ghettoromane. Was von Rappern und schwarzen Filmemachern längst thematisiert wird – die von rassistischen Auseinandersetzungen geprägte Situation in den US-amerikanischen Ghettos –, schlägt sich mit einiger Verspätung nun auch in der Literatur nieder. Aufgeschreckt durch die Revolte der abgeschobenen Minderheiten, die Anfang Mai 1992 die Südseite von Los Angeles in eine Trümmerwüste verwandelten, entwickelt das durch zwölf Jahre Reaganomics abgestumpfte weiße Amerika eine merkwürdige Faszination für seine verslumten und verödeten Inner Cities. Ghetto-Rapper Ice-Cube findet sich mit seinem vom schwarzen Nationalismus geprägten Album «Predator» an der Spitze der Hitparade, Spike Lee kann aus der Biographie des Bürgerrechtlers Malcolm X den ersten schwarzen Hollywood-Major-Film drehen, und die US-amerikanischen Krimiautoren wenden sich zusehens von der die achtziger Jahre dominierenden Figur des Serienmörders ab und der Konfrontation von Gang-Bangern und desillusionierten bis rassistischen Cops zu.[1]

Zugpferd dieser Entwicklung ist nicht zufällig Richard Prices Roman «Clockers», für den sich soeben der Großstadtspezialist Martin Scorsese die Filmrechte gesichert hat. «Clockers» greift auf die vom Krimi-Mainstream weitgehend ignorierte Figur des schwarzen

1 Wenn im Zusammenhang mit dem sich herausbildenden Genre des Ghettoromans im Verlauf des Textes häufiger auf Rapper und schwarze Filmemacher Bezug genommen wird, so ist dies dem Umstand geschuldet, daß eine Rezeption der literarischen Seite eines neuen kulturellen Phänomens nicht ohne die subkulturellen Kontexte denkbar ist, die seiner Popularisierung den Weg bereitet haben. Wer sich davon irritiert fühlt, dem sei die Lektüre von David Toops Buch «Rap-Attack» empfohlen, das die sozial- und kulturgeschichtlichen Fakten zur Herausbildung dieser schwarzen Ästhetik liefert.

Hustlers zurück und wird von einem weißen Publikum, das üblicherweise nichts mehr fürchtet, als einer solchen Gestalt nach Einbruch der Dunkelheit zu begegnen, mit Beifall überschüttet.

Zwar taucht die Schilderung des Ghettos im Kriminalroman immer wieder am Rande auf, und auch für die Etablierung eines zu einer Minderheit gehörenden Protagonisten kann Price nicht unbedingt das Copyright beanspruchen, die Überführung des Ghettos aus der schwarzen Subkultur eines Donald Goines oder Iceberg Slim – auf die noch zurückzukommen sein wird – in den weißen Mainstream bedurfte jedoch eines Autors, dem man abkauft, in beiden Welten zu Hause zu sein.

Zum einen verfügt Price, seit seinem 1974 erschienenen Erstling «Wanderers», der die wechselnden Auseinandersetzungen – damals noch überwiegend weißer – Jugendbanden in der Bronx beschreibt, über die entsprechende Credibility, um als glaubhafter Chronist einer Welt durchzugehen, die dem Durchschnittsweißen kaum weniger exotisch anmutet als Kurdistan oder Somalia. Zum andern ist er als mehrfach prämierter Drehbuchautor ausreichend im weißen Kulturestablishment verankert, um die Publicity zu garantieren, ohne die der Geschichte eines schwarzen Drogendealers nie der Sprung von den Regalen der Supermärkte in die Auslagen der Broadwaybuchhandlungen gelungen wäre.

So kennzeichnet «Clockers» denn auch den Wandel eines Genres, das sich mit der fortgesetzten Verwurstung des Serienmörders langsam, aber sicher in den Ruf Langeweile erzeugender Redundanz gebracht hat. Im Vergleich zu den stilistischen Errungenschaften eines James Ellroy ist «Clockers» zwar ein Rückfall in die naturalistische Epik, aber in einem Genre, das seit dem Niedergang der auf 160 Seiten limitierten Paperback Originals dem Hang zu überbordender Geschwätzigkeit nur allzu häufig nachgegeben hat, darf die stilistische Umsetzung schwarzer Straßenästhetik in verkäufliche Literatur vorerst nicht zum Kriterium erhoben werden.

Fürs erste ist man ja schon zufrieden, daß Price die Risiken voyeuristischer Zurichtung eines zu spektakulärem Aktionismus und romantisierender Überhöhung einladenden Themas zumeist im Griff hat und sich erfolgreich bemüht, seine Geschichte so nüchtern wie möglich zu schildern. So wählt er als Schauplatz statt der naheliegenden Bronx das unspektakuläre Dempsey, New Jersey; ein fiktiver Ort auf der anderen Seite des Hudson River. Der Plot entwickelt sich aus einem banalen alltäglichen Mord, dem auch im Verlauf der Geschichte keine Suspense versprechende Dimension hinzuwächst. Entsprechend illusionslos ist die Atmosphäre des gesamten Romans. Price reduziert die Ermittlungen auf eine alltägliche Pflichtübung, der sich Detective Rocco Klein gequält-routiniert unterzieht, und konzentriert sich auf die Schilderung der komplizierten Koexistenz zwischen Knockos (Cops) und Clockers (Dealer). Bestenfalls die wachsende Manie, mit der Klein seine privaten Frustrationen auf den schwarzen Teen-Dealer Strike projiziert, dem er, koste es was es wolle, den Mord anhängen will, sorgt für einen Hauch genretypischer Emotionen.

Strike ist denn auch der eigentliche Sympathieträger, der am Rande eines verfallenden Apartmentkomplexes Knochenarbeit verrichten muß, um seine Clockers unter Kontrolle zu halten. Kaum siebzehn und bereits mit einem gestandenen Magengeschwür ausgestattet, entbehrt seine Existenz so ziemlich jeder Romantik, die man geheimhin dem Lifestyle eines Highrollers zuschreibt. Zu allem Überfluß ist er auch noch den ständigen Tiraden seiner Mutter ausgesetzt, die nicht müde wird, ihm die ehrlichen Bemühungen seines Bruders Victor vor Augen zu halten, als Manager einer Pizzeria seine Familie zu ernähren.

Kein Wunder, daß Strike sich lieber an Rodney hält, der schon in den Siebzigern als Heroindealer Karriere gemacht hat und, mittlerweile auf Crack umgestiegen, von seinem «Jugendclub» aus die Straße kontrolliert. Allerdings dürfte auch Rodney kaum geeignet sein, weiße Niggers-with-Attitude- oder Comptons-Finest-Fans zur Identifikation einzuladen. Für Fuck-the-Police- oder Copkiller-Phantasien ist Rodney zu beschäftigt. Cops können entweder geschmiert werden, oder man verdrückt sich bei ihrem Erscheinen, will man nicht die Hose runterlassen und eine demütigende Durchsuchung über sich ergehen lassen. Daß Rodney sich seit zwei Jahrzehnten im Geschäft behauptet, liegt daran, daß er auf all die flashigen Accessoires verzichtet und eine Sparsamkeit an den Tag legt, die man eher koreanischen Einwanderern zuschreiben würde. Goldkettenträger sind für ihn Idioten, die nie über Unzenniveau hinauskommen werden. Von der Notwendigkeit vernünftigen Wirtschaftens und strategischen Investments versucht er auch Strike zu überzeugen, der, was ihm am Ende sehr zupaß kommen wird, die Lektionen beherzigt und bei den Rentnern der Gegend, denen er beim Einkaufen behilflich ist, Sparstrümpfe deponiert. Die väterliche Zuneigung, die Rodney gelegentlich Strike gegenüber erkennen läßt, hindert ihn jedoch keineswegs daran, Strike für seine Zwecke, die geplante Übernahme des gesamten Viertels, zu benutzen. Strike soll einen Mord begehen, der – so zumindest Rodneys Einflüsterungen – beide ein für allemal aus der zerstörerischen Tristesse des Ghettos katapultiert. Doch Strike ist ungeachtet seiner sorgsam einstudierten Gangster-Posen letztlich nicht mehr als ein verstörter Teenager, der von einem Einfamilienhäuschen und einer netten Freundin träumt. Seine Angst, den Schritt zum Killer zu vollziehen, rettet ihn schließlich vor den Nachstellungen Kleins und erlaubt ihm die Flucht in eine nicht weniger stumpfsinnige Zukunft. Klein dagegen steht am Ende als Trottel da, als sich herausstellt, daß ausgerechnet der brave Victor, der sich kurz nach dem Mord gestellt hatte, der Täter war, weil er es mit einem Mal satt hatte, sich erfolglos für seine Familie abzurackern, während andere sich am Verfall seiner Nachbarschaft bereicherten.

Während Price auf diese Weise geschickt die weißen Klischeevorstellungen von Haus- und Feldnegern ad absurdum führt, lassen die jüngsten Bücher von Philip Rosenberg und Edna Buchanan solch subtilen Umgang mit den unterschwelligen Rassismen der amerikanischen Gesellschaft schmerzlich vermissen. Im Gegenteil, ihre allen Anforderungen nach «Political Correctness» gerecht werden wollenden Bemühungen enden, wie so häufig bei gutgemeinten Versuchen, in der unfreiwilligen Offenbarung, daß die liberale Sicht der Dinge die untauglichste ist.

Rosenberg läßt kein Klischee aus, um in seinem in einer von Drogenproblemen heimgesuchten Highschool angesiedelten «Tygers of Wrath» das Hohelied der Integration zu singen. Nach den Maßstäben der Weißen, versteht sich. Und so verwundert es auch nicht, daß am Ende Gut und Böse fein säuberlich und politisch korrekt auf Schwarze, Weiße, Männer und Frauen aufgeteilt sind und die um eine Erfahrung reicheren Helden sich frisch beseelt von den Idealen liberaler Pädagogik um die Jugend kümmern wollen.

Klischee auf Klischee häuft auch Edna Buchanan, von der man nach dem Psychokillerabgesang «Nobody Lives Forever» mehr erwartet hatte als die schlichte Nacherzählung der Rodney-King-Story bzw. der seines Vorgängers, des schwarzen Motorradfahrers, der von hispanisch-kaukasischen Polizisten in Miami zu Tode geprügelt wurde. Von der Vertuschung der Tat als selbstverschuldetem Unfall bis zu den Krawallen nach erfolgtem Freispruch durch die weiße Jury hechelt Buchanans Polizeireporterin Britt Montero noch einmal durch die sattsam bekannten Fakten, ohne daß dabei mehr herauskäme als die offizielle CNN-Sichtweise. Daß die Helden diesmal -innen sind, hilft einem da auch nicht weiter. Zumal Buchanans politisches Bewußtsein nicht über ihren Feminismus hinausreicht. Sobald es um die Existenzbedingungen anderer diskriminierter Gruppen geht, begnügt sie sich mit deren sozialverträglicher Zurichtung für den Geschmack der liberalen Öffentlichkeit. Aus dem Lowlifer Rodney King wird flugs die Lichtfigur eines schwarzen Quarterbacks, der nach Beendigung seiner Karriere erfolgreich schwarze Ghettokids resozialisiert. Früher mußte ein Schwarzer, um in einem Kriminalroman positiv in Erscheinung treten zu dürfen, in Vietnam gedient haben. Bei Edna Buchanan muß er den Superbowl gewonnen haben.

Zu den Kennzeichen des an seinen über Jahrzehnte hinweg ignorierten sozialen Spannungen zugrunde gehenden Amerika gehört trotz den inzwischen weitgehend zurückgeschraubten Errungenschaften der Bürgerrechtsbewegung die Tatsache, daß die Spaltung der Gesellschaft nicht mehr unbedingt rassistisch strukturiert ist, sondern sich mehr und mehr aus dem Gegensatz von arm und reich konstituiert – oder geographisch ausgedrückt von Ghetto und Suburb. So ist es denn auch keineswegs verwunderlich, daß inzwischen auch schwarze Autoren aus der Perspektive des integrierten Mittelschichtlers auf das Ghetto blicken, um es als Folie ihres Integrationsbegriffes einzusetzen.

«Wir haben 150 Jahre damit verbracht, dem weißen Mann zu beweisen, daß wir mit der Zivilisation genauso umgehen können wie er, und du willst das in einer Woche ausradieren», lautet der Schlüsselsatz im bis dato schmalen Œuvre Gar Anthony Haywoods, eines schwarzen kalifornischen Computerspezialisten, der es sich zum Hobby gemacht hat, die Welt von «Boyz 'n the Hood» oder «Ricochet» in mittelschichtskompatible Romanzen zu transformieren.

Dabei entsprechen Aufruhr und Bandenkriege, mit denen er seine Balladen unterlegt, durchaus den Erwartungen, die «New Jack City» und Ice-T beim deutschen Voyeur geweckt haben. In seinem Debütroman mit dem bedrohlich klingenden Titel «Fear of the Dark» hat es Haywoods Held, der von der Welt angeödete Privatdetektiv Aaron Gunner, mit dem Mord an dem schwarzen Aktivisten Buddy Dorris zu tun, der von einem White-Trash-Suprematisten in einer Bar in Watts erschossen wird. Von den polizeilichen Ermittlungen enttäuscht, überredet Dorris' Schwester Verna Gunner, sich mit dem Fall zu befassen, und so beginnt er mit dem genreüblichen Widerwillen in der weißen Rassistenszene herumzuschnüffeln. Er stößt auf den Kongreßkandidaten Lewis Henshaw – ein kalifornisches Abziehbild von David Duke –, dessen Stabschef offenbar die Wahlchancen seines Chefs durch Waffenlieferungen an Dorris' aufruhrbereite «Bruderschaft der Willenskraft» zu steigern gedenkt. Und schon tauchen wir ein in das Pulverfaß, in dem weißes Herrenmenschentum und schwarze Revolutionsphantasien ein explosives Gemisch bilden, dessen Zündung Gunner mit Sprüchen wie obigem so eben noch zu verhindern weiß. So weit, so spannend, nur reduziert Haywood das Milieu zur exotischen Kulisse seines aus dem Arsenal der weißen Schuldgefühle entlehnten Weltschmerzes.

Als müßte er beweisen, daß er ebenso souverän wie sein offensichtliches Vorbild Loren D. Estleman[2] mit den von Chandler hinterlassenen Versatzstücken des modernen Ritterromans hantieren kann, läßt er von der tragischen Vergangenheit seines Helden bis zur atmosphärischen Einstreuung der Sportnachrichten kein Klischee aus. Gunner schläft nicht, sondern zerknittert das Laken, die

2 Apropos Estleman: Dessen rassistische Schlampigkeit geht mir langsam, aber sicher auf die Nerven. Die Art und Weise, wie er in seinem jüngst erschienenen Roman «King Of The Corner» Rap als störenden Krach denunziert, unterscheidet sich in nichts von der Abfälligkeit, mit der sich seine Vorfahren über den von ihm so geschätzten Rhythm and Blues geäußert haben. Abgesehen davon, daß Detroit die Techno-Hochburg der USA ist, in der Rap eine eher untergeordnete Rolle spielt, äußert sich in Estlemans Ignoranz gegenüber ihm nicht genehmen Kunstformen nur das ekelhafte Überlegenheitsgefühl des weißen Integrationisten, der den Neger nur dann als vollwertig akzeptiert, wenn dieser sich seinen Normen unterwirft.

schwarzen Brothers gebärden sich wie die Karikatur einer Fruit-of-Islam-Garde, der grimmige, aber wohlmeinende Cop hat die obligatorischen Kaffeeflecken auf der Krawatte und bemüht sich lediglich darum, in einer verrückten Welt seinen Job zu erledigen. Da überrascht es auch nicht mehr, daß am Ende wie seinerzeit in Chandlers «Kleine Schwester» ebendiese als die geldgierige Übeltäterin entlarvt wird, die die Rassenkonflikte zu erpresserischen Machenschaften mißbraucht, während Bruder Buddy, vom Vorwurf der Inszenierung rassisch motivierter Krawalle reingewaschen, als Martin-Luther-King-Medaillen-verdächtige Inkarnation schwarzer Mäßigung in die Geschichte eingeht.

Auch Haywoods zweiter Roman «Not Long For This World» nährt den Verdacht, er suche sich lediglich ein spektakuläres Milieu für seinen resignierten Minnesang an die verlorene Unschuld seiner Brüder. Vordergründig geht es diesmal um ein filmreif inszeniertes Drive-by-Shooting, in dessen Verlauf Darell Lovejoy – Gründer einer L.A.-Friedenspatrouille – eine Ladung Schrot in den Bauch erhält. Was zunächst wie der Racheakt einer der Banden anmutet, die Lovejoy auf den rechten Weg zurückzuführen trachtete, wächst sich im Verlauf der Handlung zur Tragödie antiken Ausmaßes aus. Die Eröffnungsschießerei erweist sich als fatales Mißverständnis in einem alttestamentarischen Feldzug, mit dem ein zu allem entschlossener Reverend die schwarzen Schafe der afroamerikanischen Community ausmerzen wollte. Da Gunner in ihm aber eine Art «Guter Mensch von Compton» erkennt, gewährt er ihm am Ende die Gelegenheit, sich vor Gott und dem weißen Staatsanwalt zu seinen Verfehlungen zu bekennen.[3]

Sucht man nach einer weniger im Gewand des ewigen Sozialar-

3 Die für den weißen Beobachter nützlicheren Eindrücke von den Bandenkriegen in L.A. liefert Gerald Petievichs «Earth Angels», das die Auseinandersetzungen aus der Perspektive des weißen Cops schildert. Statt als Nähe simulierendes Drama, bei dem selbst das Zielpublikum des Rotbuch-Verlags, bei dem Haywood in Deutschland erscheint, irgendwie betroffen mitleiden kann, erscheinen die Bandenkriege in der durchaus reaktionär eingefärbten Schreibe des weißen Exbullen als das, was sie im Bewußtsein der Weißen tatsächlich sind: Stammesfehden fremder Kulturen, die zu verstehen auch keine Liebesaffäre mit einer Hispanofrau hilft und die für die weiße Gesellschaft letztlich nur als Manövriermasse zur Begleichung alter Rechnungen von Interesse sind.

beiters daherkommenden Literatur, ist man nach wie vor gezwungen, auf die Klassiker zurückzugreifen. Zwar hat sich in der schwarzen Musik die «Oral Literature» des Rap inzwischen als dominierende Kommunikationsform der Schwarzen durchgesetzt, in der geschriebenen Literatur sucht man eine vergleichbare «Black-on-Black»-Ästhetik gegenwärtig jedoch vergeblich. Dies mag in erster Linie auf den verheerenden Zustand des amerikanischen Bildungssystems zurückzuführen sein, das einem schwarzen Künstler nachgerade verbietet, sich literarisch zu äußern, will er nicht an seinem Publikum vorbeiproduzieren. Dennoch besteht aller Grund dazu, in den Rap-Stars von heute die legitimen Nachfolger von Himes, Goines und Iceberg Slim zu sehen, und die Reaktion der weißen Massenmedien auf die unzensierte, unangepaßte Form, mit der die Mehrheit der schwarzen Rapper den Rodney-King-Fall oder die unterschiedlichen Urteilssprüche in den Vergewaltigungsverfahren gegen Mike Tyson bzw. William Kennedy Smith auf ihren Alben verarbeitete, erinnert denn auch an die Behandlung, die Chester Himes erfuhr, als er 1945 den von Richard Wrights «Native Son» vorgegebenen Rahmen dessen, was dem Publikum an schwarzer Literatur zumutbar ist, kurzerhand sprengte. Die Figur des Bob Jones in Himes' «If He Hollers Let Him Go» kann als Vorläufer einer ganzen Reihe von einerseits formal gebildeten, andererseits aber nie ihre Wurzeln vergessenden Rap-Stars wie Ice-Cube, Chuck D., Ice-T oder KRS-1 gelesen werden.

Weil er die Annäherungsversuche einer weißen Schlampe zurückweist, wird Bob Jones in weniger als einer Woche seinen Job los, vom weißen Mob halbtot geschlagen, von seiner hellhäutigen anpassungswilligen Freundin als integrationsunwürdig erklärt und kann am Ende von Glück sagen, daß das Ganze nicht in Alabama stattfindet, sondern auf einer kalifornischen Werft, so daß er, statt auf den Stuhl zu wandern, «nur» von der Armee zwangsrekrutiert wird, die ihn alsbald an die Front verfrachtet. Das unter dem Titel «Flieh, wenn du kannst» auch auf deutsch erschienene Debüt des hierzulande durch seine Harlem-Detective-Stories zu bescheidenem Ruhm gelangten Himes löste bei seinem Erscheinen heftige Kontroversen aus, weil es gleich mehrere Tabus brach, an denen die amerikanische Literatur und besonders die sich eben formierende schwarze bis dahin nicht zu rühren gewagt hatte. Nicht nur die

Schilderung der Schlampe Madge, die Jones erst als Nigger beschimpft und dann in den Genuß seiner animalischen Sexualität zu kommen versucht, auch die Dickköpfigkeit, mit der sich Jones den Argumenten des gemischtrassigen Freundeskreises seiner Freundin Annie in einer Szene, die Tom Wolfes Radical-Chic-Satire vorwegnimmt, verweigert, erschienen den integrationistischen Zirkeln als Sabotage ihrer Bemühungen, sich den Verhaltensmaßstäben des weißen Amerika würdig zu erweisen.

Ebony, das Flaggschiff der schwarzen Integrationisten, denunzierte Himes denn auch in seiner Thanksgiving-Ausgabe von 1947 als virulenten, bösartigen Autor, «der weißen Haß mit schwarzem beantwortet, Intelligenz durch Gefühlsausbrüche ersetzt und sich das Denken von der Haut statt vom Gehirn diktieren läßt». Nicht anders lauten heute die Argumente, mit denen schwarze wie weiße Mittelschichtseltern ihren nach rebellischen Rolemodels suchenden Kindern den Kauf des neuesten Rap-Albums verbieten wollen. Was schwarze wie weiße Kritiker besonders gegen Himes aufbrachte, war, daß sein Held keineswegs der ghettodeformierte Wilde ist, dem solches Verhalten nachzusehen wäre, sondern ein gebildeter junger Mann, der sich weigert, die Integrationsrituale einzuüben, und beständig daran erinnert, daß schwarzer Haß komplexere Ursachen hat als die rassistisch unterstellte Primitivität.

Himes' Weigerung, sich zwischen den Alternativen von Nigger oder Bimbo zu entscheiden, die sich in seinen weiteren Romanen zum Unmut der Kritik verhärtete, hatte zur Folge, daß er die Diskriminierungen, denen sich seine Helden ausgesetzt sahen, vom liberalen Literaturbetrieb zu spüren bekam. Angewidert verabschiedete er sich schließlich nach Frankreich, verlegte sich alsbald aufs Geldverdienen und schrieb zwischen 1957 und 1969 acht Kriminalromane, in deren Mittelpunkt das Harlemer Polizistenduo Gravedigger Jones und Coffin Ed standen.

Die amerikanische Kritik reagierte auch zwanzig Jahre später wie gehabt. Die grotesken Zuspitzungen, mit denen Himes den ohnmächtigen Bemühungen der Bewohner Harlems, einen Fetzen des amerikanischen Traums zu erhaschen, tragikomische Züge verleiht, wurden absichtsvoll als satirische Fehlversuche eines seinen Wurzeln entfremdeten Deserteurs mißverstanden. Daß die laut Himes einem schwarzen Copteam aus dem L.A. der Dreißiger nachempfundenen Charaktere ebenso wie die bizarren Verwicklungen, mit denen sie konfrontiert werden, entgegen den Realitätsverlustvorwürfen seiner Kritiker durchaus in das Harlem der fünfziger und sechziger Jahre paßten, belegt nicht zuletzt eine Marginalie aus Alex Haleys Malcolm-X-Biographie:

«Der größte, schwärzeste und brutalste Bulle von allen in Harlem war der Westinder Brisbane. Wenn er in der 125. Straße um die Seventh Avenue Streife lief, wechselten die Schwarzen auf die andere Straßenseite, um ihm nicht zu begegnen. Als ich im Gefängnis saß, erzählte mir jemand die Geschichte, daß Brisbane von einem verängstigten Jungen aus den Südstaaten erschossen worden war. Der Junge war noch nicht lange in Harlem gewesen und hatte nicht mitbekommen, was für ein übler Typ dieser Brisbane gewesen war.» (Alex Haley [Hg.]: Malcolm X. Die Autobiographie. Wilhelm Heyne Verlag, München 1993. S. 102)

Ein vergleichbares Schicksal bleibt Coffin Ed und Gravedigger am Ende von «Blind Man With A Pistol» zwar erspart, ihre furchteinflößende Allmacht aber hat sich aufgelöst. «You don't really count in the overall pattern», müssen sie sich von einem an Malcolm X erinnernden schwarzen Aktivisten sagen lassen, als sie den Ursachen der drohenden Krawalle auf den Grund zu gehen versuchen.

Schon allein die Aufhebung der zeitlichen und räumlichen Logik signalisiert die Skepsis des Autors, in den desperaten Revolten einen sinnstiftenden Zusammenhang zu erkennen. Bestenfalls kann man aus Himes' Darstellung von Michael X so etwas wie Sympathie für die Ideen von Malcolm X herauslesen. Mehr zumindest als für andere Formen schwarzer Rebellion, seien es die hippieesken Anstrengungen des schwarzweißen Pärchens Dick und Anny, die das Rassenproblem mit einer gigantischen Loveparade hinwegkuscheln wollen, oder den bizarren Kreuzzug eines Predigers, der unter dem Kruzifix eines schwarzen Messias zur Erlösung seiner Rasse schreitet. Himes' pessimistische Beurteilung der Aussichten einer schwarzen Revolution, deren Legitimität er nie in Zweifel zog, belegen auch die beiden Kurzgeschichten «Tang» und «Prediction». In «Tang», einer Zwei-Personen-Parabel, versucht die Titelheldin, eine schwarze Nutte, vergeblich ihren Liebhaber zur Rebellion anzustacheln, und wird, als sie selbst zur Waffe greift, von diesem erstochen. In «Prediction» richtet ein schwarzer Heckenschütze ein Blutbad unter der zur Parade aufmarschierten New Yorker Polizei an. Aber auch hier ist den Schwarzen nur trügerischer Triumph gegönnt. Die Waffe, die Tang auf ihren Unterdrücker richtet, ist nicht geladen, und der Heckenschütze bekommt die geballte Reaktion staatlicher Feuerkraft zu spüren, unter deren Folgen zuerst die Börse und daraufhin die gesamte Weltwirtschaft zusammenbrechen. Entsprechend endet auch «Blind Man With A Pistol» im absurden Chaos. Der offenbar hinter den diversen Verbrechen, zwischen denen die beiden Cops ahnungslos hin und her taumeln, stekkende weiße Mr. Big bleibt unidentifiziert. Und nicht die diversen Anstrengungen, den Unmut der Harlemer Bevölkerung zu bündeln, lösen schließlich die Rassenunruhen aus, sondern ein Blinder, der in der U-Bahn wild um sich zu schießen beginnt. Dem darauf entfesselten Orkan haben Gravedigger und Coffin Ed nichts mehr entgegenzusetzen. Am Ende ballern sie sinnlos auf eine Schar verschreckter Ratten, die aus einem zerstörten Häuserblock entweichen.

Solch groteske Überzeichnung war nicht die Sache von Robert Beck und Donald Goines, obwohl sich in der Biographie der beiden Parallelen zu Himes finden lassen. Wie Himes, der zwischen 1928 und 1936 wegen bewaffneten Raubüberfalls in einem Gefängnis in Ohio einsaß, begannen auch die beiden meistverkauften schwarzen Autoren ihre Schriftstellerkarrieren im Knast. Obwohl der unter seinem Ghettonamen Iceberg Slim populär gewordene Beck fast eine Generation älter war als der 1936 geborene Goines, sind sich ihre Lebensläufe und Themen oft zum Verwechseln ähnlich. Beide stammten aus dem tiefen Süden und kamen als Kinder in den Norden, Beck nach Chicago und Goines nach Detroit, wo kriminell zu werden die einzige Möglichkeit war, zu Wohlstand zu kommen. Ihre dort gesammelten Erfahrungen bilden den Rohstoff ihrer Bücher.

Was Goines unmittelbar in aktionsorientierte Literatur umsetzt, dient Beck als Ausgangspunkt, die hinter der Ghettogewalt verborgenen Strukturen schwarzen Verhaltens bloßzulegen. Seine Geschichten sind Blaupausen der Entmenschlichung einer Generation männlicher Schwarzer, die nur aus der Ausbeutung der noch Schwächeren eine Identität zu gewinnen glaubte. «Trick Baby» ist die semidokumentarische Lebensgeschichte eines weißhäutigen Schwarzen, der den bescheidenen Aufstiegschancen, die ihm ob seiner Hautfarbe offenstehen, eine Gangsterexistenz in der Chicagoer Southside vorzieht. Das Bekenntnis zu seinen Wurzeln gibt dem Sohn eines unbekannten weißen Freiers zwar seinen Stolz zurück, unterwirft ihn jedoch den Spielregeln eines Milieus, in dem selbst der Skrupelloseste kaum eine Chance hat. «Mama Black Widow» treibt die Identitätskrise noch weiter. Diesmal ist es eine schwarze Drag Queen, die im tiefsten Süden ihre/seine beiden Schwestern durchzufüttern versucht, darüber zum Zuhälter wird und am Ende an Rassismus und Selbsthaß zugrunde geht. Die Faszination des «Pimp» als Rolemodel seiner Generation hat Beck mit seltener Schonungslosigkeit offengelegt. Von den unterschwelligen Bestrafungswünschen der schwarzen Frauen über die verhängnisvolle Hierarchisierung der Hautschattierungen unter den Schwarzen bis zur selbstverleugnenden Anfälligkeit schwarzer Männer für die oft allzu bereitwillig dargebotenen Reize der weißen Frau analysiert er – ganz zu schweigen von den pervertierten Bedürfnissen der Weißen beiderlei Geschlechts – so ziemlich jede Deformation, die Sklaverei und Unterdrückung bei seiner Rasse hinterlassen haben. So vermittelt er selbst dem weißen Voyeur, den das eigentlich nichts angeht, eine Ahnung von den Ursprüngen der Haßtiraden von Gangster-Rappern wie Schooly D. oder Bushwick Bill.[4]

Während Beck, als er 1965 mit dem Pimp-Style brach und seine Biographie «Pimp. The Story of My Life» schrieb, auf eine Karriere als respekteinflößender Highroller zurückblicken konnte, waren Goines' Versuche, sich als Würfelspieler, Zuhälter und Schnapsschmuggler einen Namen zu machen, weniger Erfolg beschieden. Seit er während des Koreakriegs, in den er sich als Vierzehnjähriger geflüchtet hatte, heroinabhängig geworden war, brachte ihn seine ihn lebenslang begleitende Sucht in einen Teufelskreis aus kleinen

4 Nebenbei bemerkt ist Beck einer der wenigen Autoren überhaupt, die in der Lage sind, Frauen jenseits der im Kriminalroman dominierenden Klischeevorstellungen von Femme Fatale und wahlweise familien- oder karrierebewußter Madonnenhaftigkeit zu porträtieren. Die Nutte Satin aus der gleichnamigen Short-Story erscheint als Entwurf einer coolen, selbstbestimmten Frauenfigur jedenfalls glaubhafter als alle V. I. Warshawskis und Bella Blocks zusammengenommen.

Gaunereien und regelmäßigen Gefängnisaufenthalten, aus dem er sich erst befreien konnte, als ihm im Knast ein Buch von Iceberg Slim in die Hände fiel. Begeistert von Becks Fähigkeit, aus der kriminellen Energie der Ghettos eine diese aufhebende schwarze Identität zu destillieren, setzte er sich selbst an die Schreibmaschine und schrieb zwischen 1970 und seiner als «unsolved drug-related shooting» klassifizierten Ermordung 1974 sechzehn Romane, in denen er seine eigenen Erfahrungen zu schnellen, dichten Storys verarbeitete. In seinen ersten beiden im Gefängnis verfaßten und autobiographisch gefärbten Romanen «Whoreson» und «Dopefiend» beschrieb er die Welt, die damals zwar alle verändern wollten, von deren Realitäten aber die wenigsten eine präzise Vorstellung hatten. «Whoreson» schildert Aufstieg und Fall eines Zuhälters in den Slums von Detroit und «Dopefiend» die Zerstörung eines heroinsüchtigen Pärchens, das in die Klauen eines perversen Pushers gerät. Die Geschichte von «Black Gangster» Prince, der die Rhetorik des Aufstands für seine kriminellen Ziele benutzt, komplettiert die Detroiter Trilogie, die von der Erkenntnis geprägt ist, daß es lediglich zwei Kategorien von Menschen gibt: «One group consisted of tricks and the other of players», resümiert Whoreson Jones seine Position, «and I knew I had been born to play.» Für ideologischen Schnickschnack haben Goines' Helden weder Zeit noch Sympathie. Gerechtigkeit ist für Jones eine Frage der Schreibweise, die er von den Weißen gelernt hat: «Justice means just one thing, just us.» Der zynische Egoismus von Goines' Helden traf den Nerv einer Zeit, in der Resignation und Ernüchterung die Träume von der schwarzen Revolution eingeholt hatten, zumal Goines wenig Platz für Illusionen läßt. «What goes around comes around», lautet sein Motto, auch wenn die Ursachen für das Scheitern seiner Helden in den Verhältnissen liegen, denen sie zu entfliehen versuchen. «I had been introduced to too much game, at too young at age.» Bleibt Whoreson Jones immerhin noch Zeit zu räsonieren, endet der Fluchtversuch aus dem Ghetto für die meisten seiner Helden tödlich. Der schwarze Profikiller «Daddy Cool» läßt sich von seiner Tochter, deren Liebe er zerstört hat, erschießen, Johnny Washington muß in «Inner City Hoodlum» feststellen, daß es im Lotteriegeschäft größere Nummern gibt als ihn, und Curtis Carsons letzte Wahrnehmung ist eine Meute hungriger Ratten, weil er in «Cry Revenge» die

Rache für seinen erschlagenen Bruder nicht von der Gier auf den großen Drogendeal zu trennen vermochte.

Die Verachtung, die Goines und Beck dem Drogenbusincss entgegenbrachten, veranlaßte beide, gegen Ende ihrer Karrieren positivere Protagonisten zu entwickeln, die den weißen Drogenbossen den Krieg erklären. Goines schuf dazu die Figur des schwarzen Superhelden Kenyatta, der sich im Verlauf von vier Romanen von der Pusherszene Detroits über die Highroller von Los Angeles in ein Penthouse von Las Vegas vorkämpft, wo es zum Showdown mit dem weißen Drogenzaren kommt. Im Zentrum der Macht angelangt, muß Kenyatta allerdings erkennen, daß die Möglichkeiten seiner Truppe zwar ausreichten, unter schwarzen Dealern und rassistischen Polizisten aufzuräumen, er dem mit allen Wassern des Establishments gewaschenen, kühl kalkulierenden Unternehmer jedoch hoffnungslos unterlegen ist.

Während Goines einen eher geradlinigen Charakter entwirft, der weniger an seinen gnadenlosen Methoden als an der Übermacht des Gegners und der Abwesenheit einer über die Negation hinausweisenden Vision scheitert, gelingt Beck mit «Death Wish» eine ausgereiftere Variation des Themas. Sein Held Taylor verfügt wie Kenyatta über eine landesweit operierende Organisation, die hinter der Fassade einer Reha-Klinik die Ausrottung der italienischen Drogenmafia vorbereitet. Der auf die pure Aktion beschränkten Prosa Goines' fügt er eine Ebene der Reflexion hinzu und geht sogar soweit, Taylors italoamerikanischen Gegenspieler Collucci als dessen in vergleichbaren Traditionszwängen gefangenes Alter Ego zu charakterisieren. So entwickelt sich eine parallel montierte Jagd nach dem jeweils ethnisch konditionierten Traum. Der «Soldat» Collucci will mit Hilfe des Heroins zum gesamtamerikanischen Paten aufsteigen, während Taylor ebendieses Imperium vernichten möchte. Keiner von ihnen kommt über Chicago hinaus. Ihre aus der generationenlangen Rivalität der beiden Gruppen entstandenen Empfindlichkeiten wachsen sich zu unkontrollierten Haßausbrüchen aus, die nicht mehr in den notwendigen kalten Zorn zu verwandeln sind. Am Ende schießen sie sich gegenseitig in Fetzen, und Chicago kehrt zur Tagesordnung zurück.

Was bleibt, sind ramponierte Hoffnungen. Goines hinterläßt nach Kenyattas Tod mit dem jungen Elliot Stone eine Figur, die vage die

Wiederaufnahme des Kampfes in der nächsten Generation andeutet, und bei Beck überlebt der weise alte Bama als symbolisches Gefäß, in dem die Erfahrungen als kollektives Wissen konserviert sind. Beck und Goines sahen sich beide als Angehörige einer Lost Generation, die, wiewohl dem mörderischen Milieu der Ghettos entkommen, zu sehr von ihm geprägt waren, als daß sie aktiv in die Kämpfe der ihnen folgenden Generation hätten eingreifen können. Ihre vom – eigenen – Scheitern geprägten Abgesänge auf die kriminelle Verwirklichung des amerikanischen Traums scheinen jedoch zeitgemäßer als die bemühten Versuche eines Haywood, den anachronistischen Überbleibseln des weißen Eskapismus eine schwarze Variante abzugewinnen.

Zumal die Reagan-Dekade die Verhältnisse in einem Maß zugespitzt hat, daß Elliot Stone, so er nicht längst von den Cops erledigt wurde, alle Hände voll zu tun haben dürfte, wenigstens seine allernächste Umgebung von Drogenhändlern zu befreien. Der zerstörerischen Wirkung des Molochs Crack Rechnung zu tragen, ohne dabei in die pharisäerhafte «Just Say No»-Demagogie zu verfallen, stellt eine Minimalforderung an die Weiterführung des Großstadtromans im Amerika der neunziger Jahre dar. Den in dieser Hinsicht gelungensten Versuch, an die Tradition von Beck und Goines anzuknüpfen, ohne seine weiße Herkunft zu verleugnen, stellt denn auch der Debütroman des New Yorker Journalisten Peter Blauner dar. «Slow Motion Riot», soeben im Scherz Verlag unter dem schlichten Titel «King» erschienen, befaßt sich ebensosehr mit der plastischen Schilderung der Crackszene in der South Bronx wie mit den Phobien, die ein – wenn auch pervertiertes – schwarzes Selbstbewußtsein im Kopf eines weißen Liberalen auslösen kann. Dies um so mehr, als es Blauner weitgehend vermeidet, psychologisierende Begründungen für das Verhalten seines schwarzen Antihelden Darryl King zu bemühen und sich statt dessen auf die Auswirkungen dessen Verhaltens auf den Seelenzustand seines weißen Widersachers konzentriert.

Vordergründig erfüllt Teenage-Psycho Darryl King alle Erwartungen an einen durchgeknallten Gang-Banger. Erstens stammt er aus der Bronx, und zweitens hat er bereits zu Beginn des Romans genügend Crack intus, um mal eben einen vor sich hin dösenden Cop abzuknallen. Den falschen zwar, wie sich hinterher herausstellt, aber die Tat verleiht King genügend Selbstbewußtsein, um fortan als sich unbezwingbar wähnender Supermann seine Umwelt zu terrorisieren. Permanentes Opfer seiner neuerworbenen «In-Yo'-Face»-Pose wird sein Bewährungshelfer Steve Baum.

Baum betritt den Roman als naiv-liberaler Sozialarbeiter, der von der Therapierbarkeit seiner Klienten ausgeht und sich auch von herben Rückschlägen nicht davon abhalten läßt, an das Gute im Menschen zu glauben. Dies ändert sich jedoch schlagartig, als er Darryl King zugewiesen bekommt, der Baum sofort als den Trottel erkennt, der er zu Beginn des Romans ist. Natürlich ist King nicht wirklich cool, ihm mangelt es lediglich an Phantasie, die Konsequenzen seiner Handlungen abzuschätzen. Aber da sein Crackvorrat unbegrenzt ist, hat er wenig Mühe, Baum seiner Logik zu unterwerfen. Was folgt, ist ein Katz-und-Maus-Spiel, in dem Baum nach und nach seine liberale Fassade verliert. Baums Kontrollverlust wirft ein bezeichnendes Licht auf die sich ausbreitende Panik der weißen Mittelklasse. Entsprechend der dort sich auftürmenden Hysterie mutiert Baum zur Imitation eines Brutalo-Cops, der keinen miesen Trick aus dem Dirty-Harry-Kodex unversucht läßt, um King endlich ein Vergehen nachzuweisen, das ihn hinter Gitter bringt. Als es schließlich zum Showdown kommt, ist Baum nicht weniger psychotisch als sein Gegenüber, nur daß es ihm an dessen auf der Straße erworbenen Fähigkeit mangelt, seine Rücksichtslosigkeit erfolgreich umzusetzen. Sein Dilettantismus hat den Tod eines kleinen Mädchens zur Folge, und so endet Baum als psychisches Wrack, der von New Jersey aus durchs Touristenfernrohr auf New York starrt, das jemals wieder zu betreten er sich hoffentlich hüten wird.

The Chickens Come Home To Roost. Das weiße Amerika hat sich mit seiner in den Reaganomics gipfelnden Diskriminierung seiner Minderheiten in eine Falle manövriert, aus der ihm kein liberales Integrationsgeschwätz mehr heraushelfen wird. Mit der Demontage weißer Therapierungsphantasien hat Blauner einen Meilenstein gesetzt, an dem sich künftige Autoren werden messen lassen müssen. Da sich die Nachfolger von Beck und Goines die Popmusik als Produktionsform ausgesucht haben, werden wir uns auf absehbare

Zeit mit dem weißen Blick auf die Verhältnisse begnügen müssen. Solange dies mit Blauners Wissen um die eigenen Grenzen und Prices kühler Distanz geschieht, ist dies nur zu begrüßen, auch wenn es sich nicht unmittelbar in einem den Verhältnissen entsprechenden Stil niederschlägt. Die Ansätze lassen hoffen, daß sich demnächst auch Autoren finden, die nicht nur den Tonfall der Straße in Prosa zu verwandeln wissen, sondern auch deren Rhythmus. Auf die Estlemans und Buchanans dieser Welt kann man jetzt schon getrost verzichten.

Literatur

Richard Price: Clockers. Houghton Mifflin Company, New York 1992. Deutsch: Söhne der Nacht. Bertelsmann Verlag, München 1992.

Philip Rosenberg: Tygers of Wrath. St. Martin's Press, New York 1989. (Nicht in Deutschland erschienen.)

Edna Buchanan: Contents Under Pressure. Hyperion, New York 1992. Deutsch: Bullenhitze. Bastei-Lübbe, Bergisch-Gladbach 9/1993.

Gar Anthony Haywood: Fear Of The Dark. St. Martin's Press, New York 1988. Deutsch: Schwarz Weiß Tod. Rotbuch Verlag, Berlin 1990.

Gar Anthony Haywood. Not Long For This World. St. Martin's Press, New York 1990. Deutsch: Sie sterben jung. Rotbuch Verlag, Berlin 1991.

Chester Himes: If He Hollers Let Him Go. Allison Press, London 1990 (1945). Deutsch: Flieh, wenn du kannst. Bastei-Lübbe, Bergisch-Gladbach 1991.

For Love Of Imabelle. 1957.
The Crazy Kill. 1959.
The Real Cool Killers. 1959.
All Shot Up. 1960.
The Big Gold Dream. 1960.
Cotton Comes to Harlem. 1965.
The Heat's On. 1966.
Run Man Run. 1966.
Blind Man With a Pistol. 1969. (Alle im Rowohlt Verlag)

Black On Black. Short Stories. Doubleday, New York 1973.

Iceberg Slim: Pimp. The Story of My Life. 1965.

Trick Baby. 1967.
Mama Black Widow. 1968.
Long White Con. 1969.
Naked Soul of Iceberg Slim. 1971.
Death Wish. 1977.
Airtight Willie & Me. 1979. (Alle Holloway House, Los Angeles)

Goines, Donald: Dopefiend. Holloway House, Los Angeles 1971. Deutsch: Bestie Heroin. Ullstein Verlag, Berlin 1989.

Crime Partners. Holloway House, Los Angeles 1974. Deutsch: Kenyatta schlägt zu. Ullstein Verlag, Berlin 1990.

Death List. Holloway House, Los Angeles 1974. Deutsch: Kenyattas Todesliste. Ullstein Verlag, Berlin 1991.

Kenyatta's Escape. Holloway House, Los Angeles 1974. Deutsch: Kenyattas Flucht. Ullstein 1992.

Kenyatta's Last Hit. Holloway House, Los Angeles 1975. Deutsch: Kenyattas letzter Hit. Ullstein 1993.

Außerdem:
Whoreson. 1970.
Black Gangster. 1971.
Street Players. 1972.
White Man's Justice: Black Man's Grief. 1973.
Black Girl Lost. 1974.
Eldorado Red. 1974.
Swamp Man. 1974.
Never Die Alone. 1974.
Cry Revenge. 1974.
Daddy Cool. 1974.
Inner City Hoodlum. 1975. (Alle Holloway House, Los Angeles)

Peter Blauner: Slow Motion Riot. William Morrow and Company, New York 1991. Deutsch: King. Scherz Verlag, München 1993.

Loren D. Estleman: King Of The Corner. New York 1992. Deutsch: Crack City. Bastei-Lübbe, Bergisch-Gladbach 1993.

Gunter Blank, 34, lebt als freier Autor und Ausstellungsmacher in Berlin

UTA-MARIA HEIM

Das Cokelikt, Sälawie, oder: Der Egon wird gedingenst

Für Jean Vautrin und
diese durchgeknallten Franzosen

Adele Rappsilber aus Malmishaus am Schreckensee (das liegt etwas hinter Ravensburg) irrte mit einem kastengroßen Lederkoffer über den Ku'damm. Der Koffer stammte noch aus den dreißiger Jahren und war ihrem älteren Bruder Eugen fürs Exil bestimmt gewesen. Dann war aber der Krieg gekommen, und es wurde nichts aus dem Exil. Eugen fiel, und Adele erbte den Koffer, den sie fortan auf ihrem Kleiderschrank aufbaute und einmal im Monat herunternahm, um ihn abzustauben.

Im November war nun auch Adeles jüngerer Bruder Ludwig gestorben, der Schlag hatte ihn getroffen, und da hatte Adele den Koffer mitten in die Kammer gestellt. War tagelang darum herumgeschlichen, aufgeräumt und geputzt hatte sie alles, gewaschen und gebügelt, und dann hatte sie ihre Sachen gepackt, das Haus zugesperrt und war in den Bus gestiegen. Von dort aus in den Zug, wobei es nicht einfach war, eine Fahrkarte zu lösen, und das alles mit dem schweren Koffer. Ja, so war es gewesen, und als sie dann endlich nach dreimal Umsteigen am Bahnhof Zoo ausstieg, da fühlte sich Adele müde und dumpf. Sälawie...

Der Koffer war zu sperrig, um ihn wegzuschließen, auch hatte Adele Angst, ihn niemals wiederzusehen, schließlich war sie über die Kriminalität von ihrem Großneffen Jan-Frieder aufgeklärt, der lange Haare trug und trotzdem auf der Polizeischule war. Das hätte es in ihrer Jugend nicht gegeben, aber Adele hatte nichts gegen den Fortschritt, auch wenn sie das Radio und den Fernseher und all das neumodische Zeugs nicht brauchte.

Jetzt wußte Adele nicht recht, wo sie hinsollte; vermutlich war es sowieso eine Schnapsidee gewesen mit Berlin, und daß Adele zuallererst auf den Ku'damm hatte wollen, anstatt... Eine Nacht und einen Tag lang unterwegs gewesen, im Stuttgarter Wartesaal genächtigt, unter Schnäpslern und räudigen Burschen, und das als alte Jungfer, herrje. Der Koffer zog rabiat nach unten, Adele stellte ihn aufs Pflaster und schnaufte schwer, da sah sie auch schon die Gedächtniskirche, dort hatte sie sich damals mit ihrem Egon getroffen, genau da. Aber die Kirche selber war abgebrannt, und der schwarze Stummel des Turms prangte inmitten einer scheußlichen Verkehrsinsel; Adele verstand nicht, wie man das hatte zulassen können. Bei der Fahrt durch den Osten war alles fast wie damals gewesen, Magdeburg, Potsdam, Adele hatte sich genau erinnert, aber Berlin. Sie hatte ja gewußt, daß alles neu aufgebaut und verdrillt war, aber ganz so großstädtisch und gemein hatte sie es sich trotzdem nicht vorgestellt.

Sie hob den Koffer auf und überquerte eine Ampel bei Rot. Natürlich wußte sie, daß man das nicht darf, doch wie damals schon wurde kräftig gebremst. «Mensch, ham Se keene Augen», schrie einer aus dem Auto.

«Lackel», brüllte Adele zurück, «Augen, jawoll.» Unbehelligt gelangte sie auf die andere Seite und wiederholte das Schauspiel. Diesmal wurde nur gehupt, und Adele grinste.

Sie stand an einem U-Bahn-Schacht namens KU'DAMM, daß ich nicht lache, dachte Adele, und wollte schon hinunter, da entdeckte sie das Café Kranzler. Da hätte sie damals mit ihrem Egon nicht hineingehen können, es hatten ihnen die GROSCHEN gefehlt, aber jetzt spürte Adele Durst, und wenn auch ihr Egon nicht da war, dann ging sie eben allein hinein.

Sie steuerte auf eine Glasfront zu, deren Scheiben größer waren als die Schaufenster des Schuhgeschäfts in Ravensburg, in dem Adele die Wanderstiefel gekauft hatte, die sie nun an den Füßen trug. Denn mit anständigen Wanderstiefeln, das hatte ihr Ludwig immer gesagt, Gott hab ihn selig, da kann dir im Leben gar nichts passieren. Zwischen Scheibe und Stuhl plazierte Adele den Koffer und stöhnte arg, als sie sich auf den gewaltigen Hintern plumpsen ließ. Zwei Servierfräuleins rückten heran und mit ihnen ein strammer Herr in einer Art Frack, wahrscheinlich der Geschäftsführer; Adele glaubte schon, sie wollten ihr aus dem Mantel helfen, aber sie umringten den schnauzbärtigen Herrn am Nebentisch, dem, wie er laut sagte, das Portemonnaie weggekommen war. «Kann ich aushelfen», fragte Adele und langte in ihr Innenfutter, wo sie die zweiundzwanzig Hunderterscheine eingenäht hatte – die waren von Ludwigs Rente abgespart.

«Nööh», flüsterte der Schnauzbärtige, «meine Kreditkarte, mein Führerschein, alles war da drin.»

«Dann halt nicht», erwiderte Adele und blickte beleidigt aus dem Fenster zur gegenüberliegenden Häuserfront, auf der riesengroß eine Colaflasche abgebildet war. Der Befrackte riet dem Herrn, sofort zur Polizei zu gehn, ein Servierfräulein ohne unveränderliche Kennzeichen fragte Adele: «Was darf's sein.»

«Das da», bestimmte Adele und deutete hinaus zu der Plakatwand, «ein Cokelikt.»

«Wat», rief das Fräulein.

«Likt», schrie Adele. «Oder höret Se schlecht.»

Das Fräulein verlängerte gedanklich den Winkel von Adeles Finger und lächelte: «Likt.»

Entgeistert verfolgte Adele, daß sich der Aufbau der Werbefassade veränderte. Plötzlich zeigte sie die Zeit an. Atlanta 9.27. Berlin 15.27. Tokio 23.27. Dann las Adele den Satz: «Mindestens 75 Menschen wurden unter einer Schlammlawine begraben.» Und dann: «Oh, what a light!» Und: «Nickel wurde heute suspendiert.» – «Somalia: US-Militärs besetzen Mogadischu.»

Adele wischte sich die Augen. Sie gehörte nicht zu jenen alten Weibsbildern, die kurzsichtig und mit Brennen und Wässern rotgerändert in die Baumwelt glotzen. Aber so was war ihr noch nicht untergekommen. Eine sprechende Wand, die eigenmächtig Bilder entwarf, Waren anpries und Nachrichten ausrief! Und die wußte, was die Stunde geschlagen hat: «Folterungen sind an der Tagesordnung», verkündete sie um 23.34 Uhr, Stand Tokio.

Das Servierfräulein brachte die Cola und wollte kassieren. «Also gell», sagte Adele, «erst saufen, noh blechen.» Sie goß ein, stürzte und rülpste. «Ich will ja nichts sagen, aber fein ist das nicht.»

«Nu ja», erwiderte das Fräulein verlegen, «Sie sehen mir halt nicht recht liquide aus.»

«Hä?» schrie Adele. «Aber der feine Schnauz dort drüben, wenn dem das Geld fehlt... Sälawie.» Sie zückte hundert Mark.

«Schon gut», sagte das Fräulein ohne unveränderliche Kennzeichen. «Wo komm' Se denn her. Weiter Osten?»

«Malmishaus», erwiderte Adele würdig, «am Schreckensee.»

Nach drei Cokelikt fing das Kokain an zu wirken. Denn Adele hatte gehört, daß im Coke Kokain war. Und nach einem Colaliter Cokelikt fühlte sie sich richtig putzmunter. Da sie nicht wieder auf dem Bahnhof schlafen wollte, bei den Schnäpslern und räudigen Burschen, wurde es Zeit, sich um die Unterkunft zu kümmern. Adele zog den Filzhut ins Gesicht. Langsam wurde es Nacht.

Freilich hatte Egon kein Telefon. Adele ging jedoch davon aus, daß er noch lebte, und daß er noch da lebte, wo er damals gelebt hatte, in der Dunckerstraße im Prenzlauer Berg. Wieso hätte er auch ausziehen sollen aus seiner Zweizimmerwohnung mit dem warmen Kohlenofen und dem Etagenklo. Im Osten war Wohnraum rar gewesen, das hatte jeder gesagt; bloß Adele wußte auch nicht, ob der Egon damals aus dem Krieg zurückgekommen war, er hatte nie geschrieben, und da sie ihm nicht nachlaufen wollte, hatte sie ihm auch nicht geschrieben. Wie sautaub ist man doch in der Jugend, seckelhaft und brunzdumm, dachte Adele, als sie sich am Tisch hochzog und ihren Koffer nahm, und daß es vielleicht immer noch nicht zu spät war.

Jetzt stieg sie in den KU'DAMM hinunter, nein, sie wurde gestoßen, geschubst. Kein Mensch nahm Rücksicht auf die schwere alte Frau mit dem schweren alten Koffer, keiner half ihr, und mit dem Liter Cokelikt im Ranzen wurde Adele ordentlich sauer. Was sind denn das für Manieren, wenn man vom Land kommt, auf dem Land wird das Alter wenigstens noch geehrt. Nicht, daß Adele mit dem Koffer ernsthafte Schwierigkeiten gehabt hätte, wohl aber hätte sie sich mehr Pietät gewünscht, Pietät und Ehrfurcht vor dem Alter. Einer Frau, die sich ein Leben lang nichts gegönnt hatte.

Damit war nun Schluß. Adele ging gezielt dazu über, ihren Lebensrest zu verpulvern. Sie war nicht so stockdacklig, Ludwigs hintenherum zusammengekratzte Rente an Jan-Frieder zu vermachen, an den nicht und an keinen sonst; und jetzt, wo ihr Ludwig sel. nicht mehr war, begann alles noch einmal von vorn.

Adele überlegte sich, ein Taxi zu nehmen, das erschien ihr allerdings zu einfach. Sie wollte sich durchfragen, durchkämpfen, sie war scharf auf Cokelikt und Sälawie. Das wäre ja gelacht, wenn sie in der Dunckerstraße nicht ankäme, und bis zur Schönhauser Allee war es wirklich ein Klacks. Die Bahn in den Osten war fast so wie früher, und von dort ab war sowieso alles wie früher, nur daß es jetzt dunkel war und kalt, und in den Fenstern funkten die elektrischen Kerzchen. Adele ging die schwiemelig beleuchtete Straße entlang. Sie schwankte etwas unter der Last.

Kommissarin Teufel-Ständer kratzte sich unterm Schreibtisch an der Möse. Sie war den verfluchten Genitalpilz noch immer nicht los, obwohl sie ihr im Feministischen Gesundheitszentrum eine absolut herunterdosierte Joghurtcreme verschrieben hatten, mit rechtsdrehenden, lebenden Kulturen. Die sämtliche Seidenröcke durchschmierte, und das verschlechterte Teufels Laune. Vor ihr stand eine magersüchtige Minderjährige und legte zum dritten Mal ihr Geständnis ab: Sie habe, sagte die Schmalbrüstige mit Kratzstimme, soeben in der Stargarder Straße/Ecke Schönhauser Allee drei ausgewachsene Skinheads erschlagen, und es tue ihr kein bißchen leid. Auf die Frage, wie sie das, zum Teufel, gemacht habe, erwiderte die Kleine, ohne mit der Wimper zu zucken: «Mit der Faust.»

Es war einer dieser saukalten Spätnachmittage in der Vorweihnacht, an denen einem beim Lidschlag das Auge zusammenfriert. Teufel kratzte sich ihren mächtigen Genitalpilz, der seit dem letzten Auftauen schmerzhaft juckte, und tat den Griff zum Telefon. Sie war keineswegs bereit, vor Feierabend ihr Büro in die Schweinerei hinaus zu verlassen, aber einer würde mal nachsehen müssen. Sie schickte die Streife. Die Magersüchtige setzte sich ohne Aufforderung und zog aus ihrer Tasche Knäckebrotkrümel, die sie andächtig in sich hineinmampfte.

Zehn Minuten später kam die Meldung, an der Stargarder Straße/Ecke Schönhauser Allee seien tatsächlich drei unbekannte Objekte gefunden worden, allesamt tot und blutüberströmt. Die Streife forderte Verstärkung. Teufel telefonierte, was das Zeug hielt. Dabei rutschte sie auf dem Stuhl hin und her und rieb die Möse am Kissen. Ihre Person, befand die Chefin, solle sich um die Göre kümmern; Teufel atmete auf. Sie orderte der Kleinen einen Kaffee, sich selbst dazu einen Doppelten.

Da hatte Adele längst die Situation erkannt gehabt und zugegriffen. Hier war das gelackte Leben im Gang. Bärlin! Sälawie, dachte

Adele und zählte das Personal zusammen. Von den drei Glatzen war nicht viel übriggeblieben, oder zumindest nichts, das nicht nach Blutwurst stank. Adele hatte beim Metzgen stets hingelangt und ekelte sich nicht. Mit dem Wanderstiefel verhalf sie der zermatschten Birne des obersten Kahlkopfs zu neuem Profil. Würdevoll kodderte sie auf das Hakenkreuz, das er am rechten Ärmel trug. Dann durchsuchte sie die Innentasche seiner Windbluse, die vollends zerrissen war. Im dünnen Futter fand sie eine Granate, die intakt schien. Adele steckte sie sich in den Mantel. Nun lupfte sie den Kerl hoch und wuchtete ihn neben den Grünglascontainer.

Der darunterliegende sah noch trauriger aus. Das kam davon, daß der sich schon zu Lebzeiten zu Tode gesoffen hatte, so daß er quasi von selbst zerschellte. Aus ihm lief roter Saft heraus, als wär's Lambrusco. Ludwigs Trollinger hatte besser gerochen. Adele schniefte und langte in die Pfütze, in der eine eingelegte Innerei schwamm. Sie förderte zwei Blaue zutage, die troffen wie ein Sauerbraten.

Die unterste Nummer des Triumvirats war die imposanteste. Die Niete trug Krachlederne und wog mindestens drei Säcke Erdäpfel. Bevor sein Raucherbein amputiert worden war, das übrigens genauso behaart war wie sein Schädel, hatte er Motorradhosen angehabt. Ein Teil seines Untersatzes blieb ihm treu bis hinüber in die Ewigkeit: Seinen aufgesperrten Rachen zierte eine Felge. Es knirschte wie bei einem abgebeinten Saustück, als Adele sie ihm aus dem Gaumen zog. Im süßlichen Nebel des Innenhofs prüfte Adele die verbliebenen Beißer. Als Souvenir klaute sie einen herumlungernden Goldzahn, der schwach blinkte.

Jetzt nichts wie fort. Adele seufzte, als sie die schwankende Last ihres Koffers hochhob. Natürlich war sie auf so etwas gefaßt gewesen. Sälawie, Bärlin war die Hauptstadt des Verbrechens, immer schon gewesen, und Adele hatte keinen Skrupel, sich ihren Teil davon abzuholen. Und als es vor ihr bleich nach Hilfe schrie, da war sie pünktlich herbeigeeilt. Sie wollte das Roulette zum Rasen bringen.

Das Entsetzliche war, daß es keine Vorgeschichte gab. Rikchen, so hieß die Magersüchtige, kam aus normal kaputten Verhältnissen und war ein normal kaputtes Mädchen. In ihrer Schule verhielt sie sich politischen Dingen gegenüber gleichgültig. Die drei Skins hatten sie nicht angemacht und auch nicht vergewaltigt. Grundlos hatte das Gör die drei Buben angepöbelt und einen nach dem andern erschlagen.

Nach drei Stunden Gesprächstherapie hörte der Genitalpilz auf zu jucken. Dafür juckte Teufel um so mehr der Kopf, genauer die Schädeldecke vorne links. Die Magere mampfte süchtig am Knäkkebrot. Teufel spürte einen Tiefschlag in der Magengegend. Sie sehnte sich nach Jägerschnitzel mit frischen Champignons. Sie hatte die Faxen dicke. Schickte das pubertierende Skelett vor sich endlich zur Hölle.

Rikchen schniefte und brüllte. «Das könnt ihr nicht mit mir...»

«Natürlich», sagte Teufel, «deckst du einen. Oder mehrere, aber warum?»

«Herrgott», schrie das Kind, «ich hab draufgeschlagen, und da waren sie auch schon tot.»

Es stimmte. Es war wirklich wahr. Aber was nicht sein darf, das kann auch nicht sein, und eine spindeldürre Dreizehnjährige erschlägt keine drei strammen Glatzen.

Rikchen stand in der eiskalten Vorweihnachtsluft, durch die der Plastiksoßenchampignonsud der Polizeikantine schlich, und würgte. Sie hatte einen Riesenzores. Die Welt, dachte sie, kennt keine Gerechtigkeit, sonst wär ich jetzt auf dem Weg zur Anstalt und nicht zur U-Bahn. Aber wo keine Gerechtigkeit ist, da soll man sie schaffen, schließlich bin auch ich ein Kind vom Lieben Herrgott (würde der Opi jetzt sagen, pah, der Opi), und bevor ich in den Kanal springen muß, mach ich alles ein bißchen gerechter.

«Dingens», sagte der Egon und saß am Küchentisch. Dort saß er immer, dort saß er seit dem Tag, an dem der Kaiser abgedankt hatte. Es war ein 9. November gewesen, Egon war grade geboren; auch viel später hatte es wieder einen 9. November gegeben, an dem das Volk schrie und der Egon den Ärmel am Küchentisch wischte.

Adele saß ihm gegenüber und trank ein Cokelikt, das er ihr um die Ecke besorgt hatte, und sagte: «Sälawie.» Die hat gut reden, die Adele, dachte Egon, sieht noch genauso aus, das Flintenweib, dick und verschlagen. «Kannst nicht erwarten», sagte er, «daß ich die letzten sechzig Jahre nicht gelebt hab.» Und deutete auf ein fahles Hochzeitsfoto, das vor das spinnennetzartig zerstörte Glas des Büfetts geklemmt war. «Die Irmgard, die ist vor zwei Sommern weggestorben. Die hatte ein Dingens im Bauch, das war so groß wie ein Kindskopf.»

Und noch immer sagte der Egon also DINGENS. Es war das erste Wort gewesen, das er noch vor MAMA und PAPA hatte aussprechen können, und es diente ihm zum Bezeichnen des Wesens der Dinge. Es war auch deklinier- und konjugierbar: Ich dingense, du dingenst. Das Dingens im Bauch hatte die Irmgard allegemacht, dann hatte sich Tochter Irina in den Kanal geschmissen, und das einzige, was Egon blieb, war die vaterlose Enkelin, die Irina bei ihm zurückließ: Rikchen.

Es hätte nicht passieren dürfen, aber nun war es doch passiert, Rikchen, die ihr Leben lang von allen – nur nicht von dem Opi – immer nur getreten worden war, hatte zurückgeschlagen. Offenbar saftig, das war Egon recht, das Mädel mußte Dingens kriegen. Als dann vorhin die Lederjacken aufgetaucht waren, es hätte drei Tote gegeben und er solle mal mit aufs Revier, da schickte Egon sein Rheuma. Bei allem, was recht war, dingensen konnte Rikchen drei Glatzköppe nicht.

Egon überlegte, ob er Adele gestehen sollte, daß er auf den Kohlen saß, die er ins Feuer warf, wegen Rikchen. Sie sollte es warm haben, wenn sie nach Hause kam, ordentlich warm und gemütlich. Aber sie kam nicht. Es war schon nach acht, und sie war noch immer nicht da. Doch in Anbetracht dessen, daß er Adele seit der Machtergreifung nicht mehr gesehen hatte, ließ er es bleiben und heizte.

«Du warst einmal ein rechter Mann», säuselte Adele überm Cokelikt und rülpste. «Du warst der Karpfenhändler vom Alexanderplatz, Zentral-Markthalle in der Dircksenstraße, du hast nicht nur untenrum nach Fisch gestunken.»

Der Egon aber war damals erst fünfzehn gewesen, und sein Vater Egon selig war's, der Karpfenhändler, der sich untenrum stets ein wenig verjüngt hatte, wenn ein Weibsbild scharf auf Gräten war. So kam es also ans Licht; jedoch Egon biß die dritten Zähne zusammen, das Armeleutegebiß, in dem jeder einzelne echt war und von einem andern. Wer die falschen Zähne trug, der konnte gut auch den richtigen Liebhaber spielen, zumal Adele eine adrette Person war, immer gewesen, und zum Haushalten sicher nicht schlecht. So lachte der Egon und drehte einer Zweiliterflasche Lambrusco den Hals ab, ehe er Adele, die zum nächsten Cokelikt griff, munter um die Hüfte schwang.

Als Rikchen sich endlich in den Flur schlich und die Rotznase hochzog, da klebte an ihren Händen viel Schweiß. Sie hatte ganze Arbeit geleistet und mit einer Handgranate aus dem Zweiten Weltkrieg, die sie einem der Glatzen abgeknöpft hatte, ein Pissoir hochgehen lassen. Natürlich war es nicht irgendeins, sondern grad das, in dem Kommissarin Teufel-Ständer ihren Bedürfnissen nachkam und sich nachhaltig kratzte.

Jetzt war Rikchen echt groggy, zumal ihr Knäckebrot verdaut war und sie Nachschub brauchte. Aus der Küche drang fremdes Lachen, das tiefe Poltern einer fetten Frau. Hatte Opi, der alte Wichser, sich mal wieder eine Tonne von der Straße gefischt. Bis nach hier draußen stank's nach Lambrusco.

Nanu, ein Koffer. So ein Steinzeitding für die nach Übersee. Beinahe wäre Rikchen gestrauchelt. Grad noch fing sie sich an einem Mantel, der fremd und schwer am Haken hing. Welch dickes Ei in der Tasche. Ein Granätlein. Rikchen kicherte. Sie stopfte das Ei zwischen Hose und Hungerbauch.

Die zwei Hunnis, die Rikchen im Mantel noch fand, waren steif vor Blut. Und dann noch der Goldzahn. Rikchen fütterte sämtliche Diätkuren ihres Gehirns. Irgendwie war die Alte über ihre drei Kahlis gestolpert. Welch famose Chance für die Gerechtigkeit.

Adele Rappsilber, die fast gar achtzig Jahre lang in Malmishaus am Schreckensee Ludwigs Unterhosen geplättet hatte, merkte sehr wohl, daß mit Egon etwas nicht stimmte. Erstens hatte er blaue Augen, und er hatte früher immer wolfsgraue gehabt, zweitens war er nervös und drittens besoffen. Viertens gab es draußen im Gang ein Geräusch, das er nicht hören konnte, weil er stocktaub war. Adele, der das Cokelikt gleich die Blase sprengte, machte sich auf zum Etagenklo und stolperte unterwegs hinein in eine menschengroße Spinne. «I pfui», schrie Adele.

Egon machte Licht. Im Gang stand Rikchen, mit vor Haß schwarzen Augen und granatengefülltem Blähbauch. Das war so bombenkomisch, daß Adele wieherte wie ein Ackergaul. Sie schlug sich auf ihre viehmäßigen Schenkel, an denen das Cokelikt hinunterlief, und brüllte: «Sälawie.»

Rikchen triumphierte: «Jetzt wird Opi gedingenst. Oder ist es etwa nicht wahr, du alter Saftsack, daß du meine Mutti nach ihrer zwanzigsten Abtreibung in den Kanal geschickt hast.»

«Icke war's nich», flüsterte Egon, der tatterte, «es war mein Vater, der dich damals gebumst hat, Adele.»

Gemessen näherte sich Adele der Spinne und operierte ihr die Granate aus dem Bauch. Doch Egon war trotz Trunkenheit schneller; er fing das Geschoß wie einen Basketball und warf es aus dem Fenster. Drei Wochen später starb er an einer Lungenentzündung; er hat die Folgen der Kälte, die plötzlich in die überheizte Küche hereinbrach, mit seinem vom Lambrusco geschwächten System nicht mehr verkraftet. Rikchen landete im Umerziehungsheim für Hurenkinder, wo sie sich, vom Schuldkomplex übermannt, zum Schusterjungen mauserte.

Adele Rappsilber aber kehrte zurück nach Malmishaus. Am Schreckensee sah sie zu, wie sich Ludwigs zweiundzwanzig Hunderter nach und nach in schillernde Eiskugeln und eimerweise Cokelikt auflösten. Das Sälawie wäre sowieso nichts gewesen für sie; und als im Sommer Jan-Frieder kam, aus dem eben ein echter Polizist wurde, da hat sie ihm eine Geschichte aufgetischt, daß sich die Balken bogen.

MICHAEL KOGLIN

Afrikanische Nacht

Noch Jahre später wachte Niklas Salt nachts in seiner Zelle auf und spürte diesen Geruch in der Nase.

Ein Geruch nach Schweiß und Parfum, vermischt mit dem Aroma von Pfefferminz und frisch ausgepackter Kleidung.

Wenn er dann die Augen schloß, tanzten muskulöse, mit Netzhemden bedeckte Körper in seiner Zelle. Und sie verströmten den süß-metallischen Geruch nach Blut in seine Dunstwolke.

Auch in dieser Nacht drehte er sich auf seiner Pritsche zur Wand und versuchte, sich mit den Gefängnisgeräuschen abzulenken.

Draußen hallte das krächzende Husten eines Gefangenen wider. Defekte Toilettenspülungen träufelten das Wasser in die Aborte. Aus der Zelle neben ihm drang das brummende Schnarchen seines Nachbarn.

Ein Stück den Gang hinunter unterhielten sich zwei Männer. «Wenn Kai sich hier raustut, hat er die Tussi auf sicher. Die macht ihm noch ein paar Mark.»

«Die wird sich einen anderen Luden gesucht haben ... wartet doch nicht auf Kai, diese Schwuchtel.»

«Haltet endlich die Schnauze», zischte ein Wärter dazwischen. Er schlug mit dem Schlüsselbund gegen eine Stahltür.

Daß es Zuhälter, Mörder und Totschläger im wirklichen Leben gab, hatte er erst hier im Gefängnis Fuhlsbüttel begriffen. So etwas kannte er früher nur aus der Zeitung und dem Fernsehen, und auch eine Zelle hatte er allenfalls in einem Film gesehen.

Und wie ein Film kam ihm auch vor, was in jener Nacht passiert war. Ein Film mit Lücken, mit klaffenden Rissen, die er in diesen Nächten immer wieder versuchte zu schließen.

Dabei war er vorsichtig gewesen.

Er sah sich die Straßen in Hamburg-Eimsbüttel entlangschlendern.

Die blaue Ente seiner Frau Eva konnte er nicht entdecken. Er hatte auf diese Gelegenheit gewartet. Endlich würde er hineingehen, sich diese Diskothek von innen ansehen, in der seine Frau seit kurzem ihre Abende verbrachte. Warum hatte sie ihm nichts davon erzählt? Er war nur durch ein Streichholzheftchen in ihrer Manteltasche auf diesen Club gestoßen.

Immer wenn sie das Haus verließ, hatte er eine Stunde später ihren Wagen in einer der Seitenstraßen gefunden. Heute abend nicht, heute abend war der Weg frei.

Gut, sie wird da jemanden kennengelernt haben, dachte er, und daran wird wohl nichts zu ändern sein.

Als letztes kontrollierte er einen kleinen Parkplatz. Auch hier fand er die blaue Ente nicht.

Er überquerte die Gärtnerstraße und steuerte dann auf den Eingang der Diskothek zu.

Fünf Afrikaner standen in farbig leuchtenden Jacketts vor der Tür und redeten gestikulierend aufeinander ein. Einer der Männer bewegte seinen Hintern zu den Klängen der Musik, die durch die Eingangstür drang.

Gerade als Salt hineingehen wollte, wurde die Tür von innen aufgestoßen. Ein dunkelhäutiger Mann schob sich an ihm vorbei. Er trat zu den anderen Afrikanern und schlug seine Rechte in die ausgestreckten Handflächen.

Sie redeten in einer Sprache, die Salt noch nie gehört hatte.

Als er die Tür erneut öffnete, quoll feucht-muffige Luft gegen sein Gesicht. Treibhausluft.

Ein farbiger Hüne versperrte den Weg. Stumm und mit einer sanften Bewegung wies er auf ein Schild. Das Spiel seiner Oberarmmuskeln drückte sich deutlich durch den Stoff.

«Da, Mann», sagte der Türsteher.

Salt folgte seinem Zeigefinger zu einem Schild, auf dem «Zehn Mark Eintritt» stand.

Der Farbige nahm den Geldschein, den Salt aus seiner Brieftasche gefischt hatte, und stopfte ihn achtlos in sein Jackett. Dann trat er zur Seite.

Schmächtig kam sich Salt neben dem Schwarzen vor. Wie ein kleiner Bruder, dem nun mit einem beiläufigen Schritt zur Seite ein Blick auf die so lange verschlossenen Wunder und Geheimnisse dieser Welt erlaubt wird. Ein Blick, der alle Fragen beantworten würde.

Vor ihm bewegten sich die Körper im hämmernden Takt der Musik. Die Tanzfläche erstreckte sich bis zum Eingang. An der Wand zu seiner Linken entdeckte er eine Theke. Ausschließlich schwarze Männer standen da. Sie blickten zur Tanzfläche. Einige hielten Gläser, andere Bierflaschen in den Händen. Auch sie bewegten sich rhythmisch zu den Klängen.

Die Männer bildeten mit ihren Bewegungen eine undurchdringliche Barriere. Ein wippender Clan. Da hindurchschlüpfen, ein Bier bestellen, das erschien Salt aussichtslos.

Zwischen den Männern stand eine Frau. Sie trug eine rote Bundeswehrmütze, durch die eine weiße Möwenfeder gespießt war. Ihre roten, zu einem Zopf zusammengeflochtenen Haare fielen auf einen Poncho.

Kritisch blickte sie hinunter auf ihre groben Wanderstiefel, mit denen sie lustlos den Takt auf den Boden trat.

Hinter Salt drängten weitere Gäste in das Lokal und stießen ihn zur Tanzfläche.

Während er immer noch nach einem Zugang zur Theke Ausschau hielt, spürte er, wie sich etwas an seinem Mantel rieb. Er drehte sich um. Die braunen Augen eines Mannes strahlten ihn freundlich an.

«Eng», sagte der Mann und zuckte im Rhythmus der Musik entschuldigend mit den Schultern.

Dann wandte er sich wieder seiner Partnerin zu, die ihn mit sehnsuchtsvollen Blicken anhimmelte.

Salt schätzte die Frau auf vierzig Jahre. Evas Alter. Etwas jünger als er. Sie war dicklich und sorgfältig für den Abend hergerichtet. Auf ihrer cremefarbenen Bluse wippte ein schweres Medaillon.

Er entdeckte eine weitere Theke im hinteren Teil der Diskothek. Die Lücken abwartend, tänzelte er durch die wogenden Körper.

«Ein Bier», rief er.

«Nur in Flaschen, und fünf Mark.»

Fünf Mark war ein angemessener Preis. Er stellte sich mit dem Rücken an eine Trennwand.

Hier also verbrachte Eva ihre Abende, entspannte sich, wie sie sagte, von dem «Familieneinerlei». Ausgerechnet Eva. Er war es doch, der sich im Büro den Hintern plattsaß, das Geld ranschaffte. Und dann war sie abends immer öfter ausgegangen. Einfach so.

«Zu einer Freundin?» hatte er gefragt.

«Ja, ja, meinetwegen zu einer Freundin.»

Mehr hatte sie nicht gesagt. Immer wieder hatte er gebohrt, sie angefleht, beteuert, daß man über alles reden könne. Eva hatte geschwiegen und war mit ihrem Auto fortgefahren. Eine Zeitlang hatte er sogar geglaubt, daß sie sich einer Sekte angeschlossen hatte.

Der Schein einer Lampe traf ihn und tauchte seinen Trenchcoat abwechselnd in rotes, grünes und gelbes Licht. Eigentlich war die Diskothek recht klein. Die Wände waren weiß verputzt. Der Maler hatte mit einer Kelle Muster hineingedrückt.

Auch Salt bewegte seine Beine im Takt der Musik. Es waren afrikanische Klänge, die aus den Lautsprechern auf die Besucher des Clubs rollten. Trommeln, stampfende Geräusche, heisere Gesangsstimmen.

Einige der Paare hielten sich fest umschlungen und ignorierten den Rhythmus.

Neben ihm lehnte sich ein Farbiger gegen die Wand. Salt beugte sich an sein Ohr und sagte:

«Wird viel geküßt da vorn.»

Der Mann lachte und nickte heftig. Er sagte:

«Gut für Gesundheit.» Dann stieß er Salt verschwörerisch in die Rippen, löste sich von der Wand und tauchte in der Gruppe der Tanzenden unter.

Salt fühlte sich wohl, niemand beachtete ihn, die Musik war ungewohnt, aber sie gefiel ihm. Die Rhythmen umhüllten ihn wie ein wohliger Mantel, zogen ihn fort aus dem kalten Hamburg.

Die Frau mit den Wanderstiefeln drängte auf die Stahlplatten der Tanzfläche. Nach wenigen Schritten steuerte ein junger Farbiger auf sie zu. Er tippte auf ihre Schulter.

«Wir zusammen?»

Die Frau nickte.

Erst jetzt fiel Salt auf, daß es in dieser Diskothek mit einer Ausnahme keine schwarzen Frauen gab.

Und er war der einzige weiße Mann.

Und noch etwas bemerkte er erst jetzt. Die Männer, die hier tanzten, waren sehr jung. Ihre Gesichter waren glatt, einige hatten sich den Nacken rasiert, anderen fielen Rastalocken auf die Schultern. Direkt vor ihm schob ein Mann sein Stirnband zurecht. Dann umschlang er seine Partnerin.

Salt suchte nach einem Platz für die Flasche. Ein Farbiger, der von der Theke zurück auf die Tanzfläche eilte, stieß ihn an. Bier lief über Salts Trenchcoat.

«Hey, Mann, das tut mir aber leid.»

Salt verrieb die Flüssigkeit.

«Macht nichts, eng hier drin.»

«Das kannst du aber laut sagen, Mann. Verdammt eng.» Dann klopfte ihm der Farbige versöhnlich auf die Schulter. Salt schob die Bierflasche in seine Manteltasche und lächelte zurück.

Er zündete gerade eine Zigarette an, als er sie sah. Zuerst glaubte er an eine Täuschung, aber es gab keinen Zweifel. Eva strebte auf die Tanzfläche. An ihrem ausgestreckten Arm zog sie einen Schwarzen. Eva lachte.

Panik stieg in Salt auf. Er zog heftig an der Zigarette und drückte den Rücken gegen die Wand.

Er dachte an einen Hinterausgang, durch den er hätte verschwinden können. Gab es hier so etwas?

Keine drei Meter von ihm entfernt tanzten Eva und der Schwarze engumschlungen. Salt duckte sich hinter den Rücken eines Mannes, der sich mit seinen breiten Schultern vor ihm aufgebaut hatte. An seinem Ohr vorbei konnte er die Kette an Evas Hals erkennen. Sein Weihnachtsgeschenk.

Die beiden küßten sich. Der Schwarze streichelte Evas Nacken.

Als die Musik in einen schnelleren Rhythmus wechselte und die beiden sich voneinander lösten, bemerkte Salt diesen merkwürdigen Blick in ihren Augen. Er war ihm auch bei den anderen Frauen aufgefallen. Er schien zu dieser Diskothek zu gehören. Ein fiebriger Blick, etwas verliebt und herablassend zugleich. Voller Glut und lüstern.

Auf der Stirn von Evas Tanzpartner perlten Schweißtropfen. Auch der Mann direkt vor ihm roch nach Schweiß. Seine nackten muskulösen Armc, die durch das weitausgeschnittene Netzhemd ragten, glänzten im grünen, gelben und roten Licht des Strahlers. Bodybuilding, dachte Salt.

Ruckartig drehte sich der Mann um. Hatte er gespürt, daß Salt seinen Rücken als Deckung benutzte? Der Mann schob seinen Kaugummi in die Wange. Salt roch das Pfefferminz.

«Alles in Ordnung?»

«Klar, Mann», sagte Salt.

Egal wie, er mußte hier raus. Sollte Eva ihn doch sehen. Er drängte durch die Menge und bemerkte ihre ungläubig überraschten Augen. Sie streckte die Hand nach ihm aus, versuchte, einen Zipfel seines Mantels festzuhalten. Er riß sich los.

«Nun warte doch mal, warte, Niklas», rief sie.

Mit ein paar Schritten versperrte sie seinen Fluchtweg. Salt wollte ihre Hand abschütteln, schlug sie dann zur Seite.

Der Türsteher fing seinen Arm auf. Mit sanften Hundeaugen blickte er ihn an, schüttelte dann den Kopf. Ohne ein Wort zu sagen, schob der Hüne ihn zum Ausgang. Mit jedem Schritt wurde der Griff um Salts Oberarm fester.

Wie viele Minuten er vor dem Eingang gestanden hatte, wußte er später nicht mehr. Auch ein Riß, der sich nicht schließen ließ.

Er wartete auf Eva, darauf, daß sie herauskommen, sich entschuldigen, ihm alles erklären würde.

Nicht, daß er sich hätte beschwatzen lassen... aber Eva kam nicht.

Er sog die frische Luft in die Lungen.

Vor ihm auf dem Eppendorfer Weg führte ein junges Mädchen ihren Hund an der Leine. Der schwarze Mischling sprang aufgeregt an ihr hoch, sie redete beschwichtigend auf ihn ein.

«Wenn wir jetzt in Urlaub fahren, wäre das oberlangweilig», sagte sie, und der Hund bellte, als wollte er das bestätigen. Er trug ein rotes Tuch um den Hals.

Die Beine des Mädchens wurden von hautengen Leggings betont. Hatte er noch Chancen bei jungen Frauen? Schließlich begann jetzt eine neue Zeit. Niklas Salt auf Freiersfüßen. Warum sollte er zurückstehen, wenn Eva sich einen Neger griff?

Salt machte keine Anstrengung, ihr zu folgen. Er hätte auch gar nicht gewußt, wie er sie ansprechen sollte. Obwohl, mit diesem Mädchen ins Bett gehen, das wäre eine süße Rache gewesen. Er hätte Eva von der jugendlich straffen Haut erzählt, geschildert, wie sie sich anfühlt.

Er irrte an den Schaufenstern vorbei und blieb vor den Auslagen stehen, um sich zu beruhigen.

Er hatte Durst. Hier in der Gegend kannte er eine Kneipe. *Westpol* hieß sie. Früher hatte er sich dort mit seinen Freunden getroffen. Doch das Geschäft hatte die Besitzer gewechselt.

Hinter der Scheibe putzte jetzt ein Mann einen Kebabgrill. Als Salt an der Tür rüttelte, rief er ihm «ist geschlossen» zu und kreuzte die Arme. Dann beugte er sich wieder über die Spüle und bearbeitete mit einer Bürste weiter den chromglänzenden Spieß.

Müde Gesichter drehten sich zu ihm um, als er hundert Meter weiter ein Lokal betrat. Die Einrichtung stammte aus den 60er Jahren. Auch die Musik war danach. Howard Carpendale schmachtete dem Sand aus Hawaii hinterher.

«Na, junger Mann, so alleine?»

Die Frau, die ihr Glas neben seines schob, mochte fünfzig Jahre sein. Ihren matten Augen und der aschfarbenen Gesichtshaut war selbst bei diesem schummrigen Licht anzusehen, daß sie trank. Kein Vergleich zu Eva. Welche Frau ließ sich schon mit Eva vergleichen?

«So alleine?» wiederholte sie.

«Ganz gut so.»

«Wer hat dich denn aus dem Zwinger gelassen? Ein so schöner Junge und so kaputt?»

Sie legte ihre Hand auf seinen Arm. Er stieß sie weg.

«Kummer, mein Freund? Oder bist du schwul?»

Sie blickte ihn erwartungsvoll an.

«Nein? Hab 'ne Menge Erfahrung mit Schwulen, weißt du, ich meine im Umdrehen.»

Sie ließ ihre Handflächen kreisen.

«Zisch ab», sagte Salt.

«Ärger mit den Frauen? Kann mich schon gar nicht mehr daran erinnern, wann ich zuletzt... Bei dir allerdings... vielleicht würde ich eine Ausnahme...»

Salt drehte sich zur Seite.

«Ist er dir eingefroren? Da solltest du mal erfahrene Hände ranlassen. Wie wär's?»

«Leck mich am Arsch.»

Die Frau stand auf und taxierte ihn.

Dann sagte sie: «So ein kleiner Arsch ist schnell geleckt.»

Salt warf ein Fünfmarkstück auf den Tresen und stürmte aus der Kneipe.

Am Ende der Eppendorfer Landstraße bog er in den Lehmweg. Widerlich, dachte er.

Vor einem Antiquitätengeschäft blieb er stehen. Vasen, Schüsseln und Teller standen im Fenster. Zwei afrikanische Masken glotzten durch die Scheiben in sein Gesicht. Er bückte sich zum Preisschild einer venezianischen Schüssel.

Als er die Zahl 4800 entziffert hatte, sagte er laut: «Itakerschweine, verdammte Schweine.»

Er wich zurück und stolperte über das Stahlrohr eines Baugerüstes. Die Arbeiter mußten es hier vergessen haben. Hatten sie es ihm hingelegt? Bereitgelegt?

Als er das Rohr in die Scheibe rammte, traf er seltsamerweise genau durch den Henkel einer chinesischen Vase. Dennoch splitterte Porzellan im hinteren Teil des Ladens.

Wie eine Fahnenstange ragte das Rohr aus dem Ladenfenster. Salt zog ein Taschentuch aus der Hose und band es daran fest. Er blieb vor dem Fenster stehen und salutierte.

Ein Ehepaar trat auf ihn zu. Der Mann schien bestürzt. «Wissen Sie, wer das war?»

«Keine Ahnung», sagte Salt. «Hab den Typen nur von hinten gesehen. Schwarze Haare.»

Die Frau zupfte am Ärmel ihres Mannes.

«Man sollte den Besitzer anrufen oder die Polizei.»

«Ich werde diesen Randalierer verfolgen», sagte Salt und schlenderte grinsend weiter.

Sicher, es war eine Dummheit gewesen, aber er fühlte sich seltsam erleichtert, geradezu beschwingt. Ein Druck war von ihm abgefallen, er konnte wieder klar denken.

Auf der anderen Seite des Lehmweges befand sich eine Großbaustelle. Ein Siel wurde in den Boden gegraben. Das Loch hatte eine Tiefe von 32 Metern erreicht. So stand es in der Zeitung.

Wenn er da jetzt hinuntersprang, was dann wohl Eva sagen würde? Ganz deutlich sah er sie vor seinem Grab stehen. Tränen liefen über ihre Wangen, und vor dem Gesicht trug sie einen schwarzen Schleier. Schwarz!

Vielleicht würde sie ihren neuen Liebhaber zu seiner Beerdigung gleich mitbringen. Zum Trösten.

Er verscheuchte die Bilder. Dieses Selbstmitleid war lächerlich. Und das wegen einer Affäre, nichts als einer kleinen dummen Affäre.

Eva würde ihn doch nicht im Ernst wegen dieses Schwarzen verlassen. Nein, dafür verband sie zuviel. Zu viele Jahre, zu viele Urlaube, zu viele gemeinsame Erlebnisse. Was hatte der ihr schon zu bieten. Nein, das war eine Liebschaft, wie sie in allen Ehen vorkam. Eva war dieser fremden Welt der Schwarzen erlegen. Eva hatte schon immer etwas für Exotik übriggehabt.

Er schlenderte den Lehmweg hinauf. An der Ecke zur Hoheluftchaussee betrachtete er die Auslagen eines Trödlermarktes.

Da standen Schreibtische und Stühle, Plastikkrokodile schlängelten sich durch den Laden, und eine Buddhafigur ragte menschengroß hinter der Scheibe auf. Neben einer Säule stand ein frisch lackierter Oldtimer. Vasen, Töpfe, Bilder, Sofas in bunten Farben, Büsten aus Gips, Reklameschilder, Bücherstapel, Osterhasen aus Pappmaché und Blumenhocker. Prall gefüllte Fenster. Er mußte Eva diesen Laden zeigen. Wenn sie sich ausgesprochen, ihr Leben wieder in Ordnung gebracht hatten. Er wußte doch, wie gern sie auf Flohmärkten und in Trödelläden wühlte.

Dann sah er einen Autoscooter. Mußte aus der Konkursmasse eines Jahrmarktbetriebes stammen. Oder hatte man ihn ausrangiert?

In solch einem Kirmeswagen hatte er Eva kennengelernt. Damals auf dem Hamburger Dom. Er hatte sie gerammt, und schließlich waren sie zu zweit gefahren. Zwanzig Jahre war das her.

An die Farbe des Autoscooters, in dem er Eva zum ersten Mal geküßt hatte, konnte er sich beim besten Willen nicht erinnern.

Den Stuhl und den Küchentisch, die in diesem Fenster aufgebaut waren, hatte man gelb bemalt und mit schwarzen Sprenkeln versehen. Leopardenmuster.

«Tarzan hat sein Baumhaus aufgeräumt», sagte Salt. Er stützte sich an der Scheibe ab. Sein Atem vernebelte das Glas. Vielleicht wartete Eva schon zu Hause auf ihn, überlegte sich eine Erklärung für ihr Verhalten. Sollte er anrufen?

Dann sah er Evas Ente.

Durch mehrere Scheiben des vollverglasten Ladens konnte er sie genau erkennen. Sie standen auf einem Parkplatz. Beide saßen im Auto. Die Straßenbeleuchtung fiel auf ihr Gesicht und wurde glimmend von der Goldrandbrille des Schwarzen zurückgeworfen.

Er sah, wie Eva den Mund aufriß, die Hände hob, auf das Lenkrad schlug. Sie stritten sich. Kein Zweifel. Und er hatte sich Sorgen gemacht. Die Geschichte zwischen den beiden war vorbei, bevor sie richtig begonnen hatte. Er lächelte und blickte auf den Scooter. Auf dem Sitz erkannte er einen Leoparden. Und eine große Negerpuppe hielt den Hals dieses Stoffleoparden fest umschlungen.

«Du bist halt nur ein Spielzeug», murmelte er.

Er sah, wie Eva die Fahrertür der Ente aufstieß. Der Farbige versuchte sie zurückzuhalten. Eva riß sich los.

Diese Frau kannst du nicht halten, dachte Salt. Diese Frau nicht.

Eva stieg aus dem Wagen, der Farbige auch. Eva hob die Hände, Niklas konnte die Wortfetzen nicht verstehen, aber sie schrie ihn über das Autoverdeck an. Jetzt geht gar nichts mehr, dachte er. Wenn sie erst mal schreit, braucht sie ein paar Stunden, um sich zu beruhigen. Du wirst nicht einmal zu Wort kommen. Sie wird dir nicht zuhören.

Sie wird dich aus dem Auto werfen. Auch er hatte das erlebt. Und dann half nichts mehr. Wenn Eva sauer war, dann half kein Betteln, kein Drohen, nichts.

Der Farbige redete beschwichtigend auf Eva ein. Mit den Händen zeigte er immer wieder auf seinen Brustkorb, lächelte über das Auto. Demütige Gesten. Eva schüttelte den Kopf, machte eine wegwerfende Bewegung, so, als wollte sie den Schwarzen verscheuchen wie einen Hund.

Vielleicht sollte ich dich armes Schwein zum Bier einladen. Du kennst eben diese Frau nicht. Eva hat mit dir gespielt, mein Freund.

Niklas Salt empfand große Dankbarkeit. Das Schicksal meinte es gut mit ihm, hatte ihn hierhergeführt, damit er mit ansehen konnte, wie diese kleine lächerliche Affäre zu Ende ging. Es gab eine Gerechtigkeit.

Der Schwarze schüttelte immer energischer den Kopf. Er sagte jetzt nichts mehr. Vorsichtig schloß er die Tür und schritt dann um das Auto.

Was dann passierte, traf Niklas Salt wie ein Schlag. Der Schwarze trat auf die schreiende Eva zu und nahm sie in die Arme. Wortlos.

Eva ließ es sich gefallen. Er küßte sie, und sie erwiderte seinen Kuß. Leidenschaftlich, als gäbe es niemanden sonst auf der Welt, als würde Niklas Salt nicht mehr dazugehören. Die beiden verschmolzen vor seinen Augen, waren eine Einheit.

Dieses Gehen um das Auto, das In-den-Arm-Nehmen und der Kuß. Nein, nichts besonderes, aber es war rund und ganz einfach, und es fügte sich ineinander. Nichts war an dieser Geste zuviel und nichts zuwenig.

Dann stiegen sie in den Wagen und fuhren davon.

Salt stieß sich von der Scheibe ab.

In der U-Bahn-Station Hoheluft bremste rasselnd ein Zug. Vielleicht einfach nach Hause fahren und die Tür verschließen. Den Schlüssel von innen steckenlassen. Eva klopfen und klingeln lassen. Bis sie schwarz wurde. Sollte sie doch in den Kral dieses Negers ziehen. Vielleicht hatte der ja schon eine Frau. Bei Negern nichts besonderes, dachte er. Die haben manchmal ein Dutzend Frauen.

Auf der Brücke über den Isebekkanal blieb er stehen. Ein Baum, den einer der letzten Stürme entwurzelt hatte, neigte sich in das Wasser. Im Schein des Mondes sah er, wie ein dicht beieinander schwimmendes Entenpärchen in einem eleganten Bogen daran vorbeipaddelte.

Und dann drehte er sich um und sah den Schwarzen.

Der Mann saß in einem Plexiglashäuschen und wartete auf den Bus. In sich zusammengekauert saß er da, nur mit einem Jackett bekleidet. Ein leuchtendes Gelb. Zu seinen Füßen stand eine Plastiktüte.

«Dein heiliges Bündel mit Präservativen, wie?» sagte Salt. Er achtete nicht auf die Autos, als er die Hoheluftchaussee zu der kleinen Verkehrsinsel überquerte.

Er stellte sich neben den Mann und blickte ihn an. Sagte nichts, schaute ihn nur an. Der Farbige rutschte auf seiner Bank zur Seite, um ihm Platz zu machen. Salt blieb stehen. Der Mann nickte Salt freundlich zu, dann fixierte er wieder einen Punkt in der Ferne.

Salt sah die Angst an dem Mann emporkriechen. Jetzt drehte er sich sogar hilfesuchend um.

«Ratte», sagte Salt.

Der Afrikaner reagierte nicht.

«Ratte», wiederholte Salt. Der Mann deutete auf seine Ohren. Er wollte ihm sagen, daß er ihn nicht verstand. Salt begriff das.

«Aha, er versucht zu denken.»

Seine Zähne blitzten ihm weiß ins Gesicht. Er erinnerte sich später genau an die Zähne dieses Mannes. Und an den Geruch. Der Mann roch nach Küche und Schweiß. Nach Afrika. Und nach seiner lustfeuchten Unterhose.

Daß es ein verdammter Hilfskoch war, der in einer Kneipe die Teller abwusch, das hatte er erst beim Prozeß erfahren. Was interessierte ihn das? Er kannte den Mann doch gar nicht. Zur falschen Zeit am falschen Ort. Das gab es. Schicksal. Sein Schicksal. Und jeder mußte sein Schicksal tragen. Der Neger hätte ja abhauen können, aber nein, der Idiot war einfach sitzen geblieben, hatte ihn provoziert, indem er einfach dort blieb, wo er war.

Dann hatte Salt die Bierflasche in der Hand, die er in der Diskothek eingesteckt hatte. Fünf Mark war nicht zu teuer für eine Flasche Bier. Er hatte sie plötzlich in der Hand, ja, daran erinnerte er sich noch genau. Und auch an die Leoparden, die er gesehen hatte. Leoparden, die mit ihren weißen Zähnen alles zerbeißen wollten, was er besaß, die ihn tänzelnd umstellten, ihn bedrohten, ihn einkesselten, gegen die er sich verteidigen mußte.

Dann folgte eine Lücke, die später der Richter und der Staatsanwalt füllten.

Er hatte die Flasche dem Jungen über den Kopf geschlagen und dann den abgebrochenen Flaschenhals in sein Gesicht gedreht.

Sein Film setzte wieder ein, als der Körper des Schwarzen herunterrutschte. Er hinterließ mit seinem Kopf einen breiten Strich aus Blut an der Plastikscheibe.

Merkwürdig, dachte er in diesem Augenblick, ihre Handflächen sind weiß und ihre Schwänze schwarz, aber ihr Blut ist rot. Ganz normal rot.

Dann lag der Mann auf dem Boden, die Augen offen und starr, und die Zähne zeigte er ihm jetzt nicht mehr.

Auch wenn er in seiner Zelle noch so nachgrübelt, eigentlich weiß er nicht, wieso das passiert war. «Es muß mit diesem Geruch zu tun haben», sagt er. Dann schließt er die Augen. Bis zum Wecken sind es noch zwei Stunden. Er muß schlafen.

Nach dem Frühstück wird er in den Kraftraum gehen und achtgeben. Auch hier in Fuhlsbüttel gibt es Schwarze. Wie immer wird er sorgfältig die Griffe der Hanteln abwischen, bevor er mit ihnen trainiert.

Er will diesen Geruch nicht auch noch tagsüber an sich tragen. Nur nicht dumm sollen sie ihm kommen. Er macht Fortschritte mit seinem Training.

Bevor er einschläft, denkt er an sein Handtuch. Auf keinen Fall darf er es im Duschraum verwechseln. Vielleicht sollte er es markieren?

Niklas Salt hatte seine Sachen jetzt im Griff.

Auch Eva würde solch eine Nachlässigkeit nicht verstehen. Schließlich hatte sie ihm früher immer die Anfangsbuchstaben seines Namens in die Handtücher gestickt.

Michael Koglin, 38, lebt und arbeitet als freier Journalist und Autor in Hamburg. Er verfaßte vielbeachtete Museumsführer und erhielt den Hamburger Literaturförderpreis 1990. Zur Zeit arbeitet er an seinem ersten Kriminalroman.

PETER MATHEWS

Pommes mit Mord

Dies ist eine Geschichte von Harry. Er hat sie mir geschenkt, oder genauer, ich habe sie ihm abgekauft. Der Preis waren zwei Frikadellen, drei Dosen Holsten und dreimal Kümmerling. Im Stehen genossen an einer Imbißbude am Bahnhof Sternschanze. Ich wartete auf den 181er Bus, wollte mir den Feierabend mit einer Tüte Pommes frites verderben, als er dastand. Groß mit mächtigem Kopf auf schmächtigen Schultern, wie ein Bär ohne Fell. Die Augen hinter kleinen ovalen schwarzen Schutzgläsern verborgen, Arme, Oberkörper und Beine in verwaschenem Jeansstoff versteckt. Schädel und Gesicht waren bis auf Nase und Brille durch graue Haare vor Blicken geschützt. Er stand da und trank aus einer Dose in großen Schlucken. Ich bestellte einmal Pommes rot, kramte zwei Mark dreißig zusammen und wartete. Bei solchen Gelegenheiten dachte ich mir immer Kurzkrimis aus: «M. bestellte sich einmal Pommes rot. 45 Jahre später war er tot.»

Harry sah mich an. Er musterte mich von oben bis unten, zog die Nase hoch und überlegte. Ich drehte mich um, tat, als interessiere ich mich für den Straßenverkehr und lauschte dem Sirren der Friteuse. Ich kannte Harry nicht, ahnte aber, daß da gleich was kommen würde. Etwas in der Preisklasse von Zweimarkfünfzig. Etwa «He, Meister, spendierst mal 'ne Keule?» Er wußte nämlich, ich konnte mich der Situation nicht entziehen. Friteusen können so grausam sein. Aber Harry sagte nichts, sondern seufzte nur und trank noch einen Schluck Bier. Er mußte mindestens fünfzig Jahre alt sein, er sah weder verloddert noch krank aus. Er blickte mich an und sagte:

«Wenn du willst, erzähle ich dir die Geschichte von einem perfekten Mord.»

«Mir?»

«Klar, meinst du etwa dem Frittenbäcker?» Er deutete auf die schmierige Kittelschürze in der Bude.

«Warum mir?» Alles braucht seinen Grund.

«Weil sonst keiner hier ist und mein Friseur die Geschichte schon kennt.» Der Mann war wenigstens geradeheraus.

«Meinetwegen», seufzte ich, «bis der Bus kommt.»

Er streckte mir die Hand entgegen. «Ich heiße Harry und trinke Bier mit Kümmerling.»

«Und die Geschichte?»

Harry hatte selbständig mit einem Victory-Zeichen auf Bier und Kümmerling gedeutet, in der Rückwärtsbewegung mit dem Daumen auf mich gezeigt, die Getränke entgegengenommen, die Dose geöffnet, einen Schluck Bier abgetrunken, den Kümmerling zum Bier gekippt, abgesetzt, und schon legte er los.

«Draußen in Harburg, kurz vor den schwarzen Bergen, da wo die besseren Leute von Harburg wohnen, hatte Herbert Gier sein Einfamilienhaus, Krüppelwalmdach, Terrasse, Garage, alles dabei. Gier war Oberstudienrat, verheiratet, ohne Kinder. Er war ein Ekel. Denn trotz Pensionsanspruch und 130-qm-Schuppen hatte ihn seine Frau nach 17 Jahren Ehe verlassen. Nun konnte er nur noch seine Zugehfrau und seine Schüler triezen. Mathematik und Physik in der Mittelstufe. Beliebt war er nicht, Humor hatte er nicht, und ein Pedant war er auch. Sport trieb er nicht, aber im Schützenverein war er. Das war da so üblich, von wegen der Reputation. Mit der Zeit fand er sogar Spaß am Pistolenschießen.» Harry trank.

«Nachdem seine Frau ihn einige Monate mit unbekanntem Ziel verlassen hatte, begann er sich zu fürchten. Er hörte abends Stimmen, redete davon, überfallen zu werden, und hatte immer eine Waffe geladen im Schrank. Er schaffte sich einen Bewegungsmelder an, der sofort eine Flutlichtanlage im Garten einschaltete, wenn Unbefugte sich dem Grundstück näherten. Doppelte Schlösser, eine Direktleitung zur Polizei waren die nächsten Ausgaben. Und obwohl er Hunde eigentlich nicht ausstehen konnte, schaffte er sich einen Köter an. Er bekam ihn von einem Schützenbruder geschenkt, dessen Hündin unvorhergesehen Mutter geworden war. Aber wie sich dann herausstellte, war der Hund alles, nur kein Wachhund. Er mochte ihn trotzdem. Der Hund entwickelte sich zum wandelnden Kompostierbetrieb. Er fraß grundsätzlich die Reste der Mahlzeiten seines Herrchens auf und verteilte die Verdauungsrückstände würstchenweise auf die Fußwege der umliegenden Straßen. In den Garten durfte er abends nie, wegen des Bewegungsmelders. Das sparte auf die Dauer soviel Abfall, daß G. sich überlegte, ob er nicht auf eine kleinere Mülltonne umsteigen sollte. Kleinvieh spart eben auch Müllgebühren.

Elektronische Alarmanlagen sind trotz bester Wartung anfällig. Hoppelte nachts ein Kaninchen über das bewachte Grün, flammten die Halogenlampen auf und tauchten Hecken und Ecken in gleißendes Licht. Gleichzeitig wurde über eine Standleitung die örtliche Polizei informiert. Die rückte dann unauffällig auf der Suche nach dem Eindringling aus. Da Gier nicht der einzige Angsthase der Gegend war, reagierten die Polizisten inzwischen gelassen auf die Alarme. Die nächtliche Bestreifung der Bürgerheime war bei den Beamten äußerst unbeliebt. Immer wenn junge Polizisten ihre ersten Nachtschichten auf einem Revier machen mußten, wurden sie zu diesem Schwachsinnsjob eingeteilt.

Plume war gerade zwei Jahre bei der Polizei. Erst Polizeischule und dann nach Harburg aufs Revier. Besser konnte er es gar nicht treffen. Denn seine Eltern wohnten in Harburg, er war in Harburg zur Schule gegangen, und seine Freundin wohnte in Neugraben, also gleich nebenan. Polizist war kein Traumjob für Plume, viel lieber hätte er Informatik studiert, aber sein Zeugnis hatte nicht fürs Abitur gereicht. Plume war Fußballer, in Kopf und Füßen beweglich. Als dann die Einberufung zur Bundeswehr kam, meldete er sich zur Aufnahmeprüfung bei der Polizei und wurde zur eigenen Überraschung angenommen. Jetzt lief er mit Bomberjacke, Turnschuhen und Pistole durch die Straßen und bewachte fremdes Eigentum.

Während einer der ersten Nachtschichten schellte der Alarm bei Gier. Sie hatten ins Haus geguckt, bevor sie läuteten. Fast hätte Plume der Schlag getroffen, als er seinem alten Lehrer gegenüberstand.

‹Haben die Herren ein Nickerchen gemacht, oder warum hat das fast vierzig Minuten gedauert, bis Sie endlich erscheinen?› Giers Ton war scharf und ätzend, wie damals bei den Mathearbeiten. Mitleidslos hatte er ihm eine Fünf reingeknallt, obwohl er gewußt hatte, daß Plumes Schulkarriere damit beendet war. Eine Fünf in Mathe, und das Gymnasium war so weit weg wie die Bahamas.

Plumes Kollege behielt die Ruhe, erklärte, daß sie erst mal unauffällig observiert hätten, bevor sie sich bei ihm meldeten.

‹Wohl neu, die Herren. Noch etwas unerfahren?› Der Typ stand da in seinem dunkelroten Hausmantel, mit Puschen an den nackten Füßen, der Köter kläffend im Flur.

‹Ich kenne Ihren Chef gut, ist ein Schützenkamerad von mir. Wenn Sie beim nächsten Mal so lange brauchen, werde ich das berichten. Es nützt nichts, wenn Sie zu spät kommen. Guten Abend.›

Bernd zuckte nur mit den Schultern, verabschiedete sich und murmelte: ‹So ein Arsch.› Plume hatte seinen alten Lehrer erkannt. Aber er sagte nichts.

‹Und für so was hauen wir uns die Nacht um die Ohren.› Bernd war sauer, regte sich die ganze Nacht über den Typen auf. Plume sagte nichts, er saß gedankenverloren im Wagen und ärgerte sich über Gier. Bernd war genervt.

‹Erzähl mal von deiner Alten›, forderte er seinen Kollegen auf, als sie zum siebten Mal die Runde durchs Viertel machten. Aber Plume winkte nur ab. Ihm schwirrte der Kopf vor Erinnerungen. Und immer wieder sah er das höhnische Gesicht seines Lehrers vor sich, wenn G. während der Mathearbeit auf sein Heft sah und bemerkte: ‹Mathematik ist eine exakte Wissenschaft und nicht das Orakel von Delphi.› Dabei hatte er ihm am Tag zuvor den falschen Tip für die Vorbereitung gegeben. Und als er ihn dann gebeten hatte, aus der Fünf eine Vierminus zu machen, damit er in die elfte Klasse versetzt wurde, tat er empört und kanzelte ihn ab: ‹Ich bin Beamter, ich kann nicht verantworten, daß du noch ein Jahr länger dem Staat zur Last fällst.›

Damals hatte er sich geschworen, daß er sich bei dem Fallensteller rächen würde. Wie und wann wußte er damals nicht. Er hatte das ganz hinten auf dem Dachboden seiner Erinnerungen versteckt. Und dann hatte er andere Sorgen und die Sache vergessen. Aber als er Gier jetzt wiedersah, kam das alles wieder ans Licht. Und die Gelegenheit war günstig, dieses Jugendtrauma zu entsorgen.

Drei Tage später hatte Plume wieder Streife in der Gegend. Er war mit der Fußstreife dran. Er verabredete mit seinem Kollegen, allein den Weg hinter den Häusern zu kontrollieren. Er meldete sich regelmäßig bei seinem Kollegen. Nur in dieser Nacht gab er immer andere Standorte an, so daß, als er hinter dem Haus von Gier ankam, sein Kollege ihn an einem ganz anderen Ort vermutete. Plume stieg über den Zaun des Gartens und wartete. Es war 1.15 Uhr, und das Haus lag dunkel und ruhig. Er war so nervös wie damals beim Schummeln während einer Klassenarbeit. Plume nahm einen Stein und warf ihn auf die Terrasse. Nichts geschah. Erst der dritte Stein löste die Alarmanlage aus. Der Rasen leuchtete in gleißendem Grün.

Die Revierwache funkte zu der Streifenwagenbesatzung: Alarm bei Gier. Plume meldete sich routinemäßig bei seinem Kollegen, und der schickte ihn zum Haus von Gier. Plume sagte, daß er etwa fünf Minuten brauchen werde.

Als der Oberstudienrat die Treppe seines Einfamilienhauses im Morgenmantel herunterkam, tappte er im Dunkeln. Er hörte Geräusche auf der Terrasse. Wo die Polizei bloß wieder blieb? Schon waren einige Minuten seit dem Alarm vergangen. Na, denen würde er was erzählen. Der Hund bellte und rannte aufgeregt im Wohnzimmer hin und her. Er ging auf die Terrassentür zu. Nach einem kurzen Moment öffnete er sie. Und da stand ein großer Kerl, mit grüner Bomberjacke, Jeans und weißen Turnschuhen. Breitbeinig, und in den ausgestreckten Armen hielt er seine Dienstwaffe.

‹Herr Oberstudienrat, kennen Sie mich noch?› Gier zögerte, trat einen Schritt auf den Fremden zu, er erinnerte sich. ‹Plume?›

‹Ja, Herr Oberstudienrat, das hätten Sie nicht gedacht?› Triumph schwang in der Stimme des jungen Polizisten mit. ‹Aber irgendwann kommt der Tag der Abrechnung.›

‹Was willst du, Plume? Was klauen? Hau lieber ab, gleich kommt die Polizei.› Gier blieb ganz ruhig, er behielt sogar die rechte Hand in seiner Morgenmanteltasche.

‹Ich bin die Polizei.› Plume entsicherte seine Waffe. ‹Und jetzt werden Sie sterben, Sie Scheißlehrer.› Er hob die Waffe hoch und zielte.

‹Plume?› Der Kollege war gerade vor der Haustür eingetroffen, als er den Schuß hörte. Er stürzte in den Garten und traf Gier ganz benommen auf der Terrasse stehend. Vor ihm lag Plume und blutete aus einer großen Wunde am Hals. Er war tot.

Gier brüllte den anderen Polizisten an. ‹Sie haben schon wieder über zehn Minuten gebraucht. Muß man denn alles allein machen?

Er hätte mich umbringen können.› Plumes Kollege war fassungslos.»

Harry nahm einen tiefen Schluck aus der Dose und sah mich an. Ich schluckte trocken. «Das haben Sie sich ausgedacht.»

«Das ist True Crime, Mister.» Harry zottelte einen Zettel aus seiner Manteltasche, reichte ihn mir und wandte sich der Bedienung zu. Mit seinem Victory-Zeichen deutete er auf Bierdose und Kümmerling, mit dem Daumen auf mich.

Ich las die Meldung. Sie war aus den *Harburger Nachrichten*: «Polizist erschossen... Zu einem tragischen Unglücksfall kam es in der vorigen Nacht in den Schwarzen Bergen, als Zivilpolizisten bei der Fahndung nach Einbrechern zum Haus des Oberstudienrats G. kamen. Der Hausbesitzer hatte um 1.15 Uhr die Polizei benachrichtigt, weil er verdächtige Geräusche gehört hatte. Die Zivilbeamten näherten sich dem Haus, um den Dieb auf frischer Tat zu erwischen. Als einer der Beamten die Terrasse des Einfamilienhauses betrat, verwechselte ihn der Pädagoge mit dem Einbrecher. ‹Plötzlich stand ein Bewaffneter vor mir und zielte auf mich.› G., der Mitglied der Schützengilde ist, schoß schneller. Ein herbeigerufener Notarzt konnte nur noch den Tod des jungen Polizisten feststellen. Der Schütze erlitt nach dem Unfall einen Schock und war nicht vernehmungsfähig.»

Harry sah mich an und grinste. «Na, überzeugt?»

«Ist ja ein Ding.» Jetzt hätte ich einen Schnaps brauchen können, die Pommes lagen mir schwer im Magen.

«Und was haben Sie mit der Sache zu tun?» fragte ich ihn.

«Ich? Nichts. Ich verdiene mir mit der Geschichte immer mein Bier. Aber langsam muß ich los. Ich nehme an, Sie übernehmen das hier?» Er deutete auf die leeren Dosen und Fläschchen. Ich nickte hilflos.

«Ich muß los.»

Ich sagte: «Zahlen, bitte.»

«Was hatten Sie?»

Ganz in Gedanken antwortete ich: «Einmal Pommes mit Mord.» Der Frittenbäcker lächelte, verlangte 28 Mark und akzeptierte 2 Mark Trinkgeld.

«Harry, eine Frage habe ich noch.»

Er drehte sich um.

«Ja?»

«Dann war es doch nur Notwehr, wenn der Polizist schießen wollte.»

Harry grinste. «Glaubst du etwa, ich hatte zufällig einen Revolver im Morgenmantel? Ich habe gewußt, daß er kommt, irgendwann. Ich kenne meine Pappenheimer. Ich bin ein Fallensteller.» Er schlurfte davon.

JANE S. BAKERMAN

«All das ist in mein Erzählen eingewoben»

Das Werk von Nicolas Freeling

In seinem zehnten Roman um Piet van der Valk unternahm Nicolas Freeling einen gewagten Schritt. Er brachte den anständigen, versöhnlichen holländischen Polizeibeamten um, der ihm Millionen Fans gewonnen hatte. Und doch, dieser Schritt war nur einer seiner vielen außergewöhnlichen Einfälle. Freeling bezeichnet sich selbst als «einsames Kind», das ständig Bücher verschlang und schließlich Soldat, Gammler, Koch und Gefängnisinsasse wurde und es auch schaffte, Ehemann und Vater zu sein. Offensichtlich daran gewöhnt, sein Privatleben immer wieder neu zu definieren, trägt seiner Ansicht nach jede Veränderung und jede Herausforderung reiche Früchte für seine Arbeit als Autor. Eine Passage aus «The Kitchen» liefert ein eigenes Bild für seine vielschichtige, kompliziert verwobene Erzählweise:

> «Zu Hause, wo ich arbeite, schreibe ich an einem Tisch, der eine lange rechteckige Kiefernplatte ist. Ursprünglich war er lackiert und der Tisch eines französischen Landgasthauses. Ich habe den Lack heruntergeholt, das Kiefernholz mit Seife geschrubbt, und dann war's ein Küchentisch. Ich wollte einen Eßtisch haben, also nahm ich ihn mir wieder vor und bemalte ihn Schicht um Schicht mit roter, weißer und brauner Farbe. Bevor ich die nächste Schicht auftrug, tröpfelte ich Farbe darauf, verschmierte sie, rieb mit dem Handballen darüber und auch mit Sandpapier. Schließlich hatte er eine gemaserte und verschlungene Oberfläche mit Narben wie die Schnitte und Brandflecke auf den Händen eines Kochs, und ich war sehr zufrieden damit. Meine Kinder haben ihn dann ruiniert, indem sie ihre Gabeln in die Oberfläche bohrten, während die Erwachsenen gemächlich ihr Essen beendeten, und so nahm

ich mir einen anderen, ähnlichen Tisch vor, der aber aus Hartholz war, um daran zu essen... und den bemalten nahm ich dann zum Arbeiten. Über dem Tisch an der Wand hängt eine Zeichnung... der Köche... gesehen durch das Küchenfenster des Restaurants Laperouse in Paris. All das ist in mein Erzählen eingewoben.»

Aber Freelings Fans, wahrscheinlich weniger daran gewöhnt, ihre Prioritäten immer wieder neu zu bestimmen, waren bestürzt. Glücklich in ihrer Sucht nach van der Valk und in regelmäßigen Abständen mit ihrer Droge versorgt, erlebten sie plötzlich über eine lange, traurige Zeit die unangenehmen Entzugssymptome, weil kein neuer Roman mit Piet erschien. Wer konnte ihn ersetzen? Niemand. Er besaß einen einzigartigen Platz in der Zuneigung der Leser. Zum Glück versuchte Freeling nicht, Piet van der Valk zu ersetzen oder zu verdrängen. Statt dessen lieferte er den Lesern bereits bekannte Charaktere, nämlich van der Valks Ehefrau Arlette, die Hauptfigur in der zweiten Hälfte von «A Long Silence» und in zwei folgenden Romanen, und schuf Henri Castang, einen französischen Polizeibeamten, den er in einer dritten Serie vorstellte.

Mehrere Freeling-Romane wie «Valparaiso» (1964 erschienen unter dem Pseudonym F. R. E. Nicolas) und «Gadget» (1977) gehören nicht zu den erwähnten Serien, sind deshalb aber nicht weniger interessant. Jeder Freeling-Roman lohnt, als Einzelwerk gelesen zu werden. Und es macht genausoviel Vergnügen, eine Serie als eigene Einheit zu lesen. Jedes Buch und jede Serie stehen erfolgreich auf eigenen Beinen. Aber es ist besonders aufschlußreich, die drei Serien als eine Sammlung von miteinander verbundenen Romanen zu lesen, denn sie sind das Herzstück des Freelingschen Opus. Sie liefern eine gedankenreiche, provokative Studie der menschlichen Erfahrung in den späten Jahren des zwanzigsten Jahrhunderts. Die Verleihung einiger der höchsten Auszeichnungen, die für Kriminalliteratur vergeben werden – der *Gold Dagger* der englischen Kriminalromanautoren wie auch der *Grand Prix du Roman Policiers* im Jahre 1964 und 1966 der *Edgar* der amerikanischen Kriminalromanautoren –, zeigen den Respekt der Kollegen für Freelings Leistungen.

Freelings durchgehendes Thema ist als Konzept leicht zu formulieren, aber schwierig als Literatur umzusetzen. Er fordert den Leser heraus, sich mit der Verantwortung des Individuums in einer sich rasch ändernden, zerfallenden Gesellschaft auseinanderzusetzen. Die Handlung eines jeden Romans demonstriert, daß jeder das, was er tun kann, um den Schaden zu beheben oder zu verringern, unternehmen muß.

Andere wichtige Elemente in Freelings Romangeflecht sind
1. die Verwendung einer populären Literaturgattung (gewöhnlich des Polizei- oder des Privatdetektiv-Romans);
2. genaue und sorgfältige Charakterisierung der Figuren;
3. präzise Darstellung des Schauplatzes;
4. überzeugende Sozialkritik;
5. eine intensive Durchleuchtung der Institution Ehe;
6. eine ungeheuer breite Palette von Anspielungen und
7. eine faszinierende, gewagte Verwendung der begrenzten Erzählerperspektive in der dritten Person.

Durch seine eigene Aussage erweist sich Freeling als ernstzunehmender Schriftsteller, der die Möglichkeiten des Romans und seiner Untergattung begreift, die er für einige seiner wichtigsten Werke gewählt hat:

> «Der Roman ist nicht so tot, wie die Leute denken; das Potential des Kriminalromans ist bisher kaum erkundet. Wir wissen fast nichts über menschliches Verhalten; wir sind dabei, alle unsere Konzepte über die Rolle, die Verbrechen und andere menschliche Abweichungen von der Norm spielen, neu zu überdenken. Unser Verantwortungsgefühl wird von jedem nach seinem eigenen Wertesystem definiert, und diese Werte verändern sich ständig. Der Romanautor versucht mit dieser sich unaufhörlich verändernden Gesellschaft Schritt zu halten.»

Weil nach Freelings Ansicht «die Sache des Kriminalromans auf einer falschen Voraussetzung beruhte, nämlich er sei irgendwie eine minderwertige Gattung und deshalb nicht ernst zu nehmen», entwickelte er seinen eigenen Ansatz; er wollte Charaktere präsentieren, «für die man sich interessieren kann und die Probleme wie wir haben.» Freeling behauptet dann, daß van der Valk zur Erreichung dieses Zieles brauchbar ist, weil der Polizist für die Gesellschaft äußerst wichtig ist, weil der Charakter sowohl idealistisch wie absolut realistisch ist, weil er sich der Macht, über die er als Polizeibeamter verfügt, bewußt ist und behutsam damit umgeht, und weil er menschliche Schwächen besitzt, die ihn manchmal in Schwierigkeiten bringen.

Obwohl ihre Persönlichkeiten von der van der Valks sehr verschieden sind und obwohl sie sich auf ziemlich andere Weise als van der Valk auf die Welt einlassen, paßt diese Beschreibung auch auf Freelings Helden in den beiden späteren Serien. Sowohl als Individuen wie auch als Symbole der Ordnung funktionieren Henri Castang und Arlette van der Valk Davidson gewöhnlich erfolgreich, aber sie sind immer physisch, emotional und ethisch verwundbar. Hinzu kommt, daß sie sich dieser Verwundbarkeit bewußt sind, was sich auch dem Leser mitteilt. Genauso, wie das Verhalten eines Kriminellen «weite moralische, metaphysische und philosophische Probleme aufwirft», gilt das auch für das Verhalten seiner Verfolger. Häufig geneigt, eher seinem eigenen Urteil zu folgen als den Vorschriften des Gesetzes, gerät der Detektiv in die Versuchung, das Gesetz selbst in die Hand zu nehmen oder sich sogar für das Gesetz zu halten.

Freelings Auffassung dieser gefährlichen Versuchung ist bei Kriminalromanautoren ziemlich allgemein verbreitet, aber seine offen geäußerte Ansicht, sie könne auch Auswirkungen auf die Struktur des Kriminalromans haben (zu häufig nur als eine Angelegenheit von Schema und Nachahmung betrachtet), ist viel seltener. Freeling glaubt, daß eine überzeugende Romanfigur wie eine wirkliche Person,

> «wenn sie in eine traumatische Situation verwickelt ist, wie sie ein Verbrechen schafft, sich destruktiv gegen sich selbst, gegen die Gesellschaft und, wenn ich das anfügen darf, gegen die Struktur eines Romans auswirkt».

Wahrscheinlich ist es die Behandlung der moralischen Dilemmas ihrer Hauptfiguren, die Freeling und seine ihm ebenbürtigen Kollegen von weniger bedeutenden Autoren unterscheidet. Wahrscheinlich ist es auch Freelings Bereitschaft, sich der zerstörerischen Kraft zu stellen, die traumatische Situationen auf das Genre und Schema ausüben, was ihm eine derartige Elastizität der Form ermöglicht. Indem er seine Geschichten erzählt, die die Langeweile, die Gefahr, den Reiz und die Spannung einer polizeilichen Untersuchung spiegeln, bringt Freeling etablierte Muster in eine neue Form.

Obwohl Arlette van der Valk Davidson vehement erklärt, sie sei keine Privatdetektivin, sondern nur einfach der Inhaber eines «Beratungsbüros», sind die Ähnlichkeiten nicht zu übersehen. Wie die traditionellen Privatdetektive übernimmt Arlette Fälle, bei denen die Klienten nicht zur Polizei gehen können oder wollen, und sie löst sie mit der ziemlich gleichen Mischung aus Unabhängigkeit und Zusammenarbeit, wie sie auch viele weibliche Privatdetektivinnen der modernen Kriminalliteratur anwenden. Auf diese Weise modifiziert Freeling den harten Private-Eye-Roman, wie es auch Liza Cody, Sara Paretsky, Sue Grafton und andere zeitgenössische Kriminalautoren tun.

In den Büchern all dieser Autoren wurde der Private-Eye als einsamer Wolf durch Ermittler ersetzt, deren Vergangenheit dem Leser bekannt ist und in deren gegenwärtigem Leben Freunde und Geliebte eine Rolle spielen wie auch Feinde, die sich in ungefähr gleicher Anzahl aus Kriminellen und Polizisten zusammensetzen. Diese Qualitäten verleihen den Romanen um Arlette etwas von der Verläßlichkeit, die die Geschichten des Golden Age auszeichnen. Ihre Welt ist in modischer Unordnung, aber solange Arlette weiter gesunde Beziehungen aufbaut, ist sie vor der Verzweiflung geschützt, die ständig die traditionellen harten Privatdetektive zu überwältigen droht.

Von Kritikern und Fans allgemein als Polizeiromane betrachtet, sind die Van-der-Valk- und Castang-Romane nach dem englischen Vorbild entworfen, es wird kaum Wert auf technische Dinge gelegt. Die kumpelhafte Beziehung zwischen zwei gleichen Partnern, überaus wichtig im amerikanischen Polizeiroman, fehlt fast ganz, und deshalb sind vielleicht auch die Szenen auf dem Polizeirevier, wenn sie überhaupt auftauchen, relativ unwichtig. Jedoch setzt Freeling das Privatleben seiner Polizeibeamten geschickt ein, ein Vorgehen, das sowohl im englischen wie im amerikanischen Polizeiroman häufig ist.

Die Gegenüberstellung des Berufs- und Familienlebens eines Ermittlers und die Verwendung des Verbrechens als Symbol für den Verfall der modernen Zivilisation ist im Polizeiroman üblich. Freelings Van-der-Valk-Romane unterscheiden sich dadurch, daß der Inspektor manchmal positive Schritte unternehmen kann. Besonders in den frühen Büchern tut er mehr, als sich nur gegen die Ereignisse zu wehren, womit sich die meisten städtischen Gesetzeshüter begnügen müssen. Manchmal erreicht er eine Verbesserung der Dinge. Zumindest gewinnt er ein tieferes Verständnis der menschlichen Natur, und sogar das ist ein, wenn auch bescheidenes, positives Ergebnis. In dieser Hinsicht gleich die Serie dem Landhaus-Krimi, denn der Leser bekommt in jedem Roman – sogar in dem letzten, in dem van der Valk ermordet wird – einen echten Abschluß und in gewissem Maße Beruhigung. Die wichtigste Erwartung, die der Leser an Genre-Literatur stellt, wird auf das sorgfältigste erfüllt. Nach ihrer erfolgreichen Suche nach Piets Mörder sagt Arlette:

> «Mein Mann», sagte sie ruhig. «Ich habe ihn im Regen auf dem Boden liegen sehen. Und auf seinem Gesicht war ein zufriedener Ausdruck. Als ob er wüßte, daß es doch nicht vergebens gewesen war.»

Ja.

Für Freeling, wie auch für andere Autoren von Polizeiromanen, ist der Polizist als Held sehr nützlich, weil seine Rolle gleichzeitig so klar umrissen wie auch komplex ist. Die Polizei ist schließlich der Hüter der Ordnung; sie muß sich um Unruhe und Konflikte kümmern, das ist ihre von der Gesellschaft festgelegte Funktion. In Freelings Werk, wie auch in den meisten Polizeiromanen, vertritt der Polizeibeamte nicht nur die Ordnung, sondern auch die Macht (oder zumindestens den Willen), die Ordnung wiederherzustellen. Außerdem teilt der Polizist das Bedürfnis des normalen Bürgers nach Ordnung und dessen Wunsch, innerhalb eines geregelten sozialen Gefüges zu leben, denn in seinem persönlichen Leben braucht er diese Sicherheit wie jeder andere auch. Der Drang des durchschnittlichen Bürgers nach Ordnung (und der Sicherheit, die sie ihm ermöglicht) ist stark und anhaltend und funktioniert auch dann noch, wenn (wie es manchmal passiert) gesetzestreue Bürger dem Polizeibeamten Widerstand leisten, wenn er seine Pflicht tut. Und obwohl der Polizeibeamte im Dienst der offizielle Arm des Staates ist, hat er persönlich, wie seine Mitbürger, einigen Grund, dem Staat und seiner Härte zu mißtrauen. Wer weiß es besser als er, wie das System ein Individuum verschlingen kann? Dieser Zwiespalt sorgt für eine starke Dynamik im Polizeiroman, und die Nebenhandlungen um die Familie verstärken das noch.

Dem Van-der-Valk-Zyklus verleiht das Privatleben des Inspektors großes Interesse: Wir erfahren von Arlette van der Valks Ungeduld mit vielen holländischen Haltungen; wir hören wirklich sehr viel über die Familienmahlzeiten, eine Menge über ihre Wohnverhältnisse; etwas über die Entwicklung der Kinder und ihre Rebellion gegen die Eltern – und auch genügend über die Spannungen zwischen den Eheleuten, was in uns hin und wieder ein unbehagliches Gefühl wachruft. All das gehört zum üblichen Inventar des Polizeiromans; es verleiht der Geschichte Farbe und Tiefe und bietet Material für Nebenhandlungen.

Indem sie van der Valk menschlich macht, erreicht diese Erzähltechnik noch mehr. Die Familiengeschichten zeigen, daß der Inspektor «einer von uns» ist, daß er als Person auch Teil des sozialen Gefüges ist, wenn er auch «der andere» ist, der die Gesetze der Gesellschaft durchsetzt. Wie seine Leser zankt Piet van der Valk mit seiner Frau, nörgelt an seinen Kindern herum, genießt das Essen oder meckert darüber. Er ist ein normaler Mann, der sich abmüht, seine Rolle als Vater und Ehemann zu erfüllen. Wie wir wünscht er sich, daß zu Hause alles glattginge; wie wir weiß er, daß so etwas nicht möglich ist. Aber er tut sein Bestes, um mit den Söhnen zurechtzukommen, die oft ihre Eltern ratlos machen, um mit einer Frau umzugehen, die sich nicht nur über die Gefahren seines Jobs Sorgen macht, sondern auch vielen Normen, die dieser Job beinhaltet, ablehnend gegenübersteht. Und er versucht, seine Adoptivtochter von den Nachwirkungen einer katastrophalen frühen Kindheit zu befreien. Diese Elemente in den Van-der-Valk-Romanen bringen uns zu einer vollständigen Identifikation mit dem Inspektor. Ungeachtet seiner Aufgabe, mit der Macht des Staates in individuelle Leben einzugreifen, sehen wir ihn als Person. Und was sehr wichtig ist, wir fühlen ständig mit ihm mit.

Trotz gelegentlicher Turbulenzen leben Piet und Arlette in der Regel nach dem Grundsatz, daß man in der Ehe – wie im größeren gesellschaftlichen Rahmen – alles tun muß, was man kann, um die Ordnung aufrechtzuerhalten, Lösungen für Probleme zu suchen und Situationen zu verbessern. Am Anfang steht für Arlette das Familienleben im Mittelpunkt. Als in den Niederlanden lebende Französin fühlt sie sich oft gereizt und unwohl, nicht dazugehörig, deswegen nimmt sie am nachbarschaftlichen Leben fast keinen aktiven Anteil und erst recht nicht an Gemeindeangelegenheiten. Sie überläßt die Erfüllung von Bürgerpflichten ihrem Mann, einem bezahlten, professionellen Staatsbeamten. Van der Valk seinerseits begrüßt diese Arbeitsteilung, er erzählt seiner Frau nur sehr wenig über seine Fälle, hält eine scharfe Grenzlinie zwischen seiner relativ geordneten persönlichen Welt und der heftig in Unordnung geratenen öffentlichen Welt, in der er arbeitet. Obwohl die van der Valks ihre ehelichen Rollen sehr traditionell definieren, stellen sie sich aufeinander ein, gewähren sich gegenseitig genügend Raum zu leben, zu wachsen und ein vollständiger Partner zu sein. Deshalb ist ihre Verbindung auch stabil.

Die Stärke der Van-der-Valk-Familie wird am besten durch Ruth, ihre Adoptivtochter, symbolisiert. Arlette charakterisiert das Mädchen folgendermaßen:

> Ruth war kein einfaches Kind, voller schrecklicher Knoten und innerer Spannungen, und hatte deshalb viel Aufruhr und Kummer in ihrem neuen Zuhause verursacht. Doch das war nur zu verständlich. Ihren Vater hatte sie nie gekannt, ihre Mutter war eine seltsame Person gewesen, und beide waren auf gewaltsame Weise umgekommen... Als sie mit ungefähr zwölf Jahren zu Piet und Arlette gekommen war, hatte sie etwas von dieser Gewalt mitgebracht. Jetzt, um die sechzehn, gefiel sie sich in der letzten Zeit in teenagergemäßer Bockigkeit und ging ihnen allen damit sehr auf die Nerven.

Doch nach van der Valks Tod ist es Ruth, die ihrer Mutter Beistand leistet und ihr durch die schwere Zeit hindurchhilft; Piet und Arlette haben ihr Bestes getan, um aus dem Chaos der Kindheit ihrer Tochter eine Ordnung zu schaffen, und obwohl sie natürlich nicht die perfekte Tochter produziert haben, haben sie eine anständige, hilfsbereite, verantwortungsbewußte junge Frau herangezogen, was keine geringe Leistung darstellt.

Mit der Adoption von Ruth übernehmen die van der Valks große persönliche und soziale Verpflichtungen. Für sie zu sorgen bedeutet eine Art Wiedergutmachung und Heilung für dieses geschädigte Kind, und es weist darauf hin (genau wie Arlettes Fähigkeit, sich aus direkten gesellschaftlichen Einbindungen herauszuhalten), daß ihr Zuhause eine sichere Zuflucht vor dem auf den Straßen grassierenden Verbrechen ist. Der Erfolg ihres Unterfangens erinnert die Leser daran – sogar beim Schrecken und der Trauer um van der Valks Ermordung –, daß sein Leben im Grunde eine Art Erlösungsfunktion hatte. Wenn Piet und Arlette eine Bastion gegen den gesellschaftlichen Verfall errichten können, dann besteht, so geben diese frühen Romane zu verstehen, eine gewisse Hoffnung für die westliche Zivilisation – wenn wohlmeinende Männer und Frauen sich sehr intensiv darum bemühen, sie zu beschützen.

Sowohl Arlette wie auch Ruth, auf ihre Art Fremde in einem fremden Land, finden Zuflucht in van der Valks Zuhause; Piet, der Inspektor, der innerhalb und außerhalb dieses Zuhauses funktioniert, beschützt sie, wie er andere Bürger beschützt. Obwohl Ruth anfänglich eine Aura von Gewalt in dieses Heim bringt, obwohl Gewalt manchmal Piets Bewußtsein auch nach Dienstschluß beschäftigt und obwohl er nach Hause kommt, um sich von psychischen und physischen Wunden, die ihm sein Beruf geschlagen hat, zu erholen, so ist im Grunde die van der Valksche Wohnung ein Hafen, ein sicherer Platz, ein Symbol von persönlicher Ordnung inmitten von gesellschaftlichem Chaos.

Für seine Familie wie auch für die Öffentlichkeit ist Piet van der Valk, der Vertreter von Recht und Ordnung, das Hauptbollwerk gegen dieses Chaos. Jeder seiner Fälle spiegelt die auf den Straßen herrschende Gewalt wider; die meisten seiner Fälle (und das gilt auch für viele der amerikanischen Privatdetektivromane) zeigen in Auflösung begriffene Familien – wie Ruths ursprüngliche Familie und die scheinbar selbstzufriedenen, gutsituierten Bürger in «Van der Valk und die Katzen» zum Beispiel deutlich demonstrieren. Alle diese Fälle spiegeln auch eine Gesellschaft wider, deren Mitglieder immer häufiger zur Zerstörung neigen. In vielerlei Hinsicht werden die Verbrecher (und in weiterem Sinn große Teile der modernen Gesellschaft) am einleuchtendsten in van der Valks eigenen Worten beschrieben. Er spricht von den *Hell's Angels*, die «die Gesellschaft ablehnen, sich außerhalb ihrer stellen» und sich nur noch auf enorme Motorräder konzentrieren:

> Alles andere wird mit Verachtung und Hohn bedacht – Männer, Frauen, Geld, Geschäfte, Institutionen jedweder Art, aber das Motorrad wird sorgfältig gesäubert, poliert, getuned, liebevoll umsorgt. Eine Art Symbol für Reinheit, Freiheit, Ehre. Und dann scheint das irgendwie nicht genug zu sein... Schließlich müssen sie das Motorrad zerstören – die einzig wesentliche Sache... und sich selber damit auch. Wenn du bei einer Geschwindigkeit von hundert Meilen von einem großen Motorrad fliegst, bleibt nicht viel von dir übrig. Wenn du eine Kurve noch stärker angehst, dann kommt ein Moment, wenn die Zentrifugalkraft übernimmt, wenn du spürst, wie das Hinterrad wegrutscht und du weißt, jetzt kannst du es nicht mehr stoppen...
>
> Sie scheinen diesen Moment zu suchen, ihn leidenschaftlich herbeizusehnen, diesen Moment, wenn das Motorrad übernimmt und sie wissen, daß sie hilflos sind und sie nur noch zwei oder drei Sekunden zu leben haben. Sie haben einen Ausdruck dafür, den sie alle verstehen, weil sie alle schon dagewesen sind. Sie nennen es «über die hohe Kante segeln».

Van der Valk benutzt dieses Bild erst spät in der Serie, in einer Unterhaltung, die «Auch Iren irren irgendwann» beschließt; und doch spiegelt diese Rede Haltungen und Gedankengänge wider, die sich in allen Romanen finden. Es demonstriert das unaufhörliche Bemühen des Inspektors, die Motivation, die hinter einem zerstörerischen Verhalten steht, zu begreifen. Je mehr er über die menschliche Natur lernt, desto größer ist sein Mitgefühl für seine Mitmenschen. Er ist jedoch nie rührselig sentimental; van der Valk verachtet das Verbrechen, auch wenn er für den Verbrecher Mitgefühl aufbringt.

Obwohl einige Leser und Kritiker die stilistischen Elemente, die von Freeling benutzt werden, um van der Valks (und später Arlettes und Castangs) Gedanken zu vermitteln, umständlich finden, empfinden sie die meisten Leser als sehr persönlich und höchst effektiv. Er benutzt eine Art Bewußtseinsstromtechnik, und in allen Vander-Valk-Romanen – außer dem ersten – erfährt der Leser fast alle Überlegungen des Inspektors. Obwohl van der Valk anscheinend nach Ideen sucht, einen Gedanken eher durch freies Assoziieren als durch Logik mit dem anderen zu verbinden, und sich dabei sehr häufig auf seine Intuition verläßt – das Hauptwerkzeug des fiktionalen Detektivs –, so verfolgt natürlich Freeling ziemlich zielsicher seine Absicht, zwischen Leser und Hauptfigur eine tiefe Empathie zu entwickeln. In Wirklichkeit ist van der Valks Sprache immer präzise, seine Assoziationen sind immer stichhaltig, seine Schlußfolgerungen immer von Logik, Einsicht und Mitgefühl getragen. Dieses Muster ist das Hauptmittel, van der Valk zu charakterisieren, und es funktioniert genau auf dieselben beiden Weisen wie die Strategie der Familienkomplikationen: Es macht Piet van der Valk zu jemand Besonderem (ein außerordentlich breites Spektrum von Anspielungen verrät sein großes Wissen, und sein Mitgefühl enthüllt seine Weisheit), und gleichzeitig macht es ihn zu einem von uns.

Van der Valks Angewohnheit, nach einer Idee, einer Verbindung, einer Lösung zu suchen, ist seine Methode, in stummen Selbstgesprächen Probleme durchzugehen – komplizierte Fälle, den Nachgeschmack von heiklen Vernehmungen, die Herablassung von Vorgesetzten, das Mißtrauen der Öffentlichkeit. Dadurch bleibt der Inspektor menschlich, zugänglich, normal, weil der Leser sich mit ihm in diesen Situationen identifizieren kann. Jeder ist manchmal unsicher; jeder versteht, was es kostet, unangenehme Bemühungen auf sich zu nehmen. Aber Piets genaue Sprache und seine Fähigkeit, sich in überzeugenden Bildern auszudrücken, verbinden sich mit seinem unheimlichen Einblick in die menschliche Natur und seinen intuitiven Gedankensprüngen, und das unterscheidet ihn deutlich von anderen, enthüllt die Kraft, die Selbstbeobachtung und den unauffälligen Mut, den ein wirklicher Verteidiger der Ordnung und der Gerechtigkeit unbedingt braucht. Nur zu menschlich und doch stärker und überlegener als wir normalen Menschen bewahrt van der Valk den Frieden, soweit es überhaupt möglich ist.

Freeling unterstreicht die Parallelität von Piets Funktion in der Familie und in der Arbeit, kontrastiert die unvollkommene, aber nährende Van-der-Valk-Familie mit den unvollkommenen und destruktiven Familien, deren Kinder die gefährlichen Straßen jeden Tag noch gefährlicher machen, deren Unfähigkeit, ein schützendes Zuhause zu bieten, die tiefsten Wurzeln der europäischen Kultur bedroht. Im Gegensatz zu Arlette können diese Kriminellen und deren Eltern zu Hause keine Befriedigung finden; im Gegensatz zu Ruth wüten diese Kinder gegen die Eltern und gegen die Gemeinschaft; für sie gibt es nur allzuhäufig niemand, der eine funktionierende und schützende Verbindung zwischen der privaten und öffentlichen Welt schafft.

Ironischerweise verbinden sich van der Valks Stärken mit der Gemeinheit der Straße, um ihn zu zerstören. Da er beruflich immer eine Art einsamer Wolf ist, ist er am Ende seiner Karriere kein aktiver Ermittler mehr; er läßt sich von einer Eingebung leiten und verfolgt einen Fall auf eigene Faust. Das Ergebnis ist tödlich. Obwohl van der Valks Absichten gut und seine Vermutungen richtig waren, ging er nicht in der richtigen Weise vor. Der Mord an dem Inspektor beweist, daß ein Mensch, der ganz allein außerhalb des Systems arbeitet, nur sehr wenig tun kann, die Straßen von Verbrechen zu säubern. Mit oder ohne Absicht, der Polizist als Einzelgänger nimmt die Gerechtigkeit in die eigene Hand, und das ist, so demonstriert Freeling ganz eindeutig, völlig unannehmbar. Es zerstört nicht die gute Arbeit, die van der Valk in der Vergangenheit geleistet hat, aber es zerstört ihn.

In seinen letzten bewußten Momenten taucht bei van der Valk noch einmal das Motiv der Familienbeziehungen auf, die in den Romanen eine derartig wesentliche Rolle spielen: Er läßt sein Leben vorbeiziehen und findet es seiner würdig; er erinnert sich an Stendhals Ausspruch: «Es ist keine Schande, auf der Straße zu sterben, wenn es nicht mit Absicht geschieht.» Natürlich keine Schande. Er hat sich gut geschlagen. Aber jetzt hat die Gewalt auf den Straßen die Van-der-Valk-Familie neu definiert, dieses Symbol der Ordnung und der Hoffnung für die europäische Gemeinschaft. Nach dem Tod von van der Valk ist Freelings fiktionale Welt dunkler, sogar ungeordneter. Der Tag des Polizisten als Vaterfigur, als hartnäckiger Unterstützer der sozialen Vereinbarung, neigt sich im Zwielicht eines holländischen Boulevards dem Ende zu.

Als Freeling nach den Van-der-Valk-Romanen die Serien über

Arlette und Castang beginnt, bleibt sein Thema das gleiche, wie bereits konstatiert, aber der Schwerpunkt verlagert sich etwas. In der Castang-Serie wird der Schauplatz zu einem wesentlichen Element in Freelings Muster, und das Problem des korrupten Polizeibeamten wird wichtiger:

> Die Öffentlichkeit wird nicht gerne daran erinnert, wer die Zeche bezahlen muß. Die Polizei, die auf der alltäglichen Ebene als das Gewissen der Menschen funktionieren soll, eignet sich hervorragend als Prügelknabe. Der Polizist ist deswegen in den Augen der Öffentlichkeit kaum besser als der gewöhnliche Henker. Noch schlimmer, man verdächtigt ihn, bestechlich zu sein. Die Gerechtigkeit zu manipulieren, zu strangulieren, ihr die Augen zu verbinden um persönlicher Vorteile willen.

Der Polizist weiß das. Nicht weiser, aber vielleicht bescheidener lebt er damit. Er läßt sich eine dicke Haut wachsen, und da man ihm Zynismus und Brutalität vorwirft, wird er, mit entsetzlicher Leichtigkeit, sowohl brutal wie auch zynisch.

Im Klima von Brutalität und Zynismus gedeihen die Varianten von Korruption – Schmiergelder, Bestechung, Grausamkeit –, Verhaltensweisen, die alle ausbeuterisch, illegal und bösartig sind. Subtiler und viel gefährlicher ist jedoch die Versuchung für den Polizisten, das Gesetz selbst in die Hand zu nehmen; dieser Impuls wurzelt im tiefen, durchgängigen Zynismus. Wenn ein Gesetzeshüter dem System nicht vertrauen kann, läßt sich außergesetzliches Handeln leicht rechtfertigen. Wenn die Gesellschaft, der er dient, selbstzerstörerisch ist, dann ist es für den ausgefuchsten Polizisten sehr schwer, dem System zu trauen. Und wenn «Gewalt der heutige Schwarze Tod ist, der unerbittlich Europa überrollt» («Keine Schuld an Ihrem Tod»), wer kann dann daran zweifeln, daß die Kultur am Ende des zwanzigsten Jahrhunderts selbstzerstörerisch ist?

Freeling glaubt:

> «Die erste Verantwortung, die ein Autor hat, ist vielleicht die, ein eifriger und genauer Zeuge der Gedanken und Ereignisse

seiner Zeit zu sein. Wenn er jedoch im echten Sinn kreativ sein will, muß er Entdeckungen machen. Ein Schriftsteller muß mehr leisten, als nur auf der Höhe seiner Zeit zu sein; er muß ihr ein bißchen vorweglaufen.»

In anderen Worten, er muß gegen das Unrecht, das von guten Menschen aus guten Gründen begangen wird, genauso zu Felde ziehen wie gegen die offensichtlicheren Missetaten. Und er muß die Probleme definieren und Alarm schlagen im Kontext der Zukunft, die er vorhersieht oder sich vorstellt.

Freelings detailgenaue Hintergründe der Romane schaffen ein Porträt des Nachkriegseuropa, «das sein Werk in eine Klasse für sich stellt» (Julian Symons). Wenn man die genaue Aufmerksamkeit, die Freeling der Hintergrundsituation seiner Romane widmet, im Licht seines durchgehenden Themas betrachtet, dann wird es bedeutsam, daß der Hauptschauplatz, wo die Castang-Romane spielen, «keinen Namen hat; alle Merkmale und alle Leute hier sind aus allen Himmelsrichtungen herangeholt», wie uns der Autor im Vorwort von «Castangs Stadt» erklärt. Die Namenlosigkeit dieses zentralen Schauplatzes dramatisiert die Universalität seines Symbolismus, denn wie Amsterdam und Arlette van der Valk Davidsons Straßburg repräsentiert diese Stadt die Zivilisation. Castangs französische Stadt ist jede westliche im Niedergang begriffene Stadt, wo die Dämmerung alles andere als romantisch ist:

> Dämmerung machte die Dinge unheimlich... der Augenblick, bevor die Dunkelheit einbricht, der «entre chien et loup» heißt... zu dem möglicherweise der Werwolf immer noch den tadellosen Anschein eines Haustiers erwecken kann.

Während Castang und seine faszinierenden Kollegen in der Tradition des Polizeiromans einen ständigen Kampf gegen das Verbrechen und Korruption kämpfen, so wird die Hoffnung von «Wie Diamant auf Wunden» (1974) zu «Im Rücken des Nordwinds» (1983) immer düsterer. Wenn diese alles erfassende Hoffnungslosigkeit in «Keine Schuld an Ihrem Tod» (1984) und «Kalt wie Eisen» (1987) überhaupt abgemildert wird, dann nur ganz gering und zu hohen Kosten von Castang und Richard, seinem Vorgesetzten.

Unter den vielen Anzeichen und Vorfällen, die eine Stimmung von wachsender Verzweiflung anzeigen, müssen zwei besonders erwähnt werden: Verbrechen und Gewalt dringen direkt in die Wohnungen der Castangs und ihrer Freunde ein, und der Polizeibeamte und seine Mitarbeiter, diese bemerkenswerte Gruppe von Kollegen und Freunden, geben sich dazu her, korrupte (illegale, ja schlimmer, unehrenhafte) Handlungen zu begehen, um gerechtfertigte, ja absolut notwendige Ziele zu erreichen. Obwohl die Leser daran gewöhnt sind, die Auswirkungen der Arbeit eines Polizisten auf sein Familienleben zu beobachten, und obwohl sie von Kriminalromanautoren ständig daran erinnert werden, daß es fast unmöglich ist, durch Dreck zu waten, ohne selber schmutzig zu werden, so scheint der eindrückliche Effekt, den Freeling durch diese ziemlich vertrauten Kunstgriffe erzielt, völlig neu.

Am Anfang stellt der Castang-Haushalt einen Triumph des menschlichen Geistes über die Widrigkeiten des Lebens dar. Passend zu Freelings Muster ist Castangs Ehe «international»; Vera, seine Frau, ist gebürtige Tschechin. Trotz der manchmal scharfen Auseinandersetzungen zwischen Castang und Vera, wieder ein Standardkunstgriff bei Freeling, zweifeln die Leser nie an der Solidität ihrer Verbindung. Beide Partner sind stark und ausdauernd, wie ihr Kampf mit Veras körperlicher Behinderung (sie war eine Turnerin und wurde durch einen Unfall schwer verkrüppelt) deutlich zeigt. Veras Entschlossenheit und Castangs Entscheidung für ein Kind charakterisieren nicht nur das Ehepaar, sondern sollen auf der symbolischen Ebene ein Gegengewicht zu den Schrecken in den Straßen bilden.

Wie Arlette van der Valk unterstützt Vera Castang ihren Mann (wenn auch häufig im Streit) im Kampf gegen die «Wolfsnacht». Genauso wie Arlette stellt sich Vera ihrer Vergangenheit und akzeptiert die ständige, schmerzhafte Unruhe der Gegenwart, wenn sie allein ist. In «Himmel über Flandern» reist sie allein in den Ort ihrer Kindheit. Sie hofft, ihre Mutter zu besuchen und sich mit ihr auszusöhnen und den Schmerz der Entzweiung, die durch ihre Flucht in den Westen entstanden ist, zu lindern. Sie findet jedoch heraus, daß sie nicht nach Hause zurückkann; dort gibt es für sie keinen Platz mehr.

Inzwischen ist Vera eine zweifache Emigrantin (die Castangs sind nach Brüssel versetzt worden), und sie lernt, daß sie ihr Leben dort einrichten muß, wo sie sich befindet. Die Vergangenheit wird immer in der Gegenwart nachhallen, aber sie ist ihr nicht mehr ausgeliefert. Vera wird auch deutlich gemacht, daß jeder nicht nur das tun muß, was ihn selbst rettet, sondern auch alles, was er kann, um für andere die Lage zu verbessern. Veras Geschichte unterstreicht das Thema der individuellen Verantwortung, das in Freelings Werk so wichtig ist.

Doch beginnen wir mit dem ersten Roman in der Castang-Serie, «Wie Diamant auf Wunden». Der unmittelbare Kreis der Castangs wird von den Mitgliedern der Wolfsnacht angegriffen; Rachel, die Tochter von Colette und Bernard Delavigne, enge Freunde der Castangs, verschwindet. In anderen Büchern wird die Castangsche Wohnung verwüstet, Vera wird entführt und das wunderschöne Zuhause von Inspektor Richard, Castangs Vorgesetztem, in Brand gesetzt. Obwohl nirgends geschrieben steht, daß die Familienmitglieder und Freunde von Polizeibeamten von Unannehmlichkeiten und Verbrechen ausgenommen sind, so stehen diese Ereignisse doch im Kontrast zu dem Muster in den Van-der-Valk-Romanen, in denen das Familienleben Piet einige Erholung von der Gewalttätigkeit bietet, der er sich in seinem Beruf gegenübersieht.

Ein weiterer Kontrast zwischen den beiden Serien ist bemerkenswert. Wie schon erwähnt, adoptieren die van der Valks ein Kind, das durch eine Kette von Gewalt zur Waise geworden ist, und dadurch versuchen sie, mit ziemlichem Erfolg, klare und persönliche Schritte gegen das Böse zu tun. In der zweiten Serie erweitert sich der Castangsche Kreis, um für einige Zeit Gilbert La Touche aufzunehmen, einen geständigen Mörder, der Henri, Vera und Colette Delavigne tief berührt, die alle in seinen Fall verwickelt sind. Gilbert La Touche beeinflußt alle drei in ihrem persönlichen und beruflichen Leben; er repräsentiert den abgelegten Moralkodex einer früheren Ära. Obwohl jeder versteht, warum sich La Touche an seiner zügellosen Frau und seiner Tochter gerächt hat, begreift auch jeder, daß er sich durch seine Tat von der Gemeinschaft abgeschnitten hat; er muß bestraft werden. So kann in «Reveille zum Tod» keine Erlösung erreicht werden; das höchste, das diese einfühlsamen und talentierten Personen schaffen können, ist, Unterstützung zu geben. Und selbst dann fragt man sich, für wen sie eigentlich ihre Bemühungen unternehmen. Gewiß, La Touche ist ihnen nicht gleichgültig, aber vielleicht handeln sie auch im eigenen Interesse, um die anwachsende Dunkelheit durch ein wenig Herz und ein wenig Hoffnung zu verringern.

Die Gesamtwirkung von solchen Episoden ist erheblich, verdüstert die Castang-Romane, in denen die Bedrohung durch Verzweiflung und die daraus folgende Lähmung des menschlichen Geistes entschieden näher zu sein scheinen als in der Van-der-Valk-Serie. Wenn die Castangs und ihre Freunde Opfer von Verbrechen werden, dann wird die allgemeine Bedrohung des individuellen Wohlergehens im hohen Maße personalisiert – und diese Tatsache schafft eine besondere, erschreckende Spannung. Henri und Vera überleben, und wir bewundern sie dafür. Aber insgesamt ist der Ton häufig überhaupt nicht hoffnungsvoll; die Frage, ob sie spirituell und ethisch unversehrt bleiben können, bleibt immer offen.

Wie seine Reaktionen auf Verbrecher und Opfer, denen er begegnet, enthüllen, ist Castang ein selbstkritischer, ernster Mensch; deswegen ist die Auswirkung auf seine Selbstachtung furchtbar, als er von der Gnade der Legalität in den Abgrund des Zynismus, der größten Gefahr, stürzt. Die Tatsache, daß Richard, sein Chef, die Verantwortung für diese grundlegende Entscheidung und die daraus folgenden Schritte übernimmt, mildert überhaupt nicht Castangs Reaktion. Im Gegenteil, sein Wissen, daß ihr Verhalten nicht ein unbedachtes Reagieren auf eine Gefahr ist, sondern ein sorgfältig ausgedachter und ebenso sorgfältig ausgeführter Plan, verstärkt sein Unbehagen.

Eine Serie von Entführungen passiert in «Wolfsnacht». Die Kriminellen vollbringen die erste und dritte, bei der Vera Castang gekidnappt wird. Die zweite wird von Richards Leuten konzipiert und durchgeführt und findet in Deutschland statt. Richard kehrt zu seinen Strategien während seiner Zeit im französischen Untergrund zurück; wenn auch die Bedrohung durch den Faschismus real ist, wenn auch er und seine Männer tun, was Richard und Castang für unbedingt notwendig halten, und auf die einzige Weise, in der es ihnen möglich ist, so ist doch ganz eindeutig, daß sich diese Gesetzeshüter ungesetzlich verhalten, kriminelle Methoden anwenden und obendrein noch eine internationale Krise (wenn nicht Schlimmeres) riskieren. Offensichtlich riskieren sie alles, um diesen Plan durchzuführen. Keiner wird seine Karriere retten können, wenn sie auffliegen oder sich nur ein allgemeiner Verdacht gegen sie richtet. So furchtbar die Konsequenzen auch sein würden, das Schlimmste ist ihr Wissen, daß sie genauso handeln wie die Verschwörer, denen sie das Handwerk legen.

Eine Zeitlang besteht wirklich die Frage, ob Castang und Richard mit der Erinnerung an diese Tat einigermaßen unbehelligt leben und arbeiten können, wie der erste Teil von «Im Rücken des Nordwinds» klar enthüllt. Da sie sowohl ihren persönlichen Moralkodex wie auch die bestehenden Gesetze verletzt haben, denen sie dienen sollen, leiden beide Männer spirituell, und beide sind sich bewußt, daß die Hierarchie über ihre unerlaubte Operation im Ausland mehr weiß, als wünschenswert ist.

Zu Beginn von «Im Rücken des Nordwinds» scheint der Niedergang von Castangs Stadt nahezu vollendet. Castangs Freunde sind überfallen, bei ihm zu Hause ist eingebrochen worden. Doch das wichtigste ist, daß der Polizist die demütigende Lektion gelernt hat, daß Selbstjustiz gleich Selbstjustiz ist, ob sie durch eine wohlmeinende Bande oder eine wohlmeinende Einzelperson ausgeübt wird. Wer ist noch vertrauenswürdig, wenn er es nicht mehr ist? Sein Verhalten ist so gefährlich korrupt gewesen, daß es ihm sein Gefühl für die eigene Identität genommen hat.

Der düsterer werdende Ton der Castang-Serie mag das Urteil einiger Kritiker erklären, daß sie schwächer als die Van-der-Valk-Serie sei. Doch für die meisten Leser gewinnen die Castang-Romane ihren Wert durch Freelings Stil, der der Bewußtseinsstromerzählweise sehr stark angenähert ist. Weil wir Leser Castangs intimste Gedanken und Gefühle erfahren, fast als wären wir Partner in seinen Ermittlungen, kennen wir seine Sorge um die Zukunft. Da wir außerdem seine Gedanken und Gefühle hautnah mitbekommen, sind wir (wie auch bei van der Valk und Arlette) fast seine Co-Ermittler. Als er dann schuldig wird, können wir ihn nicht verurteilen, weil wir seine Mitverschwörer sind. Statt sie zu verdammen, bewahren die Leser den Respekt für Richard und Castang, weil sie verstehen, daß jeder dieser pragmatischen Versuchung nachgeben könnte, weil sie begreifen, daß Polizeibeamte wie wir auch fehlbar sind. Diese Romane demonstrieren den Wert von Freelings Stil und seine Klugheit, Protagonisten zu schaffen, die uns sehr ähnlich sind.

Wenn sich in den ersten Passagen von «Im Rücken des Nordwinds» die Tiefen von Castangs Selbstvorwürfen zeigen, dann scheint der größte Teil der Handlung sich darum zu drehen, daß Castang und Richard ihre Taten sühnen, ein erstaunlich traditioneller Trick und als solcher auch nicht völlig überzeugend. Im Verlauf der Handlung werden beide Männer bestraft. Beide werden es überleben, aber sie werden nie mehr dieselben sein. Richard ist nicht länger nur ein älterer Herr, er ist alt. Castang ist fürs Leben gezeichnet. Aber anscheinend ist etwas in Henri Castang zufriedengestellt. Er ist bereit, seine Arbeit weiterzumachen. Wie Piet van der Valk wird er befördert, aber im Gegensatz zu Piet wird er nicht von der Polizeiarbeit abgeschnitten. Er bleibt in einer Position, in der er offiziell etwas unternehmen kann, eine Option, die van der Valk in seiner letzten, tödlichen Ermittlung verwehrt bleibt.

In «Contra» ist die offizielle Aktion, die Castang unternehmen kann, nicht sonderlich effektiv. Die Suche nach einer verschwundenen Frau, Adrienne Sergent, scheint fast belanglos im Vergleich zu anderen Ereignissen, und außerdem ist die Suche frustrierend, wenig Anhaltspunkte, viele Spuren, die in Sackgassen führen. Doch Castang bleibt hartnäckig, und Freelings Weltsicht entsprechend stellt sich heraus, daß das Schicksal dieser bescheidenen Frau in eine internationale Affäre verstrickt ist.

«Contra» ist schonungslos in seiner Beschreibung einer Welt, in der ein südamerikanischer Konterrevolutionär Gefangene bei lebendigem Leib verbrennen kann und sich damit rechtfertigt: «Ihr habt es mit den Juden so gemacht, und wir machen es mit den Kommunisten, und es ist genau das gleiche.» Obwohl diese Äußerung auf furchtbare Weise demonstriert, daß die Menschheit nichts aus ihren entsetzlichen Exzessen zu lernen scheint, bekräftigt dieser Roman jedoch: «In... unseren menschlichen Umständen ist die Liebe immer stärker als die Nicht-Liebe.» Diese Botschaft in der manchmal düsteren, fast verzweifelten Castang-Serie zu finden, hält die Hoffnung in Castangs Welt und in unserer lebendig.

Die sehr kurze Arlette-Serie, die auf die Van-der-Valk-Romane folgt und dann zwischen die Castang-Geschichten eingeschoben ist, liefert bedenkenswerte Kommentare über die modernen Rollen von

Mann und Frau, über die Notwendigkeit der Hoffnung im Angesicht der Hoffnungslosigkeit, über die Notwendigkeit von Mut im Angesicht der Verzweiflung. Arlettes Geschichte ist ein Fortschreiten von der Leere zur Bejahung, und Arlettes Entwicklung kann eigentlich als ein Modell für menschliches Verhalten im letzten Viertel des zwanzigsten Jahrhunderts betrachtet werden. Sie lernt den Wert von Kameradschaft und gemeinsamer Anstrengung kennen.

Indem er einen bereits etablierten Charakter sich deutlich verändern läßt, demonstriert Freeling ein Können, das seiner Ansicht nach mit wachsender Reife zu tun hat:

> Im Laufe des Älterwerdens, denke ich, wird man viel besser; was man an Energie verliert, gleicht man... ja... durch Erfahrung aus, natürlich. Die Gedanken über etwas sind vielschichtiger, viel tiefer...
> Man versucht, diesen Roman besser zu machen als den vorigen... Und läßt einen Charakter sich entwickeln. Zum Beispiel gibt es da verschiedene Aspekte eines Charakters, die man, wie man plötzlich merkt, überhaupt noch nicht berührt hat oder nur sehr, sehr oberflächlich. Und im Verlauf des Erzählens versucht man, einen weiteren Aspekt des Charakters zu beleuchten.

Obwohl Freeling Arlettes anfänglichen Stolz auf ihren Status als Hausfrau und ihre Weigerung, emanzipiert zu werden, hervorhebt, finden die Leser ihre Wandlung zu einer öffentlichen Person glaubwürdig. Durch alle drei Serien hindurch unterstreicht Freeling die Wichtigkeit des Familienlebens, beweist durchgehend «ein Talent für häuslichen Dialog» und untersucht «das Problem von weiblicher Leistung und männlichem Stolz». Deswegen sind die Leser an starke, interessante Frauengestalten gewöhnt, und die erste unter ihnen ist natürlich Arlette. Bevor sie sich aufmacht, um Piets Mörder zu finden, arbeitet sie sich durch die verschiedenen Stadien der Trauer hindurch, und natürlich ist ihr Wunsch, den Mörder zu bestrafen (und dabei die Polizei, die bei der ursprünglichen Ermittlung geschlampt hat, schlecht aussehen zu lassen) eine starke Motivation. Wir billigen ihre Mission, obwohl sie als eine Art Selbstjustiz beginnt. Wir akzeptieren das, weil sie vor allem anderen Arlettes gesellschaftliche Integration bewerkstelligt, und wieder liegt es an Freelings sensiblem, nachdenklichem Stil, daß wir uns einfangen lassen.

Wie bei van der Valk und Castang identifiziert sich der Leser stark mit Arlette. Wir applaudieren, wenn sie in «Van der Valk muß schweigen» die persönliche Verantwortung übernimmt, Piets Mörder aufzuspüren. Später sind wir begeistert, wenn sie die Selbstjustiz umgeht und den Plan ihrer Helfer ablehnt, den Mörder umzubringen. Wir teilen ihre Gefühle, wenn die physikalische Therapie, in der sie sich ausbilden läßt, zu unbefriedigend wird, und wir applaudieren, als sie in «Inspektor van der Valks Witwe» ihr «Advice Bureau» eröffnet. Wir Leser teilen ihre Kräfte, Begrenzungen und Hoffnungen so intensiv, daß wir an ihrer Entwicklung beteiligt sind. (Die Identifikation des Lesers mit Arlette hat noch einen anderen Wert. Ihre Arbeit in ihrem «Advice Bureau» ähnelt sehr der eines üblichen Privatdetektivs; und doch trifft die Arlette-Serie nie die Kritik, von der die anderen Serien mit weiblichen Privatdetektiven nicht verschont bleiben. Trotz der Gewalt, der Arlette begegnet, beschuldigen die Kritiker Arlette nicht, sie sei in einer männlichen Welt verloren. Die Leser sind so stark mit ihr verbunden, daß so falsche Unterscheidungen wie «Männer-Roman» oder «Frauenliteratur» einfach nicht zutreffen.)

Im Laufe von Arlettes Veränderung beobachten wir ihre stetigen Fortschritte und lernen davon; und wir erkennen, daß die Arlette-Geschichten mindestens soviel von weiblicher Selbstentdeckung wie von Verbrechen handeln. Sie findet sich selbst, indem sie sich mit andern verbindet. Ihre holländischen Nachbarn helfen ihr, das Rätsel von van der Valks Tod zu lösen; sie geht eine neue stabile Ehe ein, und in Straßburg schafft sie sich – durch Freundschaft und beruflichen Respekt – einen Kreis von treuen Freunden und fachmännischen Helfern (von denen Arthur Davidson, ihr englischer zweiter Ehemann, nicht der geringste ist). Der Straßburg-Kreis – standhafte, aktive Stützen der sozialen Ordnung – hilft ihr bei ihrer Arbeit. Ihre Arbeit ist es, zu tun, was sie kann, um das rissig gewordene Gewebe der Zivilisation zu reparieren. Manche Leser finden sie entschieden heldenhafter als van der Valk oder Castang.

Niemand, am allerwenigsten Arlette, hat Illusionen über das, was erreicht werden kann. Ein aufgebrachter Ehemann, der seine Frau brutal behandelt, Ganoven, die zum organisierten Verbrechen gehören, und die argentinische Regierung, sie alle zeigen ihr, wie mächtig das Böse ist; trotzdem tut sie, was sie kann. In der Regel schafft sie es, ihren Klienten zu helfen; sie braucht jedoch meistens die Fähigkeiten von anderen tapferen, engagierten Amateuren wie auch die Unterstützung, offiziell oder inoffiziell, eines Mannes von der Polizei. In den Arlette-Romanen verbindet sich die persönliche Verantwortung mit den Mächten des Staates (vertreten durch die besten seiner Diener), um Hilfe zu leisten. Die Hilfe ist nie unbedeutend, obwohl sie keine Berge versetzt, obwohl sie nicht die Welt rettet – es sei denn, die anständigen Taten von einer kleinen Gruppe von anständigen Leuten sind das beste Mittel, um die Welt zu retten. Freeling spielt mit diesem Gedanken durch alle Arlette-Romane hindurch, die seine hoffnungsvollste Serie sind.

Wie wir gesehen haben, wird Freelings fiktionale Welt im Laufe seiner drei Serien heller und dunkler. Durchgehend beschreibt er jedoch starke Hauptfiguren, die in einem konformistischen Jahrhundert für sich stehen, seine oft kleinlichen Belange genau unter die Lupe nehmen und immer nach ihrem eigenen Instinkt handeln. Als Realist, der er ist, zeigt uns Freeling auch, daß Instinkt allein nicht ausreicht; jedes Individuum muß auf eine konstruktive, ehrenhafte Weise das Anständige tun. Weil die Mittel genauso wichtig sind wie die Ziele, muß man das Gesetz, den Staat, die soziale Übereinkunft human einsetzen, um dem individuellen menschlichen Bedürfnis gerecht zu werden. Und einmal ist nicht genug, man muß es immer wieder tun.

Wie in den Van-der-Valk-, Castang- und Arlette-Romanen demonstriert wird, ist dieser Kodex wirklich einfach in Worte zu fassen, aber sehr schwierig zu leben. Aber in Freelings Welt (und, wie er unerschütterlich betont, in unserer) könnte es eine ungeheure Veränderung bewirken.

Jane S. Bakerman ist Professorin für Englische Literatur an der Indiana State University, Terre Haute. Ihre besondere Liebe gilt der Kriminalliteratur.

TIM HEALD

Eine heikle Mission

Dieses brisante Dokument, das ein völlig neues Licht auf den Regierungsantritt Margaret Thatchers wirft, sollte wohl in den Archiven des englischen Geheimdienstes verschwinden. Es wurde auf merkwürdigen Wegen Tim Heald zugespielt, der es hiermit der Öffentlichkeit zugänglich macht.

Üblicherweise schickt der British Intelligence Service seine Beamten nicht mehr an die Front, wenn sie die Fünfzig überschritten haben. Dorothy Rigby hatte Anfang der siebziger Jahre als Abteilungsleiterin in Washington gearbeitet, im Range eines Ersten Staatssekretärs, und war zwei Jahre später nach Lyme Regis beordert worden, um die dortige Ausbildungsstelle für den Geheimdienst zu leiten. Als dann Portland 1976 wegen einer schweren Herzattacke ausfiel, übernahm sie seinen Posten und entledigte sich ihrer Pflichten mit der erwarteten Kompetenz, trotz ihrer Abneigung gegen Whitehall und einen Job, der überwiegend in Papierkram bestand und im Sammeln von Informationen für die Minister, die ihr allesamt unwissend und inkompetent erschienen.

Im Gegensatz zu anderen Spitzenbeamten des Intelligence – wie etwa Peter Wright – hatte Rigby den Premierminister Harold Wilson immer sehr geschätzt, nicht so sehr im Hinblick auf seine Amtsführung, sondern wegen seiner Intelligenz und seiner Fähigkeiten als Politiker. Ihrer Ansicht nach konnte ihm sein Nachfolger James Callaghan nicht das Wasser reichen. Der persönliche Umgang mit ihm blieb eher distanziert und kühl, und tatsächlich erwiesen sich seine Leistungen als so desolat, wie sie vorausgesagt hatte. Was dazu führte, daß er 1979 gezwungen war, Neuwahlen auszurufen.

Normalerweise hätte das auf Rigbys Leben keinen nennenswer-

ten Einfluß gehabt, aber das Zusammentreffen verschiedener Ereignisse bewirkte, daß sie bei dieser Gelegenheit von ihrem Schreibtisch weggerissen und in einen Fall verwickelt wurde, der allem Anschein nach auch ihr letzter war. Übrigens war sie selbst nicht bereit, über diesen Auftrag zu sprechen, aber mein Freund, der Brigadekommandeur, hatte mir aus Anlaß unseres Arbeitsessens im White's *einen sehr deutlichen Wink gegeben. Zusätzlichen Antrieb, mich mit diesem Fall zu beschäftigen, gab mir ein Brief von George MacDonald, dem Autor von «Flashman». Auch er wußte von dem besagten Vorfall – vermutlich dank seiner Verbindungen zum Buckingham Palace –, und er drängte mich, der Geschichte nachzugehen.*

Ich nahm den Auftrag an, weil es mich reizte, daß er äußerst delikater Natur war.

«Um Himmels willen, Humphrey, die Frau ist am 13. Oktober 1925 geboren! Ich bin also fast fünf Jahre älter als sie, fast sechs, um genau zu sein.»

Der Brigadekommandeur – der damals noch im Range eines Colonel stand – rutschte nervös in seinem Besuchersessel hin und her, einem von zwei Exemplaren, die laut Dienstvorschrift zur Grundausstattung von Rigbys Büro in Whitehall gehörten. Daneben hatte sie als amtierende Leiterin der Abteilung «Q» Anspruch auf einen Konferenztisch mit acht hochlehnigen Stühlen, eine Anglepoise-Lampe, einen Drehsessel für sich selbst, einen Barschrank und die Aussicht auf den St. James Park. Auf dem Schreibtisch stand eine Flasche Talisker und eine weitere mit Malvern Water. Beides tat gut nach einem konventionellen Arbeitstag.

«Meine liebe Tante, du weißt sehr gut, daß du nicht einen Tag älter aussiehst als vierzig.»

«Rede keinen Unsinn.»

«Na schön, sagen wir fünfzig, wenn du darauf bestehst. Wie dem auch sei – du bist, verdammt noch mal, in einer weit besseren Verfassung als sie, und das weißt du auch genau.»

Er hatte recht, Rigby wußte es. Dreimal Tennis pro Woche, tägliche eine halbe Stunde «gymnastische Übungen», wie man das in Cheltenham genannt hatte, und eine vernünftige Diät – sie war tatsächlich in bester Verfassung. Außerdem hatte sie von Natur aus einen guten Geschmack; ihre Kleidung, ihr Make-up, ihr Schmuck – das alles unterstrich ihre schlanke, gesunde, feingliedrige Erscheinung und ihr gutes Aussehen. Dauerwellen und lächerliche Hüte – das war nicht ihr Stil.

«Aber ich habe überhaupt keine Ähnlichkeit mit ihr.»

«Meine Jungs werden das ändern, für den Fall, daß deine Jungs es nicht können. Bisher haben sie es jedenfalls immer geschafft.»

Rigby stand auf, trat ans Fenster und schaute hinaus in den klaren, lichten Aprilabend. Halbmond und Abendstern, im Park betteten sich die Pelikane zur Nacht. Außer Sichtweite, ein paar hundert Meter weiter weg zur Linken, würde Ihre Majestät vermutlich gerade ihre Post erledigen, unterstützt von dem kürzlich zum Privatsekretär avancierten Philip Moore.

Rigby nippte an ihrem Malt und dachte an England.

«Moore wird mich bestimmt erkennen.» Sir Philip, der jetzige Sekretär der Königin, war ein Jahr jünger als sie und auch in Cheltenham zur Schule gegangen, er auf dem Zweig für «Boys», sie auf dem für «Ladies». Sein Vater hatte für den Indian Civil Service gearbeitet und war mit Harry, ihrem Vater, befreundet gewesen, so daß sie und Philip sich von Kindesbeinen auf kannten.

«Wir werden dafür sorgen, daß er nicht dasein wird», erklärte der Colonel. «Mit Bill Heseltine wirst du keine Probleme haben. Schließlich ist er Australier und nicht gerade der Aufgewecktete.» Heseltine war Sir Philips Stellvertreter.

«Verdammt, Humphrey, du verlangst von mir immerhin, daß ich das ganze demokratische Verfahren unterlaufe. Das ist nicht gerade das, was ich unter einem anständigen Benehmen verstehe. Die Entscheidung liegt beim Volk, und wir haben uns politisch neutral zu verhalten – so lauten nun einmal die Spielregeln.»

«Bei allem Respekt», entgegnete der Colonel, «aber meine Vorgesetzten sind der Überzeugung, daß es im Interesse der Nation notwendig ist. Und das Beste, was der Nation passieren kann, ist, die Labour-Regierung daran zu hindern, weiter das Schicksal des Landes zu bestimmen. Unsere Wirtschaft ist seit dem vergangenen Winter praktisch zum Erliegen gekommen.»

Das war völlig zutreffend. Sogar der Erzbischof von Canterbury hatte sich genötigt gesehen, gegen die Arbeitskämpfe in der Industrie zu protestieren, die schlimmsten seit dem Generalstreik von 1926. In den Häfen verrotteten ganze Schiffsladungen von Nahrungsmitteln, die Toten wurden nicht beigesetzt, die Kranken nicht behandelt. «Genug ist genug», hatte der Erzbischof erklärt, doch Premierminister Callaghan hatte bei der Rückkehr von einem Ferienaufenthalt auf Guadeloupe nur gefragt: «Krise? Welche Krise?»

Trotzdem war der Mißtrauensantrag im Anschluß an die Parlamentsdebatte vom 30. März nur mit einer Stimme Mehrheit durchgekommen. Wenn der arme, alte Sir Alfred Broughton nicht wegen einer Herzattacke, die ihn wenige Tage später dahinraffte, gefehlt hätte, hätte die Labour Party höchstwahrscheinlich weiterwursteln können. Und nun, da der Wahlkampf im Gange war, sah es aus, als stünden ihre Aussichten weit besser, als man das noch vor wenigen Monaten für möglich gehalten hatte.

Das Problem bestand darin, daß die Wähler zwar einerseits unzufrieden waren mit der matten Vorstellung des ewig lächelnden «Smiling Jim» Callaghan, andererseits waren viele auch beunruhigt von der unflätigen Art, mit der eine gewisse «Leaderene» den politischen Gegner beschimpfte. Sie war geradezu stolz auf ihren sowjetisch inspirierten Spitznamen «Die eiserne Lady». Unter ihrer Regierung sollte die Polizei nicht länger ein Haufen harmloser Bobbies sein, die alten Damen über die Straße halfen und den Bürgern bei Bedarf die Uhrzeit sagten, sondern zu einer «stahlharten Schlagtruppe» werden. Sie wollte die Todesstrafe wiedereinführen, den Sozialismus vollständig zerschlagen und vor allem den Zustrom von Einwanderern stoppen. «Die Bürger sind wirklich recht besorgt», lautete ihr sorgsam verschlüsseltes Signal ans Wählervolk, «daß dieses Land überschwemmt werden könnte mit Menschen fremder Herkunft und Kultur.» Die Botschaft hieß im Klartext: «Wir sind eine Nation aus Briten mit typisch britischen Eigenarten.» Großbritannien den Briten – das war ihr politisches Glaubensbekenntnis.

Darüber hinaus hatten Freunde und Feinde sie gleichermaßen in Verdacht, als Premierministerin darauf hinarbeiten zu wollen, daß Großbritannien «weiß» bleiben sollte. Für manche hatte sie sogar eine beängstigende Ähnlichkeit mit einem als Frau verkleideten Sir Oswald Mosley, und die Tatsache, daß sie entschlossen war, für pünktliche Abfahrzeiten bei der Bahn zu sorgen, erinnerte ältere Wähler fatal an den Duce.

Die schlimmsten Ahnungen hegte man jedoch im Buckingham Palace.

«Meinen Informationen zufolge wird die Lage allmählich recht ernst», meinte der Colonel.

«Was willst du damit sagen?» erkundigte sich Rigby.

«Es muß nicht unbedingt stimmen», antwortete er bedächtig, «aber ich weiß aus zuverlässiger Quelle, daß Ihre Majestät einen Thatcher-Sieg äußerst ungern sehen würde.»

«Ich auch, um offen zu sein. Aber *tant pis* – daran kann niemand etwas ändern. Wir leben in einer Demokratie, und wenn die Leute Madam Thatcher zur Premierministerin machen wollen, ist das ihr Problem. Für meine Begriffe bedeutete das, sich aus dem Iglu heraus aufs blanke Eis zu wagen – um mit Bernard Levin zu sprechen –, aber wenn sie die Mehrheit bekommt, dann ist das eben so.»

«Meinen Quellen zufolge», erklärte der Colonel behutsam, «könnte Ihre Majestät das ein wenig anders sehen.»

«Nun, das ist Pech, um es noch einmal zu sagen», erwiderte Rigby. «Sie und ihre Familie werden es schlucken müssen, wie wir auch. Schließlich verbleiben ihr immerhin noch drei Rechte – sie kann die Regierung beraten, unterstützen und ermahnen. Ich bin sicher, du kennst deinen Bagehot.»

Der Colonel war ein gebildeter Mann, der einen Universitätsabschluß vorzuweisen hatte.

«Meine liebe Tante», sagte er, «die einzigen beiden Personen, die immer noch an den Bagehot glauben, sind Norman St. John Stevas und der Literaturchef der *Times*... Ich rede hier vom wirklichen Leben, nicht von Parlamentssitten.»

«Hm.» Rigby holte mit der linken Hand zu einem imaginären Schlag aus, um den Gegner abzublocken. «Du willst also andeuten, daß Ihre Majestät, die Königin, zusammen mit ihrer Mannschaft tatsächlich etwas zu unternehmen gedenkt, um die Dame davon abzuhalten, Premierministerin zu werden – auch wenn sie legal gewählt wird.»

«Im Eilverfahren.»

«Und was heißt das?» Rigby nahm wieder in ihrem Drehsessel Platz und schwenkte nach rechts, dann nach links.

«Mit einem öffentlichen Eklat im Kronrat und einer Einberufung der Mitglieder des Commonwealth – die Leute sind alle ganz versessen aufs Commonwealth. Vielleicht auch einfach mit einer Auflösung des Parlaments und der Ausrufung des nationalen Notstands. Das hat's schon gegeben, und nach ihrem Jubiläum würde man ihr sogar einen Mord durchgehen lassen. Die Windsors sind eine sehr zugkräftige und populäre Nummer in dem Spiel und könnten ziemlich gefährlich werden, wenn sie einmal losgelassen sind. Rückendeckung hätten sie zur Genüge, keine Frage. Wenn es hart auf hart kommt, würden neunzig Prozent der Streitkräfte hinter ihnen stehen, das Parlament stürzen und die Monarchie wiedereinführen.»

Rigby nahm eine dünne türkische Zigarette aus der Silberdose auf ihrem Schreibtisch – einem Geschenk von Ernie Bevin. Sie rauchte etwa eine Zigarette pro Monat, in Augenblicken besonderer Anspannung.

«Willst du tatsächlich behaupten, daß das Buck House dieser Frau derart feindlich gesonnen ist?»

«Meine Vorgesetzten und ich sind davon überzeugt, daß diese Gefahr existiert.»

«Und nun verlangst du von mir, daß ich mich als Madam Thatcher verkleide und mit Ihrer Majestät ein gemütliches Schwätzchen halte, um sie friedlich zu stimmen?»

«Genau.»

«Warum kann sie das nicht selbst tun?»

Der Colonel stieß einen Seufzer aus. «Kommt nicht in Frage. Weil sie erstens nicht will und zweitens nicht kann.»

Rigby drückte ihre kaum gerauchte Zigarette wieder aus.

«Das bedeutet vermutlich, ich werde mich mit einer dieser grotesken Handtaschen bewaffnen und ein blaues Kleid mit einer gräßlichen roten Schleife tragen müssen?»

Der Colonel entspannte sich merklich.

«Auntie, du bist ein prima Kerl», meinte er. «Ich wußte doch, daß wir uns auf dich verlassen können.»

Rigby hatte sich schon seit Jahren nicht mehr verkleiden müssen, und wenn überhaupt, dann war sie gewöhnlich in die Rolle einer eigens erfundenen Gestalt geschlüpft, wie in die von Lady Vicereines Zofe, damals in Delhi, oder in Henry Kissingers freundliche Haus- und Seelenärztin Dr. Whitechurch. Verglichen damit, war es eine geradezu herkulische Aufgabe, sich als eine echte Person auszugeben, vor allem für eine Person, die so bekannt war wie die Favoritin bei den bevorstehenden allgemeinen Wahlen.

Andererseits gab es für Rigby nichts Reizvolleres als eine echte Herausforderung.

Sich äußerlich herzurichten war nicht besonders schwer. Rigbys kurzgestutztes, graumeliertes Haar paßte leicht unter ein strohfarbenes, wattefeines Gespinst, das die Abteilung für Perücken binnen vierundzwanzig Stunden zurechtzauberte. Das Ressort «Garderobe» steuerte ein perfektes, schlechtsitzendes und kastenförmiges Jackett bei, hochgeknöpft zu tragen über einer Bluse in Konservativ-Blau mit einer überdimensionalen Kleinmädchen-Haarschleife. Dazu passend der dunkelgraue, strenge Faltenrock, der bis zur Wadenmitte herabreichte. Einfarbige Schuhe aus bravem schwarzem Leder und eine marineblaue Handtasche, groß genug für einen Imbiß aus drei Gängen und eine komplette Garderobe zum Wechseln. Keine Probleme also in dieser Hinsicht.

Rigby war zwar größer und dünner, aber ein paar sinnvoll applizierte Polster um die Hüfte ließen sie gute vier Pfund gewichtiger erscheinen, und mit einer wohlkalkulierten krummen Haltung konnte man gut und gerne fünfzehn Zentimeter kleiner wirken. Gemessen an ihrer schulmeisterlich strammen Art, hatte die Kandidatin einen überraschend gebeugten Rücken, also übte sich Rigby widerstrebend in einer bewußt nachlässigen Haltung.

Im Gesicht konzentrierten sich die Schwierigkeiten auf Gebiß und Nase. Die Abteilung «Gesichtskorrektur» hatte keine Mühe, sie etwas fülliger zu machen und ihren Augen mit einem geschickten Make-up den charakteristischen Abwärtstrend in den Außenwinkeln zu geben, den Rigby zusätzlich dadurch unterstützte, daß sie die Augen bewußt ein wenig zusammenkniff, um die Haut möglichst faltig erscheinen zu lassen. Die Nase zu vergrößern war weit schwieriger. Rigbys Nase war eher zierlich und ein wenig nach oben gewölbt. Die der Kandidatin hingegen alles weniger als zart.

«Im Idealfall», meinte Mahdur Singh, Leiter der Abteilung Q – kosmetische Korrekturen, «würde ich hier einen plastischen Eingriff empfehlen.»

«Kommt nicht in Frage», erklärte Rigby. «Dafür ist keine Zeit. Außerdem mag ich meine Nase, wie sie ist.»

Mahdur Singh war nicht sehr erbaut, meinte aber schließlich, seine Abteilung habe soeben eine Lieferung erhalten von einer völlig neuen Modelliermasse, die der bulgarische Geheimdienst erprobt habe und mit der bereits verblüffende Resultate erzielt worden seien. Allerdings dürfe Rigby ihre Nase nur mit äußerster Vorsicht bewegen, ein Niesen würde beispielsweise genügen, um ihre Maske einfach wegzublasen. Rigby erklärte, sie müsse höchst selten niesen und sei zuversichtlich, auch sonstige heftigen Nasenbewegungen vermeiden zu können.

Callendar, der Leiter der Abteilung Zahnkorrekturen, wagte ebenfalls einen kühnen Vorstoß, indem er vorschlug, Rigbys gerades, guterhaltenes Gebiß komplett zu entfernen und durch einen Satz großer unregelmäßiger Zähne mit diversen Lücken zu ersetzen. Aber auch hier blieb Rigby unnachgiebig, bis Callendar seinen Widerspruch aufgab und versicherte, sein Bestes versuchen zu wollen mit Hilfe des neuesten schnelltrocknenden Zahnzements.

«Allerdings kann ich Sie nur davor warnen, irgend etwas zu essen», sagte er.

Rigby teilte ihm mit, daß sie keinesfalls damit rechne, zu einem Essen im königlichen Palast geladen zu werden. Ein Glas Sherry oder allenfalls eine Tasse Tee sei wohl das Äußerste, was sie zu erwarten habe.

Danach studierte sie das gesamte Filmmaterial, dessen sie habhaft werden konnte, und der Colonel beschaffte ihr einen Presseausweis für die Teilnahme an einer Fabrikbesichtigung der Kandidatin. Die Kandidatin war über die Maße eifrig in solchen Besichtigungen und offenbar stets sehr beeindruckt, wenn sie mit einem komplizierten Maschinenpark konfrontiert wurde, gleichgültig, ob er Schokolade ausspuckte oder Computer. Dabei wirkte sie immer bestens vorbereitet und strahlte echte Begeisterung aus, wenn ihr die Beschäftigten erklärten, worin ihre Arbeit bestand. Ihre Zwischenfragen zeigten, daß sie bestens informiert war und stets genau den Punkt traf. Rigby registrierte, wie sie den Kopf zur Seite hielt und die Art, ihre schlagenden Argumente – vor allem dann, wenn sie nicht unbedingt der Ansicht ihres Gegenübers entsprachen – unausgesetzt mit einem «My Goodness me» oder «Good gracious, you know» zu versehen. Als eine Frau in Rickmansworth ihr erklärte, daß ihr Mann niemals einer Frau seine Stimme geben würde, kniff die Kandidatin beispielsweise ihre Augen zusammen, lächelte gönnerhaft und verglich sich mit Elizabeth I., indem sie bemerkte: «Wenn Ihr Mann zu dieser Zeit gelebt hätte, *my goodness*, und wenn er damals auch so gedacht hätte – hätten wir die spanische Armada nie schlagen können.»

Rigby stellte sich vor den Spiegel und übte «*My Goodness me*, Ihre Majestät müssen nicht denken, nur weil ich zu Robin Day gesagt habe...» und «*Good gracious, you know*, Ma'am, man mag mich zwar als die Eiserne Lady bezeichnen – aber im Herzen bin ich eher weich wie Blech». Nach einiger Überlegung entschied sie sich jedoch, diese Anspielung auf den *Wizard of Oz* wegzulassen, weil sie zu schwer verständlich war, um den gewünschten Effekt zu erzielen.

Rigbys Vorbereitungen wurden dadurch erschwert, daß sich das Image der «Leaderene» beinahe täglich änderte. Seit mehr als einem Jahr wurde sie beraten von Gordon Reece – der später zum Sir Gordon avancierte –, einem äußerst zuvorkommenden Svengali, der lange als Fernsehproduzent gearbeitet und sich einen Namen damit gemacht hatte, die bekanntesten Schauspieler des Landes in der mimischen Kunst unterrichtet zu haben. Reece versuchte nun – und zwar mit Erfolg – die «Leaderene» von der spießigen Hausfrau für Mister Jedermann in eine Art Identifikationsfigur von allgemeinem öffentlichen Interesse zu verwandeln. Er brachte sie auch dazu, die Stimme zu senken und das Redetempo zu verlangsamen, damit sie sich nicht anhörte wie ein kläffender Welsh Corgi auf der Jagd nach den Hosenbeinen des Briefträgers, sondern eher ein wenig wie Churchill, wie man das neuerdings bezeichnete. Mit jedem Tag floß die Stimme der Kandidatin einschmeichelnder und lieblicher dahin, so daß Rigby mit Honig und schwarzer Johannisbeere gurgelte und die Songs von Gilbert und Sullivan nachzusingen versuchte. Außerdem hatten die Tories die berühmten *Saatchi Brothers* engagiert, die neue Wunderwaffe der britischen Werbebranche, um die Labour Party zu besiegen, was sich ebenfalls merklich ausgewirkt hatte auf die Selbstdarstellung der «Leaderene».

Nach fünf Tagen intensiven Trainings fühlte sich Rigby jedoch sicher genug, den Colonel auf ein weiteres Glas Talisker zu sich zu bitten.

«Also dann, Humphrey», begann sie und schwenkte ihre riesige

Tasche, als wolle sie ihn damit erschlagen, «ich denke, wir sind jetzt soweit.» Dann senkte sie die Stimme um ein oder zwei Oktaven, lächelte ein wenig leidend, aber mit gönnerhaftem Verständnis, und fuhr in sehr ernstem Ton fort: «*You know*, Humphrey, viele Menschen in diesem Land haben Angst, daß ich Unfrieden stiften könnte als Premierministerin – aber, *Goodness*, das ist keineswegs meine Absicht. Ich will nur, daß das Wort ‹groß› wieder ein fester Bestandteil von Britannien wird und daß die Bürger wieder frei sind. Ja, Humphrey, ich möchte fast sagen: Wo Zwietracht ist, soll Einigkeit sein; wo Zweifel herrscht, wird der Glaube siegen, und wo Verzweiflung ist, wird Hoffnung blühen.»

Der Colonel schaute entgeistert.

«Phantastisch», brachte er schließlich heraus, «wirklich phantastisch! Und woher stammt dieser ganze Unfug von Zwietracht und Einigkeit und diesen Sachen?»

«Franz von Assisi.» Rigby grinste. «Rupert Denham, mein erster Chef, pflegte ihn ständig bei der Hand zu haben.»

«Verdammt stark!» Der Colonel strich sich mit der flachen Hand über seine Nadelstreifenhose. «Das muß ich Maurice Saatchi erzählen, er wird begeistert sein. Wir werden dafür sorgen, daß Chris Patten das in einer Rede unterbringt.» (Die zunehmende Infiltration und die Lauschangriffe des Geheimdienstes auf *Saatchi & Saatchi* während des Wahlkampfs von 1979 wären allein schon Stoff genug für etliche weitere Bände. Beides war selbstverständlich sehr hilfreich bei Rigbys Täuschungsmanöver, aber Rigby wünschte einen Alleingang und war nicht interessiert an irgendwelchen Weiterungen.)

«Schlag dir das aus dem Kopf.» Rigby goß die Gläser voll, sehr voll. Mit reichlich Scotch und wenig Wasser. «Wag es bloß nicht, diese Frau mein Zitat deklamieren zu lassen, bevor ich meine Sitzung bei Ihrer Majestät hinter mir habe. Diese Worte sind nur für ihre Ohren bestimmt, zum Zeichen meiner versöhnlichen Haltung und meines Einverständnisses mit ihr. Die ‹Leaderene› als Büßerin – einverstanden?»

«Voll und ganz.» Der Colonel starrte für einen Moment gedankenverloren in sein Glas. «Wie wär's, wenn wir am Montag einen kleinen Probelauf machen würden? Ein oder zwei Tage später lassen wir die Sache dann steigen.»

«Einen Probelauf?»

«Einer meiner alten Kameraden befehligt ein Bataillon in Armagh und würde sich hochgradig geschmeichelt fühlen von einem Besuch der künftigen Premierministerin. Natürlich nur ein Blitzbesuch – ohne große Ankündigung, ohne Parade, ohne Presse.»

«Du hast wohl zu tief ins Glas geguckt», meinte Rigby, wechselte dann seufzend zur Sprechweise der «Leaderene» über und hauchte: «*Goodness me*, Humphrey, man soll nicht fragen, was das Land für einen tut, sondern was man selbst für das Land tun kann.»

«Aus Kennedys Antrittsrede im Jahre 1961», stellte der Colonel fest. «Noch ein Neubeginn, ein Hoffnungsträger.»

«Eine irrige Hoffnung allerdings, wie sich gezeigt hat.» Rigby leerte ihr Glas. Ein Schatten legte sich über ihre Augen. «Armer Jack», sagte sie, «schade um ihn.»

Rigby fühlte sich nicht besonders wohl in Hubschraubern. Die Maschine hatte sie in Aldergrove abgeholt zu einem außerplanmäßigen Militärflug von Northolt, das für sie – aufgrund einer vierzigjährigen persönlichen Geschichte – immer noch *der* Londoner Flughafen war. Neben dem Colonel auf der Rückbank eingekeilt, schaute sie hinaus in den Nebel, auf den mit winzigen Hütten und Farmhäusern gesprenkelten Flickenteppich der Felder. Von hier oben, aus dieser fliegenden Glaskugel, die im Wind bockte und vibrierte, hatte die Landschaft etwas Eintöniges, wie auf alten Schwarzweißfotos, und man fühlte sich wie in einem holprigen, zitternden Stummfilmstreifen. Während draußen, nur wenige hundert Meter tiefer, das Geschehen vorbeiraste, saß sie hier oben in ihrem braven Zweiteiler mit der Schleifenbluse, der blonden Perücke und der riesigen Handtasche und fühlte sich seltsam losgelöst, obwohl sie wußte, daß in South Armagh die Wilden über sie herfallen würden. Dort unten lauerte der Feind mit seinen bewaffneten Heerscharen und seinen Plastikbomben, und selbst hier oben in ihrem tarnfarbenen Viersitzer befand man sich in Reichweite jeder gutausgerichteten SAM 7 der Flugabwehr.

Sie hatte den dringenden Wunsch, Humphrey zu fragen, ob ihre Haartracht in Ordnung war, aber da alle Insassen mit Kopfhörer und Funkmikro ausgerüstet waren, verzichtete sie darauf. Fragen zur Frisur waren nicht unbedingt geeignet für eine Unterhaltung über Funk.

Sie überflogen eine Ansammlung von Wellblechbaracken mit einem flatternden Union Jack, umgeben von Exerzierplätzen und einer Phalanx von Landrovern, Lastwagen und Raupenfahrzeugen. Ein Zug Rekruten in Kampfanzügen stand aufgereiht neben der Landebahn. Der Pilot flog einen Kreis, schwenkte zur Seite und setzte den Helikopter auf das Viereck, direkt auf das Landekreuz. Das Empfangskomitee wartete, bis der Motor und die Rotoren zum Stillstand kamen, dann näherte sich der kommandierende Offizier mit forschem Schritt, öffnete die Tür und half ihr aus der Maschine.

«Willkommen in Ballypaisley, Ma'am. Sehr freundlich von Ihnen, zu uns zu kommen. Wir wissen das zu schätzen.»

Rigby lächelte. «Aber ich bitte Sie, Colonel. *Goodness me*, es wäre doch ziemlich jämmerlich für einen Premierminister, seine Bürger in Gegenden zu schicken, die er selbst nicht einmal aufsuchen will.»

Der Colonel lächelte, salutierte dann und schüttelte Humphrey die Hand.

«Schön, dich zu sehen, Bill», sagte Humphrey. «Ich fürchte, wir sind terminlich mächtig in Druck, aber wir müssen möglichst viel in den Zeitplan hineinstopfen. Und ich denke, wir sollten so viele von den Jungs sprechen, wie wir irgend können.»

«Absolut richtig, Colonel», sagte Rigby in dem Gefühl, ohne weiteres in ihre Rolle hineinwachsen zu können, wenn sie sich nur ihrer lächerlichen Gewandung hätte entledigen und ebenfalls in einen dieser Kampfanzüge hätte hüllen dürfen. Sie fragte sich, ob man sie wohl auffordern würde, eine dieser ferngelenkten Raketen abzufeuern oder ein bißchen mit den neuesten Blendgranaten herumzuspielen. Aber dann fiel ihr noch eben rechtzeitig ein, daß man sie als Premierministerin in spe schwerlich an solche Informationen aus erster Hand heranlassen würde.

«Ich finde, Sie leisten absolut hervorragende Arbeit hier draußen», erklärte sie. «Wir dürfen einfach nicht resignieren vor dem Terrorismus.»

Für sich selbst dachte sie oder wußte nur zu genau, daß die Dinge weit komplexer waren, aber hier spielte sie nur eine Rolle, und ihr war hinreichend klar, daß die «Leaderene» nicht der Typ war, sich mit Grauzonen zu beschäftigen oder eine Frage von zwei Seiten zu betrachten.

Der C.O. stellte ihr seinen Adjutanten vor und eine Reihe weiterer Offiziere und führte sie dann in zackiger militärischer Gangart an den paradierenden Mannschaften vorbei. Von Zeit zu Zeit blieb Rigby einen Augenblick stehen, machte hier und da einen kleinen Scherz, von dem sie hoffte, daß er als angemessen empfunden würde. Allem Anschein nach waren die Männer hocherfreut, sie zu sehen, aber sie selbst fühlte sich nicht besonders wohl unter dem Zwang, sie mit relativ platten Bemerkungen abspeisen zu müssen.

Als sie eben die Parade abgenommen hatte, schwenkte ein Landrover ins Camp und kam schleudernd in einem Wirbel von Schlamm zum Stehen. Ein junger Lieutenant sprang heraus, kam mit forschem Schritt auf sie zu und salutierte kurz.

«Das ist Lieutenant Carpenter», erklärte der C.O. «Soviel ich weiß, haben Sie bereits seine Bekanntschaft gemacht.»

Rigbys Gedanken überschlugen sich. Warum, um alles in der Welt, hatte Humphrey sie nicht darauf vorbereitet? Wer war dieser Mann?

Einen Moment lang stand sie wie erstarrt da, aber dankenswerterweise war der junge Mann sehr gut erzogen.

«Kevin Carpenter», stellte er sich vor. «Ich bin mit Mark zur Schule gegangen, und Sie waren so freundlich, mir einen Champagner auszugeben nach dem Eton-Match vor zwei Jahren.»

«Aber natürlich», entgegnete Rigby, «Sie haben diesen fabelhaften Siegpunkt gemacht! Tut mir leid, daß ich Sie in dieser völlig anderen Umgebung nicht sofort erkannt habe.»

Es war ein Segen, daß Rigby in Sachen Kricket so gut informiert war und sich an den bemerkenswerten Siegeslauf erinnerte, über den sich Jim Swanton äußerst lobend im *Daily Telegraph* geäußert hatte. Sein Artikel war ihr noch deutlich im Gedächtnis. Swanton hatte geschrieben, er habe seit dem P.B.H. keine bessere Austragung von Schülern mehr gesehen. May hatte damals im Charterhouse gearbeitet, und es war dieser Vergleich mit May gewesen, der das Spiel in Rigbys Gedächtnis hatte haften lassen. Nun dankte sie der Vorsehung für Swanton und May.

«Wie geht es Mark?» erkundigte sich der junge Carpenter.

«Als ich heute morgen ging, lag er noch im Bett», erklärte Rigby lachend, und Carpenter stimmte in ihr Lachen ein. Volltreffer, dachte sie erleichtert.

«Und Carol?»

«Zurück aus Australien, für die Wahlen. Und fabelhaft in Form.»

«Grüßen Sie sie herzlich von mir.» Rigby musterte Lieutenant Carpenter mit einem prüfenden Blick, um festzustellen, ob er möglicherweise ein hoffnungsvoller Aspirant auf die Hand «ihrer» Zwillingstochter war. Durchaus denkbar.

«Selbstverständlich», antwortete sie und legte dem jungen Mann vertraulich die Hand auf die Schulter. «Und besuchen Sie uns doch bitte, mein Lieber, wenn Sie wieder Urlaub haben. Wir würden uns ausgesprochen freuen.»

Neben ihr schaute Humphrey betont auffällig auf seine Uhr. Der C.O. verstand die Andeutung sofort. «Tut mir leid, Kevin, ich fürchte, wir sind etwas in Druck», erklärte er. «Wir haben gerade noch Zeit für einen schnellen Gang zur Grenze, und dann wird unser hoher Besuch wohl wieder zurückmüssen zu anderen wichtigen Terminen.»

Der Lieutenant salutierte, und Rigby entspannte sich. Es war kein besonders angenehmer Augenblick gewesen.

Die Grenze war nur wenige Meilen weit entfernt, und der C.O. meinte, es könne für seinen Gast von Interesse sein, mit den Männern auf dem Außenposten zu sprechen, der sich auf einem abgelegenen kleinen Hügel bei einem Ort namens Saint Bridey's Mount befand. Der Gast erklärte, es sei ihm ein Vergnügen, und so machten sie sich mit mehreren Range Rovern auf den Weg, mit Humphrey und zwei bewaffneten Sergeants an der Spitze, gefolgt von Rigby, in Begleitung des Colonel und seines Adjutanten.

Das Wetter hatte inzwischen aufgeklart, und ein paar vereinzelte Sonnenstrahlen blinzelten schüchtern durch die Wolken. Der Außenposten erwies sich als verlassene Scheune – kalt, feucht und zugig, aber mit einer guten Aussicht über das im Süden gelegene Tal. Etwa hundert Meter weiter schlängelte sich eine geteerte Straße, schwarz und feucht, von Ost nach West.

«Die Straße liegt auf der Seite der Republik», erläuterte der wachhabende Sergeant. «Sie führt von irgendeinem nicht besonders wichtigen Ort nach Castleblaney und endet einfach bei einem Farmhaus jenseits des Horizonts. Sie ist also nicht sehr stark befahren.»

Sie standen draußen vor der Scheune und schauten nach Süden, während sich von Westen her das Geräusch eines Wagens näherte, eines offenbar betagten und klapprigen Vehikels, nach dem Spukken und Keuchen des Auspuffs zu urteilen. Der Sergeant reichte Rigby sein Fernglas, und als sie die richtige Schärfe eingestellt hatte, entdeckte sie einen Wagen, der eben über der Hügelkuppe auftauchte und in geradezu halsbrecherischem Tempo Richtung Osten fuhr. Es war ein alter Morris mit einer Bulldoggen-Schnauze, zwei Männern auf den Vordersitzen und einem dritten auf der Rückbank. Rigby beobachtete mit eher beiläufigem Interesse, wie der Mann im Fond das zu ihrer Seite hin gelegene Fenster nach unten kurbelte. Farmer aus der Gegend auf ihrem Weg zu einem feuchtfröhlichen Mittagessen in der Stadt, dachte sie.

Der Wagen war fast auf gleicher Höhe mit ihr, als sie im Sonnenlicht etwas Metallisches aus dem Fond aufblitzen sah und im gleichen Augenblick eine schwache blaue Rauchwolke wahrnahm, das trockene Knallen mehrerer kleiner Explosionen und ein plötzliches, hektisches Durcheinander von Bewegungen. Der Sergeant schrie aus Leibeskräften, seine Männer feuerten aus ihren Maschinengewehren auf den sich rasch entfernenden Wagen, und die einzige Person, die unbewegt und aufrecht dastand, war Rigby.

Colonel Humphrey und Colonel Bill rappelten sich wieder vom Boden auf und klopften sich den Staub von den Knien.

«Ma'am, ich muß Sie wirklich bitten, in Deckung zu gehen», verlangte Colonel Bill.

«Bißchen spät jetzt», meinte Rigby und gab dem Sergeant, der sich unterdessen auch wieder aufgerichtet hatte, sein Fernglas zurück. «Jedenfalls war nur einer von den Männern bewaffnet, und zwar nur mit einer Handfeuerwaffe. Er hätte schon ein verdammt guter Schütze sein müssen, um einen von uns aus hundert Metern Entfernung zu treffen, noch dazu aus einem fahrenden Wagen bei schätzungsweise fünfzig Stundenkilometern. Im übrigen war die Waffe praktisch eine Antiquität.»

Unvermittelt wurde ihr bewußt, daß der Colonel und seine Männer sie mit plötzlichem Erstaunen musterten und daß sie sich nicht gerade anhörte wie eine Hausfrau aus Finchley mit politischen Ambitionen. Auch dann nicht, wenn sie als «Eiserne Lady» galt.

«*Good gracious*, Colonel», sagte sie geistesgegenwärtig und ließ ein Lächeln aufblitzen, von dem sie hoffte, daß es als vertraut empfunden würde, «Sie erwarten doch wohl nicht, daß ich mich von einer Wagenladung Terroristen einschüchtern lasse? Damit würde ich denen ja in die Hände arbeiten!»

Der Colonel räusperte sich. «Äh...», setzte er an, «äh... ganz recht. Trotzdem, ich denke, es wäre vielleicht ratsam, uns auf den Rückweg zu machen. Ich weiß, wie eng Ihr Zeitplan ist.»

Später, auf dem Rückflug nach Northolt, vertieften sich Rigby und Colonel Humphrey in eine Manöverkritik.

«Ein ziemlich übler Moment», meinte der Colonel.

«Ich dachte schon, es hätte mich erwischt», sagte Rigby.

«Das ging mir auch durch den Kopf.» Jetzt, da der Zwischenfall glücklich überstanden war, konnte es sich der Colonel wieder leisten, lakonisch zu sein.

«Gott sei Dank hat er mir seinen Namen verraten und mir den Hinweis mit Eton gegeben. Schüler von Harrow werden offenbar besser erzogen, als ich dachte.»

«Tante – du bist einfach unmöglich!» lachte der Colonel, wenn auch ohne rechte Heiterkeit. «Ich habe von der Schießerei geredet. Du hättest dabei draufgehen können, schließlich warst du eine hervorragende Zielscheibe.»

«Ach, das meinst du», sagte Rigby wegwerfend.

Das Treffen im Buckingham-Palast wurde auf den übernächsten Nachmittag festgesetzt. Der Palast hatte eine frühere Tageszeit vorgeschlagen, aber Rigby hatte nicht vor, sich dort blicken zu lassen, bevor die tägliche Wachablösung vorüber war und sich die Touristenschwärme aufgelöst hatten. Um das Treffen überhaupt zustande zu bringen, hatte es sämtlicher Tricks und Kontakte bedurft, die Rigby und dem Colonel zur Verfügung standen. Das einzige, was ihr Unterfangen erleichterte, war – wie bei dem Besuch in Ulster – das gegenseitige dringende Bedürfnis zu absoluter Geheimhaltung. Sowohl die Queen als auch die Kandidatin hatten den Wunsch, daß niemand, keine Menschenseele, von dieser Begegnung erfuhr. Es war einfach undenkbar, daß irgendwelche Anwärter auf das höchste Staatsamt sich im Vorfeld der Wahlen eine Privataudienz bei der Monarchin geben ließen. Aber wenn das, was der

Colonel gesagt hatte, zutraf, war ein Treffen beider Seiten in diesem Fall von elementarer Bedeutung.

An dem fraglichen Tag sollte die wirkliche «Leaderene» am Morgen die übliche Pressekonferenz im Hauptquartier der Konservativen am Smith Square abhalten. Der Colonel und Rigby hatten dafür gesorgt, daß sie anschließend zu ihrer Wohnung in der Flood Street in Chelsea fahren würde, um an einer wichtigen Rede zu arbeiten und danach einige ältere Funktionäre der Tory-Partei in ihrem Haus zu einem privaten Mittagessen zu empfangen. Insofern würde sie erst am späten Nachmittag wieder in der Öffentlichkeit erscheinen, um eine Fabrik für Haarbürsten zu besichtigen und alsdann den Abend in Finchley, ihrem Wahlbezirk, zu verbringen.

Demnach war sie für die entscheidenden Stunden am Nachmittag der Öffentlichkeit entzogen und konnte – theoretisch – einen heimlichen Besuch im königlichen Palast abgestattet haben.

Sir Philip Moore war unvermutet von einem plötzlichen, aber tückischen Grippeanfall heimgesucht worden, dank der Wundermittel der Abteilung «Pharmazeutik» und eines Gentleman mit einem seltsamen Schirm, der eines Abends auf dem U-Bahnhof St. James Park direkt neben ihm gestanden hatte.

Um Viertel nach elf wurde Rigby, bis zur Unkenntlichkeit vermummt, von einem anonymen Dienstwagen der Marke Ford Cortina nach Chelsea chauffiert, um dort, höchst verstohlen, in einen Rover umzusteigen, bis hin zu den Nummernschildern identisch mit dem, den die «Leaderene» zu benutzen pflegte. Im Innern des Wagens befreite sie sich von ihrem Trenchcoat und dem Hermès-Tuch, richtete die mächtige blaue Halsschleife, glättete ihre Perücke und legte noch einen Hauch Lippenstift auf. Dann zog sie ein paar Akten aus der Tasche und lehnte sich zurück in die Lederpolster.

Um elf Uhr fünfundvierzig umrundete ihr Wagen das weitläufige, barocke Monument der Queen Victoria und schwenkte vor das Tor am nördlichen Ende der Umgrenzung des Buckingham Palace. Der uniformierte Wachtposten studierte den Passierschein und tätigte einen kurzen Anruf. Dann schwenkten die Torflügel auf, der Wagen glitt über den weißen Kies und kam vor dem Eingang der Privy Purse zum Stehen. Der Chauffeur öffnete den Wagenschlag, und Rigby stieg aus. Im Eingang erschien die stämmige Gestalt des pensionierten Sergeant-Major der Palastwache, angetan mit dunklem

Anzug und Regimentskrawatte, forderte Rigby auf, sich ins Gästebuch einzutragen und auf einem der unbequemen vergoldeten Samtsessel Platz zu nehmen, bis er sie angemeldet hatte.

Zwei Minuten später erschien ein ziemlich kleiner dunkelhaariger Mann in einem Nadelstreifenanzug, näherte sich auf seinen spiegelblank geputzten schwarzen Schuhen mit den leisen, katzengleichen Bewegungen des erprobten Höflings und teilte Rigby mit leicht australischem Akzent mit, die Queen sei bereit, sie zu empfangen.

Eine Dreiviertelstunde später wurde Rigby von dem nämlichen Gentleman wieder zu ihrem Wagen begleitet. Beide zeigten ein strahlendes Lächeln.

Um 13 Uhr 15 war Rigby wieder in ihrem Büro und wählte eine sehr private und geheime Telefonnummer. «Humphrey, mein Lieber», sagte sie, als sich aus einem sehr kleinen Büro im Kellergeschoß eines nur wenige hundert Meter entfernten Gebäudes eine vertraute Stimme meldete, «ich hatte ein höchst angenehmes Gespräch. Wenn du mehr darüber wissen willst, solltest du dir vielleicht die Mühe machen, etwa um sechs bei mir vorbeizuschauen.»

Der Rest ist Geschichte. Am 4. Mai 1979 wurde Mrs. Thatcher Premierministerin von Großbritannien mit einer satten Mehrheit von dreiundvierzig Sitzen im Parlament. Die Queen erhob keine Einwände gegen diese Wahl, weder in der Öffentlichkeit noch im privaten Rahmen. Wozu sie natürlich auch keinen Grund hatte, in Anbetracht gewisser Absprachen, die eine Woche zuvor ganz privat zustande gekommen waren. Die Protokolle und Tonbandaufzeichnungen dieser Sitzung wurden in einem von Mister Chubbs Geheimschränken im Palast verstaut. Der rituelle Handkuß verlief sehr angenehm. Nach einem dreiviertelstündigen intimen Gespräch mit der Queen fuhr die neue Premierministerin in die Downing Street Nr. 10, wandte sich der wartenden Menge zu und zitierte Franz von Assisi: «Wo Zwietracht ist, soll Eintracht sein; wo Zweifel herrscht, wird der Glaube siegen, und wo Verzweiflung ist, wird Hoffnung blühen.»

Rigby verfolgte das Geschehen vor dem Fernsehapparat und gestattete sich ein leichtes Heben der Augenbraue.

Eines Abends – sie hatte noch lange gearbeitet – kam der wachhabende Offizier in ihr Büro und gab ihr einen Umschlag, der eben durch einen Boten überbracht worden war. Von der Rückseite leuchtete das vertraute Magentarot des Königlichen Wappens.

Rigby nahm den kleinen Krummdolch ihres Vaters zur Hand und schlitzte den Brief auf.

«Liebe Mrs. Rigby», hieß es in den großen Antiqualettern, die man im «Palace» vorzugsweise verwendete, «Ihre Majestät bat mich, Ihnen mitzuteilen, wie sehr sie Ihren Besuch in der vergangenen Woche genossen hat. Sie war außerordentlich beeindruckt und hat sich bestens unterhalten. Darüber hinaus läßt sie Ihnen sagen, daß sie sich freuen würde, wenn Sie bereit wären, gelegentlich – in Anbetracht ihrer erheblichen Arbeitsbelastung – wieder mit ihr zu plaudern. Vielleicht sind Sie so freundlich, mich vorher anzurufen und mich wissen zu lassen, wann es Ihnen passen würde.»

Rigby schaute auf die Unterschrift und lachte leise. «*Touché!*» sagte sie. «Kann sein, daß ich sie einfach beim Wort nehme...»

Rigby weigert sich bis heute standhaft, darüber Auskunft zu geben, ob sie sich der königlichen Herausforderung gestellt hat. Tatsächlich hat es sie offenbar sofort gereut, den Brief überhaupt erwähnt zu haben. Da ich aber nun einmal davon weiß, kann ich in der Rückschau nicht umhin, mich beispielsweise über die eine oder andere Weihnachtsansprache der Königin zu wundern oder über einige Besuche in den weniger erfreulichen Regionen dieses Globus. Aber solche Dinge sind schwer zu beweisen.

Fest steht, daß Mrs. Thatcher sich bei der British Army des Rufs besonderer Tapferkeit erfreut, und ich neige zu der Annahme, daß sich der Beginn dieser Legende auf den Morgen in Ulster zurückführen läßt, an dem sich Rigby den Schüssen der IRA ausgesetzt sah.

Tim Heald, schrieb eine Reihe von amüsanten Kriminalromanen um den Ermittler Simon Bognor, der eigentlich lieber ißt und trinkt, als komplizierte Fälle zu lösen.

THOMAS KLINGENMAIER

Steckbriefe

Howard Browne

geboren 1908
in Omaha, Nebraska
war Tellerwäscher, Pulp-Redakteur, Drehbuchautor
lebt in USA
schrieb u. a. Grüße in Blut (1946), Grüße für den Satan (1948), In Luft aufgelöst (1954), Der Geschmack von Asche (1957), Blutige Stadt (1988)

> Sein Lächeln war so leer wie das Nachthemd einer Frischvermählten.
> (Grüße in Blut)

Er will weder herzerweichend verständnisvoll noch furchteinflößend brutal sein. Privatdetektiv Paul Pine ist schlicht ein einsamer Mann in einer harten Welt, der ein komisches Ideal hat. Er möchte nicht, daß sein Puls sich beschleunigt, wenn ihn jemand anstarrt: er möchte ein reines Gewissen haben. Howard Browne, der Pine nach der Lektüre von Raymond Chandlers Romanen erfunden hat, läßt ihn mit bissigem Humor gegen die hartherzige Verkommenheit eines schattendüster gezeichneten Chicago antreten, aber ein nur mühsam im Zaum gehaltener Zynismus vibriert in Pines Ton, als müsse er sich verbeißen, die lächerliche Vergeblichkeit stundenweise mietbaren Edelmuts zuzugeben. Pine scheint zu wissen, daß er mit knurriger Knappheit eine Schlacht gegen Lug und Trug ficht, daß sein eigentlicher Harnisch die Sprache ist, er scheint zu merken, daß er da in einem weniger glänzenden Panzer als Chandlers Marlowe einherkommt, der durchlässiger ist für die Angriffe von außen und die Korruption von innen. Pine hat eine erste Ahnung, daß die Haltung zur Pose, die Rüstung zum Gefängnis, die aggressiven Verbalkonter gegen die Welt zu hohl dröhnenden Sprüchen werden könnten. Aber er ist ein sympathischer, harter Großstadtbrocken, der sich auch von dieser Gefahr nicht unterkriegen läßt und damit lebt, daß in seiner Windy City vom See herein die Ahnung weht, die ganze bullige Männerwelt könnte eine Farce sein, in der jemand, der wie Pine in «Grüße für den Satan» einer Handschrift Jesu Christi nachjagt, die auch der sterbenskranke Al Capone sucht, um sie der Kirche zu schenken und vielleicht doch noch in den Himmel kommen zu können, so verrückt und so spärlich in der Realität verwurzelt sein muß wie Don Quixote.

James Lee Burke

geboren 1938
in Louisiana
war Ölarbeiter im Mississippi-Delta, Sozialarbeiter, Zeitungsreporter
lebt in Kansas, Montana und Louisiana
schrieb u. a. Neonregen (1987), Blut in den Bayous (1988), Black Cherry Blues (1989)

> Der Schmerz wird nicht nachlassen, Vater. Ich kann nicht glauben, daß das jemals geschehen wird.
> (Black Cherry Blues)

Vier Menschen hat Dave Robicheaux während seiner Dienstzeit bei der Polizei von New Orleans getötet; wie viele als Soldat in Vietnam, sagt er nicht. Nicht weil er etwas verschweigen will, sondern weil er keine Grenze ziehen kann. Dave Robicheaux hat Greuel wie das Massaker von My Lai als etwas akzeptiert, für das er Mitverantwortung trägt, aber leben kann er mit dieser Bürde eigentlich nicht. Er säuft, hat seine Gewalttätigkeit nicht immer unter Kontrolle, zieht sich aus dem Polizeidienst in einen Köderladen mit Bootsverleih in den Bayous zurück. Aber weil er so etwas wie ein stellvertretend Gepeinigter in einem Land aalglatter oder stumpfsinniger Verdrängung ist, suchen ihn nicht nur die Gespenster der Vergangenheit heim, er wird auch massiv mit einer Gegenwart konfrontiert, die seine Landsleute trotz ihrer tiefen Verstrickung nicht zur Kenntnis nehmen wollen: er begegnet beispielsweise Opfern dessen, was seine Regierung den stolzen Befreiungskampf gegen kommunistische Unterdrückung nennt, und gerät in das Gespinst von Drogenschmuggel, Waffenhandel und Außenpolitik. Burkes Klasse beweist sich daran, daß er nicht die Kolportage in den Krimi holt, sondern den durch Klischees geschützten Krimihelden mit politischer Wirklichkeit konfrontiert. In Robicheaux sehen wir die Ohnmacht des Starken, die Demoralisierung eines amerikanischen Selbstbilds – weder allein noch im Polizeidienst gelingt es Robicheaux, auch nur seine eigene kleine Welt am Bayou zu schützen. Die wird in Burkes poetischen Beschreibungen eine Erinnerung an das Versprechen eines anderen Amerika, eines freien Lands freier Menschen. Wir sehen einen *last stand*: einen erschöpften Waldläufer, verschanzt im Köderladen, vor sich den moralischen Sumpf einer korrupten Zivilisation, hinter sich den organischen Sumpf des Delta. Und mindestens ein Pegel steigt.

W. R. Burnett

geboren 1899
in Springfield, Ohio
war Statistiker, Drehbuchautor
gestorben 1982
schrieb u. a. Little Caesar (1929), High Sierra (1940), Asphalt-Dschungel (1949)

> «Joe taugt nichts», sagte Rico, ohne den Blick von den Karten zu heben. «Er ist weich.»
> (Little Caesar)

«Heilige Mutter Gottes», ächzt der Held von «Little Caesar», als er kugeldurchsiebt in einer Seitengasse liegt, «ist das jetzt Ricos Ende?» Dieser harte Schluß ist verdrehterweise der hoffnungsvollste Moment in William Riley Burnetts Porträt einer Gangsterkarriere, denn Ricos letzte Worte, sein vager Protest, daß da noch mehr sein sollte, versöhnt die Figur des sterbenden Gangsters wieder ein wenig mit ihrem optimistischen Spiegelbild, dem uramerikanischen *self-made man*, der glaubt, daß die Welt ihm offensteht. Später rutschten Burnett Konventionen Hollywoods, für das er Drehbücher schrieb, in die Romane, ein wenig betulicher Biedersinn, eine hingeschluderte Hoffnung auf die regulativen Kräfte von *law and order*, und er fügte melancholisch düstere Elemente hinzu, einen Unterton von Weltschmerz und Verzweiflung. Aber anfangs behandelte Burnett den Ganster nackt und brutal als soziales Symptom, nicht als Charakterstudie oder als existentialistische Metapher: als konsequente Ausformung eines amerikanischen Traums, aus dem der ökonomische Boden herausgebrochen war. Die Gangster Burnetts haben weder Charisma noch versteckte Ideale, ihre Existenz ist ein trübe geschäftsmäßiges Verwalten illegaler Geldquellen und ein dumpfes Gerangel um die besten Positionen. Sie haben keine Größe, ihre einzige Hoffnung ist das Abpassen des richtigen Moments, um den Kerl über ihnen fertigzumachen. Ihr Milieu wird zum Modell der Ellbogengesellschaft, sie werden Helden und Schreckbilder der *great depression*: sie verkörpern die Instinkte des Überlebens und die Negation aller Ideale von Solidarität, Güte und Anstand. Mit harten, kargen Dialogen, knappen Szenen, wüsten Figuren, erbarmungslosen Hackordnungen hat der frühe Burnett für den Kriminellen geleistet, was Hammett für den Detektiv getan hat: ihm den Asphaltboden der Realität untergeschoben.

Michael Dibdin

geboren 1947
in Staffordshire, England
war Universitätsdozent in Italien
lebt in Oxford
schrieb u. a. Der letzte Sherlock Holmes-Roman (1978), Der Tod hält reiche Ernte (1986), Entführung auf Italienisch (1988), Der Mann im Schatten (1989), Vendetta (1991)

Man braucht keine Tagesordnung und keine Strategien, kein Mitgliedsverzeichnis, kein Paßwort und keine Geheimcodes. Der Rattenkönig reguliert sich selbst.
(Entführung auf Italienisch)

Von Kommissar Aurelio Zen wird erwartet, daß er versagt. Seine Einheit von Sonderermittlern beim Innenministerium in Rom ist eine bloße politische Geste, und seine Untersuchungen führen uns in ein Labyrinth bürokratischer Eifersüchteleien, politischer wie krimineller Interessen, von Angst, Erpreßbarkeit, Geldgier, Dummheit, Karrierismus. Der Brite Michael Dibdin, der vier Jahre an der Universität Perugia gelehrt hat, führt in der Aurelio-Zen-Serie die italienische Republik nicht als Ausnahme vor, sondern als beispielhaften politischen Organismus, dessen tatsächliche Funktionsweise nur deutlicher unter der Tarnung durchscheint. Das System der Korruption wird Zen von einem Insider als «Rattenkönig» erklärt, als jenes Gebilde, das angeblich entsteht, wenn Ratten auf engem Raum beieinanderleben und sich mit den Schwänzen zu einer unentwirrbaren Zwangsgemeinschaft verknäueln. Organisiertes Verbrechen, erfährt Zen, ist keine Verschwörung mit abhackbarem Kopf und amputierbaren Gliedern, sondern ein selbstregulierendes, vielköpfiges System, in dem jede Ratte mit den eigenen Interessen zugleich die der anderen verteidigt. Dibdins Meisterschaft liegt aber keineswegs allein in der politischen Analyse, sondern in ihrer makellosen Umsetzung in eine Erzählung. Die atemberaubende Balance von politischem Räderwerk und dem Privatleben Zens, der mit seiner gebrechlichen, manchmal schon etwas altersverwirrten Mutter zusammenlebt, macht die Romane erst so eindringlich: weil der Rattenkönig hier glaubhafte Menschen zu verschlingen droht.

Friedrich Glauser

geboren 1896
in Wien
war Fremdenlegionär, Tellerwäscher, Gärtner, Psychiatriepatient
gestorben 1938
schrieb u. a. Wachtmeister Studer (1936), Matto regiert (1936), Die Fieberkurve (1938), Der Chinese (1938), Krock & Co (1941)

> Studer dachte nach. Da stimmte etwas nicht!... Man mußte weiter fragen.
> (Matto regiert)

In ihrem Mann, denkt die Frau Hedwig Studer, im Fahnderwachtmeister Jakob Studer von der Berner Kantonspolizei also, steckte die Seele eines mittelalterlichen Ritters, der gegen Drachen, Tod und Teufel kämpft, um die Unschuld zu verteidigen, respektive sich bei Wind und Wetter auf dem Töff, dem Motorrad, eine Brustfellentzündung holt, einem Meitschi zuliebe. Und die Vorgesetzten wissen scheinbar, was sie an ihm haben, lassen ihn gewähren, granteln, bummeln: in den besonderen Fällen, auf die sich andere nicht verstehen, ist auf die Intuition und Bildung des Studer Verlaß. Er kennt sich aus, aber er überschätzt sich nicht, er hat feste Meinungen, aber die machen ihn nicht blind. Kopfschütteln ist eine Haltung, die am besten zu ihm paßt, aber das hindert nicht seine Entschlossenheit. Jeder Mensch und jeder Fall sind anders, und die Aufgabe des Fahnderwachtmeisters ist nicht nur herauszufinden, was passiert ist, sondern wie zu helfen wäre. Eine Vaterfigur ist er, aber so solide er wirkt, der Studer ist ein Gefällter und Verlierer: eine nie erklärte «Bankaffäre», auf die immer wieder angespielt wird, hat ihn vor Jahren den Rang eines Stadtkommissärs gekostet. Gegen die großen Strukturen ist also auch der Studer machtlos, und all sein Inordnungbringen der Welt läuft in einem kleinen Rahmen. Je genauer man liest, desto brüchiger scheint diese Welt auch: das Fernweh des Studer, die Undurchschaubarkeit der Menschen, da tun sich Risse und Sprünge auf. Friedrich Glauser erfand sich den Studer als Halt, aber dessen Welt reflektiert doch die Erfahrungen des Autors, der keine Heimat fand, dem der Grund schwankte, daß er in die Psychiatrie mußte. Den Studer hätte man gern zum Freund, aber dann müßte man ihm verschweigen, was er sich selber nicht zugibt. In seiner Welt herrscht nicht seinesgleichen: Matto regiert, der Irrsinn, den man als solchen nicht gleich erkennt.

Donald Goines

geboren 1936
in Detroit, Michigan
war Zuhälter, Dealer, Sträfling
gestorben 1974
schrieb u. a. Black Gangster (1972), Street Players (1973), Kenyattas Flucht (1974), Kenyattas letzter Hit (1975)

> Solange Männer Uniform anzogen und ihren Rassenhaß an armen Leuten ausließen, würde er den Krieg gegen sie weiterführen.
> (Kenyattas Flucht)

In der afroamerikanischen Kultur war schon zu Beginn ihrer Selbstdefinition in Musik, lange bevor die Drogen die Ghettos verheerten, der Kriminelle, der *bad nigger*, eine ambivalente Figur. Richtete sich seine Gewalt auch größtenteils gegen die eigene Gemeinschaft, war er doch Symbol schwarzer Kraft und weißer Angst. Die Krimis von Chester Himes sind auch als Flucht aus dieser Falle zu lesen: beim Versuch, im Ghetto von Schwarzen selbst Ordnung schaffen zu lassen, sollte der brutale, findige und zähe Cop die Vorbildrolle des Kriminellen erben. Die rohen Romane von Donald Goines waren dann so etwas wie die Grabsteine für diesen Traum. Sie erzählen von Zuhältern, Dealern und Terroristen, von schizophrenen Identifikationsgestalten. Goines war fasziniert von deren Überlebenskünsten im Dschungel der Stadt, stolz auf ihre Wendigkeit und Nähe zum brutalen, nackten Herz der Gesellschaft, vorangetrieben von Gewaltphantasien, krude im sexuellen Protz des verunsicherten schwarzen Mannes, aber auch beunruhigt und geplagt von der Einsicht in die (selbst-)zerstörerische, asoziale Komponente dieser Figuren und ihre Unfähigkeit, ein Leben zu Ende zu führen. Goines' Helden sterben gewaltsam und frustriert, und die Hektik und Roheit seiner Bücher weist nicht nur auf den Druck der Verlage. Sie wirkt auch wie eine verzweifelte Suche. Der bewunderten wie der abscheulichen Seiten seiner Gestalten war er sich längst sicher, nun schien er ruhelos vorwärts zu schreiben, als glaubte er, irgendwann müsse sich doch ein Ausweg für die ausweglosen Leben auftun, dürfe eine seiner Figuren einmal anders als mit zerschossenem Schädel oder auf der Flucht enden. Aber die Wirklichkeit folgte dem Muster seiner hastigen Romane: 1974 wurde Donald Goines selbst ermordet.

Thomas Harris

geboren 1940
in Mississippi, Missouri
war Polizeireporter, Agenturjournalist
lebt in New York
schrieb Schwarzer Sonntag (1975), Roter Drache (1981), Das Schweigen der Lämmer (1988)

An die untere Hälfte der Küchentür geschmiegt, reckte der Wahnsinnige seinen Hals, um durch die Scheibe zu spähen.
(Roter Drache)

In fast zwei Jahrzehnten hat Thomas Harris nur drei Bücher geschrieben, und deren Unterschiede erzählen von Veränderungen in der kollektiven Psyche. Denn Harris klinkt sich ein in die Ängste des Publikums, liefert einen Bestseller und ruht sich aus. Bis er spürt, wie die Ängste sich umgeformt haben. In seinem ersten Roman findet sich noch ein friedliches Amerika als Geisel fremder politischer Konflikte: eine Bombe schwebt über einem Sportstadion. Sechs Jahre später kommt die Bedrohung nicht mehr von außen, sondern von innen, ist nicht mehr rational, sondern irrational, keine Explosion des Politischen mehr, sondern die Implosion des Privaten. Harris balanciert die Innensicht eines familienmordenden Psychopathen und die Huldigung an sein Charisma geschickt gegen unsere Identifikation mit den Opfern aus und macht den Serientäter zum Symbol für die psychotische Energie einer in Auflösung befindlichen Gesellschaft. In «Das Schweigen der Lämmer» – sieben Jahre später weniger Fortsetzung als Remake des Vorgängers mit anderen Gewichtungen – ist der «normale» Psychopath nur noch eine zu hetzende Gruselfigur. Das Hauptaugenmerk liegt auf «Hannibal The Cannibal» Lector, dem nicht mehr aus Trieb, sondern aus Übermenschenanspruch handelnden Serienmörder. Lector spricht weniger unsere Angst als unsere Schuld- und Minderwertigkeitsgefühle an. Hochintelligent und moralisch ungebunden, betrachtet er uns als das, als was wir die Welt betrachtet haben: als reinen Gegenstand des Amüsements. Wir haben es nicht geschafft, etwas aus uns zu machen, also macht Lector eine Mahlzeit aus uns. Das Zynische an Harris ist dabei, daß er Lector, der wie eine Strafe für unsere dekadente Unterhaltungssucht über uns kommt, selbst wieder zur windschlüpfrigen Unterhaltung formt.

George V. Higgins

geboren 1939
in Brockton, Massachusetts
war Journalist, Staatsanwalt, Universitätsdozent
lebt in Milton, Massachusetts
schrieb u. a. Die Freunde von Eddie Coyle (1971), Ausgespielt (1973), Der Anwalt (1980), Heißer Abriß (1981)

> Jesus kümmert sich in letzter Zeit nicht genug um die Sanftmütigen und Hilflosen.
> (Der Anwalt)

Die amerikanische Verfassung setzt das Streben nach Glück als Ziel – man kann das fast als Drohung verstehen. George V. Higgins führt in seiner menschlichen Komödie in Boston die Konsequenz dieser Aufgabenstellung vor und erzählt nicht so sehr von den getrennten Kategorien Kriminalität, Strafverfolgung und Bürgeralltag als von den verschiedenen mehr oder minder ausgeklügelten, mehr oder minder frustrierten Versuchen der Glücksverwirklichung. Kaufmann, Strafverfolger und -verfolgte zappeln gleichermaßen nach dem Plätzchen an der Sonne, dem Polster fürs Alter, dem raschen Glück jetzt. Jeder Roman führt uns hinter ein anderes Stück Fassade und vor, wie die Dinge wirklich laufen in Boston – der Journalismus, die Strafverfolgung, die Wohnraumsanierung, das Baugewerbe –, zeigt das *rat race*, das Hasten nach Gütern, Ansehen, Positionen, die Beißerei ums nackte Überleben. Die Schlauen im *rat race* begreifen eines: Man darf nicht selber rennen, man muß aufsitzen. Wie die einen sich von den anderen schleppen lassen, Higgins beobachtet es mit scharfem Auge für Details und die komischen Positionen, in denen seine Rattenjockeys in den Sätteln hängen, und feinem Ohr für ihre Sprache. Seine Technik ist die eines Lauschangriffs auf die Wirklichkeit: sparsamste Beschreibungen, lange Dialoge. Die Architektur der Gespräche ist eine der Finten und Winkelzüge, Wahrheit immer das, was der andere dumm genug zu glauben ist. Higgins scheint sich da die Abhörprotokolle zu schreiben, die er sich früher als Staatsanwalt vielleicht gewünscht hätte – nur daß jetzt nicht die Abweichung vom geschriebenen Gesetz, sondern die Gesetzmäßigkeiten des gelebten Lebens Abhörziel sind. In dieser Technik liegt natürlich der geringe Ruhm von Higgins in Deutschland begründet: der abgefeimte Meister der Soziolekte ist kaum zu übersetzen.

H. R. F. Keating

geboren 1926
in St. Leonards-on-Sea, England
war Rundfunktechniker, Journalist, Krimikritiker
lebt in London
schrieb u. a. Der Pfau muß Federn lassen (1968), Finger weg von heiligen Kühen (1970), Geben Sie's auf, Inspector Ghote (1972), Inspector Ghote sucht die undichte Stelle (1974), Inspector Ghote geht zum Film (1976), Inspector Ghote unter falscher Flagge (1978), Inspector Ghote und der Guru in L. A. (1981)

Niemand, Inspector, entzieht sich Befehlen, die ich ihm gegeben habe.
(Geben Sie's auf, Inspector Ghote)

Es ist kein Vergnügen, in Bombay zu ermitteln. Inspector Ghote wird in einer kastenbewußten Gesellschaft nie so für voll genommen wie seine Kollegen im Ausland. Auch stößt er öfters auf eine zweite Quelle des Autoritätsverlustes: sein Auftreten wird mit dem verglichen, was wohl die «wallahs» der britischen Kolonialmacht veranstaltet hätten, um einen Schuldigen zu finden. Bei diesem Vergleich spielt Henry Reymond Fitzwalter Keating mit doppeltem Boden, könnten doch auch die Leser seiner Erfindung Ghote vorwerfen, sie fülle nicht ganz die Schuhe ihrer britischen Vorgänger. Aber der Inspector soll ja auch gar nicht brillant Alibis durchlöchern und minutiöse Zeittafeln anfertigen, Bombay ist ein viel zu chaotischer Ort für solche Beckmesserei. Keating setzt uns mit Ghote einen mehr durch Menschlichkeit als graue Zellen glänzenden Ermittler vor – wenn auch ein nicht immer überzeugendes Mittelding zwischen Knobelkrimi und Gesellschaftserkundung. Weil Keating wohl nie längere Zeit in Indien lebte, hat Jochen Schmidt schon gemutmaßt, er sei vielleicht «ein anderer Fall Karl May, der den Wilden Westen nie gesehen hatte, als er seine Winnetou-Old-Shatterhand-Geschichten schrieb». Antworten wir so: Bei Keatings biederer Charakterzeichnung und manchmal etwas gequälter Humorigkeit kann man ganz dankbar sein, daß er seine Krimis nicht noch in englischen Landhäusern angesiedelt hat, sondern durch den Schauplatz tapetenbunte Exotik hineinbringt. Und für Karl-May-Leser wäre er vielleicht wirklich ein schöner Einstieg in die Kriminalliteratur...

Jonathan Latimer

geboren 1906
in Chicago
war Reporter, Drehbuchautor
gestorben 1983
schrieb u. a. Mord bei Vollmond (1935), Wettlauf mit der Zeit (1935), Leiche auf Abwegen (1936), Rote Gardenien (1939), Salomons Weinberg (1941)

> Crane setzte ihm den rechten Absatz genau mitten ins Gesicht und legte sein ganzes Gewicht auf diesen Fuß, bevor er ihn im Uhrzeigersinn drehte. Etwas knackte, und unter seinem Absatz wurde es naß.
> (Mord bei Vollmond)

Ihrer Pingpong-Dialoge, ihrer Geschwindigkeit und ihres Witzes wegen sind Jonathan Latimers Krimis immer wieder mit Hollywoods *screwball comedies* verglichen worden. Aber Latimer muß schneller sein als Chandler, Hammett, Cain & Co, weil er stets befürchten muß, daß er sich festfrißt – nicht im Plot, sondern in Gewaltphantasien und rassistischen Bemerkungen. Er ist ein schreibender Triebtäter mit Charme, Intelligenz und Humor, dessen Detektiv William Crane ein bißchen zu fasziniert von Waffen spricht, den Arm seines Gegners ein bißchen zu weit aus dem Gelenk dreht, wobei sein Autor so tut, als überdrehte er hier nur das Genre. Latimer war zu früh dran, um wie James Ellroy und Andrew Vachss damit kokettieren zu können, daß er die dunkle Seite seiner Seele aufs Papier bringt. Aber in «Salomons Weinberg» gibt es dann doch eine Art *coming out*. Aus William Crane hat sich hier der Ich-Erzähler Karl Craven hervorgeschält, ein ehemaliger Streikbrecher, jetzt Detektiv, obwohl völlig unklar bleibt, warum Craven sich mit seinen Lüsten und Talenten nicht dem organisierten Verbrechen andient. Rachsüchtig, geil, voll Imponiergehabe, von Blut sexuell erregt, darf Craven hier seiner Traumfrau begegnen, die zum Sex geprügelt werden will und praktischerweise zu den Bösen gehört – nach Gebrauch darf man sie skrupellos in eine Todesfalle schicken. Was makabrerweise nicht heißen soll, daß Latimer nicht tatsächlich schwungvoll durch das Genre schleudert – bis zu den Momenten der Gewalt eben, wenn man dann im Hintergrund des Buches etwas vampirisch schmatzen hört.

Andreu Martin

geboren 1949
in Barcelona
war Psychologe, Übersetzer, Comic- und Drehbuchautor
schrieb u. a. Hammerschläge (1987), Barcelona Connection (1988), Aus Liebe zur Kunst (1989), Don Jesus in der Hölle (1990), Bis daß der Mord euch scheidet (1991)

> Sanchez beschloß, unter Leute zu gehen. Es war auf jeden Fall besser, anderen Leuten Schaden zuzufügen, als sich selbst.
> (Hammerschläge)

In der Literatur Spaniens nach Franco finden sich Ähnlichkeiten mit der amerikanischen Literatur der *great depression*: junge Talente wie der Lyrikpreisträger Justo Navaro oder Andreu Martin wählen ganz selbstverständlich den Kriminalroman, wenn sie vom Zustand ihres Landes und ihrer eigenen Ernüchterung erzählen wollen. In den USA war der Traum des Wohlstands für alle im ewig aufstrebenden Kapitalismus geplatzt, hier einer von der umfassenden Humanisierung der Gesellschaft nach Durchsetzung der Demokratie. Andreu Martin könnte man, nicht in der Biographie, aber in der Analyse der Gesellschaft und ihrer menschlichen Einzelheiten, ein wenig mit Jim Thompson vergleichen. Beide rechnen ab mit den Märchen von der fairen Verteilung von Chancen, dem Lohn des Fleißes, dem guten Kern des Menschen und was sich noch an Verbrämungen des Jeder-frißt-jeden-Wettkampfes findet. Martins Geschichten konstatieren, daß die neue Gesellschaft nach dem Ende der Diktatur noch immer weder Freiheit noch Glück ermöglicht, sie sind brutale Demontagen am Rand der Karikatur. In ihnen bereitet noch ein Lottogewinn von Hunderten von Millionen dem Fertiggemachtwerden eines kleinen Taxifahrers kein Ende, sondern gibt ihm nur eine neue Richtung. Wahr, Martin hat ein Polizistenduo, dessen einer Part am Auseinandergehen seiner Familie leidet und dessen anderer gerade dadurch gepeinigt wird, daß er seine noch glückliche Familie von all dem bedroht sieht, was er im täglichen Dienst erlebt. Aber die Konsequenz der Ermittler ist eine Neigung zu Selbstjustiz und reflexhafter Brutalität, die sie uns entfremdet: auch die Traditionen von Gewalt und Waffen im Alltag, von Männlichkeit und Prüderie verbinden die USA und Spanien.

Ross Macdonald

geboren 1915
in Los Gatos, Kalifornien
war Lehrer, Nachrichtenoffizier
gestorben 1983
schrieb u. a. Durchgebrannt (1951), Die Küste der Barbaren (1956), Der Fall Galton (1959), Die wahre Mrs. Wycherly (1961), Gänsehaut (1964), Die Kehrseite des Dollars (1964), Geld kostet zuviel (1969), Der Untergrundmann (1971), Dornröschen war ein schönes Kind (1973), Der blaue Hammer (1976)

Die Menschen sprechen gern über das, was sie schmerzt.
(Geld kostet zuviel)

Die kalifornische Gesellschaft ist der Endpunkt des amerikanischen Traums: weiter nach Westen geht es nicht. Hier wird Bilanz aufgemacht, wieviel an Freiheit und Glück verwirklicht wurde. Und Ross Macdonald hat mit seiner Serie von Detektivromanen um Lew Archer diese Bilanz geliefert – und damit nicht nur den Höhepunkt des modernen Kriminalromans, sondern eine der wichtigsten Selbstdiagnosen Amerikas. Diagnose, dieses Wort hat bei Macdonald durchaus psychoanalytische Bedeutung: seine Personen sind oft Exempel Freudscher Theorien. Aber sie sind auch authentisch tragische Figuren des griechischen Dramas in Polohemd und Badehose, verstrickt in eigene Schuld wie unentrinnbares Verhängnis, die Vorgeschichte ihrer Familie beispielsweise. Es gibt noch ein autobiographisches Motiv: immer wieder geht es dem als Kenneth Millar Geborenen, der in seiner unglücklichen Kindheit «in fünfzig verschiedenen Zimmern» gelebt hat, um das Auseinanderbrechen der Familien und den Vertrauensverlust von Eltern und Kindern. Archers Wunsch zu verstehen bringt dabei die eiternden Erinnerungen und Geheimnisse an die Oberfläche. Dieser Detektiv ringt weniger mit der kalifornischen Gesellschaft, als daß er ihren wohlhabenden oder gestrandeten, verkommenen, verschonten oder gepeinigten Mitgliedern die Beichte abnimmt. Und wenn die Fälle fast zwanghaft auf ein ungesühntes Verbrechen zu Ende des Zweiten Weltkriegs zurückführen, verschlüsselt Macdonald da wahrscheinlich den Schock über die Atombombe. Der Traum Amerika war zu Ende, bevor Archer überhaupt zu ermitteln begann.

James McClure

geboren 1939
in Johannesburg
war Fotograf, Lehrer, Journalist
lebt in Wallingford, England
schrieb u. a. Beerdigung inklusive (1971), Ein vorwitziges Kind (1972), Geheime Sünden, bar bezahlt (1974), Die Viper (1975), Mord am Galgen (1980), Die schwarze Hexe (1991)

> Es ist unser Job, Leute dann zum Reden zu bringen, wenn wir das wollen, nicht bloß, wenn's denen paßt.
> (Die schwarze Hexe)

Für den Geschmack der Kollegen geht der südafrikanische Polizeileutnant Tromp Kramer viel zu lasch mit seinem Bantu Detective Sergeant Zondi um: als könnte man etwas auf dessen Meinungen und Denkprozesse geben. Dieser Kramer würde am Ende noch zulassen, daß sein Zulubengel über Weiße und deren mögliche Schuld nachdenkt: weigert er sich doch selber beharrlich, im Zug der Ermittlungen das herauszufinden, was vorher von Vorgesetzten als opportun festgelegt wurde. Einerseits schützt ihn der Erfolg. Andererseits sind seine Wahrheiten destabilisierender als die Verbrechen. Denn Kramer und Zondi finden hinter der Fassade der weißen Herrenmenschen die jämmerlichen Fratzen von Versagern, und hin und wieder entsteht das Verbrechen direkt aus der Apartheid, was die beiden Ermittler aber auch untereinander nicht aussprechen können. Zondis und Kramers halbe Anpassung an das System ist, und hier liegt die eigentliche Provokation von James McClures Krimis, keine augenzwinkernde Tarnung guter Menschen. Kramer ist ein recht brutaler Bulle und nutzt durchaus die Tatsache, daß ein Großteil der südafrikanischen Bevölkerung weniger Rechte hat – das macht Ermittlungen, auch wenn deren Ziel größtmögliche Wahrheit ist, um vieles einfacher. Kramer und Zondi sind gebrochene Gestalten, so gebrochen wie die ganze Situation: das verfassungsverankerte Staatsverbrechen der Apartheid hebt das andere Unrecht – Mord, Erpressung, Raub – nicht auf, aber beides ist auch nicht restlos voneinander zu trennen. Die Frage von relativem Recht in der Diktatur stellt sich da den Lesern immer wieder, und ihre Antwort kann nur so aussehen wie Kramer und Zondi.

Horace McCoy

geboren 1897
in Pegram, Tennessee
war Sportredakteur, Drehbuchautor
gestorben 1955
schrieb u. a. Nur Pferden gibt man den Gnadenschuß (1935), Das letzte Hemd hat keine Taschen (1937), Schatten der Vergangenheit (1948), Stadt in Angst (1952)

Es ist eine lausige Welt, und ich bin fertig mit ihr.
(Nur Pferden gibt man den Gnadenschuß)

An über hundert Drehbüchern für Hollywood hat er gearbeitet, aber wohl an keinem gern. Horace McCoy empfand seine Brotarbeit als Talentverschleuderung, und daß zwei seiner fünf Romane, sein Debüt «They Shoot Horses, Don't They» und «No Pockets In A Shroud», von Beauvoir, Malraux, Sartre und Gide als Beginn eines amerikanischen Existentialismus gewertet wurden, hat ihn nur bitterer bereuen lassen, nicht zum amerikanischen Literaten in Paris geworden zu sein. Je mehr McCoy Literatur wollte, desto weniger schrieb er sie, aber sein Erstling ist einer der eindringlichsten und kunstvollsten Romane an jener Peripherie, wo der Krimi zum definitiven Roman der *great depression* wird. In einer langen Rückblende, punktiert von den Fetzen der Verkündung seines Todesurteils, durchlebt ein Mann noch einmal einen Marathontanzwettbewerb. Diese Schinderei zeichnet McCoy als realistisches Porträt der Not und barbarischen Amüsierwut der Dreißiger wie als allgemeingültiges Bild für den quälenden Stumpfsinn des Lebens. In den folgenden Romanen will dann immer einer aufräumen mit der Korruption und Verkommenheit der Welt, ein Zeitungsmann mit der Kumpanei von Ku Klux Klan und örtlichen Honoratioren, ein Sonderermittler mit dem kriminellen Geflecht einer Großstadt. Eigentlich sind organisiertes Verbrechen und Gesellschaft hier immer schon identisch miteinander, der Parasit hat den Wirt übernommen. McCoys Verrat ist, daß er seine Ermittler trotzdem noch einmal triumphieren läßt: wie Gespenster wirken die Lichtgestalten, wie Fieberphantasien ihre im Stakkato erzählten Erfolge. Die harte Aktion, die grimmige Gesellschaftsschilderung, die aufgepappten Happy-Ends dieser Bücher tragen einen Zug grimmigen Spotts: fast so etwas wie Verachtung, als lohnte es nicht, solche Geschichten zu schreiben, sollte ihre Analyse wirklich zutreffen.

Magdalen Nabb

geboren 1947
in Church, Lancastershire, England
war Kunsterzieherin, Keramikerin
lebt in Florenz
schrieb u. a. Tod eines Engländers (1981), Tod eines Holländers (1982), Tod im Frühling (1983), Tod im Herbst (1985), Tod in Florenz (1987)

Der Marshall hatte etwas ganz anderes gemeint, aber er besaß weder den Intellekt noch die Worte, um zu erklären, was sein Gefühl ihm als falsch meldete.
(Tod eines Holländers)

Es sind stets Reisende, Exilierte, Menschen auf der Flucht, die bei Magdalen Nabb in Florenz den Tod finden. Sogar Nabbs Held, der Carabinieri-Maresciallo Salvatore Guarnaccia, ist ein Fremder, in Florenz kaserniert, ein Polizist aus dem Süden, dessen Ehe sich übers Telefon abspielt. In den späteren Romanen sind dann Frau und Kinder aus dem Süden in die Kaserne nachgezogen, aber noch immer steht Guarnaccia ein wenig isoliert da. Seine Bemühungen um Familienleben und sein Hineinspüren in die Leben der Mordopfer haben große Ähnlichkeit miteinander, beide Male scheint Guarnaccia nach etwas zu suchen, das er nicht benennen kann. Denn der Marshall gilt nicht nur dem einen oder anderen ungnädigen Vorgesetzten als Trantüte, er gerät oft genug selbst in Rage über seine Begriffsstutzigkeit. Der Marshall tarnt eben kein clever kombinierendes Gehirn hinter einer Maske von Dösigkeit, er ist ein rein gefühlsmäßiger Ermittler. Was der Instinkt Guarnaccia in seiner Familie und in Mordfällen suchen läßt, ist ein Muster des Normalen. Guarnaccia geht es nur nebenbei um Entlarvung eines Mörders, eher um eine wiedergutmachende Würdigung des ausgelöschten Lebens, um Wiederherstellung von Zusammenhängen, die es im Leben der Opfer vielleicht nie gab. Eine leise Verzweiflung schleicht durch diese Bücher, die mafiöse Strukturen nicht wahrnehmen und nicht brauchen: die kleinen, privaten Zusammenhänge sind hier attackiert, und Guarnaccia stapft herbei, um das zerstörte Netz ein weiteres Mal zu flicken. Wobei sein Instinkt ihm sagt, daß es dieses Netz und Muster der menschlichen Zusammenhänge gibt, und der Verstand uns, daß auch Guarnaccia nicht ewig zusammenhalten kann, was sich aufzulösen beginnt.

Gunnar Staalesen

geboren 1947
in Bergen, Norwegen
war Sozialarbeiter, Dramaturg
lebt in Bergen
schrieb u.a. Das Haus mit der grünen Tür (1979), Die Frau im Kühlschrank (1981), Im Dunkeln sind alle Wölfe grau (1983), Gefallene Engel (1989), Bittere Blumen (1991)

Ich trank auf neuerrichtete Grabsteine, auf alte Brandstellen und kleinlaute Rückzüge.
(Im Dunkeln sind alle Wölfe grau)

Manchmal möchte man ihm das Maul stopfen, dem Privatdetektiv Varg Veum. Wenn er sich wieder an Metaphern und einer erkünstelt poetischen Sprache versucht, die er nur uns zumutet, die er nie und nimmer einsetzen würde, wenn er sich bei den Tippelbrüdern in seiner Heimatstadt Bergen umhört oder in der schnell reich und gefährlich gewordenen Ölstadt Stavanger Nutten und Bohrinsel-Cowboys nach einem Verschwundenen ausfragt. Gunnar Staalesen hat wohl Zweifel, ob die amerikanische Figur des Privatdetektivs so recht nach Norwegen paßt, und darum muß Veum sich immer mal wieder hinter Albumprosa verstecken. Dabei hätte er das gar nicht nötig: Veum hat nämlich einen genauen Blick für die Veränderungen seiner Heimatstadt, und das langsame Verschwinden des Elements der Heimat, das Blaßwerden des Glücksversprechens ist die eigentliche fortlaufende Ermittlung dieses Detektivs. Wo Bergen sich nicht zu kühler Fremdheit verändert hat, da scheint es noch bedrückender: erstarrt in desperater Monotonie. An Orten, an denen die Zeit stehenbleibt, in Schnapsbuden, Eckkneipen und Veums Büro, trifft Veum Menschen, die ihre Vergangenheit nicht loslassen mögen: pensionierte Polizisten, deren Lebenszweck ein Karton unter dem Bett mit den Akten eines alten Falles geworden ist; verhärmte Witwen, die nicht zur Kenntnis nehmen, daß ihre Tochter schon seit Jahren keine Frau mehr sein will. Veums Mission wäre vielleicht, diese Leben wieder anzustoßen. Aber meist hat er zu tun, im Brackwasser unerfüllter Hoffnungen nicht selbst abzusaufen. Schon droht nämlich eine moderne, effektive Detektei, in Bergen eine Filiale zu eröffnen. Und die wird sich dann nicht mit Menschen abgeben, sondern mit lukrativen Geschäften.

Josephine Tey

geboren 1897
in Inverness, Schottland
war Lehrerin, Haushälterin ihres Vaters, Dramatikerin
gestorben 1952
schrieb u. a. Der Mann in der Schlange (1929), Klippen des Todes (1936), Tod im College (1946), Die verfolgte Unschuld (1948), Der singende Sand (1952)

> Verbrechen entsteht aus Geltungsdrang, aus zügelloser Eitelkeit.
> (Die verfolgte Unschuld)

Es ist was faul im Land der Lords und Ladies. Die alten Werte sind zum Teufel, mit der aufopferungswilligen Unterordnung steht es schlecht, Lug, Trug und Gewinnstreben sind an der Tagesordnung, und wo unsereins vielleicht Faulheit und Schlendrian sehen würde, da erkennen die Figuren von Josephine Tey Insubordination, Renitenz, den schleichenden Untergang des Abendlands respektive der britischen Weltherrschaft – für sie sind Empire und Kultur eh das gleiche. Inspektor Grant vom Yard jagt zwar Mörder, Brandstifter und Entführer, aber die Spuren des großen Verbrechens werden ihm immer mehr der schlechte Service in den Gaststätten und die Vergnügungssucht der einfachen Leute. An depressiven Tagen stellt der sanfte, höfliche Grant sich vor, es habe die Insel nie gegeben und Spanier oder Franzosen hätten die Meere regiert und Nordamerika besiedelt. Schon dieses offene Positionbeziehen, das Bekenntnis zum reaktionären Weltbild hebt die Tey, die eigentlich Elizabeth Mackintosh hieß und unter dem bezeichnenderweise männlichen Pseudonym Gordon Daviot erfolgreiche Historiendramen auf die Bühne brachte, aus der britischen Häkelrunde heraus, und es bewahrt sie auch vorm Erstarren im gewohnten Schema: in einer langsam ihre Ordnungsmächte verlierenden Gesellschaft bekommen die Ermittler kaum noch ihre Verdächtigen zum klassischen dénouement zusammen. Teys reaktionäre Schwärmerei und Grantelei, die manchmal in garstige Denunziation umkippt, hat oft etwas fast Rührendes: da scheint die Würde des Menschen am besten in der alten Gesellschaft aufgehoben, in der jeder seinen Platz hatte und deshalb gefahrlos mit jedem anderen umgehen konnte, aber nun scheint eine große Entwurzelung alle zu packen und in den täglichen Kampf gegeneinander zu zwingen.

M. J. Trow

geboren 1950
in Ferndale, Wales
ist Lehrer
lebt in Ryde auf der Isle of Wight
schrieb u. a. Lestrade und die Struwwelpeter-Morde (1985), Lestrade und der Tasmanische Wolf (1986), Lestrade und der Sarg von Sherlock Holmes (1987), Lestrade und die Reize der Mata Hari (1987), Lestrade und das Einmaleins des Todes (1988), Lestrade und Jack the Ripper (1988)

Der Rest ist Geschichte.
(Lestrade und der Sarg von Sherlock Holmes)

Wenn sich der Geschichtslehrer Meirion James Trow auf eine neue Expedition ins viktorianische London aufmacht, dann ist er zwar einschlägig gerüstet, weiß Bescheid über die Affären der großen Zeitgenossen und den Alltag der kleinen Leute. Aber so enzyklopädisch-gottgleich wie Lawrence Norfolk in «Lemprière's Wörterbuch», der dort ja angeblich keinen Spatz vom Himmel respektive Blumentopf vom Fensterbrett fallen läßt, der nicht historisch belegt sei, geriert Trow sich nicht. Inspektor Lestrade und uns interessieren solche Blumentöpfe lediglich insofern, als der Mann vom Yard rechtzeitig seinen Kopf unter ihnen wegziehen sollte, ob sie nun aus irgendeiner historischen Quelle oder aus der Phantasie seines Erfinders auf ihn herniederstürzen. Lestrade muß sich nicht nur durchschlängeln zwischen jenen, die Londons Kirchbücher als tatsächlich geboren registrieren, sondern dazu noch zwischen Kopfgeburten wie Sherlock Holmes, dessen parteiischer Biograph Dr. Watson durch die Feder Arthur Conan Doyles diesen armen Lestrade so ungerecht als etwas beschränktes Frettchen dargestellt hat. Was in doppeltem Sinne die Geburt von Lestrade war. Trow dazu: «Sherlock Holmes ist ein so unangenehmer Charakter, er tut niemals das Falsche, er ist heiliger als ein Eid, so eine Art Übermensch, und das ärgerte mich. So habe ich den Spieß umgedreht und Holmes zum Amateurdetektiv gemacht, der zwar sein Bestes tut, aber das ist nicht gut genug.» Wie gut die Polizei war, erfährt man dann bei Trow, und daß ihre Macht schon damals nicht genügte, um mehr als die Illusion von Rechtssicherheit zu gewähren, auch. Und daß Lestrade ein bißchen zu guten Herzens ist, als daß es ihn gegeben haben könnte, vermittelt sich so nebenbei.

Donald E. Westlake

geboren 1933
in Brooklyn, New York
war Lektor, Schauspieler
lebt in New Jersey
schrieb u. a. Stadt im Würgegriff (1964), Parker und der Amateur (1966), Unternehmen Grüner Schnee (1967), Ich bin die dritte Leiche links (1971), Ein wunder Punkt kann töten (1971), Räuber in Uniform (1972), Fünf gegen eine Bank (1972), Jimmy The Kid (1974), Blutiger Mond (1974)

> Es gibt 'ne bestimmte Menge Geld und 'ne bestimmte Menge Leute. Aber nicht genug Geld für all die Leute. (Räuber in Uniform)

Gesetze regeln unser Leben. Sie schützen uns, sie hemmen uns, sie nehmen uns Entscheidungen ab. Also wird in den Romanen Donald E. Westlakes das Übertreten der Gesetze auch zum Versuch, ein eigenbestimmtes Leben zu führen. In drei Spielarten führt Westlake uns diese Autonomieversuche vor: als Tucker Coe in der klassischen Figur des Privatdetektivs, als Richard Stark in den beinharten und frostkühlen Romanen um Parker, Spezialist für minutiös geplante Raubzüge gegen Juweliere, Banken und Panzerwagen, und unter seinem richtigen Namen in skurrilen Gaunerkomödien. Parker wie die Komödiengauner sind Figuren, die ihre eigenen Regeln machen, aber vom dummen Zufall, den Nerven anderer, von Unzuverlässigkeit oder Verrat immer wieder mit den Grenzen ihrer Macht konfrontiert werden. Wo die Stark-Bücher diese Fehlschläge in ihrer mörderischen Konsequenz zeigen, liefern die Westlake-Romane die komische. Gaunerbanden wie die mehrfach verwendete des Pechvogels Dortmunder übertreten die Strafgesetze nur, um an Murphys Gesetz zu scheitern. So wird unsere heimliche Lust, den krummen Pfad zu gehen, einerseits gekitzelt, andererseits durch Vorführung aller dort lauernden Stolperfallen erheblich gedämpft. Diese Komödien sind sozusagen der beste Ersatz für einen Banküberfall und haben sogar noch eine kleine Hoffnung parat: Die Selbstüberschätzung der Profis, die Tücke der Objekte und Subjekte führen am Schluß der grotesken Geschichten meist dazu, daß ein krasser Außenseiter profitiert.

Charles Williams

geboren 1909
in San Angelo, Texas
war Schiffsfunker in Handels- und Kriegsmarine
gestorben 1975
schrieb u. a. Die Liebe der Brüder (1951), Spiel mit dem Feuer (1953), Der Diamanten-Bikini (1956), Drei Tage Aufenthalt (1958), Der Dollarbaum (1958), Kein Alibi (1958), Westlich der Bahamas (1960), Auf Liebe und Tod (1962), Todesstille (1963), Begräbnis auf hoher See (1971)

Nicht das geringste war in der Finsternis rundum zu sehen. (Todesstille)

Er gilt als abseitiger Spezialist, als der Typ, dessen Krimis meist auf kleinen Booten spielen. Und daß es da neben John D. MacDonald und seiner «Travis McGhee»-Serie noch einen weiteren Autor geben könnte, der mehr als Freizeitseglerromantik zu bieten hat, scheint vielen unvorstellbar. Aber Charles Williams' Figuren haben buchstäblich keinen festen Grund mehr unter den Füßen, auswegloser als ihre Spiegelbilder im Festlandkrimi sitzen sie in der Falle. Von außen droht das Meer, innerhalb der kleinen Überlebenssysteme lauert die größere Bedrohung. Statt Seglerromantik geht es um die schwarze Wand unter dem Horizont, den Zyklon, der alles zu verschlingen droht, bis man bemerkt, daß man ihn schon an Bord hat. Hier werden Menschen ihrer Prätentionen entkleidet, denn «...auf einem Boot, das zu lange in einer Flaute hängt, mit dem endlosen Rollen und Schlagen der Takelage und den entnervenden, nicht abstellbaren Geräuschen der in Schubladen und Staubuchten umherrutschenden Gegenstände werden manche Menschen reizbar, das Zusammenleben mit ihnen erweist sich als unmöglich...» In einer Serie skurriler Hinterwäldler-Komödien, etwa «The Diamond Bikini», einer Mischung aus Faulkner, Cain und Caldwell, zeigt Williams, wie das anarchisch Gaunerhafte und der Unwille, sich an Regeln zu halten, auf dem festen Land etwas rauhbeinig Komisches und Individuelles haben können. Auf See sind diese Eigenschaften dann tödlich geworden – da erzählt Williams von scheinbar ausweglosen Situationen, in denen sich die äußere Befindlichkeit der Menschen in böser Übereinstimmung mit ihrer inneren Not befindet.

Register Steckbriefe

Die Ziffer in der Klammer bezieht sich
auf die jeweilige Ausgabe der «Schwarzen Beute».

Quellennachweis

Die Autoren

Jane S. Bakerman, «‹Woven Into My Texture› – The Work Of Nicolas Freeling»
Larry Beinhart, «Death In A Small Town»
Colin Dexter, «A Case of Mis-identity»
Michael Dibdin, «A Death In The Family»
Tim Heald, «We Are Not Amused» aus «The Rigby File»
Thorsten Jonsson, «Järnspisrum» aus «Fly till vatten och morgon»
Susan Moody, «O, Who Hath Done This Deed?»
Maj Sjöwall, «Det Var Inte A Gär...» und «Anmerkungen zu einem noch zu entdeckenden Autor»

Klaus Bittermann, «Die Geschichte eines Verrats – Der Spitzel als Doppelagent»
Gunter Blank, «Criminal Minded – Schwarze Kriminalliteratur zwischen Rebellion und Anpassung»
Uta-Maria Heim, «Das Cokelikt, Sälawie, oder: Der Egon wird gedingenst»
Thomas Klingenmaier, «Steckbriefe»
Michael Koglin, «Afrikanische Nacht»
Peter Mathews, «Pommes mit Mord»

Die Übersetzer

Elke Bahr übersetzte «We Are Not Amused» von Tim Heald und «A Case of Mis-identity» von Colin Dexter

Jürgen Bürger übersetzte «Death In A Small Town» von Larry Beinhart

Beatrix Gehlhoff übersetzte «A Death In The Family» von Michael Dibdin und «O, Who Hath Done This Deed?» von Susan Moody

Renate Köster übersetzte «Järnspisrum» von Thorsten Jonsson

Sabine Reinhardt übersetzte «‹Woven Into My Texture› – The Work Of Nicolas Freeling» von Jane S. Bakerman

Eckehard Schultz übersetzte «Det Var Inte A Gär...» und «Anmerkungen zu einem noch zu entdeckenden Autor» von Maj Sjöwall

Janwillem van de Wetering

«Seine Helden sind eigensinnig wie Maigret, verrückt wie die Marx-Brothers und grenzenlos melancholisch: Der holländische Krimiautor **Janwillem van de Wetering**, der mitten in den einsamen Wäldern des US-Bundesstaats Maine lebt, schreibt mörderische Romane als philosophische Traktate.»
Die Zeit

Der blonde Affe
(thriller 2495)

Der Commissaris fährt zur Kur
(thriller 2653)

Eine Tote gibt Auskunft
(thriller 2442)

Der Feind aus alten Tagen
(thriller 2797)

Inspektor Saitos kleine Erleuchtung
(thriller 2766)

Die Katze von Brigadier de Gier
Kriminalstories
(thriller 2693)

Ketchup, Karate und die Folgen
(thriller 2601)
«... ein hochkarätiger Cocktail aus Spannung und Witz, aus einfühlsamen Charakterstudien und dreisten Persiflagen.»
Norddeutscher Rundfunk

Massaker in Maine
(thriller 2503)

Kuh fängt Hase *Stories*
(thriller 3017)

Outsider in Amsterdam
(thriller 2744)

rororo thriller

Rattenfang
(thriller 2744)

Der Schmetterlingsjäger
(thriller 2646)

So etwas passiert doch nicht!
Stories
(thriller 2915)

Ticket nach Tokio
(thriller 2483)
«Dieses Taschenbuch macht süchtig: nach weiteren Krimis von Janwillem van de Wetering und nach Japan.»
Südwestfunk

Tod eines Straßenhändlers
(thriller 2464)

Der Tote am Deich
(thriller 2451)

Drachen und tote Gesichter
Japanische Kriminalstories 1
(thriller 3036)

Totenkopf und Kimono
Japanische Kriminalstories 2
(thriller 3062)

3021/3

Serientäter

Robert Brack
Die siebte Hölle
(thriller 2941)
Oldtimer bringen's besser als Bücher, meint der bankrotte Buchhändler Jercy Pacula, und überführt zwei Limousinen nach Lissabon...
Schwere Kaliber
(thriller 2967)
Psychofieber
(thriller 3058)

Frank Göhre
Schnelles Geld
(thriller 3048)
Der erste, seit Jahren vergriffene Kriminalroman von Frank Göhre, der mit mehreren Literaturpreisen ausgezeichnet wurde und als Kinofilm Beachtung fand. Neu bearbeitet und wesentlich erweitert.
Der Tod des Samurai
(thriller 2832)
Ein Thriller über organisiertes Verbrechen in Hamburg.
Der Tanz des Skorpions
(thriller 3025)
Letzte Station vor Einbruch der Dunkelheit
(thriller 2795)
Der Schrei des Schmetterlings
(thriller 2759)

Daniel Pennac
Wenn nette alte Damen schießen...
In Belleville, dem Kreuzberg von Paris, schneidet ein erbarmungsloser Killer armseligen Rentnern die Kehlen durch. Angst macht sich breit, gefolgt von einer kräftigen Paranoia. Ausgezeichnet mit dem «Prix Mystère de la critique».
(thriller 2921)
Königin Zabos Sündenbock
(thriller 3003)

rororo thriller

30 Jahre thriller Jubiläums-Lesebuch
(thriller 3030)
Dieser Jubiläumsband präsentiert einen opulenten Querschnitt durch die Geschichte der rororo thriller- Reihe und bietet literarischen Nervenkitzel pur. Die Palette internationaler Autoren gleicht einem Who is Who der Kriminalliteratur.

Pacio Ignacio Taibo II
Der melancholische Detektiv *Drei Fälle für Héctor Belascoarán Shayne*
(thriller 3039)
Der Boxer Angel, Freund von Detektiv Héctor Belascoarán, wird beim Training im Ring von einem Unbekannten erschossen. Mögliches Motiv: eine alte Rivalität um eine Frau... Taibo liefert nicht nur ungewöhnliche Stories, sondern ein dichtes Bild von Mexiko, seiner Atmosphäre, seinen Problemen und seiner Faszination.
Das bizarre Leben
(thriller 2940)
Comeback für einen Toten
(thriller 3019)